Joy Ellis
Der Sohn der Mörderin

PIPER

Zu diesem Buch

Was, wenn es tatsächlich eine Prädisposition zum Töten gibt? Wenn der Sohn einer mehrfachen Mörderin dazu vorbestimmt ist, selbst zum Mörder zu werden? Diesen Fragen müssen sich Detective Inspector Rowan Jackman und seine engste Mitarbeiterin Detective Sergeant Marie Evans stellen, als eine Frau in den ostenglischen Fens auf brutale Weise ermordet wird – genau auf die gleiche Weise, wie zwanzig Jahre zuvor bereits ein Ehepaar zu Tode kam. Der Sohn der Täterin von damals gesteht den Mord. Sein Motiv: Das Töten liegt ihm in den Genen, er kann nicht anders. Doch ganz so einfach kann es ja sicherlich nicht sein, oder doch?

Joy Ellis kam über ihre Arbeit als Buchhändlerin zum Schreiben. Bei den Ermittlungsdetails ihrer Fälle verlässt sie sich auf ihre Partnerin, eine pensionierte Polizeibeamtin. Sie lebt in den Lincolnshire Fens, wo auch ihre Kriminalromane spielen.

Joy Ellis

DER SOHN DER MÖRDERIN

Jackman und Evans ermitteln

Aus dem Englischen
von Sonja Rebernik-Heidegger

PIPER

Mehr über unsere Autoren und Bücher:
www.piper.de

Wenn Ihnen dieser Kriminalroman gefallen hat, schreiben Sie uns unter Nennung des Titels »Der Sohn der Mörderin« an *empfehlungen@piper.de*, und wir empfehlen Ihnen gerne vergleichbare Bücher.

Deutsche Erstausgabe
ISBN 978-3-492-31521-0
März 2020
© 2016 by Joy Ellis
Titel der englischen Originalausgabe:
»The Murderer's Son«, Joffe Books, UK 2016
© der deutschsprachigen Ausgabe:
Piper Verlag GmbH, München 2020
Redaktion: Sabine Thiele
Umschlaggestaltung: zero-media.net, München
Umschlagabbildung: Rekha Garton/Arcangel Images; FinePic®, München
Satz: Satz für Satz, Wangen im Allgäu
Gesetzt aus der Freight
Druck und Bindung: CPI books GmbH, Leck
Printed in the EU

*Für meine lieben Freunde
Margaret und Alan Hughes*

PROLOG

September 1993, Lincolnshire Fens

Der Mann joggte in gleichmäßigem Tempo durch die Fens. Er war auf dem Heimweg, und über die in der Dämmerung liegenden Felder hinweg sah er bereits die Lichter seines Cottages. In ein paar Hundert Metern würde er an den Toren der Haines-Farm vorbeikommen, und dann lagen die heiße Dusche und das kühle Getränk bereits in Reichweite.

Er bog um die Kurve und befand sich auf Höhe der Farm, als er plötzlich ausrutschte. Er fluchte und ruderte mit den Armen, um nicht auf dem unebenen Asphalt aufzuschlagen. Nachdem er mühsam das Gleichgewicht wiedergefunden hatte, sah er nach, was ihn beinahe zu Fall gebracht hätte. Eine Öllache breitete sich unter dem Hoftor aus.

Er fluchte erneut. Seine teuren Laufschuhe waren ruiniert. Er warf einen wütenden Blick auf das alte Farmhaus, in dessen Küche Licht brannte. Immer noch fluchend beschloss er, nach Hause zu laufen, sich umzuziehen und anschließend ein ernstes Wörtchen mit George Haines zu wechseln. Es ging nicht nur um seine Laufschuhe. Viele Dorfbewohner kamen bei ihrem Abendspaziergang mit dem Hund an dem Tor vorbei, und die meisten waren schon älter. Wenn sie ebenfalls auf dem Öl ausrutschten, brachen sie sich womöglich die Hüfte oder das Handgelenk. Oder es passierte noch Schlimmeres.

Als der Mann auf seine Haustür zutrat, schaltete sich der Bewegungsmelder ein, und er wurde in helles Licht getaucht. Er warf einen missmutigen Blick auf seine Schuhe und erstarrte.

Die Flecken waren nicht ölig schwarz, sondern dunkelrot. Er berührte sie zaghaft mit den Fingern und roch daran. Sein Magen zog sich zusammen, und ihm wurde übel. Im nächsten Moment machte er auf dem Absatz kehrt und lief, so schnell ihn seine Beine trugen, zur Haines-Farm zurück.

Als das Tor in Sichtweite kam, wurde er langsamer. Er hatte Angst vor dem, was er finden würde. Er war in Lincolnshire geboren und aufgewachsen und hatte als Junge vom Land einige schreckliche Unfälle mit landwirtschaftlichen Maschinen miterlebt. Ihm fielen sofort Dutzende blutige Schreckensszenarien ein, die keinesfalls angenehm anzusehen waren.

Neben dem Haupttor befand sich eine kleine Tür, die meistens unversperrt war. Der junge Mann trat auf den betonierten Platz vor dem alten Farmhaus, und das Licht ging an. Sein Blick fiel auf den Farmer mit den feuerroten Haaren und der unverwechselbaren Jacke mit der fluoreszierenden Aufschrift »Haines-Farm« auf dem Rücken.

George lag auf dem Bauch. Er hatte die Arme nach vorne gestreckt, seine Finger waren gekrümmt. Es sah aus, als hätte er verzweifelt versucht, in Richtung Straße zu robben.

Der Jogger schnappte nach Luft, als er den Traktor sah. O Gott! George Haines hatte sich selbst überfahren! Er hatte schon einmal miterlebt, dass sich plötzlich eine

Bremse gelöst und das riesige Gefährt den ahnungslosen Fahrer einfach niedergemäht hatte.

Seine Beine! O Gott, seine Beine! Der Jogger schlug sich eine Hand vor den Mund und kämpfte gegen die Übelkeit an. Die Hose des Farmers war blutdurchtränkt.

»George?« Der junge Mann war zwar kein Ersthelfer, aber er schaffte es, seinen Ekel zu überwinden und nach dem Puls des Mannes zu fühlen. Dabei berührten seine Finger etwas Glattes, Kaltes. Er zog angewidert die Hand zurück und taumelte rückwärts.

Der untere Teil von George Haines' Gesicht war mit durchsichtigem Klebeband umwickelt. In diesem Moment wurde dem Mann klar, dass sein Nachbar keinen Unfall gehabt hatte. Hier war etwas sehr viel Schlimmeres passiert.

Er stolperte durch die Tür zurück auf die Straße, kauerte sich in den Graben, holte das Handy aus der Tasche und rief die Polizei.

Alle Lichter im Farmhaus brannten, und die tragbaren Scheinwerfer der Polizei und das blinkende Blaulicht tauchten die umliegenden Felder in einen unheimlichen Schein.

»Ist das der Typ, der ihn gefunden hat?« Der ältere Polizeibeamte deutete auf den verschwitzten jungen Mann, der sich an einen der Streifenwagen lehnte. Jemand hatte ihm eine Decke über die Schultern gelegt, und sein ungläubiger Blick ließ auf einen massiven Schock schließen.

»Armes Schwein«, murmelte sein Kollege. »Aber wenigstens ist er nicht ins Haus gegangen. Dafür wird er eines Tages dankbar sein.«

»Im Gegensatz zu uns.« Der Detective Inspector hob die Augenbrauen und grinste schief. Er hatte gehofft, in den

Ruhestand treten zu können, ohne so etwas noch einmal erleben zu müssen. Er wusste aus Erfahrung, dass er den Anblick noch lange mit sich herumschleppen würde, und er fühlte sich betrogen, weil er seine Karriere mit einer derart grauenhaften Ermittlung abschließen musste. »Erzählen Sie mir noch schnell, was der Gerichtsmediziner zu dem Opfer hier gesagt hat, bevor wir reingehen.« Er deutete mit dem Kopf auf die Leiche vor dem Tor.

Der Sergeant holte tief Luft und wiederholte Wort für Wort, was er vorhin erfahren hatte. Seine Stimme klang ausdruckslos, als würde er die Informationen irgendwo ablesen, aber der Inspector wusste, dass er nur versuchte, sich emotional abzugrenzen. In einem Fall wie diesem musste man die Gefühle außen vor lassen.

In einem Fall wie diesem. Der Inspector war sich ziemlich sicher, dass er hier der Einzige war, der schon einmal etwas Vergleichbares gesehen hatte. Diese Männer waren Dorfpolizisten. Sie hatten zwar oft mit allen möglichen Verbrechen zu tun und erlebten aufgrund der langen, geraden Straßen in der Umgebung mehr als genug tödliche Verkehrsunfälle, aber kaltblütiger Mord stand in den nebeligen Fens nicht gerade an der Tagesordnung.

»Der Doc geht davon aus, dass George Haines mit dem Traktor auf den Hof gefahren ist und den Motor ausgemacht hat. Er stieg aus der Kabine und drehte dem Angreifer dabei den Rücken zu. Dieser schlug ihm von hinten mit einer schweren Waffe mit scharfer Klinge in die Beine, etwa auf Höhe der Knöchel. Es könnte eine Axt gewesen sein, aber dem Winkel der Wunden nach zu urteilen war es eher eine Art Machete.«

Der Inspector sah eine Erntemaschine vor sich, die mit ihren unbarmherzigen Messern selbst die dicksten Stümpfe der Kohlköpfe abhackte und sie anschließend auf das Förderband verfrachtete.

»Das Opfer war sofort bewegungsunfähig. Die beiden Achillessehnen rollten sich wie Jalousien auf. Die Schmerzen waren höllisch, und er konnte nichts tun.«

Sie sahen zu den beiden parallel verlaufenden Blutspuren, die vom Traktor zum Tor führten. »Das Opfer versuchte davonzurobben und verblutete dabei langsam«, fuhr der Sergeant fort und schluckte. »Nach Hilfe schreien war unmöglich. Der Täter hat ihm Klebeband um den Mund gewickelt.«

»Aber der Mann ist vom Haus fortgekrochen. Also wusste er vermutlich, dass der Angreifer hineingegangen war.«

Der Sergeant warf einen Blick auf das Farmhaus, bevor er sich wieder an seinen Vorgesetzten wandte. »Wir sollten langsam reingehen, oder?«

Der Inspector nickte, und sie machten sich gemeinsam auf den Weg zur offen stehenden Eingangstür.

Lydia Haines war in der Küche. Es war ein warmer, freundlicher Raum, und es roch nach Kräutern, selbst gebackenem Brot, gemahlenem Kaffee und frischem Blut.

Die Zentrale hatte sie gewarnt, dass der Täter wie von Sinnen gewütet hatte und sie sich auf das Schlimmste gefasst machen mussten. Dass man sie sogar an die Möglichkeit einer psychologischen Betreuung erinnert hatte, sagte im Grunde alles.

Normalerweise wurde man erst im Nachhinein darauf aufmerksam gemacht.

»Mein Gott! Der war ja wirklich wie von Sinnen«, hauchte der Sergeant, und die Leere in seiner Stimme entging seinem Vorgesetzten nicht.

»Versuche, den Tatort als Gesamtes zu sehen, Junge.

Nicht bloß das Opfer. Wir müssen so schnell wie möglich herausfinden, wer das getan hat – und warum. Der Täter darf nicht zu lange auf freiem Fuß bleiben.« Er sah sich um. Im Türrahmen stand ein uniformierter Beamter mit kalkweißem Gesicht. »Sind Sie aus dem Ort, Constable?«

»Ja, Sir. Ich habe den Notruf entgegengenommen. Ich war der Erste am Tatort.« Er hielt kurz inne. »Damit habe ich meine Sünden abgebüßt.«

»Kennen Sie diese Leute?«

»Ja, ziemlich gut sogar. George Haines hat diesen Teil der Fens seit einer Ewigkeit bestellt. Und Lydia, seine Frau …« Er warf einen Blick auf die blutige Leiche auf dem Natursteinboden und schluckte. »Sie hat sich sehr in der Gemeinde engagiert. Sie war kaum wegzudenken.«

»Also nicht die Art Frau, die ermordet wird«, murmelte der Sergeant.

»Gib es die denn?«, fragte der Inspector.

»Ich meinte nur, dass manche Menschen eher zu Opfern werden. Und zu diesem Kreis zähle ich die Frau hier nicht.«

»Weil sie keine Hure ist? Oder ein Junkie?« Der Inspector seufzte. »Okay. Also für mich ist sie als Opfer genauso gut denkbar wie jeder andere. Und irgendjemand da draußen sieht das genauso. Der Mörder hat viel Zeit darauf verwendet, sie in Stücke zu hacken. Er hat sie offenbar aus tiefstem Herzen gehasst.« Er wandte sich wieder an den Dorfpolizisten. »Wohnten die beiden allein?«

»Nein, Sir. Aber Gott sei Dank sind die beiden Kinder heute mit ihrer Tante und dem Onkel im Kino. Ihr Cousin feiert Geburtstag. Etwa zehn Kinder waren eingeladen, darunter auch die beiden Jungen der Haines.«

»War das geplant oder bloß Zufall?«, murmelte der Inspector. »Lebt sonst noch jemand hier?«

»Ja, Sir. Der Betriebsleiter wohnt in einem kleinen Cottage auf der anderen Seite des Hofes. Und dann ist da noch eine Frau, die den beiden mit den Kindern und der Hausarbeit hilft. Eine Art Au-pair. Sie wohnt in einer kleinen Wohnung in dem umgebauten Schuppen neben der Garage. Keiner der beiden ist im Moment zu Hause, aber wir lassen nach ihnen suchen.«

»Namen?«

»Der Betriebsleiter heißt Ian Farrow. Er ist geschieden und bleibt angeblich gerne für sich. Das Au-pair kommt aus Frankreich und heißt Françoise Thayer. Sie ist seit etwa zwei Monaten hier und gibt sich ebenfalls kaum mit den Farmarbeitern ab.«

»Sind die beiden vielleicht zusammen?«

»Wir haben die Männer gefragt, aber falls es so ist, weiß niemand davon.«

»Okay. Einer der beiden ist jedenfalls der Mörder. Vielleicht aber auch beide«, erklärte der Inspector rundheraus.

Der Sergeant warf seinem Vorgesetzten einen zweifelnden Blick zu, doch er kannte ihn gut genug, um nichts darauf zu erwidern.

Der Inspector sah sich mit zusammengekniffenen Augen schweigend im Zimmer um. Es war eine typische, geschmackvoll renovierte Farmhausküche, in der die alten Besonderheiten erhalten und bloß durch notwendige, arbeitssparende Geräte ergänzt worden waren. »Es wurde nichts gestohlen, das heißt, es war kein aus dem Ruder gelaufener Einbruch. Außerdem kannten die beiden den Mörder. George wandte ihm beim Aussteigen aus dem Traktor freiwillig den Rücken zu, und Lydia wollte ihm gerade Kaffee eingießen.« Er deutete auf die Stempelkanne, die neben der zerstückelten Leiche lag, und auf die beiden Kaffeebecher auf dem Küchentisch. »Laut Gerichtsmediziner ist Lydia zuerst gestorben, und George kam erst später. Nachdem alle anderen ebenfalls unterwegs waren, hat sie vermutlich für ihren Mörder Kaffee gekocht. Alles deutet darauf hin, dass sie vollkommen entspannt war. So entspannt wie ihr Mann, als er nach Hause kam.« Er brach ab. »Tiere und Menschen haben oft ein untrügliches Gespür dafür, dass etwas nicht stimmt. Doch weder George noch Lydia haben Verdacht geschöpft. Es war einer der beiden, die ebenfalls hier auf dem Hof wohnen. Darauf verwette ich meine Pension.«

Er warf noch einen letzten Blick auf Lydia Haines, dann wandte er sich ab. »Lassen wir die Spurensicherung erst mal ihren Job erledigen, mein Junge. Wir müssen einen Mörder finden. Und wenn wir ihn geschnappt haben, ist er mit Sicherheit das schlimmste Ungeheuer, das du je gesehen hast.«

KAPITEL 1

September 2015, Fenland Constabulary, Hauptdienststelle, Saltern-Le-Fen, Lincolnshire

DS Marie Evans war klar, dass sie besser nach Hause fahren sollte, doch das Adrenalin, das durch ihren Körper jagte, fesselte sie an den Schreibtisch. Obwohl sie sich ohnehin nicht auf die Arbeit konzentrieren konnte, weil sie ständig die Bilder vom Tatort vor sich sah. Wenn sie auch nur einen Moment lang die Augen schloss, war da wieder das dunkelrote Blut, das aus den zahllosen Wunden der übel zugerichteten Frau strömte und auf dem Boden eine Pfütze bildete. Es schien, als hätte sich das Bild in ihre Augenlider eingebrannt, und bei jedem Blinzeln war es wieder da.

Marie war schon lange dabei und hatte viele wirklich furchtbare Dinge gesehen, aber das, was heute in dem abgelegenen Haus am Rand des Marschlandes passiert war, war an Brutalität nicht zu überbieten.

Ihr Vorgesetzter, DI Rowan Jackman, war noch immer am Tatort. Marie lächelte. Jackman fuhr erst, wenn er sicher war, dass er nichts übersehen hatte. Aber nicht, weil er der Spurensicherung nicht vertraute. Er war eher wie ein menschlicher Schwamm, der nicht aufgab, bis er auch die allerkleinsten Informationen aufgesaugt hatte.

Marie sah den großen Mann vor sich, wie er kerzengerade mitten im schlimmsten Chaos stand und es trotzdem irgendwie schaffte, wie ein Fotomodell aus *Country Life* auszusehen. Seine blauen Augen wurden schmal, während er sich konzentriert in der Küche umsah und versuchte, dem Blutbad weitere unsichtbare Informationen zu entlocken. Marie wäre gerne noch mit ihm am Tatort geblieben, doch jemand musste den Einsatzplan für das Team zusammenstellen, und sie hatte sich freiwillig gemeldet. Wenn auch zögerlich.

Marie warf einen Blick auf die Uhr. Beinahe elf. Sie gähnte und loggte sich aus dem Computer aus. Sie hatte alles getan, was heute Nacht möglich war. Sie wusste nur nicht, ob sie nach Hause fahren oder sich über die mondbeschienenen Fens auf den Rückweg zu Jackman und dem Horrorhaus machen sollte.

Denn er war zweifellos noch dort.

Der grausame Mord hatte ihn härter getroffen als üblich, denn er hatte das Opfer gekannt. Nicht gut genug, um die Leitung der Ermittlungen infrage zu stellen, aber es reichte, um persönlich betroffen zu sein. Es war nie leicht, an einen Tatort zu kommen und plötzlich ein bekanntes Gesicht zu sehen. Es war, als wäre dieser Mensch anstelle einem selbst gestorben. Jackman hatte zwar nichts gesagt, aber Marie hatte es in seinen Augen gesehen.

Sie ließ sich in den Stuhl zurücksinken und betrachtete den Stapel Unterlagen, den sie in den letzten Stunden ausgedruckt hatte. Es waren vor allem Hintergrundinformationen über das Opfer, Alison Fleet, und ihren Mann Bruce, einen reichen Geschäftsmann. Alison war als Organisatorin von Wohltätigkeitsveranstaltungen stadtbekannt gewesen, und ihrem Mann gehörte die örtliche Brauerei, die er auch leitete. Sie schienen wie ein perfektes Paar mit einem perfekten Leben und keinerlei Feinden. Allerdings hatte Marie schon vor langer Zeit herausgefunden, dass der äußere Schein oft trog. Und selbst in diesem frühen Stadium der Ermittlungen hatte sie bereits eine Menge Unregelmäßigkeiten in dem »perfekten« Dasein ans Tageslicht befördert.

Marie warf einen Blick auf den einzigen Kollegen, der immer noch im Büro hockte, und schüttelte den Kopf. »Geh nach Hause, Max. Du siehst echt scheiße aus.«

»Danke, Sarge, ich liebe dich auch«, erwiderte DC Max Cohen grinsend und fuhr sich mit der Hand durch die dicken, dunklen Locken. Er streckte sich gähnend. »Ich starte noch einen Suchlauf, dann verschwinde ich, okay?«

Marie nickte. »Aber wirklich nur einen. Schon was gefunden, was ich wissen sollte?«

»Nichts Weltbewegendes. Abgesehen davon, dass die perfekte Mrs Fleet doch nicht so sauber ist, wie wir zuerst dachten.« Max sah sich die Unterlagen noch einmal durch und schüttelte den Kopf. »Hoffentlich täusche ich mich, aber ich schätze, wenn wir uns durch die Wohltätigkeitsgeschichten arbeiten, werden wir auf die dunkle Vergangenheit der heiligen Alison stoßen. Ich bin mir sicher, dass mehr hinter ihr und ihrem alten Herrn steckt, als die Leute ahnen.« Er wandte sich vom Bildschirm ab. »Und bei dir, Sarge?«

»So ziemlich dasselbe. Geheimnisse über Geheimnisse.« Marie verzog das Gesicht. »Von außen betrachtet blühte ihr Leben in den letzten zehn Jahren in den schönsten Farben, aber wenn man tiefer gräbt, beginnt es zu stinken.«

»Yippie«, meinte Max grinsend.

Marie mochte den jungen Mann mit dem starken Cockney-Akzent. Mittlerweile zumindest. Sie mochte das ganze Team. Sie waren eine eingeschworene Gemeinschaft, und das mussten sie bei dieser Art von Arbeit auch sein. Trotzdem war sie am Anfang nicht warm mit Max geworden, und es hatte nichts damit zu tun gehabt, dass er aus der Stadt kam. Wie die meisten Bewohner der Fens freute sie sich über Neuankömmlinge, denn ihr war klar, dass einige der kleinen Dörfer ohne den Zuzug bereits verwaist gewesen wären. Nein, Max war ein Klugscheißer, der nicht mit seiner Meinung hinterm Berg hielt, vor allem, wenn es um seinen jüngeren Kollegen DC Charlie Button ging. Doch Marie hatte bald erkannt, dass der Grund seiner Prahlerei in seiner Herkunft lag. Er stammte aus einer Großfamilie aus dem Londoner East End und musste sich schon von Kindesbeinen an gegen seine älteren Geschwister behaupten. Außerdem ließen sich seine Eltern scheiden, als er gerade dreizehn war, was auch nicht gerade zu seiner Persönlichkeitsbildung beigetragen hatte. Und auch wenn Max Charlie gerne aufzog, legte er sich mit jedem an, der es ebenfalls versuchte.

Inzwischen arbeiteten sie seit ein paar Jahren zusammen, und Marie wusste, dass Max Cohen immer hinter ihr stehen würde. Loyalität wurde bei ihm großgeschrieben.

Marie öffnete die Schublade und holte ihren Schlüsselbund heraus. Der Ruf des Tatorts war verlockender als der Gedanke an ihr warmes Bett. Während sie ihren Schreibtisch aufräumte, dachte sie daran, was sie draußen in dem verschlafenen Dörfchen Thatcher's Hurn gefunden hatten.

Jackman und sie trugen bereits Schutzanzüge, als sie das hübsche alte Haus betraten. Sie bewegten sich langsam und schweigend nebeneinanderher und versuchten, sämtliche

Informationen in sich aufzunehmen. Die »goldene Stunde« nach der Entdeckung eines Mordes war oft entscheidend, denn die Beweise waren noch frisch und der Tatort noch nicht verunreinigt. Und auch die Zeugen konnten sich besser an Details erinnern. Marie hatte außerdem immer das Gefühl, als würde sich der Geist des Mörders noch am Tatort befinden. Es war wie eine langsam verblassende Erinnerung, und in diesen ersten Momenten waren die Schatten beinahe greifbar, bevor sie von dem emsigen Treiben der Spurensicherung vertrieben wurden. Es war nichts Übernatürliches, sondern bloß die Fähigkeit, ihre Umgebung richtig zu deuten und ihrer Intuition zu folgen.

DI Jackman hatte eine ähnliche Gabe, obwohl er aus einer vollkommen anderen Ecke kam. Er war dreizehn Jahre jünger und hatte eine akademische Laufbahn hinter sich. Dank seines Anthropologie- und Soziologiestudiums in Cambridge hatte er ein klareres Verständnis für die Gesellschaft und das menschliche Verhalten als die meisten Kollegen, doch seine Schlussfolgerungen waren immer wissenschaftlich begründet. Marie war hingegen eine einfache Streifenpolizistin, die sich zum Detective Sergeant hochgearbeitet hatte und auf ihr Bauchgefühl vertraute.

Marie sah sich im Büro um. Im Moment sagte ihr das verdammte Bauchgefühl, dass etwas an der Art, wie Alison Fleet den Tod gefunden hatte, nicht stimmte. Marie hatte am Tatort sofort das Gefühl gehabt, dass es wie eine Inszenierung aussah. Die üblichen Hypothesen waren nicht anwendbar. Aber was war dann passiert? Sie runzelte die Stirn. Noch ein Grund mehr, an den Tatort zurückzukehren und mit Jackman zu reden.

»Ich fahre noch mal raus nach Thatcher's Hurn«, rief sie

Max zu. »Und du gehst nach Hause und schläfst ein bisschen.«

Max hob zustimmend die Hand. »Okay. Die Suchanfrage hat sowieso nichts Neues ergeben. Gute Nacht, Sarge!«

»Entschuldigen Sie bitte, Sergeant Evans.« Eine Sekretärin in Zivil trat vor Marie, als diese gerade gehen wollte. »Der diensthabende Beamte am Empfang möchte mit DI Jackman sprechen, aber ich finde ihn nicht, und sein Telefon ist auf Voicemail.«

»Er ist noch am Tatort. Kann ich Ihnen vielleicht weiterhelfen?« Marie hoffte, dass die Antwort Nein lauten würde, doch die Frau nickte eifrig. »Ja, sicher. Könnten Sie vielleicht mitkommen?«

Maries Augen wurden schmal, und ihre Müdigkeit war wie weggeblasen. »Was ist denn los?«

»Der Sergeant hat jemanden im Verhörzimmer, der vielleicht von Interesse für DI Jackman sein könnte.«

Marie winkte Max zu. »Vergiss, was ich gerade gesagt habe. Komm mit!«

Der uniformierte Beamte mit dem zerfurchten Gesicht wirkte nachdenklich, als Marie und Max an den Empfangsschalter traten. Er runzelte die Stirn.

»Vielleicht verschwende ich hier nur Ihre Zeit, DS Evans, aber andererseits …« Er rieb sich das Kinn. »Ich meine, vielleicht ist er ja nur ein Verrückter. Davon gibt es hier weiß Gott genug.«

»Ich spüre da ein weiteres Aber …«

»Ja, weil mich der Kerl irgendwie stutzig gemacht hat.« Er seufzte laut. »Gerade wenn man denkt, man kennt sie alle, kommt so einer.« Er runzelte erneut die Stirn. »Aber sehen Sie am besten selbst.«

Er führte sie zu den Verhörräumen. »Er ist da drin. Viel Glück!« Er öffnete ihnen die Tür und kehrte kopfschüttelnd zum Empfangsschalter zurück.

Der Mann war etwa fünfundzwanzig, hatte dichte, dunkelblonde Locken und blassblaue, durchdringende Augen. Seine Kleidung passte weder zum Wetter noch zur Tageszeit und war tropfnass.

Marie betrachtete ihn interessiert. Er sah nicht aus wie ein gewöhnlicher Drogenabhängiger oder Kleinkrimineller, und auch wenn seine Augen beunruhigend apathisch wirkten, zeugten sie von einer gewissen Intelligenz.

»Ich bin Detective Sergeant Marie Evans, und das ist Detective Constable Max Cohen. Wie können wir Ihnen helfen?«

Der junge Mann stieß ein kurzes, seltsames Lachen aus. Es schwebte zwischen ihnen in dem stickigen, engen Raum, und Marie erschauderte.

Einen Moment lang dachte sie, er würde nicht antworten, doch dann erklärte er mit klarer, fester Stimme: »Mein Name ist Daniel Kinder, und ich habe Alison Fleet getötet.«

KAPITEL 2

»Was halten Sie von ihm?«
Jackman fuhr gerade durch die Fens zurück zur Dienststelle und war nur schwer zu verstehen. Dort draußen war der Empfang ziemlich schlecht.

»Ehrlich gesagt weiß ich es nicht, Sir.«

»Ich glaube Ihnen kein Wort«, tönte es aus dem Telefon. »Er muss doch irgendeinen Eindruck auf Sie gemacht haben.«

»Ja, das hat er tatsächlich.« Marie erinnerte sich noch gut daran, wie sie erschaudert war, als Daniel Kinder gelacht hatte. »Ich weiß nur nicht, ob er total verrückt und das Ganze reine Zeitverschwendung ist oder ob er wirklich ein …«

»Ein Mörder ist?«

»Ja, genau. Ein Mörder.« Es gefiel ihr zwar nicht, aber so war es nun mal. »Ich habe beschlossen, mit dem weiteren Verhör auf Sie zu warten.«

»Haben Sie ihn verhaftet?«

»Ja, Sir. Das musste ich. Er hat immerhin einen Mord gestanden. Und ich habe sämtliche Vorarbeiten abgeschlossen. Ich habe ihn durchsucht, seine Kleidung beschlagnahmt und den Arzt geholt, damit er die Verhörfähigkeit bestätigt.« Sie hielt kurz inne. »Er wollte keinen Anwalt, obwohl ich ihm dazu geraten habe. Sie müssen also unbedingt dabei sein, wenn ich das Verhör fortsetze.«

»Okay, ich bin in zehn Minuten da.« Er legte auf und ließ Marie mit ihren verworrenen Gedanken allein.

»Also, bevor wir reingehen, will ich hören, was wir bis jetzt über diesen Mann wissen.« Jackman rückte seine Krawatte zurecht, obwohl sie ohnehin schon perfekt in der Mitte seines makellos weißen, gestärkten Kragens saß.

Marie warf einen Blick in ihr Notizbuch. »Sein Name ist Daniel Kinder, und er ...«

»Kinder?«, fragte Jackman, und seine Augen weiteten sich. »Ist er von hier?«

»Ja. Er wohnt mit seiner Mutter in einem dieser protzigen Häuser draußen am ...«

»Am Riverside Crescent«, unterbrach er sie finster.

»Kennen Sie ihn, Chef?«

»Nein, aber ich kannte seinen Vater, Sam Kinder. Er stand vor ein paar Jahren in geschäftlichem Kontakt mit meiner Familie. Er ist vor einiger Zeit an einer fürchterlichen Tropenkrankheit verstorben. Bilharziose, glaube ich.«

»Ich dachte mir schon, dass unser Mann sich für einen Cracksüchtigen zu gewählt ausdrückt.«

»Daniel kenne ich nicht, aber seine Familie ist sehr angesehen. Sam Kinder war reich, und er hat außerdem Hunderten afrikanischen Dörfern einen Trinkwasserzugang ermöglicht. Er war selbst mit einer Wohltätigkeitsorganisation vor Ort, und dort hat er sich auch angesteckt.« Jackman verzog das Gesicht. »Es war eine Ironie des Schicksals, dass er ausgerechnet an einer durch Wasser übertragenen

Krankheit starb.« Er hielt kurz inne. »Seine Frau Ruby habe ich nie kennengelernt, aber ich glaube, sie hatten bloß einen Sohn. Den Namen weiß ich nicht mehr.«

»Die Mutter ist offenbar gerade auf einer Reise durch Asien und versucht, ihre Trauer in den Griff zu bekommen. Den Sohn werden Sie hingegen gleich kennenlernen, und ich hoffe, dass er Sie genauso ratlos macht wie mich.« Sie runzelte die Stirn. »Es wäre schlimm, wenn ich meine Menschenkenntnis plötzlich verloren hätte.«

»Na, dann sehen wir ihn uns doch mal an.« Jackman wandte sich bereits der Tür zu, als er noch einmal innehielt. »Moment mal! Daniel Kinder? Das erinnert mich an was. Ist er nicht Journalist?«

»So weit bin ich noch nicht gekommen, Sir.«

»Also, wenn er derjenige ist, den ich meine, ist er verdammt gut.« Er überlegte. »Aber das kann nicht sein, oder? Er ist eine dieser neuen, jungen ›Stimmen‹ der modernen Welt.«

Marie trat schulterzuckend auf die Tür zu. »Da muss ich passen. Im Moment sagt diese ›Stimme‹ jedenfalls, dass sie jemanden umgebracht hat.« Sie öffnete die Tür. »Nach Ihnen, Chef.«

Sie betraten das Verhörzimmer, und Jackman war überrascht von der nervösen Energie, die von dem jungen Mann in dem Einwegoverall ausging. Er wartete, bis Marie ein neues Tonband in das Aufnahmegerät gelegt, die formelle Einleitung verlesen und noch einmal das Beisein eines Anwaltes empfohlen hatte. Sie warf Kinder einen hoffnungsvollen Blick zu, doch der schüttelte bloß den Kopf.

Zu Beginn des Verhörs begnügte Jackman sich damit, Daniel Kinders Reaktionen zu beobachten. Der Arzt hatte sein Okay gegeben, und seiner Meinung nach war kein Beisitzer notwendig, doch Jackman war sich da nicht so sicher. Etwas an dem jungen Mann beunruhigte ihn, ließ ihm ein Schaudern über den Rücken laufen.

Er hatte so etwas schon einmal erlebt, als er als Praktikant einen Gefangenen in den psychiatrischen Hochsicherheitstrakt begleiten musste. Aufgrund eines Verwaltungsfehlers hatte er mehr Zeit als gewollt mit dem »Patienten« verbracht. Er hatte nicht gewusst, was er mit dem Mann reden oder wie er auf ihn reagieren sollte. Obwohl er es noch nie offen zugegeben hatte, machten ihm psychische Erkrankungen Angst.

Und jetzt, mit Kinder im Verhörzimmer, hatte er plötzlich dasselbe Gefühl. Der Mann war keine offensichtliche Bedrohung. Er gab sich nach außen hin betont ruhig, obwohl die Anspannung deutlich spürbar war. Doch seine Augen bereiteten Jackman Sorgen, denn sie erzählten eine ganz andere Geschichte, in der von Ruhe keine Rede war.

»Sie behaupten also, Alison Fleet getötet zu haben. Vielleicht könnten Sie mir erklären, wie und warum?« Jackman lehnte sich nach vorne. »Oder vielleicht fangen wir mal mit der Frage nach dem ›Wo‹ an.«

Der Mann blinzelte einige Male hintereinander, dann kniff er die Augen zusammen, als müsste er sich konzentrieren. »In ihrem Haus in Thatcher's Hurn. Es heißt Berrylands.«

Nichts, was er nicht ohne viel Aufwand hätte herausfinden können, dachte Jackman. Der Ort war in den Fünf-Uhr-Nachrichten namentlich genannt worden, und auch den Namen des Hauses hatte man nicht verschwiegen. »Und in welchem Zimmer haben Sie sie getötet?«

»In der Küche.« Daniel Kinder sah ihm herausfordernd in die Augen.

Jackman blieb unbeeindruckt, doch er spürte, wie sich Marie kaum merklich versteifte. Der genaue Ort im Haus war nicht veröffentlicht worden. Dann dachte er allerdings an den Fernsehbericht. Jeder, der das Haus schon einmal von innen gesehen hatte, konnte anhand der Zelte, die zum Schutz vor Schaulustigen aufgestellt worden waren, ganz einfach ableiten, wo die Tat passiert war.

»Okay, Daniel, wie haben Sie sie umgebracht?«

»Ich habe sie erstochen.«

»Warum?«, fragte Jackman schnell.

Der junge Mann zögerte zum ersten Mal. Ein seltsamer Schauer durchlief ihn, und sein Hals und der Kopf zuckten, dann flüsterte er leise: »Weil ich es in mir habe.«

Diese Antwort hatte Jackman nicht erwartet. »Weil ich sie hasse«, oder: »Weil ich sie liebe und sie mich betrogen hat«, oder: »Weil ich eifersüchtig war« – es gab immer einen Auslöser für einen gewaltsamen Ausbruch.

»Das haben wir alle«, erwiderte Marie leise. »Unter gewissen Umständen. Aber nur wenige begehen tatsächlich einen Mord. Es gibt immer einen Grund, Daniel. Einen Auslöser. Was war es bei Ihnen? Warum musste Alison sterben?«

Kinder atmete tief ein, bevor er antwortete: »Es hatte nichts mit ihr zu tun. Es hätte jeden treffen können. Es war mir vorherbestimmt, an einem gewissen Punkt in meinem Leben einen Menschen zu töten. Und dieser Mensch war nun mal Alison Fleet.«

»Womit haben Sie sie erstochen?«, fragte Jackman unvermittelt, um dem jungen Mann keine Zeit zum Nachdenken zu lassen.

»Mit einem Küchenmesser.«

Sie vernahmen Kinder beinahe eine halbe Stunde lang.

Einige Fragen beantwortete er sofort, bei anderen blieb er vage und schien sogar ein wenig verwirrt, während er manche schlichtweg ignorierte.

Jackman lehnte sich in seinem Stuhl zurück und musterte Kinder eindringlich. Er wusste nicht weiter. »Würden Sie uns bitte einen Moment entschuldigen, Mr Kinder?«

Er sprach eine Erklärung auf Band, dass das Verhör unterbrochen wurde, und winkte Marie mit sich nach draußen.

Er entfernte sich ein Stück von der Tür und seufzte schwer. »Okay, er kennt ein paar Einzelheiten, aber bei Weitem nicht genug.«

»Nicht einmal wir wissen, was für ein Messer benutzt wurde. Aber sie wurde erstochen.«

»Ja, aber wie viele Arten, jemanden umzubringen, gibt es? Und ich spreche von einem gewaltsamen, blutigen Tod und nicht von einem perfiden Plan mithilfe von Tollkraut oder Arsen. Man kann jemanden erschießen, totschlagen, ertränken, erwürgen oder erstechen. Und was passiert in diesem Land am häufigsten?«

»Dass jemand erstochen wird.«

»Genau.« Er schüttelte den Kopf. »Er hat geraten. Er hat es nicht getan.«

»Aber er gehört nicht zu den üblichen Geschichtenerzählern, oder?«, fragte Marie. »Und er ist auch kein gewöhnlicher Verrückter. Falls es so etwas überhaupt gibt.«

»Da stimme ich Ihnen zu.« Jackman seufzte erneut. »Aber ich kaufe ihm seine Geschichte trotzdem nicht ab, und ich bin mir nicht sicher, wie wir die Sache anpacken sollen.«

»Setzen wir einfach das Gespräch fort, Sir. Sagen Sie ihm, dass Sie seinen Vater kannten. Vielleicht können wir den echten Daniel hervorlocken und herausfinden, was er vorhat.« Sie hielt inne. »Er wirkt extrem angespannt. Ich will wissen, was einen offensichtlich intelligenten, jungen und aufstrebenden Journalisten dazu bringt, sich plötzlich als Mörder auszugeben.«

»Sie haben wie immer recht.« Jackman lachte trocken, und sie kehrten gemeinsam ins Verhörzimmer zurück.

»Sie sind Sam Kinders Sohn, oder?«, fragte Jackman betont freundlich. »Er war ein Kollege meines Vaters. Ich war bestürzt, als ich von seinem Tod erfuhr.«

Daniel zog die Augenbrauen zusammen, dann entspannte er sich wieder. »Ich bin sein Adoptivsohn, Detective Inspector.« Er klang feierlich, als hätten diese Worte eine tiefere Bedeutung. »Sein Tod hat meine Adoptivmutter und mich schwer getroffen.«

Jackman nickte. »Es war ein schwerer Verlust. Für seine Familie, aber auch für viele andere. Er war ein bedeutender Mann.«

Dieses Mal nickte Daniel. Doch im nächsten Augenblick riss er den Kopf hoch und schob herausfordernd den Unterkiefer nach vorne. »Aber was hat das alles mit dem Mord an dieser Frau zu tun? Sie haben doch verstanden, was ich Ihnen vorhin gesagt habe, oder?«

»Ich glaube nicht, dass Sie jemanden umgebracht haben, Daniel«, erklärte Jackman ruhig.

Wut flackerte in Kinders blassblauen Augen auf. »Doch, das habe ich! Warum glauben Sie mir nicht?«

Jackman beschloss, weiter Druck zu machen. »Weil Sie alles, was Sie uns erzählt haben, ganz leicht herausfinden konnten. Vor allem in Ihrem Beruf. Sie sind Journalist, um Himmels willen! Sie haben Freunde, Kontakte. Sie hören alles oder zahlen für die entsprechenden Informationen.«

Er schüttelte langsam den Kopf. »Nein, Daniel. Ich weiß nicht, warum Sie das hier tun, aber Sie sind kein Mörder.«

Ohne Vorwarnung warf sich Daniel plötzlich über den Tisch und packte Jackman am Revers. »Sie müssen mir glauben! Verstehen Sie denn nicht? Sie müssen!«

Marie beugte sich, ohne eine Miene zu verziehen, vor und fixierte Daniels Hände mit eisernem Griff, während Jackman sich rasch in Sicherheit brachte. Daniel lag quer über dem Tisch und flehte die beiden schluchzend an, ihm endlich zu glauben.

»Okay, mein Freund, das reicht.« Marie wandte sich an Jackman und flüsterte: »Ich glaube, er hat den Arzt verarscht. Wir brauchen ein umfassendes medizinisches Gutachten, bevor wir weitermachen können.«

Jackman nickte. Zwei uniformierte Beamte führten Kinder aus dem Zimmer.

»Der medizinische Gutachter soll ihn sich ansehen!«, rief Marie einem der Männer über Daniels Schreie hinweg zu. »Und haltet uns über seinen Zustand auf dem Laufenden!«

Jackman sah zu, wie die beiden Beamten den jungen Mann den Flur hinunterschleiften. »Heute Nacht können wir nichts mehr tun. Vermutlich gibt ihm der Arzt etwas zur Beruhigung, damit er bis morgen früh schläft. Und dann sehen wir weiter.«

»Sollen wir jemanden verständigen?«, fragte Marie. »Er hat etwas von einer Freundin gesagt, aber er wollte den Namen nicht verraten. Vermutlich macht sie sich schon Sorgen um ihn.«

»Wir schicken einen uniformierten Kollegen zu seinem Haus, für den unwahrscheinlichen Fall, dass sie zusammenwohnen. Ansonsten können wir ohne sein Einverständnis nicht viel tun.« Jackmans Schultern schmerzten. Er streckte sich. »Fahren Sie nach Hause, Marie. Ruhen Sie sich aus. Dieser Fall wird alles andere als einfach.«

»Das dachte ich mir auch gerade. Bis morgen früh, Sir.«

Jackman sah ihr hinterher und dankte wie so oft einer höheren Macht, dass sie ihn mit einem Sergeant gesegnet hatte, den er tatsächlich mochte. Marie Evans war einmalig. Sie war beinahe so groß wie er, hatte dicke, kastanienbraune Haare, einen kräftigen Körperbau und muskulöse Arme und Beine. Sie verbrachte sehr viel Zeit im Fitnessstudio und war dadurch trainierter, als es für eine Fünfundvierzigjährige üblich war. Sie erinnerte Jackman immer ein wenig an eine präraffaelitische Schönheit in Ledermontur. Marie war auch eine sehr erfahrene Motorradfahrerin.

Er lächelte ihr nach, dann erschauderte er und erlaubte sich ein sorgenvolles Seufzen. Ein beklemmendes Gefühl packte ihn, und ihm wurde mit einem Mal klar, dass sie vor einer sehr großen Herausforderung standen. Es ging nicht nur um den Mord an dieser Frau, auch wenn das schlimm genug war. Es war das erste Mal, dass ihn eine Art Vorahnung beschlich, und es war kein angenehmes Gefühl.

Während er den verwaisten Flur hinunterging, kam ihm der Gedanke, dass dieser Fall vermutlich eine Katastrophe werden würde. Es war eine verworrene, düstere Geschichte.

Er ging zum Empfangsschalter und forderte einen Officer an, der zu Kinders Haus fahren sollte. Egal, was dieser Fall für ihn bereithielt – er hoffte nur, dass er ihm gewachsen sein würde. Er konnte nicht wie Marie auf eine langjährige Erfahrung zurückgreifen, und obwohl er wusste, dass sein Team hinter ihm stand, musste er sich in vielen Dingen erst beweisen. Egal, wie engagiert er war – und er war verdammt engagiert –, er war trotzdem ein zweiunddreißigjähriger Emporkömmling aus reichem Elternhaus. Das war zwar nett, wenn man auf Abzeichen und Karriere aus war, doch Jackman hatte anderes im Sinn. Er wollte einfach ein verdammt guter Polizist werden, und wenn er sich auf dem Weg dorthin den Respekt seiner Mannschaft verdiente, dann umso besser.

Er lächelte grimmig und kehrte ins Büro zurück.

KAPITEL 3

»Tut mir leid, dass ich Sie so spät noch störe, Miss. Ich komme wegen Daniel Kinder. Sie kennen ihn vermutlich?«

Der Polizist war ein älterer, rundlicher Mann mit freundlichem Gesicht und erinnerte Skye Wynyard an einen typischen britischen Bobby der Sechzigerjahre.

Doch im nächsten Augenblick erkannte sie, was es womöglich zu bedeuten hatte, dass ein Polizist nach Mitternacht vor ihrer Tür stand und nach Daniel fragte, und ihr wurde eiskalt. »Ja!«, stammelte sie. »Wo ist er? Ist er verletzt? Geht es ihm gut?«

»Er ist in Sicherheit, Miss. Darf ich vielleicht reinkommen? Ich bin PC Ray Hallowes.«

Skye trat einen Schritt zurück. »Ja, natürlich. Bitte kommen Sie rein«, erwiderte sie eilig. »Ich bin Skye Wynyard, Daniels Freundin. Ich wohne hier bei ihm, während seine Mutter auf Reisen ist. Was ist denn passiert?«, fragte sie heiser.

»Er ist bei uns auf der Dienststelle, Miss. Und er wird wohl noch ein Weilchen dortbleiben.«

»Hat er zu viel getrunken?«, fragte Skye ungläubig. »Ich

meine, er trinkt nicht oft, und falls er zu viel erwischt haben sollte, könnte er ...«

»Er hat nicht getrunken, Miss Wynyard, aber der Inspector glaubt trotzdem, dass etwas mit ihm nicht stimmt.«

Skye schwieg. Dieser Vermutung konnte sie sich nur anschließen. Daniel war schon seit einigen Wochen nicht mehr er selbst. Aber was zum Teufel hatte er angestellt?

Sie runzelte die Stirn und sah den Polizisten an. »Wurde er verhaftet?«

»Ja, Miss. Aber inzwischen wurde ein Arzt hinzugezogen. Er ist nicht ... Wie soll ich sagen? Sein Verhalten ist im Moment nicht nachvollziehbar.«

»Weswegen wurde er verhaftet?« Die Worte kamen ihr kaum über die Lippen. Im Grunde wollte sie die Antwort gar nicht hören.

»Er hat bestimmte Behauptungen aufgestellt, Miss. Und genau darüber würden wir uns gerne mit Ihnen unterhalten. Vielleicht können Sie etwas Licht in die Sache bringen.«

Skye deutete auf einen Stuhl und ließ sich selbst auf das Sofa sinken. »Worum geht es bei diesen ... Behauptungen?«

PC Hallowes setzte sich und sah Skye in die Augen. »Daniel behauptet, er hätte jemanden umgebracht.«

Skye schlug sich die Hand vor den Mund. Ihr erster Gedanke war, dass es sich um einen Autounfall handeln musste, doch Daniels Auto stand in der Auffahrt. Als er vorhin auf und davon war, hatte er sein Handy, die Geldbörse, den Autoschlüssel und sogar seine Jacke zu Hause gelassen. »Ich verstehe nicht. Gab es einen Unfall?«

»Nein, Miss Wynyard. Er hat uns einen Mord gestanden, aber wie schon gesagt: Unsere Beamten sind sich nicht sicher, ob er bei Sinnen ist.«

»Einen Mord?« Skyes Kopf dröhnte. »Aber was um alles in der Welt …? Daniel?«

»Es tut mir leid. Ich wollte Ihnen keinen derartigen Schock versetzen. Soll ich Ihnen ein Glas Wasser holen?«, fragte der Polizist.

»Nein. Es ist bloß so absurd.« Sie schüttelte den Kopf. »Sie kennen Daniel nicht. Er ist ein fürsorglicher, liebevoller …« Sie schüttelte noch nachdrücklicher den Kopf. »Er könnte nie jemandem wehtun.«

»Er hat so etwas also bisher noch nie getan? Denn das passiert manchmal, wissen Sie? Sie wären überrascht, wie oft sich Leute nach einem Mord bei uns melden.«

Dann hatte es also tatsächlich einen Mord gegeben? Skye versuchte, sich zu konzentrieren. Ja, natürlich! Sie hatte es vorhin in den Nachrichten gehört. In einem abgelegenen Dorf in den Fens war die Leiche einer Frau entdeckt worden. Aber was hatte Daniel damit zu tun? Sie wandte sich mit gerunzelter Stirn an den Constable. »Daniel gehört nicht zu diesen Leuten, das schwöre ich Ihnen. Ich habe keine Ahnung, warum er so etwas sagt. Das ergibt doch keinen Sinn.« Sie musste mit Daniel reden. »Kann ich zu ihm?«

»Ich wollte Sie ohnehin bitten, morgen aufs Revier zu kommen, damit sich die zuständigen Detectives mit Ihnen unterhalten können, Miss Wynyard. Dann können Sie ihn bestimmt sehen.«

»Aber ich will ihn heute noch sehen, nicht erst morgen früh! Ich *muss* mit ihm sprechen!«

»Das können Sie ja auch, aber nicht heute Abend«, erwiderte PC Hallowes beruhigend und blieb vollkommen unbeeindruckt von ihrem Ausbruch. »Sie können morgen früh mit ihm sprechen. Man hat ihm ein Schlafmittel gegeben. Ich bin nur hergekommen, damit Sie sich keine Sorgen über seinen Verbleib machen. Und um Sie für morgen um Ihre Hilfe zu bitten.«

Er lächelte und erinnerte sie plötzlich an einen pummeligen, freundlichen Weihnachtsmann, der sich mit einem aufsässigen Kind herumschlägt. Sie hätte ihm am liebsten eine gescheuert.

Nachdem der Polizist gegangen war, überprüfte Skye sämtliche Türen und Fenster und aktivierte die Alarmanlage. Sie wusste jetzt zumindest, dass Daniel heute nicht mehr kommen würde, weshalb es wohl sinnvoll war, das Haus vor Einbrechern zu schützen. Immerhin gehörte es Daniels Mutter.

Sie sah sich in dem weitläufigen, exklusiv eingerichteten Wohnzimmer um und fühlte sich mit einem Mal unwohl.

Große Häuser zogen Einbrecher doch magisch an. Skye wäre am liebsten in ihre gemütliche kleine Wohnung geflohen, doch sie musste sich um Daniels Katze kümmern. Er liebte sie abgöttisch, und sie konnte sie nicht allein lassen. Außerdem müsste sie dann morgen früh wiederkommen, um die Katze zu füttern, bevor sie zur Polizei fuhr. Und ihre ganzen Sachen waren hier. Es war also durchaus vernünftig, dass sie blieb.

Sie war müde. Nein, sie war erschöpft. Sie hätte erleichtert sein sollen, dass Daniel in Sicherheit war, doch seine Behauptungen ließen sie nicht los. Hatte er tatsächlich einen Mord gestanden? Was hatte er sich nur dabei gedacht?

Skye erstarrte, als ihr plötzlich etwas klar wurde: Daniel suchte bereits seit Jahren erfolglos nach seiner leiblichen Mutter, und mit der Zeit hatte sich seine Suche zu einem regelrechten Kreuzzug entwickelt. Er war wie besessen, und es belastete ihn schwer. Da musste es eine Verbindung geben.

Skye seufzte gequält und hatte plötzlich keine Kraft mehr. Ihre Beine waren schwer wie Blei, und sie wollte nur noch schlafen. Sie stemmte sich mühsam hoch und schleppte sich über die breite Treppe nach oben in Daniels Zimmer.

Sie legte sich in ihr gemeinsames Bett und fragte sich, ob die Polizei das Haus durchsuchen würde. Wenn sie Daniels Geständnis ernst nahmen, mussten sie es tun.

Sie zog die Decke hoch, und die Sorgen wurden übermächtig. Es gab hier einige Dinge, die Daniel geheim halten wollte – vor allem vor der Polizei. Sie stopfte sich das große, weiche Kissen unter den Kopf und kniff die Augen zu. Aber was konnte sie schon ausrichten?

Skye kämpfte gegen die Tränen an, als sie einen sanften Druck auf der Decke spürte. Asti, Daniels geliebte Schildpattkatze, tappte anmutig über das Bett und rollte sich dann an ihre Brust geschmiegt zusammen. Skye legte einen Arm um das Tier, und die Wärme ließ sie Daniel noch mehr vermissen. Sie verlor den Kampf gegen die Tränen, drückte die Katze an sich und fiel schließlich in einen erschöpften Schlaf.

Daniel erwachte gegen drei Uhr morgens und sah sich selbst zusammengerollt auf einer Pritsche in der Gefängniszelle liegen. Es war, als würde er neben sich stehen und seinen schlafenden Körper betrachten.

Durch die Medikamente wirkte alles irgendwie seltsam und zusammenhanglos. Aber auch irgendwie friedlich – bis er das Blut sah.

Während Daniel auf der Pritsche weiterschlief, starrte der stille Beobachter auf das Blut hinunter, das von seinen Fingern tropfte und eine Pfütze auf dem Boden bildete. In einer Hand hielt er ein Messer mit langer, scharfer Klinge, in der anderen ein Foto. Doch das Gesicht, das darauf zu sehen war, war nur noch eine unkenntliche, blutrote Masse.

Die dunkle Flüssigkeit breitete sich immer weiter aus. Sie bedeckte zuerst seine Zehen und stieg dann weiter bis über seine Knöchel. Er spürte das klebrige Blut auf seiner Haut.

Er würde in ihrem Blut ertrinken!

Er schrie auf und ließ das Messer fallen, das sofort in dem schwarzen See versank.

Seine Schreie wollten gar nicht mehr aufhören.

KAPITEL 4

Die Morgensonne tauchte die Felder der Fens in einen grün-goldenen Schimmer. Diese wenigen magischen Minuten nach Sonnenaufgang waren für Marie die schönste Zeit des Tages. Wenn sie im Auto unterwegs war, wurde sie langsamer und machte das Radio aus, um die Stille zu genießen. Es gab nicht viele friedliche Momente in ihrem Leben, weshalb sie solche Gelegenheiten umso mehr genoss.

Heute fuhr sie allerdings mit ihrer geliebten Kawasaki Ninja in Limettengrün und Schwarz zur Arbeit – und es fühlte sich sogar noch besser an. Im Gegensatz zur Autofahrt konnte sie die Fens nun auch riechen. Man musste schon ein Biker sein, um diese plötzliche Schärfung des Geruchssinnes zu verstehen.

Sie hätte vermutlich sogar mit verbundenen Augen ganz genau gewusst, wo sie sich befand. Im Moment führte die Straße durch mehrere Felder, die in diesem Jahr nicht bestellt wurden, und es roch nach Klee und Schafgarbe. Wenn sie in der frischen Luft durch die Landschaft brauste, fühlte Marie sich immer als ein Teil von ihr.

Die Route durch die Stadt war um einiges kürzer, doch sie nahm den Umweg über die kurvenreichen Straßen der

Fens gerne in Kauf. Sie liebte die Weitläufigkeit und die manchmal überwältigende Trostlosigkeit des Marschlandes. Hier konnte sie wieder klar denken, und die pure, öde Schönheit rückte alles in die richtige Perspektive. Es waren seltene Momente des Friedens, wenn nur das Kreischen der Austernfischer zu hören war und die Fischreiher zwischen den tief hängenden Wolken und dem schilfbewachsenen Moor durch die Luft segelten.

Als sie sich der Stadt näherte, überlegte sie, was der Tag wohl bringen würde. In ihrem Job konnte man das nie im Vorhinein sagen. Die Nacht war schrecklich gewesen, und ihr unruhiger Schlaf war immer wieder von Gedanken an Daniel Kinder und dem quälenden Gefühl unterbrochen worden, dass etwas mit ihm nicht stimmte.

Trotzdem freute sie sich darauf, ihn wiederzusehen. Er unterschied sich so sehr von den üblichen Arschlöchern, denen sie sonst im Verhörzimmer begegnete, dass seine Seltsamkeit beinahe erfrischend war.

Die Eisentore des Polizeireviers schwangen auf, und Marie durchlief ein aufgeregtes Schaudern. Der Fall Alison Fleet hatte bereits jetzt einen geheimnisvollen Beigeschmack. Er war weder unkompliziert noch klar umrissen. Bis jetzt war kein bestimmtes Muster erkennbar, und als Marie ihr Motorrad neben Jackmans Geländewagen parkte, fragte sie sich, was sie wohl herausfinden würden, wenn sie erst mal tiefer gruben.

Die Polizeidienststelle befand sich in einem weitläufigen viktorianischen Gebäude, das früher eine renommierte Mittelschule und davor eine Kunstakademie beherbergt hatte. Obwohl die ursprüngliche Pracht inzwischen verblasst war und an dem stetigen Strom der Kleinkriminellen vollkommen unbemerkt vorüberging, war es immer noch ein ehrwürdiges Haus. In manchen Teilen waren die glänzenden Treppengeländer, die Buntglasfenster und die holzvertäfelten Flure und Korridore noch erhalten, doch das Beste war die riesige, hochaufragende Eingangshalle mit der kunstvoll geschnitzten Sängerempore und dem im Schachbrettmuster gefliesten Marmorboden.

Auch heute Morgen erstrahlten die ebenholzschwarzen und weißen Platten – die zufällig genau zu dem karierten Hutband der Polizisten passten – nach der nächtlichen Reinigung in vollem Glanz. Marie fühlte sich in dem vertrauten, alten Gebäude wohl, und es hatte den Titel »Zuhause« eher verdient als das kleine, ordentliche Häuschen am Stadtrand. Außerdem verbrachte sie hier auch sehr viel mehr Zeit, wie sie reumütig zugeben musste.

Jackman eilte den Flur entlang auf sie zu.

»Morgen, Chef. Wie geht es unserem geständigen Mörder? Hat er sich nach dem Ausbruch im Verhörzimmer wieder beruhigt?«

Jackman steckte die Hände in die Taschen. »Er liegt im Krankenhaus.«

Der positive Start in den Tag war dahin. »Warum?«, fragte sie stirnrunzelnd.

»Er hat die diensthabenden Beamten der Nachtschicht beinahe zu Tode erschreckt. Er schrie, als wollte ihn jemand ...« Er verzog das Gesicht.

»Umbringen?«, meinte Marie grinsend. »Wir dürfen solche Dinge sagen, Sir, selbst wenn es um Mörder geht. Oder besser gesagt: um mutmaßliche Mörder.« Sie gingen nebeneinander zum Aufzug. »Also, was ist passiert?«

»Der diensthabende Sergeant meint, Kinder hätte einen Albtraum gehabt, aber sein Zustand war so bedenklich, dass sie den Arzt noch einmal holen mussten.« Jackman drückte den Knopf für ihr Stockwerk. »Offenbar spielte sein Blutdruck verrückt, und aufgrund der Umstände und des schlechten Allgemeinzustandes ging der Doc auf Nummer sicher und hat ihn zur Beobachtung ins Saltern General eingewiesen.«

»Das heißt, wir können ihn nicht befragen. Verdammt!«

»Die Zeit, die wir ihn in Verwahrung behalten dürfen, wird gestoppt, solange er im Krankenhaus ist, und die Beamten, die ihn begleiten, dürfen nicht mit ihm über den Fall sprechen, also werden wir die Zeit nutzen, um Informationen über ihn einzuholen.«

»Mithilfe der Freundin, Skye Wynyard?«

»Genau. Was ist das eigentlich für ein Name? Wie auch immer, sie kommt jedenfalls in ...« Jackman warf einen Blick auf die Uhr, während die Aufzugtüren sich öffneten. »... zwanzig Minuten.« Er trat einen Schritt zurück, damit Marie vor ihm eintreten konnte.

»Ich schlüpfe nur schnell aus meiner Lederkluft und komme dann zum Ermittlungsraum, Sir.«

Jackman hatte angenommen, dass Skyes Eltern einen protzigen Versuch unternommen hatten, ihrem Kind einen »originellen« Namen zu geben, doch als er sie sah, änderte sich seine Meinung schlagartig.

Skye passte einfach zu der jungen Frau.

Er musterte sie eingehend, während Marie ihr für ihr Kommen dankte. Skye Wynyard hatte kornblumenblaue Augen, ihre Haare die Farbe von nassem Sand. Ganz offensichtlich war sie krank vor Sorge um ihren Freund.

Die irritierend blauen Augen der Frau weiteten sich, als Marie ihr erzählte, was in der Nacht passiert war. »Im Krankenhaus? O nein! Kann ich zu ihm?«

»Das ist leider nicht möglich. Er steht immer noch unter Arrest.«

»Aber ...« Sie nestelte nervös an ihrem breiten Armband mit den kleinen Amethystplättchen herum, das nervtötend klimperte.

Jackman lächelte und hoffte, dass es möglichst aufmunternd wirkte. »Wie Sergeant Evans gerade sagte, können Sie im Moment leider nicht zu ihm. Aber wir werden ein Treffen organisieren, sobald wir wissen, was hier los ist.«

Skye wirkte besorgt, doch Jackman wusste, dass ihre Nervosität nichts mit schlechtem Gewissen zu tun hatte. Sie befand sich in einer Situation, in der sie sich nicht zurechtfand. Die junge Frau stand unter Schock. Sie ließ sich resigniert in den Stuhl zurücksinken.

Jackman musterte sie aufmerksam. Er verglich seine instinktiven Beobachtungen anschließend gerne mit Maries Einschätzung. Manchmal waren sie sich einig, doch meistens gab er klein bei und verwarf seine rein wissenschaftlich fundierten Vermutungen zugunsten der sehr viel intuitiveren Betrachtungen seines Sergeants.

Skye wirkte ehrlich, besorgt und gleichzeitig fest entschlossen. Er hoffte, dass sie Licht in Daniel Kinders Geschichte bringen wollte.

»Glauben Sie, dass Daniel zu einem Mord fähig wäre?«, fragte Marie geradeheraus.

»Auf keinen Fall!« Skye reckte trotzig das Kinn nach vorne. »Er ist ein sanftmütiger, rücksichtsvoller, kluger Mann. Und ganz sicher kein Mörder.«

»Wie lange kennen Sie ihn bereits?«

»Etwa vier Jahre. Und seit zwei Jahren sind wir zusammen.«

»Wo haben Sie ihn kennengelernt?«, fragte Jackman.

»In dem Krankenhaus, in dem ich arbeite. Ich bin Ergotherapeutin im Saltern General.« Sie runzelte die Stirn. »Ich schätze, dass er jetzt dort ist?« Das Stirnrunzeln verschwand wieder. »Daniel ist Enthüllungsjournalist, und zu dieser Zeit gab es eine Menge schlechte Presse über das Krankenhaus: Infektionen mit multiresistenten Keimen und ein erheblicher Personalnotstand. Sie wissen ja, womit der staatliche Gesundheitsdienst zu kämpfen hat. Daniel hatte allerdings beschlossen, einen Artikel über die stillen Helden im Hintergrund zu schreiben. Über den Alltag in einem staatlichen Krankenhaus aus der Sicht der Krankenschwestern und der anderen Angestellten.« Sie warf den beiden Polizisten einen verlegenen Blick zu. »Als ich den Artikel las, war ich überwältigt von seiner einfühlsamen Art, gleichzeitig war er aber auch sehr eindringlich. Es war ihm egal, dass er den Behörden auf die Zehen trat und sich vermutlich einige Probleme einhandeln würde. Es war, als würde er jedes Wort glauben, das in seinen Artikeln stand. Und als ich ihn schließlich näher kennenlernte, bestätigte sich diese Vermutung.« Sie lächelte schwach. »Es ist seltsam, aber als er mich damals interviewte, war mir sofort klar, dass wir Freunde werden würden.« Sie wandte sich an Marie. »Es war einer dieser besonderen Momente. Wissen Sie, was ich meine?«

Marie nickte, und Jackman sah Verständnis und eine tiefe Traurigkeit in ihren Augen. Vermutlich hatten sie und ihr verstorbener Mann Bill einmal einen ähnlichen Moment erlebt. Jackman erlaubte sich, einen Augenblick darüber nachzudenken, wo das gewesen sein könnte. Ganz sicher hatten Motorräder eine Rolle gespielt. Bill Evans war einer ihrer besten Motorradpolizisten gewesen, und seine Liebe zum Rennsport hatte ihn viel zu früh das Leben gekostet.

Jackman seufzte leise und wandte der Vergangenheit den Rücken zu, um sich wieder auf die Befragung zu konzentrieren.

»Und warum hat dieser ›sanftmütige‹ Mann Ihrer Meinung nach einen brutalen Mord gestanden?«, fragte Marie.

Skye holte tief Luft. »Ich weiß es nicht, aber ...« Sie starrte einen Moment lang auf den Tisch, bevor sie fortfuhr: »Er nimmt seine Arbeit sehr ernst. Vielleicht ist ihm eine Sache über den Kopf gewachsen. Er hatte in letzter Zeit viel um die Ohren.«

Die Erklärung war ziemlich lahm, und Jackman war sich sicher, dass die Frau mehr wusste, als sie bisher preisgegeben hatte. Aber er würde es trotzdem vorsichtig angehen. Sie konnte ihnen eine große Hilfe sein, daher hatte es keinen Sinn, sie schon beim ersten Treffen gegen sich aufzubringen. »Im Privaten? In der Arbeit? Oder waren es gesundheitliche Probleme? Könnten Sie bitte etwas genauer werden?«

Skye Wynyard zögerte erneut, und Marie lehnte sich nach vorne, um der jungen Frau in die Augen zu schauen. »Ich sehe, wie sehr Sie Daniel mögen, Skye. Aber wenn Sie ihm wirklich helfen wollen, dann müssen Sie uns alles sagen, was Sie wissen! Er steckt in echten Schwierigkeiten.«

Jackman übernahm, ohne Skyes Antwort abzuwarten. »Vielleicht sogar mehr, als Ihnen klar ist. Abgesehen davon, dass er unsere Zeit verschwendet hat, falls er nichts mit dem Mord an Alison Fleet zu tun hatte, könnte ihm auch eine Strafe wegen Behinderung der polizeilichen Ermittlungen drohen. Während wir uns hier mit Daniel beschäftigen, könnte der wahre Mörder ungestraft davonkommen, Skye.«

Die junge Frau schluckte und erkannte endlich den Ernst der Lage. Ihr Blick wanderte von Marie zu Jackman, dann sagte sie: »Könnten Sie mich vielleicht zu Daniels Haus begleiten? Es gibt da etwas, das Sie sehen sollten.«

Eine halbe Stunde später standen Jackman und Marie vor einer schmalen Treppe. Skye Wynyard starrte zu der massiven Tür am anderen Ende hoch und hielt den dazugehörigen Schlüssel fest umklammert. Sie hatte offensichtlich schwere Bedenken, dass sie die beiden Ermittler mit in Daniels Haus genommen hatte.

»Machen Sie sich keine Gedanken, Skye«, beruhigte Marie sie sanft. »Wir wären ohnehin hierhergekommen. Daniels Geständnis war schwerwiegend genug, um einen Durchsuchungsbefehl zu erwirken. Aber so ist es ehrlich gesagt angenehmer.«

»Er vertraut mir, und jetzt habe ich das Gefühl, als hätte ich ihn hintergangen«, erwiderte Skye. »Versuchen Sie bitte zu verstehen, dass Daniel ...« Sie brach ab, denn ihr war offenbar klar geworden, dass es kein Zurück gab. Also atmete sie tief und entschlossen ein, umfasste den Schlüssel noch fester und stapfte die Treppe hoch. »Sehen Sie am besten selbst ...«

Jackman trat in die lang gezogene Dachkammer und sah sich um.

Das Dach war spitzwinkelig, mit mehreren kleinen, kastenförmigen Fenstern. Dunkle Flecken unter den Gauben verrieten, dass sie undicht waren, wenn der Wind den Regen von Osten gegen das Dach peitschte. Sein Blick wanderte weiter, und er schnappte unwillkürlich nach Luft. Er spürte, wie Marie sich neben ihm versteifte.

Die einzigen Möbelstücke waren ein Stuhl und ein abgestoßener Holztisch voller Kaffeeringe, der in scharfem Kontrast zu dem hochmodernen Touchscreen-Computer stand. Dutzende Kartons mit leerem und bereits bedrucktem Kopierpapier stapelten sich auf dem Boden. Daneben lagen Mappen, Aktenordner und Einkaufstüten voller Dokumente.

Doch das alles ließ Jackman unbeeindruckt. Die Wand, die sich den gesamten Raum entlang erstreckte, bereitete ihm wesentlich mehr Sorgen. Sie war vom Boden bis zur Decke mit Zeitungsausschnitten, Fotos, Computerausdrucken und hingekritzelten Notizen tapeziert. Doch auch der Umfang der Nachforschungen schockierte Jackman nicht – es war vielmehr die Art, wie die Ergebnisse präsentiert wurden.

In der Mitte der Wand befand sich das vergrößerte Foto einer Frau, die Jackman – wie die meisten Briten – sofort wiedererkannte.

Es war ein Porträt von Françoise Thayer, die vor über zwanzig Jahren ihre Arbeitgeber George und Lydia Haines brutal und kaltschnäuzig ermordet hatte. Die britische Presse hatte Françoise Thayer damals »die blonde Schlächterin« genannt, und genau wie das Polizeifoto von Myra Hindley war auch Françoise Thayers Bild unverwechselbar – und ebenso schaurig. Doch während Hindleys Augen emotionslos und tot wirkten, funkelten Thayers amüsiert, was Jackman immer schon um einiges beunruhigender gefunden hatte.

Das bösartige Lächeln der Frau stand im Zentrum, und unter dem Foto klebte – mit etwas Abstand – ein Bild von Daniel Kinder. Darunter hatte jemand in großen, krakeligen Buchstaben mit schwarzem Stift »DER SOHN DER MÖRDERIN« an die Wand geschmiert.

»Ich fürchte, genau das glaubt er«, hauchte Skye. Sie zuckte mit den Schultern und sah Jackman flehend an.

Er zog sein Telefon aus der Hosentasche. »Es tut mir leid, Skye, aber wir brauchen die Spurensicherung. Vor allem einen Fotografen.«

»Nein, bitte nicht! Das hier ist nicht mein Haus. Es gehört Daniels Mutter, und sie ist verreist.«

Tränen stiegen ihr in die Augen, und bevor Jackman etwas sagen konnte, rief sie: »O Gott! Ich hatte kein Recht, Sie herzubringen!«

Marie trat eilig einen Schritt vor und legte einen Arm um die bebenden Schultern der jungen Frau. »Keine Angst! Das gehört zu den Ermittlungen, und Sie haben das Richtige getan«, meinte sie sanft.

»Glauben Sie mir«, fügte Jackman hinzu. »Wie DS Evans vorhin schon sagte: Es macht einen besseren Eindruck, dass Sie uns freiwillig hierhergebeten haben. Warum gehen wir nicht solange nach unten?« Er klappte sein Telefon zu. »Dann können Sie uns ganz genau erklären, was das alles zu bedeuten hat. Und wir können versuchen, es zu verstehen.« Er schenkte ihr ein – wie er hoffte – aufmunterndes Lächeln. »Kommen Sie, wir setzen uns ins Wohnzimmer, und Sie erzählen uns von Daniel.«

Die ganze Situation war vollkommen surreal. Sie saßen im Wohnzimmer, und Skye hatte das Gefühl, als müsste sie ihren Gästen ein Getränk anbieten und Small Talk betreiben. Sie musste sich konzentrieren, damit sie ihnen von Daniel und seinem verzweifelten Wunsch erzählen konnte, mehr über seine Herkunft zu erfahren.

Es dauerte über eine halbe Stunde, und am Ende war sie vollkommen erschöpft. Sie betete, dass ihre Geschichte glaubwürdig geklungen hatte. Zumindest schienen die beiden Polizisten tief in Gedanken versunken.

»Besteht die Möglichkeit, dass er recht hat?« Der Inspector sah sie mit seinen nervtötend ernsten Augen an. »Könnte er wirklich Françoise Thayers Sohn sein?«

»Ich habe Daniel bei seinen Recherchen geholfen und mich monatelang mit dieser Frau beschäftigt, aber ich habe keinerlei Beweise gefunden. Obwohl ...« Skye hasste sich selbst für das, was sie als Nächstes sagte. »Sein Geburtstag stimmt mit dem Zeitpunkt überein, an dem Thayer ein Kind zur Welt brachte. Sie hatte einen Sohn. Aber es gibt keine offiziellen Aufzeichnungen.«

»Thayer ist tot, oder?«

Skye nickte. »Sie ist ein Jahr nach ihrer Verhaftung gestorben.«

»Wurde sie nicht ermordet?«, fragte Sergeant Evans.

»Es war ein Wunder, dass sie überhaupt ein Jahr durchgehalten hat«, erwiderte Skye. »Sogar die Mithäftlinge hielten sie für die Reinkarnation des Bösen. Und es wurde auch nie jemand angeklagt.«

»Was für eine Überraschung!« Marie warf Jackman ein schiefes Grinsen zu, und sie hoben beide die Augenbrauen.

Skye war plötzlich unheimlich erleichtert. Sie hatte zum ersten Mal das Gefühl, vielleicht doch das Richtige getan zu haben. Die Beamten waren ganz anders als erwartet. Sie hatten ihr vorhin tatsächlich zugehört, und sie schienen sich sehr gut untereinander zu verstehen. Sie fragte sich, ob die beiden ein Paar waren. Die Frau war zwar um einiges älter als der Inspector, aber das bedeutete heutzutage nichts mehr. Außerdem war die Polizei allgemein für ihre »internen« Beziehungen bekannt. Daniel hatte einmal einen Artikel über Jobs geschrieben, die Untreue begünstigen, und er hatte herausgefunden, dass es auf Polizeirevieren zu übermäßig vielen unerlaubten Affären kam. Obwohl das eigentlich nicht so recht zu Jackman und Evans passte, auch wenn er auf schnöselige Art gut aussah. Skye beschloss, dass die beiden bloß ein gut eingespieltes Team waren.

»Stehen Sie in Kontakt mit Daniels Mutter?«, fragte der Inspector, und Skye schob die Gedanken über das Privatleben der beiden eilig beiseite. »Sie ist irgendwo in Asien in einem Retreat, aber ich weiß nicht genau, wo. Und Daniel auch nicht.«

»Vielleicht können wir sie über eine der Botschaften oder über ihre Kreditkartenabrechnungen ausfindig machen«, schlug Marie vor.

»Ich kann Ihnen sagen, wo sie zuletzt war, aber das ist auch ziemlich vage.«

»Hat sie ein Handy?«

Skye schüttelte den Kopf. »Der Tod ihres Mannes hat sie leider schwer getroffen. Sie wollte eine spirituelle, heilende Reise, und Handys passen nicht ins Konzept. Zuletzt musste sie sogar ihre Schuhe zurücklassen.«

»Riskant«, murmelte Evans. »Gibt es dort nicht ziemlich viele Schlangen?«

Skye entwickelte eine gewisse Sympathie für die ältere Frau. »Ja, klar. Vor allem Giftschlangen. Vipern, Kobras, Kraits ...«

»Dann hoffen wir, dass die Engel sie leiten.«

Skye betrachtete die Frau überrascht. Sie hatte noch nie gehört, dass ein Polizist so etwas gesagt hatte. Und es war auch nicht sarkastisch gemeint gewesen. Skye glaubte an Engel, und sie griff unbewusst nach dem silbernen Anhänger, den sie nie ablegte. Es war ein Geschenk von Daniel, und die Gravur lautete: »Unter dem Schutz der Engel.«

»Ja, das hoffen wir«, wiederholte sie, dann fuhr sie fort: »Werden Sie Daniel heute noch befragen? Könnten Sie ihm vielleicht ausrichten, dass ...« Sie brach ab. Was sollten sie ihm denn ausrichten?

»Nein, heute nicht, Skye. Erst wenn die Ärzte ihn für vernehmungsfähig erklären.« Die Stimme der Polizistin klang sanft und verständnisvoll. »So will es das Gesetz. Wir können ihn nur eine bestimmte Zeit festhalten, ohne Anklage zu erheben. Als er ins Krankenhaus kam, wurde die Uhr gestoppt, doch wenn einer von uns mit ihm über den Fall spricht, läuft die Zeit wieder.«

Skye nickte und war zum Teil sogar froh. Solange sie Dan nicht selbst gesehen hatte, wollte sie sich gar nicht erst Gedanken darüber machen, was um alles in der Welt in seinem verwirrten Kopf vorging. »Und das Haus? Immerhin gehört es mir nicht, und bald werden hier überall Polizisten herumtrampeln.«

»Ein forensischer Fotograf wird die Dachkammer dokumentieren, und danach wird alles eingepackt und der Beweissammlung hinzugefügt. Angesichts der Schwere des Verbrechens, das Daniel gestanden hat, muss das ganze Haus durchsucht werden. Wir werden unser Möglichstes tun, damit nichts beschädigt wird und am Ende alles wieder an seinem Platz steht, aber ...« Der Inspector verzog das Gesicht.

»Ich verstehe schon«, erwiderte Skye. Hatte Daniel eigentlich eine Ahnung, was für ein Chaos er mit seiner albernen Aktion angerichtet hatte?

»Arbeitet Daniel von zu Hause aus?«, fragte Marie Evans. »Ich habe kein Büro gesehen.«

»Nein. Er meint, es würde ihn zu sehr ablenken. Er hat ein kleines Büro in der Firma eines Freundes draußen im

Industrieviertel gemietet. ›Emerald Exotix‹. Der Freund heißt Mark Dunand. Er importiert exotische Zimmerpflanzen aus der ganzen Welt. Sie wollen wahrscheinlich das Büro sehen, oder?«

Die beiden Polizisten erhoben sich. »Es wäre nett, wenn Sie uns die Adresse geben könnten, Miss Wynyard. Wir müssen es natürlich überprüfen.«

Skye ging in die Küche, riss ein Blatt vom Notizblock und notierte Mark Dunands Adresse und Telefonnummer. »Ich will Daniel helfen«, brach es plötzlich aus ihr heraus. »Er hat diese Frau nicht getötet, das weiß ich bestimmt! Ich bin mir sicher, dass seine Sorgen über seine Herkunft der Grund für dieses Chaos sind.« Sie sah die beiden flehend an. »Wenn Sie ihn das nächste Mal verhören, versuchen Sie bitte, hinter die Fassade zu schauen. Ziehen Sie alle Beweise in Betracht. Vielleicht können Sie ihn am Ende überzeugen, dass er nicht der Sohn einer Mörderin ist.«

Der Inspector streckte ihr die Hand entgegen. »Die Analyse sämtlicher Beweise ist unsere große Stärke, Miss Wynyard. Glauben Sie mir, wir werden den Fall Stück für Stück auseinandernehmen, bis wir der Wahrheit auf die Spur gekommen sind.«

Sie nickte erneut und schüttelte seine Hand. Sein Griff war fest und beruhigend. »Wir suchen alle nach der Wahrheit, Inspector Jackman. Sogar Daniel – auch wenn es Ihnen schwerfällt, das zu glauben.«

KAPITEL 5

Die beiden Krankenschwestern betrachteten den schlafenden Daniel Kinder, und eine der beiden warf dem uniformierten Constable neben dem Bett einen wütenden Blick zu.

»Er ist ein Held. Müssen Sie ihn wirklich so streng bewachen?«

Der Polizist – Roger Lucas – beschloss, sich auf keine Diskussionen einzulassen. »Es tut mir leid, Miss. Befehl ist Befehl. Dieser Mann steht unter Arrest.«

»Das muss ein Fehler sein«, erklärte die andere. Sie war mollig, hatte wasserstoffblonde Haare und trug viel zu viel Augen-Make-up. »Dieser Mann hat sich vor einer Weile sehr für uns eingesetzt. Er hat eine Menge Zeit hier verbracht, und er ist echt nett. In unseren Augen kann er einfach nichts falsch machen«, fügte sie herausfordernd hinzu.

»Dann muss er sich ja keine Sorgen machen, aber im Moment bleibe ich trotzdem, wo ich bin.« Roger lehnte sich in seinem Stuhl zurück und verzog das Gesicht. Es war schon seltsam. Normalerweise wurde der Gefangene misstrauisch beäugt und nicht er.

Nachdem die Schwestern gegangen waren, warf er einen

Blick durch das Glasfenster, das ihn von dem zweiten uniformierten Polizisten vor der Tür trennte, und ein Schatten legte sich auf sein Gesicht.

PC Zane Prewett lehnte lässig an der Wand und unterhielt sich mit einer der Schwestern. Roger fragte sich, wie lange es wohl dauern würde, bis die junge Frau Zanes viel erprobten Anmachsprüchen zum Opfer fiel. Er schnaubte angewidert und wandte sich ab. Er hasste es, mit Prewett Dienst zu schieben, aber heute war ihm nichts anderes übrig geblieben. Sein eigener Partner hatte frei, und PC Kevin Stoner, Zane Prewetts leidgeprüfter Partner, war wieder mal krank. Roger konnte es dem armen Teufel nicht verübeln. Es war die Hölle, mit diesem Schwein zu arbeiten. Roger mochte Kevin. Er war ein guter Kerl, und Roger verstand nicht, warum er noch nicht um eine Versetzung angesucht hatte. Prewett war zwar ein Kollege, aber er war das reinste Gift.

Eine weitere Krankenschwester betrat das kleine Zimmer und kontrollierte den Blutdruck des Patienten.

»Entschuldigen Sie, Miss, aber wann kommt denn der Arzt?«, fragte Roger höflich und erwartete bereits eine weitere Abfuhr.

Überraschenderweise lächelte die Schwester jedoch und zuckte mit den Schultern. »Wir ersticken in Arbeit, und er wurde aufgehalten, aber ich hoffe, dass er bald da ist.« Sie lächelte erneut. »Soll ich Ihnen vielleicht einen Kaffee bringen? Sie dürfen ja nicht fort, und Ihr Partner scheint anderweitig beschäftigt.«

»Das wäre nett, wenn es nicht zu viele Umstände macht ...«

Sie hielt noch einmal inne. »Darf ich raten? Milch und zwei Stück Zucker?«

Roger strahlte, obwohl er seinen Kaffee normalerweise schwarz mit einem Stück Zucker trank. »Perfekt.«

Laut ihrem Namensschild war sie eine examinierte Krankenschwester namens Kelly King. Im Gegensatz zu Zane Prewett war Roger kein Frauenheld, doch er hatte natürlich bemerkt, dass die Schwester mit den langen, hellblonden, zu einem straffen Zopf geflochtenen Haaren außerordentlich hübsch war.

Er sah ihr leise seufzend hinterher. Eine Frau wie sie war sicher schon vergeben. Und wenn nicht, hatte sie auf jeden Fall eine Menge Verehrer, und er war kein David Beckham.

Er richtete den Blick wieder auf den Gefangenen, der langsam unruhig wurde.

Der Kerl war echt seltsam.

Roger runzelte die Stirn. Er hatte einige von Daniels Artikeln über verschiedene Regionalthemen gelesen, und der eine oder andere hatte ganz schön zum Nachdenken angeregt. Sie waren gut recherchiert, aber immer auch ein wenig provokant formuliert. Daniel hatte sich auf jeden Fall eine regelmäßige Kolumne in einem der großen Blätter verdient. Aber warum hatte er sich plötzlich von einem fähigen Journalisten in einen sadistischen Mörder verwandelt?

Zuerst hatte Roger Drogen in Verdacht gehabt. Sie waren der Grund für beinahe alle unlogischen Verbrechen gewesen, mit denen er bis jetzt zu tun gehabt hatte, und sie verwandelten selbst das klügste Gehirn in Matsch. Seiner Meinung nach konnte der richtige Drogencocktail aus jedem Menschen einen Mörder machen.

Er hatte allerdings gehört, dass Daniel keine Drogen im Blut gehabt hatte. Aber was war es dann?

Roger betrachtete den gut aussehenden Mann, der im Schlaf unzusammenhängendes Zeug vor sich hin brabbelte, und fragte sich, ob vielleicht alles bloß ein Schwindel war. Hatte eine der großen Zeitungen ihm die Chance auf einen einmaligen Knüller geboten? War Daniel Kinder ein Undercover-Reporter, der die Polizei auseinandernehmen wollte?

Möglich wäre es gewesen. Es gab im Moment einiges böses Blut gegen die Polizei, und zwei prominente Korruptionsfälle schafften es beinahe täglich in die Zeitung. Rogers Augen wurden schmal. Wenn es jemand fertigbrachte, unter die Oberfläche zu gelangen und alles aufzumischen, dann war es dieser Mann. Sollte er vielleicht mit seinem Vorgesetzten über seine Bedenken sprechen? Roger biss sich auf die Lippe. Und als Kelly King ihm schließlich den Kaffee brachte, bemerkte er ihr verführerisches Lächeln kaum.

Jackman saß auf dem Beifahrersitz und sah zu Marie Evans. »Sie sind entnervend still.«

»Ich habe gerade über die Dachkammer nachgedacht, Sir.« Sie warf einen Blick in den Rückspiegel und bog auf die Überholspur. »Es herrschte so eine trostlose, verzweifelte Stimmung in dem Raum, finden Sie nicht auch?«

Jackman fragte sich, ob es wirklich Verzweiflung gewesen war oder eher Manie. »Wenn man Daniels Artikel liest, merkt man sofort, wie leidenschaftlich er für die Wahrheit kämpft. Was es auch koste. Vielleicht schafft er es nicht loszulassen, wenn er sich erst mal in etwas verbissen hat.«

»Vielleicht war aber auch der Brocken, in den er sich verbissen hat, als er sich auf die Suche nach seinen leiblichen Eltern machte, zu groß für ihn. Vielleicht hat er sich daran verschluckt.« Sie gab Gas und fuhr zügig die kurvenlose Straße entlang zur Dienststelle. »Ich glaube, es macht ihn irre, dass er keine Antworten findet.«

»Irre genug, um jemanden umzubringen?«

»Das habe ich nicht gesagt«, erwiderte Marie. »Aber es könnte sein, dass er gerade in eine Paranoia rutscht, oder? Die Wand in der Dachkammer war jedenfalls mehr als unheimlich.« Sie hielt kurz inne. »Es ist zwar schon etwas länger her, und Sie waren damals noch nicht bei der Polizei, aber haben Sie vielleicht den Prozess um Terence Marcus Austin verfolgt?«

»Ja, zum Teil«, erwiderte Jackman und versuchte, sich zu erinnern. »Das war doch dieser junge Kerl aus Sheffield, der seine ganze Familie umgebracht hat, oder?«

»Ja, und auch noch einige andere. Er litt an einer Zwangsneurose, doch leider erkannte niemand die Warnsignale, bis er sieben Menschen getötet hatte – drei Kinder und vier Erwachsene. Man hätte alle klassischen Symptome einer Schizophrenie diagnostizieren können – wenn sich jemand darum gekümmert hätte.« Marie lenkte den Wagen wieder auf die erste Spur. »Es ging unheimlich schnell. In achtzehn Monaten wurde aus einem Universitätsabsolventen ein skrupelloser Mörder.«

»Wollen Sie damit sagen, dass Daniel Kinder unter Schizophrenie leiden könnte?«

»Keine Ahnung, ich bin kein Psychiater. Aber Terence Austin führte Tagebuch. Ein Notizbuch voll mit seinen Gedanken. Ich habe es gelesen.« Marie erschauderte unwillkürlich.

»Das klingt, als hätten Sie es lieber nicht in die Hände bekommen.«

»Der Stoff, aus dem Albträume entstehen.« Sie ließ das Fenster hinunter, lehnte sich hinaus und hielt ihren Ausweis vor die Überwachungskamera auf dem Polizeiparkplatz. »Das Schlimmste war, dass es mit vollkommen normalem, beinahe jungenhaftem Geplänkel begann, aus dem plötzlich schrecklich anschauliche Bilder und grauenhafte Beschreibungen seiner unglaublich irren Gedankenwelt wurden.« Sie holte tief Luft. »Ich weiß auch nicht, aber als ich heute die Dachkammer sah, musste ich sofort an Terence Austins Tagebuch denken.«

Jackman öffnete den Sicherheitsgurt und stieg aus. »Ja, aber mal abgesehen von den beiden Fotos könnte es sich genauso gut um eine dieser Brainstormingtechniken handeln, mit denen sich angeblich Probleme schneller lösen lassen.«

Marie schlug die Autotür zu und versperrte den Wagen. »Oder um eines unserer Whiteboards. Es klingt vielleicht übertrieben, aber ich hatte den Eindruck, als würde hier etwas eskalieren.«

»Vielleicht haben Sie recht«, erwiderte Jackman, während sie sich auf den Weg zum Hauptgebäude machten. »Sobald alles katalogisiert ist, werden wir die Wand rekonstruieren. Ich bin gespannt, was die anderen dazu sagen.«

»Bekommen wir ein psychologisches Gutachten?«

»Ich werde mit der Superintendentin darüber sprechen.« Ein Gespräch, auf das Jackman sich nicht gerade freute. »Wir brauchen sämtliche verfügbare Hilfe, Budget hin oder her.«

Sobald sie das Gebäude betreten hatten, kam eine Sekretärin auf sie zu. Der diensthabende Sergeant wollte mit ihnen sprechen.

»Was ist denn jetzt schon wieder?«, murmelte Jackman.

Der Sergeant war ein stämmiger Mann mit frühzeitig ergrauten Haaren und einem roten Gesicht. Er führte sie in sein Büro und schloss die Tür.

»Es hat möglicherweise keine weitere Bedeutung, aber ich dachte, Sie sollten vielleicht wissen, dass die Stimmung gegenüber unseren Beamten im Krankenhaus nicht gerade die beste ist.« Er fuhr sich mit der fleischigen Hand durch die Haare und zuckte mit den Schultern. »PC Roger Lucas hat vorhin angerufen. Unsere Jungs sind die ›Bösen‹ und Daniel Kinder ein ›Heiliger‹. Sein Artikel hat das Krankenhauspersonal in der öffentlichen Wahrnehmung von verantwortungslosen, apathischen Faulenzern in strahlende Engel verwandelt und ihm in dieser Ecke einige Fans eingebracht.«

»Das war ja zu erwarten«, erwiderte Jackman unbeeindruckt.

»Sicher. Aber PC Lucas hat mich von der Toilette aus angerufen. Es besteht der Verdacht, dass jemand seinen Kaffee mit Abführmittel versetzt hat.«

Jackman wollte lachen und merkte, dass auch Marie versuchte, ein Kichern zu unterdrücken, doch dann dachte er einen Schritt weiter. Es war gut möglich, dass Daniel Kinder ein sadistischer Mörder war, und die vernarrten Schwestern gefährdeten die allgemeine Sicherheit, bloß weil er einmal für sie eingetreten war.

Sergeant Jim Masters wartete einen Augenblick, bis seinen Kollegen genau das klar geworden war, dann fuhr er fort: »Ich habe mich bereits darum gekümmert und die Superintendentin gebeten, ein ernstes Wort mit der Krankenhausleitung zu sprechen. Außerdem habe ich die Anzahl der Männer vor Ort verdoppelt. Natürlich hat das Personal keine Ahnung, was Kinder möglicherweise getan hat. Aber dieses Verhalten ist trotzdem inakzeptabel.« Er hielt erneut inne. »Das war allerdings nicht der Grund, warum ich mit Ihnen sprechen wollte. PC Lucas hat da eine Theorie ...« Er berichtete ihnen von der Vermutung des Constables, dass Kinder bloß auf der Jagd nach einer guten Story war.

»Und auf diese herausragende Idee kam er tatsächlich, während er auf dem Topf saß? Gute Arbeit – unter diesen Umständen. Ich bin beeindruckt«, witzelte Marie.

Jackman warf ihr einen schnellen Blick zu und sah den Zweifel hinter ihrem Grinsen. Sie fragte sich dasselbe wie er. War es möglich, dass Kinder alles nur vortäuschte? Und wenn ja, was zum Teufel wollte er über die Polizei von Saltern herausfinden? Wer oder was war das Ziel seines Interesses?

Er bedankte sich bei dem Beamten, und sie gingen langsam und schweigend zu der breiten Treppe, die in den zweiten Stock führte. Erst als sie im ersten Stock angekommen waren, blieb Marie stehen und sah Jackman an. »Roger Lucas ist ein guter, verlässlicher Cop. Wenn er recht hat, haben wir ein ernstes Problem.«

»Stimmt. Der Grat zwischen geistesgestört und hinterlistig ist schmal. Aber falls es wirklich ein cleverer Trick ist, um an eine Story zu gelangen – welche Enthüllung wäre es wert, dafür ins Gefängnis zu gehen?«

Marie schüttelte den Kopf. »Keine Ahnung. Er setzt alles aufs Spiel. Seine Karriere, seinen Ruf und ... Und seine Beziehung mit Skye Wynyard. Sie macht sich wahnsinnige Sorgen um ihn.«

Jackman verzog das Gesicht. »Aber das würde sie auch, wenn sie wüsste, dass er hinter einer Story her ist und alles verlieren könnte. Einschließlich ihr.«

Sie kehrten schweigend in den Ermittlungsraum zurück.

Daniel Kinder war augenblicklich erleichtert, als er die schwarze Uniform neben seinem Bett sah. Er hätte sich allerdings noch besser gefühlt, wenn sie seine Hände fixiert hätten, denn das hätte bedeutet, dass sie ihn wirklich ernst nahmen. Andererseits wusste er, dass ein Gesetz aus dem Jahr 1984 die Rechte der Gefangenen erheblich ausgeweitet hatte. Vielleicht war es mittlerweile nicht mehr erlaubt, einen Verdächtigen in Handschellen zu legen.

Er versuchte, sich auf den Polizisten zu konzentrieren, doch seine Augenlider waren schwer wie Blei. Er blinzelte, und der Raum veränderte sich. Der Polizist stand nun neben der Tür, und eine Schwester verabreichte ihm mit einer Nadel etwas durch die Kanüle an seinem Handrücken. Wäre es doch keine Schwester gewesen, sondern Skye! Er wollte nur sie. Keine Medikamente, keine besorgten Gesichter, nur seine wunderschöne Skye. Er blinzelte erneut, und der Mann saß wieder neben seinem Bett. Was hatten sie ihm bloß gegeben? Er schlief, während er blinzelte!

Er stöhnte und spürte, wie er erneut in den Schlaf sank ...

Der kleine Daniel sah sich in dem fremden Zimmer um. Die Wände waren kahl und weiß, und die einzigen Möbelstücke waren zwei Stühle. Aber was für Stühle! Er ließ sich in den weichen Lederlehnstuhl sinken und überlegte, wie viel er wohl gekostet hatte. Mehrere Hundert Pfund wahrscheinlich.

Er hörte, wie sich seine Eltern mit dem Mann unterhielten, der wahrscheinlich gleich zu ihm kommen würde.

Sie standen direkt vor dem Zimmer, und er schnappte ein paar Wortfetzen auf. »Wut«, »unangemessen« und »Grund zur Sorge«.

Er hatte keine Ahnung, warum er hier war. Manche Dinge

passierten einfach, und niemand erklärte es einem. Er hatte gesehen, wie der Direktor und sein Vater sich unterhalten hatten. Es hatte irgendwie verstohlen und ziemlich ernst ausgesehen. Aber das war nichts Neues. Das Seltsame war nur, dass kaum andere Eltern ins Büro des Direktors kamen. Manchmal hatte Daniel das Gefühl, beobachtet zu werden. Untersucht und bewertet. Er hatte einmal seine Mutter darauf angesprochen, doch sie hatte nur gelacht und gemeint, er solle nicht albern sein. In einer teuren Privatschule stand jedes Kind unter genauer Beobachtung. Das gehörte zum Service.

Die Tür fiel ins Schloss, und ihm wurde vor Nervosität übel. Warum war er hier?

»Hi, Dan. Ich bin Conrad Young, und deine Mutter und dein Vater möchten, dass ich mich mit dir unterhalte. Ist das okay?« Der große Mann mit den dichten braunen Haaren und der schwarzen Brille ließ sich lässig in den anderen Stuhl sinken.

Seine Stimme war tief und eindringlich, und Daniels Angst ließ augenblicklich spürbar nach. »Klar, aber ich weiß ja gar nicht, warum ich hier bin.« Er versuchte, erwachsen zu klingen, obwohl er erst neun war.

»Das werden wir sicher im Lauf der Unterhaltung herausfinden.« Der Mann griff in die Seitentasche an seinem Stuhl und holte eine Fernbedienung heraus. »Hast du so etwas schon mal gesehen?«, fragte er freundlich.

Dan hob den Blick. Im Zimmer wurde es dunkler, und die Wand gegenüber war nicht mehr weiß, sondern goldgelb, dann orange und schließlich rot. Er betrachtete das Farbenspiel. »Cool!«

»Das ist ein Farblicht. Es hilft dir beim Entspannen. Und bei vielen anderen Dingen ...«

Daniel seufzte und sank noch tiefer in den bequemen Ledersessel. So ein Zimmer wie dieses hätte er auch gern. Vielleicht konnte er seinen Vater fragen ...? Er überlegte gerade, wie er ihn überreden konnte, als der Mann weitersprach.

»Also, warum hast du deinen Freund geschlagen?«

Dan fühlte sich mit einem Mal gar nicht mehr wohl. Darum ging es also! Um Lucas Rickard und seinen dämlichen Power Ranger.

»Du hast ihm wehgetan, Daniel. Wolltest du das?«

Das war einfach lächerlich! Es war doch bloß eine Rauferei wegen eines kaputten Spielzeugs gewesen. Mehr nicht. Er starrte auf seine Hände hinunter. Gerade noch hatte er sie im Schoß verschränkt gehalten, doch jetzt bohrten sich seine Nägel so tief in die Handflächen, dass sie Abdrücke hinterließen.

»Er hat behauptet, dass ich seinen Power Ranger kaputt gemacht habe. Dabei war er es selbst. Er hat angefangen. Es war nichts – nur eine Rauferei.«

»Du hast ihm den Arm gebrochen.«

»Er ist hingefallen. Ich habe ihn geschubst, damit er von mir runtergeht. Er hat gebrüllt, und ich wollte, dass er aufhört.« Daniel schluckte und flüsterte: »Ich habe ihn doch nur geschubst.«

»Okay, Daniel.« Der Mann lächelte und sah zur Wand, die sich gerade von lila in pink verwandelte. »Du hast recht. Kinder balgen sich andauernd.«

»Ich nicht.«

»Aber dieses Mal schon. Was war denn heute anders?«

Daniel fühlte sich miserabel. Er hatte schon üble Raufereien in der Schule gesehen. Die beteiligten Kinder hatten immer eine ordentliche Kopfwäsche bekommen, und wenn es wirklich schlimm gewesen war, waren sie eine Zeit lang suspendiert worden, aber man hatte noch nie jemanden in eine seltsame Klinik geschickt. Er antwortete mit einer Gegenfrage: »Sind Sie Arzt?«

»Ja, so etwas in der Art.«

»Operieren Sie Leute? Schneiden Sie sie auf?«

Der Mann lächelte. »Ich bin kein Chirurg. Die blutigen Sachen überlasse ich den anderen.«

Sein Lächeln war beruhigend, und Dan fühlte sich wieder sicher.

»Ich arbeite mit den Köpfen der Leute. Vor allem mit den Köpfen von Kindern.«

Dan lehnte sich mit großen Augen nach vorne. »Sind Sie ein Seelenklempner?«

»Ich studiere menschliches Verhalten. Das, was die Leute dazu bringt, sich auf bestimmte Weise zu benehmen.«

Dan ließ sich zurücksinken. »Dann bin ich der Falsche. Reden Sie doch mit Lucas Rickard. *Sein* Verhalten sollten Sie sich mal ansehen.«

»Erzähl mir von Lucas.«

»Er ist ein Schläger und Lügner. Und er ist *nicht* mein Freund.« Dan starrte auf die grüne Wand, die langsam dieselbe Farbe annahm wie das Meer im letzten Urlaub. »Aber ich muss manchmal mit ihm spielen. Dad nennt es Networking.« Er verzog das Gesicht. »Sein Dad läuft meinem Vater dauernd hinterher und will mit ihm in den dämlichen Golfclub und so. Mein Vater mag ihn nicht, das weiß ich. Aber er nennt ihn ›Investor‹, und deshalb muss ich nett zu Lucas sein.«

»Aber Lucas ärgert dich?«

»Die Ungerechtigkeit ärgert mich«, erwiderte Daniel mit

eindringlicher, sehr erwachsener Stimme. »Er hat das Spielzeug kaputt gemacht, aber weil er Angst vor seinem Vater hat, hat er mir die Schuld in die Schuhe geschoben. Und jetzt sitze *ich* hier, und *er* hat einen neuen Power Ranger. Das ist doch nicht fair, oder?«

»Nein, ist es nicht.« Der Mann betrachtete ihn nachdenklich. »Kannst du mir sagen, wie sich Lucas den Arm gebrochen hat?«

»Habe ich doch schon. Er ist hingefallen.«

»Beschreib mir, was passiert ist.«

Daniel öffnete den Mund, doch dann schloss er ihn wieder. Er konnte nicht beschreiben, was passiert war. Aber er konnte auch nicht lügen, denn dann wäre er nicht viel besser als Lucas gewesen. »Ich kann mich nicht erinnern«, erklärte er schließlich.

Da war eine Lücke. Eine kleine Lücke zwar, aber trotzdem. Im einen Moment hatte Lucas brüllend auf ihn eingeschlagen und im nächsten saß sein »Freund« weinend auf dem Boden und hielt sich den verletzten Arm.

»Ich kann mich nicht erinnern.«

Daniel hörte, dass er die Worte laut aussprach, und sah, wie der Kopf des Polizisten hochfuhr.

»Ah, da sind Sie ja wieder.«

Daniel sah sich blinzelnd in dem Krankenzimmer um, und dieses Mal blieb alles, wie es war. »Ja, sieht so aus.« Sein Mund war staubtrocken, und sein Kopf dröhnte, als hätte er einen riesigen Kater. Wenigstens würden sie ihn heute nicht mehr befragen. Er kannte die Vorgehensweise der Polizei nur zu gut. Zuerst musste er den Arzt überzeugen, dass es ihm gut ging und dass die Zeit in der Verwahrungszelle einfach zu viel für ihn gewesen war, und dann würde man ihn endlich zurück in die Zelle bringen und wegsperren.

Daniel seufzte erleichtert und schloss die Augen.

KAPITEL 6

»Es war eine Panikattacke, mehr nicht.«
Jackman warf der Superintendentin einen zweifelnden Blick zu.

»Sehen Sie mich nicht so an! Sein Blutdruck ist wieder normal, und der Arzt hat seine Vernehmungsfähigkeit bestätigt. Er kommt bald zurück, und dann läuft die Uhr wieder.« Sie starrte Jackman an. »Also sollten Sie langsam Dampf machen. Der Fall soll nicht wie eine stinkende Wolke über uns hängen. Kinder ist entweder die reinste Zeitverschwendung oder ein Mörder. Es liegt an Ihnen, das herauszufinden. Und zwar schnell.«

Superintendentin Ruth Crooke war eine schlanke Frau mit spitzem Gesicht und dünnem Haar, die eine permanente Aura der Unzufriedenheit umgab. Wenn sie nachdachte, verzog sie die schmalen Lippen, als hätte sie etwas unglaublich Bitteres gegessen.

»War ein Psychologe bei ihm?«

»Die Ärzte im Krankenhaus haben ihre Kollegen von der psychiatrischen Abteilung um ihre Meinung gebeten, aber es gibt keine sichtbaren Anzeichen auf eine psychische Störung.« Crooke seufzte und warf einen demonstrativen

Blick auf die Uhr. »Er gehört also bald wieder Ihnen. Ich würde vorschlagen, Sie trommeln Ihr Team zusammen und sehen zu, dass Sie den Fall lösen.«

»Ich hatte gehofft, einen Psychologen hinzuziehen zu können, der sich die Bilder aus Kinders Dachkammer ansieht. Reicht das Geld dafür?« Jackman setzte sein strahlendstes Lächeln auf. »Es würde die Ermittlungen sicher beschleunigen.«

Die Superintendentin presste die Lippen aufeinander, bis sie kaum noch zu sehen waren. »Inspector, das Geld reicht nicht mal für das Toilettenpapier. Und ein Experte ist extrem kostspielig.«

»Haben wir denn niemanden?«

»Keinen, dem ich einen Fall dieser Größenordnung anvertrauen möchte. Und nachdem der Fenland Constabulary kein eigener Profiler zugewiesen wurde, könnte es schwierig werden.« Sie warf ihm einen Blick zu, und tiefe Sorgenfalten durchzogen ihre ledrige Haut. »Ich werde sehen, was sich machen lässt. Aber ich kann nichts versprechen.«

Trotz der Falten und der permanent gerunzelten Stirn erinnerte sich Jackman noch an die furchtlose Polizistin, die nichts lieber mochte, als sich in einen Fall zu verbeißen, und war er auch noch so schwierig. Ruth Crooke war ein strahlender Stern gewesen, eine unerbittliche Kämpferin, die sich ganz allein nach oben gearbeitet hatte. Bis sie schließlich einen Rang zu weit aufgestiegen war und zu ihrem Entsetzen herausgefunden hatte, dass die Luft immer dünner wurde. Aus einer angesehenen Kämpferin gegen das Verbrechen war über Nacht eine an den Schreibtisch gefesselte Managerin geworden. Sie schlug sich nicht mehr mit den Bösewichten herum, sondern nur noch mit Zielvorgaben, Budgets, Protokollen und den Tagesordnungspunkten der nächsten Managementsitzung. Jackman wusste, wie sehr sie es hasste, und er war einer der wenigen, die die Traurigkeit und Verbitterung hinter den zusammengepressten Lippen sahen.

»Das weiß ich zu schätzen, Ma'am. Danke.«

Er kehrte zurück in den Ermittlungsraum, wo seine drei Mitarbeiter gerade an einem neuen Whiteboard arbeiteten. Es stand neben dem ersten Board mit dem Foto des lächelnden Opfers, Alison Fleet.

»Ich habe den Fotografen dazu gebracht, die Fotos aus der Dachkammer vorzuziehen. Nachdem wir die Originale nicht verwenden können, haben wir die einzelnen Teile aus Kopien ausgeschnitten, vergrößert und ausgedruckt.« Max schien überaus zufrieden mit sich selbst.

»Hervorragend, das spart uns eine Menge Zeit. Wie geht's voran?«

Marie betrachtete ihr gemeinsames Werk und hob eine Augenbraue. »Also, ich würde Kinder nicht als Innenarchitekten engagieren. Entweder war er high, außer sich vor Wut oder ...«

»... total durchgeknallt«, beendete DC Charlie Button den Satz für sie.

Jackman lächelte. Charlie war der Jüngste im Team und sah mit seinen zweiundzwanzig Jahren, den zerzausten Haaren und den Pickeln im Gesicht eher wie ein ungezogener Schuljunge und nicht wie ein Polizist aus. Allerdings war er sehr bemüht und eifrig bei der Sache, und manchmal auch schlichtweg brillant, wenn ihm wieder einmal ein vollkommen logisches Detail auffiel, das alle anderen übersehen hatten.

Jackman wandte sich um. Er betrachtete Daniel Kinders

schizophrenes Kunstwerk und erschauderte. Obwohl das Gefühl nicht mehr so intensiv war wie in der alten Dachkammer, stellten sich seine Nackenhaare auch beim Anblick der Fotos in dieser sterilen Umgebung auf.

Er stand eine Weile gedankenverloren vor dem Whiteboard, bis Charlie Buttons Stimme ihn in die Realität zurückholte.

»Ist Veranlagung zum Mord eigentlich *wirklich* vererbbar, Sir? Ich meine, selbst wenn er der leibliche Sohn der Schlächterin wäre, heißt das doch noch lange nicht, dass aus ihm auch ein Mörder werden muss, oder?«

Jackman versuchte, sich an die Vorlesungen auf dem College zu erinnern. »Es gibt Experten, die sich mit solchen Fragen beschäftigen, Charlie. Aber in Kinders Fall würde es mich sehr überraschen. Er wurde adoptiert und hatte eine wunderbare Kindheit in einem gehobenen Umfeld. ›Wie der Vater, so der Sohn‹ trifft eher auf Leute zu, die tatsächlich unter brutalen Eltern zu leiden hatten. Ich glaube, es geht hier mehr um Konditionierung und Desensibilisierung in einem besonders beeinflussbaren Alter als darum, dass die Veranlagung zum Töten wirklich vererbbar wäre.«

»Und wenn er schlichtweg *glaubt*, dass es möglich wäre?«, fragte Marie. »Rationale Begründungen und medizinische Fakten hin oder her. Wenn er daran glaubt, dann kann er auch töten, oder?«

»Ja, es ist sicher eine Frage der Einstellung«, stimmte Max ihr zu. »Vielleicht hat sich dieser verrückte Mistkerl selbst einer Gehirnwäsche unterzogen und ist mittlerweile überzeugt davon, dass er das Morden in sich hat.«

Jackman nickte. »Das wäre möglich. Aber es wäre auch möglich, dass er ein sehr schlauer, hinterlistiger Kerl ist, der einen außergewöhnlichen Weg gefunden hat, ins Innere des Polizeiapparates vorzudringen.«

»Aber warum sollte er das tun?«, fragte Charlie.

»Weil er ein verdammter Journalist ist«, knurrte Max, bevor er sich an Jackman wandte. »Glauben Sie, dass hier auf dem Revier irgendwas nicht mit rechten Dingen zugeht, Sir?«

»Falls ja, dann weiß ich nichts davon. Aber wir sollten auf jeden Fall vorsichtig sein, was Daniel Kinder betrifft. Alles muss streng nach Vorschrift laufen, und in der Zwischenzeit halten wir Augen und Ohren offen. Falls Kinder herausgefunden hat, dass etwas in Saltern-Le-Fen zum Himmel stinkt, dann sollten wir die Quelle finden, bevor er es tut.«

»Na toll«, knurrte Max. »Jetzt haben wir nicht nur einen verdammten Irren und eine tote Frau, sondern auch noch einen Feind in den eigenen Reihen.«

»Einen *möglichen* Feind in den eigenen Reihen, Max. Wir wissen es nicht – aber wir sollten trotzdem vorsichtig sein.« Er holte tief Luft. »Okay, haben wir schon Kinders Computer aus der Dachkammer bekommen?«

»Er ist bereits in der IT-Abteilung, Sir.« Max grinste. »Ich habe dafür gesorgt, dass sich Orac höchstpersönlich darum kümmert.«

»Das ist aber nicht ihr richtiger Name, oder? Bitte sagen Sie mir, dass sie anders heißt!« Jackman dachte an die große, breitschultrige Chefin der IT-Abteilung mit dem Furcht einflößenden weißblonden Irokesenschnitt und den seltsamsten Augen, die er je gesehen hatte. »Und was ist eigentlich mit ihren Augen los?«

Max lächelte mild. »Der Name sagt Ihnen echt nichts, Sir? Sie sind wohl kein Science-Fiction-Fan, oder? Und was die Augen anbelangt ...« Er grinste. »Ich habe aus sicherer Quelle erfahren, dass es Kontaktlinsen mit Spiegeleffekt sind. Die Iris sieht damit aus wie poliertes Silber.«

Jackman warf ihm einen verwirrten Blick zu. Er hätte ihn gerne gefragt, warum jemand solche Linsen trug, aber er wollte sich nicht lächerlich machen, daher zuckte er nur gelangweilt mit den Schultern. »Ich wusste natürlich, dass es Kontaktlinsen sind. Aber der Name sagt mir trotzdem nichts.«

»Orac war der Supercomputer in *Blake's 7*.« Max sah Jackman hoffnungsvoll an, doch es kam keinerlei Reaktion, also fuhr er fort: »Das ist eine britische Sci-Fi-Serie aus den Siebzigern. Orac war kurz angebunden, reizbar und behandelte alle von oben herab. Außerdem hatte ihn sein Erfinder mit einem riesigen Ego ausgestattet. Na, klingelt's?«

»Noch nie gehört. Aber die Beschreibung kommt mir bekannt vor.«

»Orac war allerdings extrem nützlich, hatte unbegrenzten Zugang zu entscheidenden Informationen und konnte sich in sämtliche Computer hacken.«

»Okay, *jetzt* sehe ich den Zusammenhang.«

»Gut, denn Orac will Sie später noch sehen. Sie geht davon aus, dass der Computer keine Probleme macht und sie sämtliche interessanten Infos bis Dienstschluss herausgefiltert hat.«

»Super, ich kann es kaum erwarten.« In Wahrheit fand Jackman Oracs Augen so faszinierend und verwirrend, dass er bei jeder Unterhaltung mit der IT-Amazone sofort in die Defensive geriet. Es gab wenige Menschen, die in ihm das Gefühl der Unzulänglichkeit erweckten, aber Orac war einer von ihnen. Und zwar jedes Mal. Vielleicht würde er Marie zu ihr schicken, sobald sie dem armen Computer alle Geheimnisse entlockt hatte.

Er sah auf die Uhr. »Okay, Charlie. Organisieren Sie sich ein paar Uniformierte, und machen Sie sich auf den Weg in Kinders Büro. Es befindet sich draußen im Fendyke-Endeavour-Industriegebiet in einer Importfirma für Zimmerpflanzen namens Emerald Exotix. Die Firma gehört Kinders Freund Mark Dunand. Nehmen Sie alles mit, was Ihnen relevant vorkommt. Reportagen, an denen er gerade arbeitet, Kontaktdaten. Und den Computer brauchen wir natürlich auch. Kinder wird in etwa einer Stunde zurück sein, und ich will, dass wir bis dahin alles zusammentragen, was wir bis jetzt über ihn haben. Sergeant Evans und ich werden uns die Sachen ansehen, bevor wir die Befragung fortsetzen. Wir suchen vor allem nach einer Verbindung zu Alison Fleet, egal wie unbedeutend sie auch sein mag. Und das alles, so schnell ihr könnt, Leute. Die Zeit läuft wieder – ob es uns gefällt oder nicht.«

Jackman ging in sein Büro, schloss die Tür und genoss einen Moment lang die Ruhe. Nachdem sich das Revier in einem sehr alten Gebäude befand, war sein Büro mit der hohen Decke und den großen, doppelflügeligen Fenstern um einiges imposanter, als einem einfachen Detective Inspector zustand. Das traf zwar auf beinahe alle Räume im Haus zu, aber es war die Einrichtung, die sein Büro so besonders machte.

Jackman zog sich gerne gut an und trug bevorzugt perfekt geschnittene Anzüge – und auch sein Büro schien einem Dickens-Roman entsprungen zu sein und hätte eher zu einem altehrwürdigen Professor als zu einem modernen, jungen Detective Inspector gepasst.

Eine Wand wurde von einem deckenhohen Regal eingenommen, in dem sich Unmengen an Büchern drängten, und er hatte den billigen Schreibtisch mit den Metallbeinen, den die Behörde zur Verfügung stellte, durch einen massiven Eichentisch ersetzt, den er auf einer Versteigerung entdeckt hatte. Die mit weinrotem Leder überzogene Oberfläche passte perfekt zu dem Zimmer. In der Ecke stand eine grüne Bankierslampe, und an der Wand hingen nicht die üblichen Fotos von Polizisten in Uniform, sondern das gerahmte Bild eines kraftvollen grauen Araberpferdes.

Jackman strich gedankenverloren mit der Hand über das Foto. »Hallo, meine Liebe«, flüsterte er. Abgesehen von der Arbeit für die Polizei waren Pferde seine einzige wirkliche Leidenschaft. Als er ein junger Mann war, hatten er und sein geliebtes Pferd Glory zahlreiche Pokale, Trophäen und Schleifen gewonnen, und als Glory gestorben war, war er monatelang untröstlich gewesen. Er hatte immer noch einen Kloß im Hals, wenn er das Video sah, das seine Mutter von ihnen beiden während eines Wettkampfes gemacht hatte.

In Jackmans Haus in dem kleinen Dörfchen Cartoft hingen überall Fotos aus seiner Kindheit, und auf beinahe jedem Bild war irgendein Tier zu sehen. Am häufigsten natürlich seine geliebten Pferde. Vielleicht war es gut, dass er nie geheiratet hatte, denn er hätte gar keinen Platz für das Hochzeitsfoto gefunden. Er lächelte reumütig, denn seine Mutter hätte ihm in dieser Hinsicht wohl widersprochen. Und zwar äußerst vehement. Sie erinnerte ihn in jedem Brief – es waren tatsächlich richtige, mit Füllfeder geschriebene Briefe –, dass er noch Junggeselle war, und gab ihm Ratschläge, wie er diesen Zustand so schnell wie möglich ändern konnte.

Doch eine Heirat stand auf keinen Fall ganz oben auf seiner Prioritätenliste. Ihm gefiel sein Leben, wie es war. Er hatte ein hübsches Zuhause und glücklicherweise auch ein Ehepaar in der Nachbarschaft, das sich um alles kümmerte, wenn er Überstunden machte. Das Haus mit dem Namen Mill Corner war im frühen neunzehnten Jahrhundert tatsächlich eine aktive Windmühle gewesen. Mittlerweile waren die Segel zwar verschwunden, doch der Turm stand immer noch, und das angrenzende Gebäude war zu einem sehr komfortablen Wohnhaus umgebaut worden. Jackman hatte vor, die Nebengebäude als Ställe zu nutzen, wenn er erst einmal in Rente war. Und dann gäbe es endlich wieder Pferde in seinem Leben.

Ein Klopfen an der Tür riss ihn aus seinen Gedanken.

»Die Superintendentin will Sie sprechen, Sir. Sie meint, es wäre dringend.«

Jackman dankte der Sekretärin und folgte ihr mit einem entnervten Seufzen. Es bedeutete sicher nichts Gutes, wenn er so bald nach dem letzten Treffen erneut ins Büro seiner Vorgesetzten zitiert wurde.

»Rowan. Kommen Sie rein und setzen Sie sich.«

Jackmans Herz wurde schwer. Es war immer ein schlechtes Zeichen, wenn ihn Ruth Crooke beim Vornamen nannte. Abgesehen davon war sie nicht allein. Neben ihr stand ihr Boss, Detective Chief Superintendent Wilson North. Er hielt sich wie immer kerzengerade, und sein Gesicht wirkte wie aus Stein gemeißelt.

»Wir haben ein Problem. Ich tue mein Bestes, um es unter Verschluss zu halten, aber ...« Sie holte tief Luft und warf dem Chief einen besorgten Blick zu. »Es wurde eine zweite tote Frau gefunden.«

»Was?«, fragte Jackman ehrlich schockiert. »Wo?« Seine Gedanken rasten. Noch eine Leiche! Aber nachdem Daniel Kinder unter Arrest stand, konnte er es auf keinen Fall gewesen sein.

Er versuchte, möglichst ruhig zu klingen. »War es Mord, Ma'am?«

»Ja, es sei denn, die Frau hätte sich selbst den Schädel eingeschlagen und die Kehle aufgeschlitzt.«

Jackman war wie vom Donner gerührt. Das konnte er jetzt überhaupt nicht gebrauchen. Kinder würde bald zurückkommen, und die verbleibende Zeit für die Befragung war begrenzt. »Ihr wurde die Kehle durchgeschnitten? Wie bei Alison Fleet?«

»Sieht so aus. Allerdings müssen Sie und die Spurensicherung es sich erst noch genauer ansehen.«

»Wenigstens wissen wir, dass es nicht Daniel Kinder gewesen sein kann …«

»Seien Sie sich da mal nicht so sicher, Detective Inspector.« Die Worte des Chiefs schwebten wie das Beil einer Guillotine über Jackmans Kopf. »Wir müssen erst den gerichtsmedizinischen Befund abwarten, aber es sieht so aus, als wäre sie schon eine ganze Weile tot.«

»Eine ganze Weile?« Jackman dachte an das feuchtwarme Wetter der letzten Tage und konnte den Tatort bereits riechen.

»Ja.«

Nachdem ihm offensichtlich keine Wahl blieb, versuchte Jackman, sich zu konzentrieren. »Okay. Wissen wir, wer sie ist? Wurde sie bei sich zu Hause gefunden?«

»Die Polizisten, die sie entdeckt haben, konnten sie nicht identifizieren, ohne den Tatort zu verunreinigen. Sie wurde in einem verfallenen Haus gefunden, das demnächst abgerissen werden soll.« Ruth Crooke hob die Augenbrauen. »Deshalb konnten wir es auch geheim halten.« Sie hielt inne. »Bis jetzt.«

»Gut. Wo ist der Fundort?«

»Das Haus liegt an der Straße nach Bracken Holme, etwa eineinhalb Kilometer vor Frampton Shore. Es war früher ein Pub auf dem Weg nach London, doch nachdem die neue zweispurige Straße gebaut wurde, kam niemand mehr. Es steht seit Monaten leer, und die Fenster sind mit Brettern verschlagen. Es sollte nächste Woche abgerissen werden.«

Jackman erhob sich. »Ich nehme DC Cohen mit, dann können DS Evans und DC Button inzwischen mit Kinders Befragung beginnen. Wurde der Pathologe bereits verständigt?«

»Er ist auf dem Weg von Lincoln zum Tatort und wird sich dort mit Ihnen treffen. Und jetzt gehen Sie!«

KAPITEL 7

Jackman starrte auf die Überreste des *Drover's Arms*. Es war offensichtlich nicht einmal zu seiner Blütezeit ein malerisches Pub gewesen, sondern eine stinknormale Kneipe für Farmarbeiter, in der die Gäste erdverkrustete Gummistiefel trugen und niemand etwas dagegen hatte.

Man hatte sie angewiesen, auf einer befestigten Fläche hinter dem baufälligen Gebäude zu parken. Es waren bereits zwei Streifenwagen da, die von der Straße aus allerdings nicht zu sehen waren. Der Befehl, sich unauffällig zu verhalten, schien ausnahmsweise Gehör gefunden zu haben.

Eine Polizistin eilte auf sie zu und führte sie zu einer offenen Tür an der Rückseite des ehemaligen Pubs.

»Sie ist hier drin, Sir.«

Jackman hörte das Zittern in ihrer Stimme, und obwohl sie nach außen unbeeindruckt wirkte, wusste er, dass sie der Anblick der Leiche tief getroffen hatte. »Haben Sie sie gefunden?«, fragte er freundlich.

Die Polizistin nickte. »Wir wollten ein paar Jugendliche überprüfen, die mit einem Benzinkanister auf ihren Fahrrädern hier herumfuhren. Ein Nachbar hat sie in der Nähe des Hauses gesehen, also sind mein Partner und ich losgefahren.« Sie schüttelte den Kopf. »Wären es doch wirklich nur ein paar jugendliche Unruhestifter gewesen ...«

Jackman sah sich um. Vor ihm hing eine schimmelige Blumenampel mit verblassten Plastikblumen an einer rostigen Kette. Die Bierwerbungen an den Wänden waren zerrissen und kaum noch lesbar, überall lag Müll, und schon am Eingang roch es nach feuchtem, verrottetem Gemüse.

»War wohl kein Vier-Sterne-Schuppen«, murmelte Max und trat ein orangefarbenes Netz mit zu schwarzen Klumpen verfaulten Möhren beiseite.

»Eher nicht«, stimmte Jackman ihm zu.

»Es war auch zu Glanzzeiten die Art Pub, bei dem man sich beim Rausgehen die Füße abwischt«, erklärte die Polizistin hart. »Ich war in den letzten Jahren so oft hier im Einsatz, dass ich froh war, als es endlich dichtmachte. Ich dachte, damit wäre die Sache erledigt.« Sie verzog das Gesicht. »Und jetzt sind wir schon wieder hier.« Sie trat ins Haus. »Achtung. Hier liegt überall Müll und Unrat.«

Kann man wohl sagen, dachte Jackman und stieg über einen Hundehaufen.

Am Ende des langen, schmalen Flurs stand ein weiterer uniformierter Beamter.

»Entschuldigen Sie, Sir, aber ich musste mal rauf an die frische Luft. Der Geruch da unten ist kaum auszuhalten.« Der junge Polizist war ganz grün im Gesicht, und Jackman war sich sicher, dass er gerade ein Wiedersehen mit seinem Mittagessen gefeiert hatte.

»Wo ist sie?«

»Im Bierkeller, Sir. Ich zeige es Ihnen.«

»Sagen Sie uns einfach, wo wir hinsollen. Sie müssen

nicht noch eine Nase voll nehmen, wenn es nicht unbedingt notwendig ist.«

Der Polizist lächelte dankbar. »Die Treppe runter und dann links, Sir. Der Keller mit den Fässern ist geradeaus, und das Opfer liegt hinter einem Stapel Plastikkisten.«

Jackman nickte Max zu, und sie stiegen die steile Steintreppe hinunter.

»In einem Bierkeller ist es doch in der Regel ziemlich kühl«, meinte Max hoffnungsvoll. »Vielleicht ist es ja gar nicht so schlimm.«

Jackman war schon einige Schritte weiter und hatte den unverwechselbaren Geruch bereits in der Nase. »Tut mir leid, mein Freund, aber da irren Sie sich.«

Max würgte, als er es ebenfalls roch. »Stimmt. O Mann! Ich hasse diesen Gestank!«

»Ich würde mir Sorgen machen, wenn es nicht so wäre.«

Im Keller war es alles andere als kühl, sondern eher feucht und stickig. Bevor die Besitzer fortgingen, hatten sie offenbar alles, was keinen Wert mehr hatte, die Treppe hinuntergeworfen und die Tür versperrt. Überall lagen zerbrochene Stühle, Tische und Bilder, verdreckte Kissen, schmutzige Geschirrtücher und leere Pappkartons. Die Fässer hatte vermutlich die Brauerei abgeholt, doch von der Decke hingen immer noch die Schläuche, die das Bier nach oben transportiert hatten, und schließlich entdeckte Jackman auch den Stapel mit den blauen Plastikkisten. Sie bildeten eine willkommene Barriere zwischen ihnen und der Leiche, doch zum Zögern war keine Zeit.

»Okay, dann sehen wir mal nach.«

Sie gingen gemeinsam auf den Stapel zu und sahen vorsichtig um die Ecke.

Jackman stellte sein Gehirn auf »Arbeitsmodus«, verdrängte sämtliche Gefühle und registrierte nur das, was er vor sich sah.

Die Frau war weiß und hatte blonde Haare. Das Alter war schwer zu schätzen, aber aufgrund der Überreste ihrer modischen Kleidung tippte Jackman auf etwa fünfundzwanzig Jahre. Sie lag auf der Seite, sodass die schwere Kopfverletzung, die durchgeschnittene Kehle und die ausgeschlagenen Zähne gut zu erkennen waren. Leider waren es nicht die einzigen Verletzungen. Es brauchte einiges an Konzentration, um den Arbeitsmodus beizubehalten, doch er gab sein Bestes. Das Messer, das ihre Kehle aufgeschlitzt hatte, hatte ihr auch Dutzende anderer Wunden zugefügt, genau wie bei Alison Fleet. Ihre Kleider waren durchgeschnitten, und darunter blitzte das nackte Fleisch hervor. Jackman sah erneut Alisons gebräunte Haut unter dem zarten Stoff ihrer Bluse und ihres Rockes vor sich. Hier war nur noch dunkles, verwestes Fleisch übrig. Die Frau trug keine Schuhe, und Nagetiere hatten sich bereits an den schwarzen Zehen zu schaffen gemacht. Jackman wusste auch ohne pathologisches Gutachten, dass diese arme Seele bereits mehrere Wochen tot war. Und das brachte Daniel Kinder zurück ins Spiel.

Max hatte bis jetzt kein Wort gesagt, und als Jackman sich umdrehte, sah er, dass sich der junge Detective eifrig Notizen machte. Als er merkte, dass er beobachtet wurde, hob er den Blick. »Glauben Sie, dass es derselbe Täter war, Chef?«

Jackman trat von der Leiche zurück. »Meiner Meinung nach ja. Aber wir müssen abwarten, ob der Pathologe mir zustimmt.«

»Das wird nicht allzu lange dauern«, murmelte Max. »Wenn man vom Teufel spricht, Sir ...«

Jackman drehte sich um und sah eine Gestalt, die gerade mit einer großen Tasche die Treppe herunterkam.

»Ich hoffe, Sie beide haben meine Beweise nicht kontaminiert?«

Jackman zwang sich zu einem Lächeln. Er hatte vergeblich versucht, mit Dr. Arthur Jacobs warm zu werden. Der Arzt hatte etwas Seltsames an sich, das Jackman nicht ergründen konnte. Seiner Erfahrung nach waren die meisten Pathologen eigenartig. Einige waren verstörend und andere schlichtweg Furcht einflößend, doch Jacobs strahlte eine eisige Kälte aus, die den Toten in seiner Leichenhalle um nichts nachstand. Hätte er den Mann mit einem Wort beschreiben sollen, wäre ihm als Erstes »seelenlos« eingefallen.

»Wir haben nichts angerührt, Dr. Jacobs, und das werden wir auch nicht.« Er bemühte sich, weiterzulächeln. »Aber darf ich Ihnen vielleicht gleich zu Beginn zwei Fragen stellen?« Er hielt einen Sekundenbruchteil inne, und als der Pathologe etwas erwidern wollte, sprach er eilig weiter. »Keine Sorge, es geht nicht um den Todeszeitpunkt.«

Jacobs' buschige Augenbrauen senkten sich wieder. »Das will ich hoffen!«

»Ich muss wissen, ob sie einen Ausweis oder Ähnliches dabeihatte. Und nachdem Sie auch mit Alison Fleet gearbeitet haben, Sir, hätte ich gerne eine Einschätzung, ob es sich um ein weiteres Opfer desselben Täters handelt.«

»Das sollte nicht allzu schwer zu beantworten sein, obwohl ich natürlich keine offizielle Stellungnahme abgebe. Verstanden?«

»Natürlich.«

Jackman und Max warteten geduldig, während der Pathologe hinter der Wand aus Plastikkisten verschwand. Sie hörten ihn grunzen und murmeln, und nach einer gefühlten Ewigkeit erhob sich Jacobs und warf ihnen einen grimmigen Blick zu.

»Es gibt nichts, womit wir sie identifizieren können, und zahnärztliche Befunde können wir auch vergessen. Unser Mörder hat kaum etwas von ihrem Kiefer und den Zähnen übrig gelassen. Und was Ihre zweite Frage betrifft: Ich kann es natürlich nicht mit Sicherheit sagen, aber es gibt einige Parallelen zu der letzten Toten. Vermutlich zu viele, um sie zu ignorieren.« Er holte tief Luft. Der schreckliche Verwesungsgeruch schien ihn nicht im Geringsten zu stören. »Ich nehme an, dass meine Untersuchungen ergeben werden, dass es derselbe Täter ist.« Er zog die Augenbrauen zusammen. »Aber das sind reine Vermutungen, bis Sie den vorläufigen Bericht auf den Tisch bekommen. Ist das klar?«

»Glasklar, danke. Ich freue mich schon darauf«, erwiderte Jackman kühl und deutete mit dem Kopf in Richtung Treppe. »Komm, Max. Auf uns wartet jede Menge Arbeit.« Er dankte dem Pathologen noch einmal und eilte die Treppe hoch, wobei er sich fragte, ob er vom Tatort oder doch eher vor dem Arzt davonlief.

»Sie mögen ihn nicht, oder?« Max sah ihn wissend an, als sie in die herrlich frische Luft hinaustraten.

»Er macht seinen Job gut, und das ist wichtig«, antwortete Jackman.

Max rümpfte die Nase. »Okay. Aber falls ich mal unerwartet abkratzen sollte, bringen Sie mich lieber über die Countygrenze. Ich möchte echt nicht auf seinem Tisch landen.«

»Wie bitte?«

»Oh! Ich wollte damit natürlich nicht sagen, dass er

ein Perverser ist! Er ist nur ... Na ja, er ist ...« Max verzog das Gesicht und suchte nach den richtigen Worten. »Ich glaube, er untersucht die Leichen mit demselben Mitgefühl und derselben Rücksichtnahme, als würde er einen Fisch filetieren. Er ist kalt.«

»Eiskalt«, stimmte Jackman ihm zu. »Aber vielleicht ist das seine Art, damit umzugehen. Er ist einer der wenigen Kollegen, über die ich absolut nichts weiß.«

»Da sind Sie nicht der Einzige. Aber nicht, weil es niemanden interessiert. Charlie und ich haben mal ein bisschen recherchiert, aber außer einem Rattenschwanz an Titeln haben wir nichts gefunden. Nada.«

Seltsamerweise hat mein Vater auch noch nie von ihm gehört, dachte Jackman. Und das war wirklich eigenartig. Das Adressbuch seines Vaters hatte beinahe so viele Einträge wie die Gelben Seiten. Freunde, Familienmitglieder, Kollegen, Geschäftspartner und Politiker. Hugo Jackman war ein Meister darin, Kontakte zu sammeln, denn man wusste nie, ob man jemanden nicht noch einmal dringend brauchen würde.

»Was halten Sie von der armen Frau da unten, Sir?«, fragte Max unvermittelt. »Abgesehen davon, dass sie jemand regelrecht filetiert hat, meine ich.«

Jackman blies die Wangen auf. »Puh. Das ist bei dem Zustand der Leiche schwer zu sagen. Aber ich schätze, sie war Mitte zwanzig, vermutlich Britin und nicht gerade ein Sozialfall.«

»Mhm, das würde ich auch sagen. Vor allem, dass sie gut dran war. Das T-Shirt war ein Markenteil. Das Logo war unter dem Dreck noch einigermaßen gut zu erkennen.« Er trat nach einem Stück losem Asphalt. »Haben wir einen Serienmörder hier bei uns in Saltern, Sir?«

Jackman schluckte. Diese Frage wollte sich kein Polizist stellen.

Es würde immer Mörder geben. Genauso wie talentierte Künstler, Wunderkinder, Konzertpianisten, Linkshänder und Leute, die *Rule Britannia!* furzen konnten. Es war eines der vielschichtigen Talente der Menschheit. Ein Mann konnte vom Zehnmeterbrett springen und kaum eine Spur auf der Wasseroberfläche hinterlassen, ein anderer konnte ohne Aufheben ein Leben auslöschen. Aber Serienmörder waren etwas vollkommen anderes. Sie waren gefürchtete, abscheuliche Ungeheuer.

»Es ist noch zu früh für solche Vermutungen. Der Mörder könnte einen tief sitzenden persönlichen Groll gegen die beiden Frauen gehegt haben. Es gibt Dutzende mögliche Szenarien, Max, und in keinem kommt ein Serienmörder vor.« Er versuchte, streng zu klingen, doch tief im Inneren fragte er sich dasselbe.

Sie wechselten noch ein paar Worte mit den uniformierten Beamten, dann eilten sie zurück zum Auto. Die Superintendentin wartete bereits auf ihren Bericht, und der neue Leichenfund brachte haufenweise Arbeit mit sich.

Max saß hinterm Steuer, und nach ein paar Kilometern fiel Jackman auf, dass sie sich heute nicht wie sonst üblich über dies und das unterhielten. Er warf einen Blick auf Max und bemerkte schockiert, dass dieser Tränen in den Augen hatte.

Jackman berührte sanft seinen Arm. »Soll ich fahren?«

»Nein, ist schon okay, Sir.« Max fuhr sich mit dem Jackenärmel über die Augen. »Wie kann jemand bloß so etwas tun?« Er schluckte. »Das ist doch unmenschlich! Man kann sich nicht einfach irgendeine junge Frau aussuchen und ihr so etwas antun. Sie war doch fast noch ein Kind.« Er schüttelte den Kopf, als wollte er den Gedanken vertreiben. »Es ist schrecklich. Wie kann jemand zu so etwas fähig sein? Warum machen Menschen solche Dinge, Chef?«

»Wenn ich das wüsste, wäre ich ein reicher Mann.« Jackman seufzte. »Ich fürchte, es gibt keine einfache Erklärung dafür. Ausgehend von früheren Fällen weiß ich nur, dass einige Mörder in einer Fantasiewelt leben, die mit der Realität nichts mehr zu tun hat und in der ein Gewaltverbrechen zu einem schrecklichen, psychosexuellen Spiel gehört, das sie zwanghaft gewinnen möchten. Manche fügen anderen Menschen gerne Schmerzen zu, und andere denken schlichtweg, sie hätten das Recht, jemanden umzubringen. Aus welchen Gründen auch immer.«

Max murmelte zustimmend und konzentrierte sich wieder auf die Straße. Nach einer Weile seufzte er. »Ich kann ihnen nicht ins Gesicht sehen.«

Jackman erinnerte sich, wie der Detective sich eifrig Notizen über die Kleidung der Frau gemacht hatte. »Das verstehe ich.«

»Was stimmt bloß nicht mit mir, Chef? Die anderen kommen doch gut damit zurecht. Manche reißen sogar Witze.«

Jackman schüttelte den Kopf. »Denken Sie daran, was ich Ihnen vorhin über Jacobs gesagt habe, Max. Jeder findet seinen eigenen Weg, um damit klarzukommen. Schwarzer Humor steht dabei ganz oben auf der Liste, obwohl es manche als herzlos und sogar abstoßend empfinden. Es kommt auf die jeweilige Persönlichkeit an.«

»Sie verraten den anderen doch nicht, dass ich geflennt habe, oder?«

»Auf keinen Fall«, erwiderte Jackman ernst. Obwohl er wusste, dass keiner aus dem Team Max für schwach gehalten hätte, weil er eine Träne für eine tote junge Frau vergossen hatte. Marie hätte es vermutlich sogar reizend gefunden. »Aber es ist kein Zeichen von Schwäche, Max. Es ist ein Zeichen des Mitgefühls. Und ohne das wären Sie ein beschissener Polizist.«

Während sich Jackman mit dem Pathologen unterhielt, nahmen Marie und Charlie Button gegenüber von Daniel Kinder Platz.

Kinder wirkte sehr ruhig – vielleicht sogar zu ruhig. Marie fragte sich, ob die Beruhigungsmittel immer noch wirkten.

Sie wies ihn auch dieses Mal wieder auf die Möglichkeit hin, einen Anwalt hinzuzuziehen. Als er ablehnte, setzte sie die Befragung fort. »Mittlerweile liegen die Fingerabdrücke des Tatortes vor, an dem Sie angeblich jemanden getötet haben.« Marie hielt inne und starrte in Kinders teilnahmsloses Gesicht. »Es gibt keinerlei Hinweise, dass Sie dort waren, Daniel.«

»Dann war ich wohl ziemlich vorsichtig«, erwiderte er mit ausdrucksloser Stimme.

Du, mein Freund, bist heute ein vollkommen anderes Kaliber als der Kerl, der gestern Abend hier saß, dachte Marie, und ihre Augen wurden schmal. Sie hatten beschlossen, Kinder nichts von der zweiten Frau zu sagen, bevor Jackman sich in Bracken Holme persönlich umgesehen hatte. Marie glaubte immer noch, dass Kinder niemanden umgebracht hatte und dass ihn die Nachricht über eine zweite Leiche aus dem Konzept bringen würde. Aber jetzt war nicht der richtige Zeitpunkt, um ihn damit zu konfrontieren. Sie erinnerte sich nur zu gut an Jackmans Warnung, vorsichtig zu sein, weil Kinder möglicherweise ein falsches und gefährliches Spiel trieb.

»Was erhoffen Sie sich von der ganzen Sache, Daniel?«

Er sah sie verwirrt an. »Was meinen Sie damit?«

»Nun ja, Sie sind hierhergekommen und haben das Spiel begonnen ... Da müssen Sie doch auch ein Finale im Sinn haben.«

»Das hier ist kein Spiel.«

»Nicht?« Marie begegnete seinem starren Blick. »Da bin ich mir nicht so sicher.«

Daniel holte tief Luft und schaute auf die zerkratzte Tischplatte.

»Sie haben Alison Fleet nicht umgebracht, Daniel. Aber aus irgendeinem Grund wollen Sie unbedingt, dass wir genau das glauben. Wenn das kein Spiel ist, dann weiß ich auch nicht.«

»Ich habe sie umgebracht.«

»Und Sie erinnern sich an jedes einzelne Detail, nicht wahr? Wo sie stand? Was sie sagte, als sie das Messer sah? Wie es sich anfühlte, als es in ihr zartes Fleisch drang?« Ihre Stimme wurde mit jedem Satz lauter, bis sie durch das kleine Zimmer hallte. »Und Sie erinnern sich sicher noch ganz genau, was Sie mit dem Messer gemacht haben, oder? Also, wo ist es, Daniel?«

»Ich weiß es nicht! Ich *weiß* es nicht!«, rief er, bevor er wieder in Schweigen verfiel. Nach einer Weile sah er Marie in die Augen. »Ich weiß nur, dass ich sie umgebracht habe. Aber ich erinnere mich an nichts. Das passiert manchmal. Ich vergesse Dinge.«

»Wie zum Beispiel, dass Sie jemanden getötet haben?«, fragte Charlie Button ungläubig.

»Egal, was! Ich habe immer wieder Lücken. Ich weiß oft nicht mehr, wo ich war und was ich getan habe. Und in letzter Zeit kommt es immer häufiger vor.«

»Und eine dieser ›Lücken‹ trat in der Nacht auf, in der Alison Fleet starb?«

Daniel Kinder nickte kläglich.

Marie runzelte die Stirn. »Waren Sie voller Blut, als Sie wieder ›Sie selbst‹ waren?«

»Nein, aber ich glaube, ich hatte andere Sachen an als am Morgen.«

Die Falten auf Maries Stirn wurden tiefer. »Und wo ist die Kleidung jetzt?«

Kinder zuckte hilflos mit den Schultern. »Ich kann sie nirgendwo finden.«

Wie um alles in der Welt konnten die Psychologen im Krankenhaus das übersehen?, dachte Marie. Wenn der Patient nicht unter Demenz litt, waren solche schwerwiegenden Gedächtnisausfälle immer das Resultat eines Traumas. Oder ein Zeichen für eine Erkrankung, wie etwa für einen Gehirntumor. Wobei Stress natürlich auch eine Rolle spielte, und sie hatte ja gesehen, dass Kinder im Bruchteil einer Sekunde die Nerven verlieren konnte.

Aus irgendeinem Grund glaubte sie jedoch nicht, dass er ihr etwas vorspielte. Dafür hatte sie die Phrase »Ich kann mich nicht erinnern« schon viel zu oft gehört. Es war eine willkommene Ausrede, und normalerweise durchschaute sie sie sofort. Aber Kinder war irgendwie anders.

Sie lehnte sich zurück und sah ihn ernst an. »Wissen Sie, was ich glaube?«

Kinder sah ihr schweigend in die Augen.

»Ich glaube, Ihr Gedächtnisverlust macht Ihnen Angst. Sie haben sich selbst eingeredet, dass Sie der Sohn einer Mörderin sind, und Sie versuchen, Skye Wynyard zu schützen.« Ihr Blick wurde noch eindringlicher. »Sie haben Angst vor dem, was Sie ihr womöglich antun könnten.«

Daniels Gesicht schien vollkommen ausdruckslos und frei von sämtlichen Emotionen. Er hatte komplett abgeschaltet. Sein Rücken war kerzengerade und seine Stimme eiskalt. »Kein Kommentar.«

Skye Wynyard ließ sich aufs Sofa sinken und seufzte erleichtert. Die letzten Polizisten waren gerade gegangen, und sie war endlich allein. Es würde den ganzen Abend dauern, alles wieder in Ordnung zu bringen, obwohl sie zugeben musste, dass die Spurensicherung sich wirklich bemüht hatte, kein allzu großes Chaos anzurichten. Sie hatten sich vor allem auf die Dachkammer konzentriert, und ehrlich gesagt war sie froh, dass sie sie vollständig ausgeräumt hatten. Sie würde nie wieder dort hinaufgehen. Selbst der Anblick der geschlossenen Tür am Ende der Treppe bescherte ihr eine Gänsehaut.

Sergeant Marie Evans hatte vorhin angerufen und ihr gesagt, dass die thailändische Botschaft ihren Verdacht bestätigt hatte. Mrs Ruby Kinder war in die nordöstliche Provinz Loei geflogen, um sich einer Meditationsgruppe am Berg Phu Ruea anzuschließen. Danach hatte sie sich offensichtlich zu einer Klausur in den Dschungel zurückgezogen, und ihr derzeitiger Aufenthaltsort war nicht bekannt. Es gab keine Möglichkeit, mit ihr in Kontakt zu treten, doch die Polizei vor Ort wusste Bescheid und würde versuchen, sie ausfindig zu machen.

Skye und Ruby verstanden sich gut. Die ältere Frau war eher eine Freundin als eine Schwiegermutter, und zum Teil war Skye sogar froh, dass Ruby nicht hier war und das Chaos mit ansehen musste, das ihr Sohn angerichtet hatte. Ganz zu schweigen von dem Kummer, den er allen bereitete, die ihn liebten. Sergeant Evans hatte gesagt, dass Daniel wieder in Gewahrsam war. Nach der Befragung würde sie sich um einen möglichen Besuch kümmern, obwohl sie nichts versprechen konnte. Skye hatte deutlich herausgehört, dass Daniel tief in der Scheiße steckte.

Sie lehnte sich zurück und versuchte, sich zu entspannen. Sie war körperlich und mental erschöpft, aber sie musste das Haus in Ordnung bringen. Ruby hätte ihr zwar nie die Schuld an dem Chaos gegeben, aber sie fühlte sich trotzdem dafür verantwortlich.

Skye stand auf und ging in die Küche, um Staubsauger, Staubtücher und Putzmittel zu holen. Dann holte sie tief Luft und beschloss, dem Haus zumindest den Anschein von Sauberkeit zurückzugeben.

Sie hatte gerade den Staubsauger angesteckt, als das Telefon klingelte.

»Skye? Tut mir leid, wenn ich störe, aber geht es dir gut? Einer der Pförtner hat mir erzählt, dass er Polizeiautos vor deinem Haus gesehen hat.« Skye stellte überrascht fest, dass die besorgte Stimme am anderen Ende der Leitung ihrer Vorgesetzten gehörte.

»Danke, Lisa, mir geht es gut. Es war alles bloß ein schreckliches Missverständnis.« Sie wäre am liebsten mit der ganzen Wahrheit herausgerückt, konnte sich aber noch zurückhalten.

»Hat es etwas damit zu tun, dass du dir so kurzfristig freigenommen hast?«, frage Lisa Hurley besorgt. »So etwas sieht dir gar nicht ähnlich, und ich mache mir seitdem große Sorgen um dich. Kann ich etwas für dich tun? Oder willst du vielleicht reden? Ich bin eine exzellente Zuhörerin!«

Skye lächelte zum ersten Mal seit Tagen. »Wie viel Zeit hast du?«

»Die ganze Nacht, wenn es dir hilft.«

»Zuerst muss ich das Haus wieder in Ordnung bringen, nachdem hier überall Polizisten herumgetrampelt sind. Aber vielleicht morgen?«

Es konnte doch nicht schaden, mit jemandem zu reden, oder? Wenn ihr schon jemand seine Schulter zum Ausweinen anbot, warum sollte sie Nein sagen?

»Ich habe eine bessere Idee. Gib mir die Adresse, und ich komme mit einer Flasche Wein, Essen für die Mikrowelle, einer Flasche Möbelpolitur und einer Packung Reinigungstücher vorbei. Wie klingt das?«

»Wie das Klatschen eines Rettungsringes neben einer Ertrinkenden.«

»Wunderbar! Ich bin in einer Stunde da. Hat die Presse eigentlich schon Wind von der Sache bekommen? Lauern bereits Reporter vor deiner Tür?«

»Noch nicht, aber es dauert sicher nicht mehr lange. Bis später!«

Skye legte auf und atmete aus. Sie musste Lisa ja nicht alles erzählen. Gerade genug, um sie nach ihrer Meinung fragen zu können. Lisa arbeitete mit gestresstem Personal und Patienten, sie war also sicher der richtige Ansprechpartner.

Skye fiel eine schwere Last von den Schultern. Lisa Hurley war nicht nur überaus intelligent, sondern auch pragmatisch und gleichzeitig witzig. Sie war vermutlich die beste Wahl, um sich auszuweinen, auch wenn sie theoretisch Skyes Vorgesetzte war. Schnell schickte sie ihr eine Nachricht mit der Adresse.

Dann schaltete sie den Staubsauger an und fühlte sich nicht mehr so allein.

KAPITEL 8

Es war bereits Abend, als Jackman endlich mit Marie zusammentraf, und ihrer beunruhigten Miene nach zu schließen, war ihr Gespräch mit Kinder alles andere als gut verlaufen.

Sie setzten sich in sein Büro, und er erzählte ihr von dem zweiten Opfer.

»Die Superintendentin versucht, nichts nach außen dringen zu lassen, bis wir den gerichtsmedizinischen Befund haben. Dann wissen wir mehr.«

»Und wie will sie das machen?« Marie wirkte müde und besorgt.

»In der Gegend um Bracken Holme gab es heute glücklicherweise eine Razzia unter den Feldarbeitern. Unsere Leute bekamen den Tipp, dass neue illegale Einwanderer erwartet werden. Die Superintendentin nimmt es als Erklärung für die erhöhte Polizeipräsenz vor Ort. Bis jetzt funktioniert es, aber es lässt sich natürlich nicht ewig verheimlichen.« Jackman lehnte sich in seinem Stuhl zurück und streckte die Arme über den Kopf, um seine schmerzenden Schultern zu entspannen. »Das Pub liegt abgelegen, und die Leiche befindet sich im Keller, weshalb wir kein

Zelt oder sonstigen Sichtschutz brauchen. Das ist von Vorteil.«

»So viel zur letzten Anweisung, möglichst transparent zu arbeiten. Im Moment geht es wohl eher um ein möglichst diplomatisches Vorgehen. Glauben Sie, dass wir es mit dem zweiten Opfer desselben Täters zu tun haben?«

Jackman nickte. »Jacobs hat es angedeutet. Natürlich inoffiziell. Obwohl ...« Er hielt inne.

»O nein! Ich höre da ein riesiges Aber!«

Jackman lächelte müde. »Nein, das ist es nicht. Ich bin mir sicher, dass es derselbe Mörder ist. Aber heute hatte ich nicht das Gefühl, dass die Leiche sorgfältig ›präsentiert‹ wurde, wie es bei Alison Fleet der Fall war. Die Frau wurde einfach im Keller entsorgt. Punkt.«

»Dann glauben Sie, dass sie an einem anderen Ort umgebracht wurde?«

»Ja, vermutlich. Es gibt keine Kampfspuren, keine Blutspritzer. Ich würde sagen, der Mörder hat die Leiche ins *Drover's Arms* gebracht, weil er wusste, dass dort niemand hinkommt.«

»Und es ist mitten im Nirgendwo.«

»Genau. Sobald wir Jacobs' Bericht haben, können wir rausfahren und die Anwohner befragen. Aber ohne Panik zu verbreiten. Sobald das Wort ›Serienmörder‹ einmal gefallen ist, bricht ein Orkan los. Und es besteht immerhin die minimale Chance, dass wir den Mörder bereits in Gewahrsam haben.«

»Sicher!«

»Ja, ja. Ich weiß, Ihrer Meinung nach ist er bloß verrückt. Aber meine Tante sagte immer: ›Wenn du glaubst, dass du es kannst, dann kannst du es auch!‹«

»Da hatte Ihre weise Tante natürlich recht, Sir, aber ich

glaube immer noch, dass Kinder von dem Gedanken besessen ist, Françoise Thayers teuflische Brut zu sein. Und dass er Skye Wynyard früher oder später zu Hackfleisch verarbeiten würde, wenn er mit ihr allein gelassen wird.«

Marie gähnte. »Hat die Superintendentin einem externen Psychologen zugestimmt?«

»Ja, auf ihre eigene barsche Art. Ich glaube, sie ist in dieser Frage auf unserer Seite. Aber das Budget verlangt, dass sie woanders Geld einspart, um die Kosten zu decken.«

»Ich weiß nicht, ob noch etwas zum Einsparen übrig ist«, erwiderte Marie finster. »Wir machen doch bereits eine Fastenkur. Wir sind chronisch unterbesetzt, und unsere Autos sehen aus wie vom Schrottplatz. Selbst unsere tolle Hundestaffel besteht nur noch aus PC Nobby Clarke und seinem halb blinden Deutschen Schäfer Itchy.«

»Der ist wenigstens niedlich.«

»Welchen der beiden meinen Sie?«

»Seien Sie nicht albern!« Jackman warf ihr einen vernichtenden Blick zu. »Nobby Clarke natürlich.«

Marie grinste. Doch dann musterte sie ihn besorgt. »Ist alles in Ordnung, Sir? Der Anblick der toten jungen Frau kann nicht gerade angenehm gewesen sein.«

»Das ist es nie. Aber es geht mir gut. Man gewöhnt sich zwar nicht daran, aber man findet Wege, um damit klarzukommen, nicht wahr?«

Marie nickte. »Ja. Aber vielleicht sollten Sie jetzt trotzdem nach Hause fahren und eine lange, heiße Dusche und einen großen Scotch genießen. In welcher Reihenfolge auch immer.«

»Ja, gleich. Ich glaube, ich habe alles in die Wege geleitet. Ein Beamter geht gerade die Vermisstenanzeigen der letzten zwei, drei Wochen durch, und die Spurensicherung wollte noch einen Bericht schicken. Sobald ich diese Infos habe, kann ich heute ohnehin nichts mehr tun.« Er kratzte sich am Kopf. »Außer vielleicht noch einmal ein Wörtchen mit Daniel Kinder zu reden ...«

»Na dann, viel Glück, Sir. Er hat total zugemacht, als ich ihm meine Vermutung an den Kopf geworfen habe.« Marie erhob sich. »Aber vielleicht ist es trotzdem noch einen Versuch wert. Soll ich vielleicht mitkommen? Er hatte gerade sein Abendessen und einen starken Kaffee und sollte wieder glücklich und zufrieden sein.«

Doch Daniel war alles andere als glücklich und zufrieden.

Marie beobachtete ihn, während Jackman ihn befragte, und er wirkte immer noch angespannt.

»Meine Kollegin hat vorhin scheinbar einen Nerv getroffen. Hatte sie recht, was Ihre Sorge um Skye Wynyard betrifft?«

Daniel reckte trotzig das Kinn und schwieg. Dann sagte er: »Nein, der Sergeant hatte *nicht* recht. Sie hat meine Vermutung, Françoise Thayers Sohn zu sein, ins Lächerliche gezogen. Das hat mich wütend gemacht. Ich verstehe nicht, warum Sie die Wahrheit nicht akzeptieren können!« Seine Augen wurden schmal. »Ich würde vorschlagen, Sie sehen sich mal die Akte im Mordfall Haines und die Gerichtsprotokolle von Françoise Thayers Prozess an. Sie werden feststellen, dass es starke Ähnlichkeiten zum Mord an Alison Fleet gibt. Und nachdem ich das weiß, muss ich wohl dort gewesen sein, oder?«

Jackman schwieg, doch Marie konnte sich nicht zurückhalten. »Ich dachte, Sie könnten sich an nichts erinnern? Der überaus praktische Gedächtnisverlust ...«

»Sehen Sie sich einfach mal den alten Fall an. Mehr sage

ich heute Abend nicht mehr.« Daniel Kinder verschränkte die Hände im Schoß und starrte, ohne zu blinzeln, auf seine langen, bleichen Finger hinunter.

Jackman warf einen Blick auf die Uhr und erhob sich abrupt. »Ende der Befragung: acht Uhr fünfzehn.«

Vor der Tür schnaubte er wütend. »Ich weiß, wie wir diesem Schwachsinn ein für alle Mal ein Ende bereiten können. Morgen fordern wir sämtliche Unterlagen zu Françoise Thayer aus dem Archiv an und machen einen DNA-Abgleich mit Kinder. Selbst wenn er nichts gefunden hat, was ihm Klarheit verschaffen könnte – wir werden das Rätsel verdammt noch mal lösen!«

PC Kevin Stoner war mittlerweile seit drei Tagen krankgeschrieben und hatte bisher kein einziges Mal das Haus verlassen. Die Arbeit mit Zane Prewett machte ihn beinahe irre, und er hatte keinen blassen Schimmer, was er tun sollte. Andauernd krank zu sein war keine Lösung, aber bis er wieder einen klaren Gedanken fassen konnte, fiel ihm nichts Besseres ein.

Er machte sich auf den Weg, um seine neunjährige Nichte vom Taekwondo abzuholen, und war froh, endlich aus dem Haus zu kommen. In den letzten Stunden hatte er eine unglaubliche Abneigung gegen den Menschen entwickelt, zu dem er geworden war. Zwei Monate mit Prewett hatten einen ziemlich guten Polizisten in einen veritablen Loser verwandelt.

Auf dem Weg zur Sporthalle überlegte er, was seine Kollegen wohl über ihn dachten. Vermutlich hielten sie ihn für einen Schlappschwanz. Niemand mochte Prewett, nicht mal die Vorgesetzten. DI Jackman hatte Kevin letzte Woche sogar beiseitegenommen und ihn gewarnt, sich mit Zane

Prewett zusammenzutun. Kevin steckte die Hände tiefer in die Taschen seiner Jeans und seufzte. Er wollte nichts lieber, als endlich von diesem Scheißkerl loszukommen, aber so einfach war das nun mal nicht.

Zwar wusste Kevin einige schlimme Dinge über Prewett, aber der hatte ebenfalls etwas über ihn herausgefunden, und genau darin lag das Problem. Vom ersten Tag an hatte Kevin sorgfältig darauf geachtet, sein Privatleben nicht mit in die Arbeit zu nehmen und vor allem nicht über den Beruf seines Vaters zu reden. Glücklicherweise hatte ihn nie jemand gefragt, ob er mit dem Diözesanbischof Michael Stoner verwandt wäre. Was allerdings kein Wunder war. Die Hälfte seiner Kollegen waren kulturlose Banausen, und die andere Hälfte ging nur zu Hochzeiten und Beerdigungen in die Kirche.

Kevin näherte sich der hässlichen Sporthalle aus grauem Beton und beschloss, mit seinem älteren Bruder zu reden, nachdem er Sophie nach Hause gebracht hatte. Er konnte die Sache nicht mehr länger mit sich herumschleppen, sonst landete er noch im Irrenhaus. Ralph wurde bald dreißig und hatte einen gesunden Menschenverstand, weshalb ihn Kevins Enthüllungen vielleicht nicht mal überraschen würden.

Der schmale Weg führte an einer Reihe von Gartenzäunen vorbei und wurde erst direkt am Spielfeld breiter. Auf der anderen Seite des Feldes lag die Sporthalle. Er war wie üblich zu früh dran, aber in der Halle gab es ein Café, wo es einen hammermäßigen doppelten Espresso gab, und Sophie wusste, dass er dort auf sie warten würde.

»Hallo, Kevin.«

Er war sich nicht sicher, was zuerst kam: die Begrüßung oder der Schlag in die Magengrube.

Er stöhnte schmerzerfüllt auf, sackte nach vorne und schlang sich die Arme um den Oberkörper.

»Auf ein Wort, Kumpel.«

Bevor Kevin wusste, wie ihm geschah, wurde er gepackt und durch ein offenes Tor in einen mit Unkraut überwucherten Garten gezerrt.

»Was zum Teufel …?«, keuchte er. Der Griff um seine Handgelenke war wie Stahl; im nächsten Moment fiel das Gartentor ins Schloss, und er landete mit dem Gesicht nach unten in dem lehmigen Gras. Ein Knie bohrte sich zwischen seine Schulterblätter, und er schrie vor Schmerzen auf.

»Sosehr ich kleine Schlägereien liebe – wir müssen reden.«

Der Druck ließ nach, und Kevin röchelte und wäre beinahe an der feuchten Erde und dem Unkraut in seinem Mund erstickt.

Sein Angreifer riss ihn hoch und steckte ihm einen Finger in den Mund, um auch den letzten Unrat herauszuholen.

Kevin hustete und spuckte.

»Rein da! Das Haus steht schon seit Monaten leer, aber der Schuppen gibt einen netten Rahmen für unsere kleine Unterhaltung.«

Es war eigentlich kein Schuppen, sondern eher ein verfallenes, modriges Sommerhaus, aber ein paar passable Plastikstühle standen noch herum, und in einen davon wurde Kevin nun unsanft gedrückt.

»Rühr dich nicht vom Fleck. Ich will, dass du mir zuhörst.«

Zane Prewett starrte mit kalten, erbarmungslosen Augen auf ihn hinunter. »Ich dachte, wir hätten eine Abmachung, Kev, mein Freund?«

Kevin konnte nichts erwidern. Sein Mund war immer noch voller grobkörniger Erde.

»Weißt du, es wirft kein gutes Licht auf mich, wenn du so oft krankfeierst. Alle auf dem Revier wissen, dass du genau das tust, und schon bald wird ein neugieriger Mistkerl anfangen, Fragen zu stellen, kapiert?«

Kevin nickte kaum merklich.

»Ich will dich zurück. Ich will, dass es wieder kuschelig wird. Und ich will dich wieder lächeln sehen.« Zane grinste, und Kevin wurde übel.

»Bei dir weiß ich, woran ich bin, und ich will nicht dauernd mit irgendwelchen Idioten arbeiten, die sie mir zuteilen. Sie behindern mich in meiner Arbeit, wenn du verstehst?«

O ja, Kevin verstand nur zu gut, was Zane meinte. Er befürchtete, dass jemand seine schmutzigen kleinen Deals melden könnte. Deals, bei denen Kevin jedes Mal ein Auge zudrückte.

Zane zog einen weiteren Stuhl heran, knallte ihn vor Kevin auf den Boden und ließ sich darauf nieder. »Offenbar muss ich dir die Angelegenheit noch mal erklären, aber das ist schon in Ordnung. Wir haben ...« Er warf einen Blick auf die riesige Uhr an seinem Handgelenk. »Wir haben noch fünfzehn Minuten, bis die süße kleine Sophie fertig ist.«

Wut kochte in Kevin hoch, aber er wusste, dass er gegen Zanes Größe und schmutzigen Kampfstil nicht ankam. Also biss er sich auf die Zunge und schwieg.

»Gut, ich sehe, wir verstehen einander. Und ich hasse den Gedanken, dass einem so hübschen Kind etwas zustoßen könnte, also lassen wir sie erst mal aus dem Spiel, okay?« Zane lehnte sich zurück und starrte ihn an. »Aber der Rest der Vereinbarung steht. Du bleibst mein ergebener

Partner, mein ständiger Begleiter, mein vertrauenswürdiger Helfer, und dein Vater – der Herr sei seiner heiligen Seele gnädig – wird nie erfahren, mit wem du es in deiner Freizeit treibst. Deal?«

Kevin wollte sterben, und es war nicht bloß ein pathetischer Gedanke, sondern erschien ihm wie eine wirklich gute Idee.

»Und falls das nicht reicht ...« Zane griff in die Innentasche seiner Jacke und zog einen Umschlag hervor. »Es überrascht mich immer wieder, was Menschen für Geld alles tun. Und manche machen es sogar gratis, wenn man die richtigen Knöpfe drückt. Man hilft immerhin einem aufrechten Polizisten wie mir, die Straße von den schmutzigen Bullen zu säubern ...« Zane kicherte. »Das Bewusstsein der Bevölkerung wird immer stärker, und die Leute sind froh, wenn sie helfen können.« Er zog einen Stapel Computerausdrucke aus dem Umschlag und hielt Kevin das oberste Bild unter die Nase.

Vorhin wäre er am liebsten gestorben – doch jetzt waren seine Gefühle einfach unbeschreiblich.

Zwei junge Männer waren in einen leidenschaftlichen Kuss vertieft. Der eine lehnte mit dem Rücken an einer Mauer in einer dunklen Gasse, während ihm der andere eifrig die Hand in die Jeans schob.

Kevin schloss die Augen und wurde im nächsten Moment von einem brennenden Zorn gepackt. »Du Hurensohn! Gib das her!« Er wollte sich auf Zane stürzen, doch dieser war bereits aufgesprungen.

»Keine Angst, Süßer, die Bilder gehören dir.« Er warf sie in die Luft, und sie segelten auf den verdreckten Boden des ehemaligen Sommerhauses. »Die Originale sind in Sicherheit, und weitere Kopien werden an den Bischof versendet, falls du morgen früh nicht gesund und munter zur Arbeit erscheinst.« Seine Augen waren nur noch Schlitze. »Verstanden? Und jetzt beweg deinen schwulen Arsch und mach den Dreck hier sauber!« Er marschierte zur Tür, und Kevin warf sich auf den Boden, um die Bilder einzusammeln.

»Es wird weder deiner hübschen Nichte noch dem Blutdruck deines frommen Vaters etwas passieren – solange du weiterhin mit mir unter einer Decke steckst. Allerdings nicht wortwörtlich. Ich bin nicht *so einer*.« Er warf einen Blick auf die Fotos und hob eine Augenbraue. »Also, die Sache bleibt unter uns, okay?«

Er grinste lasziv und warf Kevin eine Kusshand zu.

Es war beinahe zehn, als Lisa Hurley schließlich auf die Uhr sah und nach Luft schnappte. »Mein Gott! Ich muss gehen! Ich habe morgen einen Einführungskurs.«

Skye hatte die ganze Zeit über gewusst, wie spät es war, es aber ignoriert. Es fühlte sich gut an, endlich nicht mehr allein in dem riesigen Haus zu sein. Sie gab sich schockiert, dass die Zeit so schnell vergangen war, und machte sich zögerlich auf den Weg, um Lisas Jacke zu holen.

»Ich kann dir gar nicht genug danken«, erklärte sie und meinte es auch so. »Von dem Augenblick an, als die Polizei an der Tür läutete, habe ich ...« Sie schüttelte den Kopf. »Es war schrecklich. Aber das Gespräch mit dir hat mir etwas Normalität zurückgegeben. Ich bin mittlerweile überzeugt davon, dass Daniel und ich es schaffen können.«

Lisa nahm ihre Jacke und berührte sanft Skyes Arm. »Da bin ich mir sicher. Und ich bin gerührt, dass du dich mir anvertraut hast. Das war sicher nicht einfach.« Sie lächelte freundlich. »Skye, ich bin immer für dich da, wenn du mich brauchst.« Sie wandte sich der Tür zu. »Und ich werde dafür sorgen, dass du so lange wie möglich fortbleiben kannst, ohne Schwierigkeiten zu bekommen.« Sie öffnete die Tür, und ein plötzliches Blitzlicht ließ beide Frauen zusammenzucken.

»Scheiße!« Lisa trat eilig zurück ins Haus und warf die Tür zu. »Die ersten Reporter sind da – und es werden in den kommenden Tagen nicht die letzten sein. Tut mir leid, Skye, aber der Medienzirkus hat gerade begonnen.« Sie holte tief Luft. »Okay, dann mal los! Versperre die Tür, ignoriere die Klingel und aktiviere die Alarmanlage, sobald ich fort bin.« Sie hielt inne. »Kommst du zurecht?«

»Damit habe ich gerechnet. Ich halte das schon aus. Und morgen verlasse ich dieses Mausoleum und gehe wieder zurück in meine Wohnung.«

»Schlaues Mädchen. Pass gut auf dich auf.« Lisa trat in die feuchte Luft hinaus und eilte mit gesenktem Kopf zu ihrem Wagen. Skye versperrte die Tür hinter ihr, deaktivierte die elektronische Klingel und machte die Alarmanlage an. Darauf wäre sie auch ohne Lisas Ratschläge gekommen.

Sie hatte Lisa zwar versichert, dass es ihr gut ging, aber das stimmte nicht. Ihre Gedanken waren jetzt klarer, und sie fühlte sich besser, was Daniel und seinen unsinnigen Kreuzzug betraf, aber sie wollte trotzdem nicht allein in diesem riesigen Haus bleiben.

Sie ging in ihr Zimmer und setzte sich erschöpft auf die Bettkante. Sie wollte sich nicht einmal ausziehen. Lisa und sie hatten sich unterhalten, während sie das Haus geputzt hatten, und Skye hatte ihr immer mehr anvertraut, bis sie beinahe die ganze Geschichte kannte.

Und es hatte ihr tatsächlich geholfen. Lisa hatte Daniels

»Mission« und die ziemlich verworrenen Hintergründe kein einziges Mal ins Lächerliche gezogen, und sie hatte Skye einige Denkanstöße geliefert und psychologische Einblicke gewährt. Lisa hatte einmal eine Vorlesung zur genetischen Prägung besucht, in der besonderes Augenmerk auf adoptierte Kinder und das Umfeld der leiblichen Eltern und der Adoptiveltern gelegt worden war. Auch die Intelligenz und die unterschiedlichen Reaktionen der Betroffenen, wenn sie von der Adoption erfuhren, waren behandelt worden. Skye konnte das alles sehr gut nachvollziehen, obwohl sie es Lisa gegenüber nicht erwähnt hatte. Sie war auch ein Adoptivkind, aber bei ihr war es vollkommen anders als bei Daniel. Er war davon besessen, die Identität seiner leiblichen Eltern zu entschlüsseln, während es Skye vollkommen egal war. Sie hatte eine sehr glückliche Kindheit in einer wunderbaren, liebevollen Familie erlebt. Der Grund, warum ihre leibliche Mutter sie nicht gewollt hatte, war völlig irrelevant und vermutlich auch ziemlich schmerzhaft und unangenehm. Also wollte sie es lieber gar nicht erst wissen.

Skye schlüpfte gähnend aus ihren Schuhen, wickelte sich in die Decke, schloss die Augen und versuchte, das permanente Klopfen an der Haustür zu ignorieren. Sie schaffte es nicht einmal, die Nachttischlampe auszuschalten.

Lisa Hurley saß in ihrem Auto, das auf der gegenüberliegenden Straßenseite parkte. Mehrere Männer lungerten vor Skyes Haus herum und unterhielten sich. In regelmäßigen Abständen trat einer auf die Tür zu und hämmerte dagegen, anschließend war der Nächste an der Reihe.

Lisa lehnte sich im Autositz zurück und beobachtete die Männer regungslos. Morgen früh würde es in der gepflegten Kiesauffahrt nur so von Reportern und Übertragungswagen wimmeln.

Sie sah zu einem der oberen Zimmer hoch. Sie war Skye vorhin mit dem Blick durchs Haus gefolgt, als sie nacheinander in allen Räumen die Fenster überprüft, die Vorhänge zugezogen und das Licht gelöscht hatte. Nun war nur noch ein Fenster erleuchtet.

Lisa betrachtete es lange Zeit, bevor sie schließlich den Motor startete und langsam davonfuhr.

Daniel träumte von seiner Mutter. Es war kein angenehmer Traum.

Er ging mit Skye an einem der schnurgeraden Wasserläufe in der Nähe seines Elternhauses entlang. Er hielt ihre Hand, und sie näherten sich einem bunten, golden lackierten und kunstvoll verzierten Karussell, wie es sie in Paris überall gab. Er hörte die beschwörenden Klänge der elektrischen Orgel, und Skye fragte, ob sie auf einem der Pferde reiten konnten.

Sie zog ihn lächelnd auf das Karussell zu, doch plötzlich überkam ihn eine schreckliche Vorahnung, und seine Füße wurden schwer wie Blei.

Irgendwo hinter ihm rief jemand seinen Namen, aber er hatte zu große Angst, um sich umzudrehen. Die Musik war verstummt, der Wind heulte, und das Ding hinter Daniel zog ihn mit unheimlicher Kraft zu sich. Er brüllte Skye zu, sie solle verschwinden, doch ihre Hand war ihm bereits entglitten, und sie schwebte über ihm. Sie klammerte sich an den Hals eines vergoldeten Holzhengstes mit flammend roten Augen.

Plötzlich begannen die Pferde zu galoppieren und verschwanden mit Skye in einem Wirbel aus Farben.

Das Karussell drehte sich immer schneller und schneller, bis es in die Luft stieg und davonflog. Daniel rief nach Skye, doch sie war nur noch eine spielzeuggroße Gestalt, die langsam in den dichten weißen Wolken über dem Wasserlauf verschwand.

»Mein Junge.«

Die Worte drangen durch das Heulen des Windes, und Daniels Herz gefror zu Eis. Er wollte fortlaufen, doch seine Füße waren wie festgeklebt, und er konnte der unheimlichen Erscheinung hinter ihm nicht entkommen. Er entdeckte, dass er von einem dicken Seil zurückgehalten wurde, und wollte bereits versuchen, sich davon zu befreien, als er sah, dass es gar kein Seil war. Es war eine pulsierende, schleimige, violett-blaue Nabelschnur.

»Nein!«, schrie er. »Skye!«

»Sie muss fort.«

»Nein!«, schrie er erneut, aber etwas zog ihn langsam rückwärts.

»Komm, mein Junge«, lockte sie ihn sanft.

Die Dunkelheit breitete sich aus. Er roch ihren fauligen Atem. Und als er in den dunklen Abgrund fiel, der sich unter ihm auftat, hörte er ihre Worte: »Komm zu Mummy.«

KAPITEL 9

Dunkle Wolken begleiteten Marie an diesem Tag auf dem Weg zur Arbeit. Es gab keine magischen Momente zu genießen, aber das war ihr ehrlich gesagt nur recht. Der düstere Himmel passte zu ihrer Stimmung. Es war einer jener Tage, an denen sie Bill vermisste, die aber glücklicherweise immer seltener wurden. Sie sehnte sich so sehr nach ihm, dass es wehtat. Der Tod ihres Mannes lag beinahe zehn Jahre zurück, aber manchmal war der Schmerz immer noch übermächtig.

Als sie in den Ermittlungsraum trat, wurde ihr klar, dass sie nicht die Einzige war, die sich fühlte, als stünde das Ende der Welt kurz bevor.

Nur Gott allein wusste, seit wann Jackman schon da war – überraschenderweise saßen aber auch Max und Charlie bereits zu dieser frühen Stunde an ihren Schreibtischen.

»Läuft hier etwa eine Pyjamaparty?« Sie öffnete ihre Lederjacke und betrachtete ihre Kollegen. »Warum hat mir niemand etwas gesagt? Ich hätte Popcorn mitgebracht.«

»Ich konnte nicht schlafen«, murmelte Max missmutig und schüttelte den Kopf. »Dabei kann ich sonst immer schlafen. Laut meiner Großmutter hätte ich sogar den Blitz verschlafen.«

»Ich hatte auch eine schlechte Nacht«, stimmte Charlie ihm zu.

»Ja, aber bei dir war es das Curry um Mitternacht.«

Charlie seufzte und warf Max einen leidgeprüften Blick zu. »Es war erst elf, und was soll ich machen, wenn das einzige spätabends geöffnete Take-away in meiner Straße ein Inder ist?«

Marie hängte ihre Jacke über die Stuhllehne und betrachtete Jackman, der gedankenverloren auf das Whiteboard starrte. »Und Sie, Sir? Schlechte Träume? Schlechtes Curry?« Sie verzog das Gesicht. »Oder beides?«

»Weder noch.« Er wandte sich mit einem müden Lächeln zu ihr um. »Ich hatte ein spanisches Omelett und Fritten aus dem Backofen. Den restlichen Abend habe ich mit der blonden Schlächterin verbracht.«

»Das Fernsehprogramm konnte man vergessen, ich weiß, aber mir wäre trotzdem etwas Besseres eingefallen ...« Marie zog ihren Stuhl unter dem Tisch heraus und setzte sich.

»Thayer macht mich fertig«, erklärte Jackman.

»Aber nicht so sehr, wie sie George und Lydia Haines fertiggemacht hat«, fügte Max finster hinzu. Er schob seinen Stuhl zurück und drehte sich zu Jackman herum. »Warum hat sie die beiden eigentlich umgebracht, Chef? Ich war damals noch nicht einmal auf der Welt, und ich kann mich nur dunkel an den Fall erinnern.«

»Hätten Sie mich das gestern gefragt, hätte ich es nicht gewusst.« Jackman trat auf die anderen zu und setzte sich auf Maries Schreibtischkante. »Aber nachdem ich gestern Nacht einige Zeit vor dem Computer verbracht habe, kann ich Ihnen eine ganze Menge über die glücklicherweise bereits verstorbene Françoise Thayer erzählen.«

Marie überlegte, was sie noch über den Fall wusste, doch sie sah nur ein paar Schlagzeilen vor sich, die alle die Wörter »bösartig«, »grausam«, »kaltblütig«, »ungeheuerlich« und »verabscheuungswürdig« enthalten hatten – je nachdem, ob es eine Boulevard- oder eine seriöse Zeitung gewesen war.

»Also erstens ist nicht allgemein bekannt, dass sie im Verdacht stand, vor den Haines mindestens fünf weitere Menschen umgebracht zu haben. Aber nachdem ihr nichts nachgewiesen werden konnte und die Morde in Frankreich geschahen, drangen die Infos zu dieser Zeit nicht bis hierher durch.«

»Aber wie hat sie es mit einer solchen Vorgeschichte geschafft, einen Job als Au-pair im tiefsten Lincolnshire zu bekommen?«, fragte Charlie.

»Sie hat ihren Namen geändert, bevor sie hierherkam. Sie konnte nicht verleugnen, dass sie aus Frankreich stammte, also suchte sie sich einen anderen französischen Namen und verschwand im System.«

»Die alte Geschichte«, murmelte Max. »Und warum ist sie ausgetickt und hat ihre Arbeitgeber umgebracht?«

»Wegen eines Stromausfalls und eines Sandwiches mit gebratenem Speck.« Jackman warf Marie ein schiefes Lächeln zu. »Der Tropfen, der das Fass zum Überlaufen bringt, ist oft etwas ganz Banales.«

»Was ist passiert?« Marie lehnte sich interessiert vor und stützte die Ellbogen auf dem Tisch ab.

»Françoise Thayer war eine zwanghafte Persönlichkeit. Sie war eifersüchtig und dominant, und sie hatte ein Auge auf den Betriebsleiter Ian Farrow geworfen.«

»Er zählte anfangs zu den Verdächtigen, oder?«, fragte Marie, die sich langsam wieder erinnerte.

»Ja. Man nahm an, dass er mit Thayer unter einer Decke steckte, dabei war er bloß ein weiteres Opfer – auch wenn sie nicht mehr dazu kam, ihn zu töten.«

»Hat er denn dasselbe empfunden? Ich meine, war Farrow auch auf sie scharf?«, fragte Charlie.

»Nein, keineswegs. Aber er war ein gutmütiger Mensch, ein Eigenbrötler. Sie hat seine Freundlichkeit vollkommen falsch interpretiert. Er war bloß höflich, weil sie ebenfalls für die Haines arbeitete.« Jackman verzog das Gesicht. »Thayer war überhaupt eine Meisterin der Falscheinschätzung. Sie hatte gehört, dass er geschieden war, was ihn ihrer Meinung nach zu einer leichten Beute machte. Aber sie wusste nicht, dass seine Ehe aufgrund seiner homosexuellen Neigungen in die Brüche gegangen war.«

»Hoppla.« Max unterdrückte ein Grinsen.

»Der auslösende Moment war, als Thayer Lydia Haines über den Hof zur Wohnung von Ian Farrow gehen und sie darin verschwinden sah. Thayer hatte in der Stadt Besorgungen gemacht und wusste nicht, dass auf der Farm der Strom ausgefallen war. Lydia hatte einen AGA, einen mit festen Brennstoffen beheizbaren Herd, und Farrow war den ganzen Tag auf den Feldern gewesen, deshalb hatte sie ihm und auch ein paar anderen Arbeitern Sandwiches mit gebratenem Speck gemacht, um sie über Wasser zu halten, bis der Strom wieder da war. Françoise Thayer glaubte, die beiden hätten ein Rendezvous, und ihre Eifersucht wurde übermächtig. Selbst als sie von dem Stromausfall erfuhr, beschloss sie, dass Lydia ihn als Ausrede benutzt hatte.«

»Und dann hat sie Lydia und ihren Ehemann umgebracht?«

»Ja, sie hat die beiden abgeschlachtet, ohne auch nur einmal mit ihren langen Wimpern zu zucken.« Jackman erhob sich. »Vermutlich hätte sie Ian Farrow ebenfalls getötet, aber der war in die Stadt gefahren und hatte zu viel getrunken. Er verbrachte die Nacht in seinem Toyota vor dem *Shrimp Boat Inn*.«

»Und unser verrückter Daniel glaubt echt, dass Thayer seine Mutter ist?«, fragte Max ungläubig. »Wenn ich einen solchen Verdacht hätte, würde ich lieber den Mund halten.«

Marie wurde ernst. »Daniel ist besessen von dem Gedanken, und wir müssen ihm beweisen, dass er falschliegt.«

»Es sei denn, er hat recht«, entgegnete Charlie.

Jackman nickte. »Genau. Wir müssen die Wahrheit herausfinden, so oder so. Sobald die fraglichen Abteilungen wach sind, will ich, dass ihr drei mir alles über den Thayer-Fall zusammensammelt. Protokolle, Beweismittel und vor allem die Berichte der Spurensicherung mit eventuellen DNA-Abgleichen.« Seine Stimme wurde hart. »Wir müssen Kinder mit wasserdichten Beweisen gegenübertreten. Erst dann können wir versuchen, in seine Gedankenwelt vorzudringen.«

Max nickte. »Aber müssen wir ihn denn nicht bald gehen lassen?«

»Selbst wenn er auf Kaution freikommt, wird er nicht weit fortgehen. Er will immerhin hier sein. Vielleicht sogar genauso sehr, wie wir ihn hierbehalten wollen.«

»Was ist mit Alison Fleet und Jane Doe?« Sosehr Marie das Rätsel um Daniels Herkunft lösen wollte – die laufenden Ermittlungen durften nicht gefährdet werden.

»Ich behalte die beiden Fälle natürlich im Auge. Die uniformierten Kollegen geben ihr Bestes, und bis wir den

Bericht der Spurensicherung haben, können wir ohnehin nichts tun.« Jackman wirkte etwas zu enthusiastisch, und Marie hoffte, dass die Geschichte um Daniel Kinder sein Urteilsvermögen nicht zu sehr beeinflusste.

»Keine Sorge, das sind auch Hintergrundrecherchen im Fall Fleet. Wenn irgendetwas von höherer Priorität passiert, lasse ich alles sofort stehen und liegen. Also los!«

Marie sah ihm nach, wie er in sein Büro ging und die Tür schloss, dann wandte sie sich an ihre beiden Detectives. »Dann sind wir jetzt also die Cold-Case-Abteilung. Ich würde sagen, wir teilen uns die Arbeit auf, was meint ihr?«

Der Tag hatte bereits düster begonnen, doch es wurde immer schlimmer, und um zwei Uhr nachmittags hätte Marie am liebsten in der Personalabteilung angerufen und um Versetzung auf eine kleine schottische Insel gebeten – vorzugsweise mit Schafen als einzige Bewohner.

Sie warf den Hörer auf die Gabel und betrachtete das Telefon wutentbrannt.

»Der Blick gefällt mir nicht.« Jackman trat neben ihren Tisch. »Er wirkt, als würden Sie langsam den Verstand verlieren. Oder einen Mord begehen.«

»Beide Möglichkeiten stehen ganz oben auf meiner Liste.« Sie warf die Arme hoch. »Es ist hoffnungslos! Die letzten fünf Stunden waren die reinste Katastrophe.«

»Thayer?«

»Ja, diese verdammte Françoise Thayer!« Marie ließ sich seufzend in den Stuhl zurücksinken. Dann fuhr sie etwas ruhiger fort: »Wie lange ist der Fall mittlerweile her? Zwanzig Jahre? Das ist doch eigentlich nicht lange, oder? Ich habe eine Gefriertruhe, die älter ist. Aber können wir mit all der Technologie, die uns inzwischen zur Verfügung steht, die nötigen Informationen herausfiltern? Nein, verdammt noch mal!«

Jackman zog einen Stuhl unter einem leeren Schreibtisch hervor und setzte sich neben sie. »Langsam. Und von Anfang an.«

Marie stöhnte. »Dafür fehlt mir die Energie. Aber die Kurzversion ist folgende: In dem Archiv, in dem die Akten von Françoise Thayer aufbewahrt wurden, hat es vor gut zehn Jahren gebrannt. Sämtliche Protokolle, Dokumente und Beweise, die nicht den Flammen zum Opfer fielen, wurden eilig zusammengerafft und vorübergehend in anderen Archiven untergebracht. Nachdem der Fall Thayer bereits zehn Jahre alt und auch erfolgreich abgeschlossen war, hatte er nicht gerade oberste Priorität, und mittlerweile …« Sie hob resigniert die Hände. »Mittlerweile könnten die Akten überall sein. Es gibt keine Aufzeichnungen, dass sie zerstört wurden, aber auch keine, die sie einem anderen Archiv zuordnen. Diese Spur ist kalt, Chef. Eiskalt.«

Die anderen beiden Detectives hatten sich inzwischen ebenfalls zu ihnen gesellt, und Max meinte: »Die Suche wird auch noch dadurch erschwert, dass Thayer mehrerer Morde in Frankreich verdächtigt wurde.«

Charlie warf einen Blick in seine Notizen. »Ja, viele Informationen über ihr Leben vor dem Verbrechen gingen ins Ausland.«

Max verzog den Mund. »Genau, und mit unserem Budget wird es schwierig, an Daten heranzukommen, die nicht nur bei einer anderen Behörde, sondern sogar in einem anderen Land liegen. Das können wir vergessen.«

»Verdammt!«, murmelte Jackman. »Das ist nicht das, worauf ich gehofft hatte. Wir brauchen eine Menge Beweise gegen Kinder, sonst wird das Budget, das Sie gerade erwähnt haben, sicher nicht für ein langwieriges Auslandstelefonat oder sogar eine Auslandsreise reichen.« Er biss sich auf die Lippe. »Ich traue mich gar nicht, nach der DNA zu fragen.«

»Sie können natürlich fragen.« Marie kratzte sich am Kopf. »Aber das war der Grund, warum ich mein Telefon gerade als Blitzableiter benutzt habe.«

»Darf ich vielleicht einen Vorschlag machen?«, meldete sich Charlie zu Wort.

Die anderen drehten sich um und überlegten fieberhaft, welche Idee er wohl hatte.

»Orac. Wenn es irgendwo Informationen im System gibt, dann findet sie sie.«

Maries Gesicht verzog sich zu einem breiten Lächeln. »Manchmal könnte ich dich küssen, Charlie Button! Noch eine Stunde vor dem Computer hätte mich in den Wahnsinn getrieben.« Sie stand auf. »Ich gehe zu ihr.« Doch dann hielt sie inne und wandte sich an Jackman. »Oder wäre es besser, wenn die Anfrage von Ihnen kommt, Sir?«

Doch Jackman war bereits auf dem Weg in sein Büro. »Ich habe noch zu tun. Machen Sie das.«

Max grinste hinter Jackmans Rücken. »Wisst ihr, was ich glaube?«

»Vergiss es, Junge.« Marie warf ihm einen finsteren Blick zu. »So etwas solltest du nicht mal denken.«

Orla Cracken, die alle Kollegen vom Chief Constable abwärts nur unter dem Namen Orac kannten, sah nicht einmal auf, als Marie in die IT-Abteilung kam. Tatsächlich hatte Marie einen Moment lang das unheimliche Gefühl, als würde ein Roboter zwischen den Wänden aus Bildschirmen sitzen. Orac schien genauso regungslos wie die Tastatur vor ihr, und mit ihrem kerzengeraden Rücken wirkte sie eher wie eine Maschine und nicht wie ein menschliches Wesen.

Orac war die Art von Frau, die selbst im Morgenmantel und mit Hausschuhen umwerfend aussah, und sie brauchte keine Schminke oder Accessoires, um sich attraktiver zu machen. Trotzdem hatte Marie sie noch nie ohne die seltsamen silbernen Kontaktlinsen gesehen.

»Wir brauchen Ihre Hilfe«, erklärte Marie leise, weil sie die Ruhe in dem Zimmer voller summender Maschinen nicht stören wollte.

»Ja, wer nicht?«, lautete die lapidare Antwort.

Womit sie natürlich recht hatte. Alle unlösbaren Probleme landeten früher oder später auf Oracs Schreibtisch. Und in neun von zehn Fällen fand sie die Antwort. Das Problem war nur, dass sie auch noch für drei andere Polizeireviere arbeitete. Die Fenland Constabulary hatte keine speziellen Ressourcen, und das Budget war so knapp wie überall, doch Orac war ein wertvolles Tauschgut.

»Wir verfolgen einen alten Fall und kommen nicht weiter. Ich hatte gehofft, dass Sie etwas finden, was wir übersehen haben.«

Orac wandte sich schockiert um. »Das hoffe ich doch! Wenn nicht, bin ich hier fehl am Platz.« Ihre Augen blitzten wie die Oberfläche einer CD. »Ist es wichtig? Ich stecke bis zum Hals in Arbeit.«

»Jackman meint, es wäre sehr wichtig.«

»Aber er kommt nicht selbst vorbei?«

»Sie sind nicht die Einzige mit jeder Menge Arbeit«, erwiderte Marie. »Wir haben zwei tote Frauen und einen extrem seltsamen Verdächtigen.«

»Ach ja, Daniel Kinder, dessen Computer ich gestern

durchsucht habe.« Sie hob eine Augenbraue. »Ihr Boss fand es nicht mal der Mühe wert, mich mit seiner Anwesenheit zu beehren, nachdem ich den ganzen Nachmittag für ihn geschuftet hatte! Er hat ein junges, pickeliges Bürschchen geschickt, um die Ergebnisse zu holen.« Sie neigte tadelnd den Kopf. »Langsam glaube ich, er hat Angst vor mir.«

»Jackman? Angst?« Marie klang selbst in ihren eigenen Ohren unglaubwürdig.

Orac grinste wissend. »Wie Sie meinen, Detective Sergeant. Also, was soll ich für euch ausgraben?«

Marie erklärte ihr alles und sah, dass Orac in Gedanken bereits die ersten Suchprogramme entwarf. »Das klingt um einiges interessanter, als Offshore-Konten und falsche Nummernschilder aufzuspüren.« Sie wandte sich wieder ihrem Computer zu. »Lassen Sie die Infos da. Ich rufe an, wenn ich etwas habe.«

Marie warf noch einen letzten Blick in Oracs Richtung, bevor sie das Königreich mit den summenden Maschinen und ihrer seltsamen Herrscherin verließ.

Während sie die Treppe hochstieg, fragte sie sich, warum Orac zwei Mal in dem kurzen Gespräch Jackmans Namen erwähnt hatte. Sie grinste, als sie sich vorstellte, wie Jackman und Orac mit einem Glas Wein in einer gemütlichen Bar saßen. Okay, das war eher unwahrscheinlich. Aber vielleicht gingen sie Hand in Hand am Fluss entlang dem Sonnenuntergang entgegen? O Gott, das war ja noch schlimmer! Und beim Gedanken an ein romantisches Dinner in einem kleinen, intimen Restaurant musste sie schließlich laut loslachen. Das wären mal Neuigkeiten! Niemand wusste etwas über Oracs Privatleben, und es wurde gemunkelt, dass sie gar keines hatte. Allerdings bot ein so rätselhafter Mensch immer Grund für Spekulationen.

Orac war ganz offensichtlich ein Genie, und es gab Gerüchte, dass sie früher für den MI5 gearbeitet hatte und als Sündenbock in einem riesigen Hackerskandal herhalten musste. Deshalb saß sie nun in einer zweitklassigen ländlichen Polizeidienststelle und wälzte Zahlen für Provinzpolizisten. Andere meinten, sie wäre ins Exil geschickt worden, weil sie zu viel wusste, wobei niemand sagen konnte, worüber.

Marie glaubte an keine dieser Theorien, aber sie fragte sich trotzdem, warum ein solch kluger Kopf ausgerechnet in einem alten Weinkeller unter der Polizeidienststelle von Saltern hockte.

»Sei einfach dankbar, dass es sie gibt«, murmelte sie vor sich hin, als sie in ihr Stockwerk kam. »Die Frau ist brillant, und sie sitzt in unserem Keller. Hör auf, dir irgendwas auszudenken, das ist schlecht für den Blutdruck.«

Doch auch an ihrem Schreibtisch ließ sie der Gedanke immer noch nicht los. Sie betrachtete Jackman, der sich gerade mit einem uniformierten Beamten unterhielt. Sie kannte ihn so gut, dass es schwer war, objektiv zu bleiben, aber langsam kam ihr die Vorstellung nicht mehr so absurd vor. Vielleicht war er doch Oracs Typ?

Marie versuchte, ihn nicht anzustarren. Orac fühlte sich sicher nicht von seinem guten Aussehen angezogen. Ihr kam es eher auf den Verstand an, und auch auf diesem Gebiet hatte Jackman einiges zu bieten. Außerdem war er schlau genug, im richtigen Moment auf seine akademische Ausdrucksweise zu verzichten. Er konnte reden wie ein Junge von der Straße und bewies Galgenhumor, wenn es passend erschien. Vielleicht hatte Orac ihre seltsamen Augen doch einmal von ihrem Smartphone oder Tablet losgerissen und genau das in ihm gesehen?

»Ich sagte: Hattest du Glück?«

Maries Kopf fuhr hoch, und ihr Blick fiel auf Max Cohen, der amüsiert auf sie herabsah. Sie hatte nicht einmal bemerkt, dass er an ihren Tisch getreten war.

»Du warst im Traumland, Sarge.«

»Nein, ich habe bloß über die existenziellen Fragen der Menschheit nachgedacht.«

»Okay.« Max sah sie verblüfft an. »Sag mir Bescheid, wenn du eine Antwort gefunden hast. Aber viel wichtiger ist: Hattest du Glück bei Orac?«

»Sie wirkte sogar ein wenig interessiert. Meintest du diese Art Glück?«

»Respekt! Ich kenne Missbilligung, Teilnahmslosigkeit und Wut, aber Interesse kommt selten vor. Ich würde sagen, du hast den Jackpot geknackt.«

»Na dann, juchhuuuu!«, erwiderte Marie trocken. »Sie ruft an, sobald sie etwas herausgefunden hat.«

»Super! Kann ich zu ihr runter?«

»Nein. Warst du nicht erst unten, um Kinders Computer zu holen?«

»Nein, der Chef hat Charlie geschickt.«

»Ah, das erklärt einiges.«

»Wie bitte?«

»Nichts. Geh wieder an die Arbeit.« Marie sah, dass Jackman sie zu sich winkte.

Sie ging zu ihm in sein Büro, und er deutete auf einen der Stühle. »Ich habe gerade den vorläufigen Bericht des Pathologen über Alison Fleet und ein paar handschriftliche Notizen zu Jane Doe bekommen. Es sieht aus, als wäre dasselbe Messer verwendet worden. Janes Leiche war in einem derart schlechten Zustand, dass wir noch keine weiteren Informationen haben, aber selbst der Winkel und die Tiefe der Schnitte deuten auf denselben Täter hin.« Jackman schüttelte den Kopf. »Jacobs weist aber darauf hin, dass es trotzdem erhebliche Unterschiede zwischen den beiden Morden gibt. Er meint, in Jane Does Fall hätte der Angreifer eine unbändige Wut auf sein Opfer gehabt, während Alisons Fleets Tod sehr überlegt und beabsichtigt wirkt.«

Marie runzelte die Stirn. »Aber das spricht doch eigentlich für zwei Mörder, oder? Der eine handelt überlegt, der andere nicht. Die zwei gegenüberliegenden Enden des Serienmörderspektrums.«

»Wenn wir hier tatsächlich von einer Serie reden, haben Sie recht. Aber was, wenn der erste Mord nicht vorsätzlich geschah, unser Mann aber durch ihn erst seine wahre Berufung entdeckte?«

»Das wäre möglich.« Marie ließ sich die Sache durch den Kopf gehen. Es war sogar überaus wahrscheinlich. Wie Charlie bereits gesagt hatte: Sie mussten schließlich irgendwo anfangen. Und auch wenn grausames, sadistisches Verhalten, sexuelle Übergriffe, Vergewaltigung und Entführung die üblichen Vorstufen bei einem Serienmörder waren, bestand durchaus die Möglichkeit, dass ein zufälliger Trigger einen bereits verwirrten Geist endgültig ins Verderben stürzte.

Jackman nahm den Bericht zur Hand. »Jacobs schreibt, dass Alison Fleets Mörder überaus gründlich war. Die Spurensicherung fand bisher keine Fingerabdrücke, kein Blut, keine Körperflüssigkeiten und auch keine Haare oder andere Fasern des Mörders am Tatort. Das bedeutet, dass wir nicht beweisen können, dass Kinder dort war. Aber auch nicht, dass er nicht da war und jemand anders für den Mord verantwortlich ist.«

»Na toll!«

»Ja, es ist auf jeden Fall sehr komplex.« Jackman fuhr sich mit den Fingern durch die Haare. »Und wir haben auch noch keine passende Vermisstenanzeige gefunden.«

»Sagten Sie nicht, dass Jane Doe Markenklamotten trug? Dann ist sie wahrscheinlich nicht untergetaucht oder hat auf der Straße gelebt. Aber warum wird eine solche Frau nicht als vermisst gemeldet?«

»Vielleicht war sie eine Geschäftsfrau? Die viel auf Reisen war? Single, ohne nähere Verwandte?«

»Aus dem Ausland vielleicht?«

»Wäre möglich. Und sie könnte trotzdem auf der Straße gelebt haben. In Wohltätigkeitsläden oder bei der Heilsarmee gibt es auch Secondhandklamotten von guter Qualität. Wir brauchen den vollständigen Autopsiebericht und eine Einschätzung des körperlichen Zustands vor dem Tod, um diese Frage zu beantworten.«

»Oder einen besorgten Angehörigen, der uns anruft und uns anfleht, nach seiner geliebten Tochter, Ehefrau oder Freundin zu suchen.«

»Glauben Sie, wir haben so viel Glück?«, fragte Jackman finster.

»Vermutlich nicht. Aber wir sollten nicht zu negativ denken.«

»Bitte entschuldigen Sie, Sir, aber Superintendentin Crooke bat mich, Ihnen eine Nachricht zu überbringen.« Charlie steckte den Kopf zur Tür herein. »Sie sollen sofort zu ihr ins Büro kommen, und – ich zitiere – ›Sie schulden ihr dann was‹.« Er wandte sich an Marie. »Du auch, Sarge.«

Marie nickte Charlie zu, dann sah sie Jackman mit erhobenen Augenbrauen an. »Die Königin lädt zur Audienz. Und wir kommen ihrer Bitte am besten nach. Vielleicht war der Kommentar über das Glück ein gutes Vorzeichen?«

Aus dem Büro der Superintendentin waren Stimmen zu hören. Marie blieb wie angewurzelt stehen, griff nach Jackmans Ellbogen und zog ihn zurück.

»Warten Sie!«, zischte sie.

Sie klang seltsam eindringlich und hielt Jackmans Ärmel fest umklammert. »Was ist denn los?«

»Diese Stimme. Ich würde sie überall wiedererkennen. Das ist Professor Guy Preston.«

Jackman überlegte angestrengt. Der Name kam ihm irgendwie bekannt vor, aber er wusste nicht, woher.

»Okay«, meinte er grinsend. »Offenbar wissen Sie zur Abwechslung einmal mehr als ich.«

Marie schüttelte den Kopf. »Das ist unglaublich! Ich hatte keine Ahnung, dass er wieder in der Gegend ist.«

»Ich verstehe nur Bahnhof. Wer ist Guy Preston?«

»Ein Top-Psychologe, Sir. Als ich noch eine junge Polizistin war, half er uns mit den Ermittlungen im Fall Austin, und dann geriet alles außer Kontrolle und ...« Sie brach ab. »Ich erzähle es Ihnen, wenn wir allein sind. Es wissen nicht viele Kollegen darüber Bescheid, und ich will keinen falschen Eindruck erwecken.«

»Jetzt bin ich aber wirklich neugierig geworden«, flüsterte Jackman zurück. »Aber wir lassen die Superintendentin lieber nicht zu lange warten. Erzählen Sie es mir später – aber versprechen Sie, nichts auszulassen!« Er sah sie mahnend an.

Marie ignorierte ihn und straffte die Schultern, als sie das Büro betraten.

Als Jackman Preston sah, erkannte er ihn sofort. Er hatte einige sehr interessante Artikel verfasst, die auf Jackmans Leseliste in Cambridge gestanden hatten. Er war ein mächtiger Mann, ein freimütiger, aber angesehener Psychologe, und Jackman fragte sich, wie Ruth Crooke es geschafft hatte, das Budget derart auszureizen, um einen Mann von seinem Kaliber anzuheuern.

»Ich glaube, Sie beide kennen sich bereits«, meinte die Superintendentin, und ihr Blick wanderte von Marie zu dem Besucher.

Marie streckte ihm die Hand entgegen. »Es ist schön, Sie wiederzusehen, Guy. Wenn auch ein wenig überraschend.« Sie wandte sich an Jackman und stellte ihn vor.

Der Handschlag war fest, aber nicht schmerzhaft. Professor Preston war Mitte vierzig, seine grauen Haare waren etwas länger, aber sorgfältig geschnitten und sein Bart kurz und gepflegt. Das Einzige, was das Bild eines »Indiana Jones« störte, war die alte, gezackte Narbe auf der Wange, die eine Gesichtshälfte durchschnitt und die nicht einmal der Bart kaschieren konnte.

»DI Jackman. Schön, Sie kennenzulernen. Und Marie – ich kann Ihnen gar nicht sagen, wie sehr ich mich freue! Sie sind inzwischen also Detective Sergeant? Das sind ja wunderbare Neuigkeiten.«

Sieh an, die beiden nennen sich beim Vornamen, dachte Jackman.

»Professor Preston arbeitet derzeit für das alte Militärkrankenhaus in Frampton Shore. Er ist maßgeblich an der neuen geschlossenen Abteilung beteiligt, die dieses Jahr eröffnet werden soll.« Die Superintendentin verzog ihre dünnen Lippen zu einem so breiten Lächeln, wie es ihr nur möglich war. »Er war so freundlich, meine Anfrage anzunehmen und uns sein Wissen zur Verfügung zu stellen.«

Preston hob abwehrend die Hände. »Es ist keine große Sache. Ich kann dort im Moment ohnehin nichts ausrichten. Die Bauarbeiten befinden sich in einer kritischen Phase.

Das Sicherheitssystem wird gerade eingebaut. Das heißt, dass außer den Sicherheitsexperten und den Bauarbeitern niemand aufs Gelände darf. Es schien mir allerdings nicht sinnvoll, für diese relativ kurze Zeit nach Northumberland zurückzukehren, also ...« Er lächelte. »Ich freue mich, wenn ich helfen kann.«

Jackman versuchte, sich an Prestons Arbeiten zu erinnern. Bingo! Jetzt war es ihm eingefallen. »Sie haben einen maßgeblichen Artikel über weibliche Psychopathen geschrieben. *Wenn das Gewissen fehlt.*«

»Mein Gott! Und ich dachte, dass diesen Artikel bloß eine Handvoll gelangweilter Studenten zu Gesicht bekommen hat. Die ihn wahrscheinlich nicht einmal gelesen haben.«

»Ich habe ihn gelesen, und zwar freiwillig. Es war eine faszinierende Studie.«

»Danke.«

Preston erinnerte Jackman an einen Yoga- oder Tai-Chi-Lehrer. Er strahlte eine innere Ruhe aus, was als Psychologe essenziell war, damit die Patienten leichter Vertrauen fassten. Jackman warf einen Blick auf Marie, deren Gesicht überraschenderweise gemischte Gefühle widerspiegelte. »Superintendentin Crooke hat mir den Fall bereits in groben Zügen geschildert, aber vielleicht könnten Sie mich in die Details einweisen?«, fragte Preston an Marie gewandt.

Hätte Jackman nicht gewusst, dass Marie vor dem Tod ihres Mannes viele Jahre lang glücklich verheiratet gewesen war, hätte er tatsächlich vermutet, dass eine gemeinsame Geschichte hinter den vielsagenden Blicken der beiden steckte.

»Kein Problem«, erklärte Jackman schnell. »Kommen Sie doch mit in den Ermittlungsraum. Ich stelle Ihnen das restliche Team vor und ...« Er betrachtete Preston. »Ich hätte gerne Ihre Meinung zu der seltsamen Wandgestaltung des Mannes in Verwahrungshaft gehört.« Er hielt dem Professor und Marie die Tür auf und wandte sich noch einmal an Ruth Crooke. »Sie hatten recht, Ma'am. Ich schulde Ihnen tatsächlich etwas.«

»Ja, das kann man wohl sagen, Detective Inspector Jackman. Und eines Tages komme ich darauf zurück, versprochen.«

Sie lächelte kaum merklich. Es war zwar nicht viel, aber es sagte ihm, dass sie auf seiner Seite stand und das verdammte Budget ausnahmsweise außer Acht gelassen hatte.

Unten angekommen, führte Jackman Preston durch die Abteilung, und während Max dem Psychologen die Rekonstruktion von Daniel Kinders Wandcollage zeigte, nahm er Marie beiseite.

»Sie kennen Preston also näher?«, fragte er leise.

»Ja, wie schon gesagt: Ich war noch neu, und er hat uns bei einer komplexen und sehr heiklen Ermittlung geholfen. Ich würde sagen, er war wesentlich daran beteiligt, Terence Marcus Austin lebenslang hinter Gitter zu bringen.«

»Aber wenn Sie damals noch ein junger Hüpfer waren, warum nennen Sie eine große Nummer wie ihn dann beim Vornamen?« Jackman hoffte, dass seine Frage nicht zu eifersüchtig klang.

»Ich habe ihm das Leben gerettet.« Sie schüttelte den Kopf. »Hören Sie, können wir später darüber reden?« Sie sah zu Preston, der immer noch auf das Whiteboard starrte. »Sie gehen jetzt besser zu ihm. Und, Sir? Wir können von Glück reden, dass wir ihn bekommen haben. Wenn jemand Daniel versteht, dann Guy Preston. Ich habe noch nie jemanden getroffen, der so tief in die Gedankenwelt eines Verrückten eindringen kann wie dieser Mann.«

Jackman versuchte noch immer, das eben Gehörte einzuordnen. Sie hatte Preston das Leben gerettet? Er rang sich ein kurzes Nicken ab und zwang sich, in die Gegenwart zurückzukehren. »Wenn seine wissenschaftlichen Aufsätze ein Maßstab sind, kann ich mir durchaus vorstellen, was Sie meinen.«

»Darf ich den Künstler kennenlernen?«, fragte Preston, ohne den Blick vom Whiteboard zu nehmen.

»Natürlich.« Jackman bat ihn in sein Büro. »Aber vielleicht trinken wir zuerst noch eine Tasse Kaffee? Dann kann ich Ihnen erzählen, was wir bis jetzt wissen.«

Preston lächelte. »Klingt gut. Nach Ihnen.«

Eine halbe Stunde später lehnte sich Guy Preston seufzend in seinem Stuhl zurück. »Ich muss ihn natürlich persönlich treffen, bevor ich einen Kommentar dazu abgebe, aber was Sie mir gerade erzählt haben, spricht dafür, dass Daniel Kinder lediglich eine gequälte Seele ist. Er ist von der Idee, der Sohn einer Mörderin zu sein, regelrecht besessen. Ich bezweifle stark, dass er jemanden umgebracht hat.«

»Das denken wir auch, aber wir müssen es beweisen. Ein kleiner Fehler unsererseits könnte jemanden das Leben kosten«, erwiderte Jackman finster.

»Und Sie Ihren Job, nehme ich an?«

»Wenn ich einen Mörder laufen ließe, wäre ich sicher der Erste, den sie an den Pranger stellen. Allerdings ...«, fügte er wie zu sich selbst hinzu, »könnte ich ohnehin nicht mit dem Wissen leben, Unschuldige in Gefahr gebracht zu haben.«

Marie lächelte Preston zu. »Mein Boss hat ein Gewissen.«

»Du lieber Himmel! Das ist heutzutage echt selten.«

Preston betrachtete Jackman eingehend, und dieser fühlte sich sofort unwohl. Man wurde immerhin nicht jeden Tag von einem renommierten Psychologen unter die Lupe genommen. Er fragte sich unwillkürlich, was Preston wohl in ihm sah, doch dann rang er sich ein Lächeln ab und wechselte rasch das Thema. »Ich rufe den diensthabenden Beamten bei den Verwahrungszellen an und lasse Kinder in ein Verhörzimmer bringen.«

Der Professor strich sich nachdenklich übers Kinn. »Wunderbar, aber bevor wir gehen, sollte ich Ihnen vielleicht sagen, dass ich einige Zeit damit verbracht habe, Françoise Thayers Fall zu recherchieren. Ich wollte ein Buch über sie und andere Serienmörderinnen schreiben. Es ist schon ein bisschen merkwürdig, dass Superintendentin Crooke ausgerechnet mich zu dem Fall hinzugezogen hat.«

»Sie wissen also mehr über Thayers geistige Verfassung als irgendjemand sonst, und jetzt sitzen Sie hier im Büro unseres Chefs«, staunte Marie.

»Ja, mehr oder weniger. Aber ich würde vorschlagen, wir sagen Daniel nichts davon.«

Jackman dachte kurz nach. »Ich verstehe, worauf Sie hinauswollen.« Sein Blick wanderte von Marie zu Preston, dann erzählte er dem Professor von den fehlenden Prozessprotokollen und den nicht mehr auffindbaren Beweisen.

Der bis jetzt ziemlich gelassene Psychologe wirkte mit einem Mal sprachlos. »Aber das ist ja eine Katastrophe! Thayer war eine der kältesten, manipulativsten und hinterlistigsten Mörderinnen, die dieses Land je gesehen hat! Und jetzt sind sämtliche Unterlagen zu dem Fall verschwunden?«

»Im Großen und Ganzen ist das richtig, ja. Wie vom Erdboden verschluckt.«

»Könnte vielleicht Absicht dahinterstecken?«

Marie schüttelte den Kopf. »Ich wüsste nicht, weshalb. Es ist wahrscheinlicher, dass irgendwo ordentlich Mist gebaut wurde.« Sie verzog das Gesicht. »Und glauben Sie mir, das kommt vor. Aber unsere Computerspezialistin durchforstet gerade die Datenbanken. Ich schätze, mithilfe von Ihnen beiden wird es uns gelingen, die ganze Geschichte zu rekonstruieren.«

»Ich kann versuchen, meine alten Nachforschungen wieder auszugraben. Wie gesagt, es ist schon eine Weile her, daher habe ich die Daten nicht auf dem Laptop, aber die Ausdrucke sind sicher noch irgendwo.« Der Psychologe fuhr sich mit der Hand durch die Haare. »Glücklicherweise habe ich meine gesamten Unterlagen und meine Fallstudien bereits in meine neue Wohnung gebracht. Ich habe nur noch ein paar persönliche Habseligkeiten in Northumberland.«

»Werden Sie hierherziehen, wenn die neue geschlossene Abteilung eröffnet ist?«, fragte Jackman.

»Ja. Ich bekomme ein eigenes Häuschen auf dem Gelände. Sehr nordisch, mit großen, offenen Räumen. Bis es so weit ist, habe ich eine Wohnung in Hanson Park gemietet.«

»Nett.«

»Mich erinnert es ein wenig zu sehr an Stepford. Ich lege Wert auf Privatsphäre und lebe gerne in meinen eigenen vier Wänden, aber es ist eine gute Übergangslösung, bis das Haus fertig ist.«

»Haben Sie Familie im Norden?«

»Eigentlich nicht.« Ein Schatten zog über Prestons Gesicht. »Meine Frau ist letztes Jahr gestorben, und nun hält mich nichts mehr dort oben. Es war ihr Zuhause, nicht meines.«

»Das tut mir leid«, erwiderte Jackman. »Und bitte verzeihen Sie mir. Meine polizeiliche Neugierde war wohl stärker als meine guten Manieren.« Er nahm das Telefon, wählte die Nummer der Verwahrungszellen und sprach mit dem diensthabenden Sergeant.

»Kinder ist in zehn Minuten im Verhörzimmer.«

Während Marie und Preston sich über die neue geschlossene Abteilung unterhielten, nutzte Jackman die Gelegenheit, sich den neuen Kollegen genauer anzusehen. Nicht nur sein Gesicht hatte Narben davongetragen. Auch auf seinem Handrücken prangte ein hässlicher Fleck. Entweder war es eine Verbrennung oder eine schlecht verheilte Infusionseinstichstelle. Jackman fragte sich, warum Preston nicht die Hilfe eines plastischen Chirurgen in Anspruch genommen hatte. Vor allem im Gesicht. Die Narbe spannte und warf gleichzeitig hässliche Falten, und Jackman verstand nicht, warum man nichts dagegen unternommen hatte. Preston konnte sich eine Wohnung in Hanson Park leisten und war ein so angesehener Psychologe, dass er mit der Leitung einer neuen psychiatrischen Abteilung betraut wurde. Er nagte also sicher nicht am Hungertuch. Und selbst wenn – die chirurgische Nachbehandlung hätte vermutlich sogar der staatliche Gesundheitsdienst bezahlt.

Welchen Grund gab es, eine solche Narbe zu behalten? Manche Frauen fanden Narben attraktiv. Männer sahen dadurch männlicher und härter aus. Andere Frauen sahen Narben als Zeichen der Verletzlichkeit, und auch das konnte attraktiv sein. Oder hatte es gar nichts mit sexueller Anziehungskraft zu tun? Hatte Preston womöglich Angst vor dem Messer? Ein Freund von Jackmans Vater war ein angesehener Thoraxchirurg, hatte aber selbst panische Angst vor Operationen, was ihn beinahe das Leben gekostet hätte, als ein Aneurysma kurz vor dem Platzen gestanden hatte.

Welche Geschichte steckte wohl hinter Prestons Narbe?, fragte er sich, bevor er einen Blick auf die Uhr warf. »Okay, gehen wir. Mr Kinder erwartet uns bereits.«

Daniel saß im Verhörzimmer und wartete ruhig auf die Befragung. Sonst befand sich nur eine uniformierte Beamtin im Raum, und er war froh, dass sie schwieg, denn seine Kopfschmerzen waren unerträglich.

In den letzten Tagen wurde sein Leben nur noch von einer Serie schrecklicher Widersprüche bestimmt. Er sehnte sich nach Skye, aber gleichzeitig wollte er, dass sie so weit wie möglich von ihm entfernt war. Er wollte in die Sicherheit seines Zuhauses zurückkehren, konnte es aber trotzdem jedes Mal kaum erwarten, wenn seine Zellentür endlich versperrt wurde. Er war müde, aber er fürchtete sich vor den Träumen, die im Schlaf über ihn hereinbrachen. Vor allem aber wollte er endlich die Wahrheit über sich selbst herausfinden – während ein anderer Teil genau davor schreckliche Angst hatte.

Drei Leute traten ins Zimmer.

Daniel sah zu, wie die Polizistin ein neues Tonband aus einer versiegelten Tüte nahm und in das Aufnahmegerät legte. Der Detective Inspector stellte sich noch einmal vor und bat die anderen, es ihm gleichzutun.

»Daniel, haben Sie etwas dagegen, dass Professor Guy Preston an der Befragung teilnimmt und Ihnen möglicherweise auch ein paar Fragen stellt? Er ist Arzt.«

Ein Blick auf den bärtigen Mann genügte, und Daniel

wusste, was für ein Arzt er war. Trotzdem fragte er nach. »Welches Fachgebiet?«

»Guy Preston ist Psychologe«, erklärte Detective Sergeant Evans.

»Und wenn Sie mit mir reden, werde ich Ihnen die Wahrheit keinesfalls verschweigen. Versprochen«, ergänzte Preston.

»Haben Sie ein Spezialgebiet?«, fragte Daniel ruhig.

»Ja. Ich bin forensischer Psychologe und berate die Ermittler im Bereich der Verhaltensforschung. Bei schweren Verbrechen arbeite ich mit der Polizei zusammen.«

»Wie etwa bei einem Mordfall.«

»Unter anderem.«

»Gut.« Daniel war erleichtert. »Wenn Sie öfter mit Mördern zu tun haben, dann werden Sie bald merken, dass ich nicht lüge.«

Preston betrachtete Daniel nachdenklich. »Was ich Ihnen vorhin über die Wahrheit gesagt habe, war ernst gemeint, Daniel. Sind Sie bereit?«

»Ja.« Daniel schloss die Augen, die plötzlich zu brennen begonnen hatten. »Ich glaube, ich bin Françoise Thayers Sohn. Ich glaube, ich habe Alison Fleet getötet. Und ich will Beweise dafür.«

»Ich bin nicht hier, um irgendetwas zu beweisen. Das ist die Aufgabe der Detectives. Aber ich werde Ihnen zuhören und Ihnen meine sachkundige Einschätzung mitteilen.«

Daniel wusste, dass er nicht mehr erwarten durfte. Der Mann erinnerte ihn an den Psychologen, bei dem er vor vielen Jahren als Kind gewesen war. Es war beängstigend, den inneren Dämonen gegenüberzutreten, aber es war auch beruhigend, seine Ängste aussprechen zu können und dafür nicht verspottet zu werden.

Der Arzt lächelte, und Daniel war einmal mehr ein kleiner Junge mit Gedächtnislücken. Lücken, die ihm mehr Angst machten als jedes Monster unter dem Bett.

»Okay, Daniel. Beginnen wir am besten ganz von vorne.«

KAPITEL 10

Charlie Button rollte mit dem Stuhl vom Computer zurück und rieb sich die Augen. »Was hältst du von unserem Seelenklempner, Max?«

»Also ehrlich gesagt habe ich ein Problem mit Leuten, deren Gehirn mehr Zellen hat als mein Bildschirm Pixel. Ich habe ihn gerade gegoogelt, und er ist ein wissenschaftlicher Superstar. Er hat Abschlüsse ohne Ende und mehr Aufsätze in Fachjournalen veröffentlicht, als du in deinem Leben heiße Mahlzeiten hattest.« Max blähte die Wangen. »Aber wenn er uns mit unserem Irren helfen kann, dann ist das schon okay.«

»Er soll der Boss der neuen geschlossenen Abteilung in Frampton werden.« Charlie schüttelte sich. »Ich würde nicht mein Leben an einem solchen Ort verbringen wollen. Unter all den Irren.«

»Du musst reden!«, meinte Max lachend. »Du verbringst deine Zeit mit Schurken und Verbrechern!«

Charlie nickte. »Ja, aber bei denen weiß man, woran man ist, oder? Aber die Irren handeln nicht logisch.«

»Klar tun sie das.« Max wurde mit einem Mal ernst. »Ihre Logik ist nur verdreht, und für sie ergibt alles Sinn, was sie tun. Deshalb sind sie ja überhaupt zu all dem fähig.« Max bewegte den Mauszeiger über den Bildschirm und richtete sich plötzlich auf. Er starrte auf das Dokument, das er gerade aufgerufen hatte. »Na, sieh mal an!«

Charlie hob den Blick. »Hast du was gefunden?«

»Ich bin mir nicht sicher. Ich recherchiere gerade zu Alison Fleets Leben und habe entdeckt, dass sie als junge Frau schon einmal verheiratet war. Seltsam, dass ihr Mann uns nichts davon erzählt hat. Das ist doch keine Kleinigkeit, oder?«

»Vielleicht weiß er es gar nicht. Manche Menschen machen ein großes Geheimnis aus ihrer Vergangenheit. Vielleicht war die Ehe beschissen.«

»Aber es ist doch sicher nicht leicht, so etwas zu verheimlichen. Immerhin gibt es Dokumente, die es beweisen.« Max zuckte mit den Schultern. »Aber wahrscheinlich ist es trotzdem möglich. Ich versuche mal, Alison Fleets ersten Mann zu finden. Mal sehen, warum die Beziehung zerbrach.«

»Gute Idee. Ich bin immer noch an Jane Doe dran, aber ich habe einfach kein Glück.«

Max dachte an den verwesenden Körper im Bierkeller des *Drover's Arms* zurück und erschauderte. Er musste unbedingt ihren Namen wissen. Er brauchte ein Foto der lebenden, wunderhübschen jungen Frau, als sie noch keine grauenhafte, sich zersetzende Masse auf dem Kellerboden gewesen war. Mit einem Namen und einem Gesicht hätte er etwas, worauf er sich konzentrieren könnte, damit das albtraumhafte Bild endlich in den Hintergrund trat. Es würde zwar nie ganz verschwinden, aber ein menschliches Gesicht und ein richtiger Name würden es einfacher machen. »Bleib dran, mein zäher kleiner Freund. Wir müssen unbedingt wissen, wer sie war.«

»Leichter gesagt als getan – aber du hast recht. Irgendwo sucht bestimmt jemand verzweifelt nach ihr.« Charlie wandte sich wieder seinem Bildschirm zu und murmelte: »Okay, Button! Versuch es von einem anderen Blickwinkel aus. Vergiss die Frau und konzentriere dich wieder auf die Klamotten.« Sein jugendliches Gesicht wirkte fest entschlossen. »Keine Angst, Jane, wir werden deinen richtigen Namen herausfinden. Versprochen.«

Skye öffnete die Klappe des Tragekorbs, streichelte über den seidigen Kopf der Katze und schob das misstrauische und mittlerweile laut protestierende Tier hinein.

»Tut mir leid, Süße, aber ich kann dich nicht allein hierlassen, und nachdem ich keine Lust habe, jeden Tag herzukommen, nehme ich dich mit zu mir.« Sie warf einen Blick auf die Einkaufstasche mit dem Katzenfutter, der Katzenmilch und den Leckerlis und schließlich auf das Körbchen und die Katzentoilette. »Ich schätze, es wird ein langer Lernprozess für uns beide, Asti.«

Es war zwar keine perfekte Lösung, und Skye war sich nicht sicher, ob aus der pelzigen Jägerin jemals eine zufriedene Hauskatze werden würde, aber es war einen Versuch wert. Je weniger Zeit sie in Daniels Haus verbrachte, desto besser. Die letzte Nacht hatte sie den letzten Nerv gekostet. Die Presseleute hatten die ganze Zeit über an die Tür gehämmert, und in den frühen Morgenstunden hatte sie einige Anrufe von einer unbekannten Nummer erhalten. Sie war früh aufgestanden, hatte ihre Uniformen, Klamotten und Toilettenartikel zusammengepackt und war auf einem Umweg zurück zu ihrem Haus gefahren. Das einzige Problem war Asti. Nachdem Skye der Presse vor dem Anwesen der Kinders nicht gegenübertreten wollte, musste die Katze entweder in eine Katzenpension oder sie versuchte ihr Glück als Skyes Mitbewohnerin.

Also war sie noch einmal zu Daniels Haus zurückgekehrt – und zwar hoffentlich zum letzten Mal, bevor ihr liebenswerter, völlig neben sich stehender Freund wieder bei ihr war. Wie lange es auch dauern mochte.

Sie hatte bereits sämtliche verderblichen Lebensmittel aus dem Kühlschrank entfernt und den Anrufbeantworter kontrolliert, und jetzt ging sie ein letztes Mal durchs Haus, um die Fenster und Türen zu überprüfen.

»Okay, Chaos-Kätzchen, bist du bereit für deinen ersten Pressetermin?«

Das Tier miaute herzzerreißend.

»Ja, mir geht's genauso. Also, bringen wir's hinter uns.«

Skye aktivierte die Alarmanlage und öffnete die Eingangstür. Man mochte meinen, dass sie sich inzwischen an das Blitzlichtgewitter gewöhnt hatte, trotzdem stieß sie ein wütendes Knurren aus, umfasste den Katzenkorb noch fester und drängte sich durch die Reporter hindurch zu ihrem Auto. Fragen prasselten auf sie ein, und Kameras wurden ihr ins Gesicht gehalten, doch sie presste die Lippen aufeinander und hoffte insgeheim, einen oder zwei Reporter niederzutrampeln.

Es war schon seltsam. Sie war immer stolz darauf gewesen, dass Daniel Journalist war, doch jetzt wehrte sie seine Kollegen ab wie einen Schwarm lästiger Mücken.

Sie bog auf die Straße und war beinahe enttäuscht, keine leblosen Körper auf dem Kies in der Einfahrt zu sehen, als sie in den Rückspiegel sah. »Keine Sorge, nächstes Mal erwischen wir sie«, erklärte sie der Katze. »Und jetzt halte dich an deinem Kratzbaum fest. Wir fahren einen Umweg, für den Fall, dass wir verfolgt werden.«

Die Fahrt dauerte doppelt so lange wie üblich, und als Skye auf ihren Parkplatz hinter dem Haus bog, stellte sie zufrieden fest, dass er leer war.

Tavernier Court bestand aus mehreren alten, aber neu renovierten Eisenbahnhäusern aus rotem Backstein und hübschen grauen Schieferplatten. Der Architekt hatte so viel wie möglich von den ursprünglichen Häusern belassen, ohne dass es aussah wie bei Thomas, der kleinen Lokomotive.

Die Wohnungen hatten maximal zwei Schlafzimmer, was bedeutete, dass wenige Familien mit Kindern hier wohnten und es daher sehr ruhig war. Skye hatte zwar nichts gegen Kinder, aber gelangweilte Kids in den Schulferien vertrugen sich nicht mit ihren Arbeitszeiten.

Als sie auf dem Parkplatz hielt, überkam sie erneut die Erleichterung. Sie liebte ihr Zuhause. Als sie zum ersten Mal über die Schwelle getreten war, hatte sie sofort einen tiefen Frieden gespürt. Hier fühlte sie sich sicher – ganz anders als in Daniels teurem Haus in der Stadt. Sie dankte ihrer verstorbenen Großmutter jeden Tag, dass sie ihr genug Geld für die Anzahlung hinterlassen hatte. Mit ihrem Gehalt hätte sie sich das Haus am Tavernier Court niemals leisten können. Es war zwar nicht groß, aber es befand sich in einer »angesagten Gegend«, wie die Immobilienmakler immer betonten.

Skye ging zu ihrer Tür, öffnete sie und trug die Katze ins Gebäude. Nachdem sie alle Taschen aus dem Auto geholt hatte, schloss sie die Tür und öffnete die Klappe.

»Willkommen in deinem neuen Zuhause«, erklärte sie Asti, und die Katze stolzierte aus dem Korb. Ihr Schwanz zuckte verärgert.

»Also? Was hältst du davon?«

Die Katze tappte mit erhobenem Kopf durch das Zimmer und schnupperte zaghaft an den Möbeln. Sie wirkte nicht gerade erfreut über ihren unvorhergesehenen Umzug.

»Glaub mir, hier ist es viel schöner als in der Katzenpension. Wenn ich du wäre, würde ich also versuchen, mich wenigstens ein bisschen für meinen Urlaubsort zu begeistern.« Skye stellte die Katzentoilette in den Flur, öffnete einen Sack Sand und füllte ihn ein. »Also. Alles herhören, das sind die Regeln!« Sie fixierte die Katze. »Eigentlich gibt es nur eine Regel.« Sie deutete auf die Katzentoilette. »Verstanden, Fellgesicht?«

Ihr Handy klingelte, bevor Asti antworten konnte. Plötzlich war die Sorge wieder da. Hier, in ihrem Zuhause, waren die Probleme der letzten Tage in weite Ferne gerückt. Und jetzt? Sie warf einen Blick auf das Display.

»Hallo, Sergeant Evans. Alles in Ordnung?«

Marie Evans' Stimme klang ruhig. »Ja, ich wollte Sie bloß auf dem Laufenden halten und fragen, wie es Ihnen geht. Wir haben schon gehört, dass die Presse inzwischen ausgeschwärmt ist.«

»Ich bin wieder zu Hause, Detective. Ich wollte Sie später noch anrufen und Ihnen die Festnetznummer durchgeben. Ich bin nicht für das Blitzlichtgewitter geschaffen.«

»Da bin ich aber froh. Nur ein Verrückter genießt diese Art der Aufmerksamkeit.« Sergeant Evans zögerte kurz, dann fuhr sie fort: »Es gibt leider noch keine Neuigkeiten aus Thailand. Ruby Kinder ist wie eine Nadel im Heuhaufen. Die Karte, die die Behörden vor Ort nutzen, ist offenbar nicht viel mehr als ein leeres Blatt Papier.«

»Ich mache mir Sorgen um das Haus«, erklärte Skye. »Es

wäre furchtbar, wenn jemand einbrechen würde. Ich fühle mich dafür verantwortlich.«

»Das sind Sie nicht, Skye! Aber ich sorge dafür, dass die Streifenpolizisten regelmäßig vorbeifahren.«

»Das wäre toll, danke.« Skye stieß die Luft aus. »Wie geht es Daniel?«

»Das bringt mich zu meinem nächsten Punkt. Es geht ihm gut ... Na ja, zumindest scheint es ihm im Moment besser zu gehen. Er wirkt entspannter und zugänglicher.«

»Kann ich ihn sehen?«

»DI Jackman lässt fragen, ob Sie heute am frühen Abend vielleicht vorbeikommen könnten. So gegen sechs? Wir möchten einige Dinge mit Ihnen besprechen und Ihnen jemanden vorstellen. Danach können Sie zu Daniel.«

Zu ihrem Entsetzen merkte Skye, dass sie Angst hatte, Daniel in dem Verhörzimmer gegenüberzutreten. Das alles war so furchtbar falsch. Daniel war genauso wenig ein Mörder wie Scooby Doo ein Pitbull. Trotzdem musste sie ihn sehen. Sie brauchte ihn. Sie musste ihn in den Armen halten – auch wenn sie bezweifelte, dass das möglich war. »Ich werde da sein, Sergeant. Wen wollen Sie mir denn vorstellen?«

»Der Mann heißt Guy Preston. Er ist Arzt, und Daniel hat bereits mit ihm gesprochen. Ich glaube, er hat ziemliche Fortschritte gemacht.«

Skye schloss die Augen. Ein Psychiater. Als Nächstes würden sie Daniel mit Medikamenten vollpumpen und ihn in einen gefühllosen Zombie verwandeln.

»Ich glaube, Sie werden ihn mögen, Skye. Er ist sehr angesehen auf seinem Gebiet, und ihm liegt vor allem Daniels Wohlergehen am Herzen, das verspreche ich Ihnen.«

Wirklich?, dachte Skye. »Ist Dr. Preston ein Psychiater?«

»Nein, ein forensischer Psychologe. Das ist ein Riesenunterschied. Und er ist gut. Das weiß ich aus Erfahrung.«

»Okay.« Skye war klar, dass Daniel Hilfe brauchte, und dieser Mann war womöglich die Antwort auf ihre Gebete. Marie Evans hatte recht. Es war tatsächlich ein Riesenunterschied. Ein guter Psychologe würde sich Daniels Problemen annehmen, und am Ende konnte er vielleicht wieder klar denken und nach Hause zurückkehren. »Danke, Sergeant Evans. Wir sehen uns um sechs.«

Skye legte auf, und im nächsten Augenblick klingelte das Handy erneut.

»Schon zu Hause?«

»Lisa! Ja, ich bin vor ein paar Minuten angekommen. Ich wollte nur noch alles für die Katze vorbereiten, dann hätte ich dir eine Nachricht geschrieben.«

»Ich höre heute früher auf und dachte, ich rufe mal an, bevor ich nach Hause fahre.«

»Mir geht es gut. Zumindest jetzt, wo ich nicht mehr in diesem Haus sein muss. Ich hatte letzte Nacht ziemliche Angst.« Skye beobachtete Asti, die durchs Wohnzimmer stolzierte und mit der Tatze nach einem Blatt ihrer Zimmerpflanze schlug. »Danke für deine Hilfe gestern. Ich weiß das wirklich zu schätzen.«

»Gern geschehen. Ich putze gerne Kerlen mit schlammverkrusteten Stiefeln hinterher, die ein hübsches Haus komplett verwüstet haben. Ist ein Hobby von mir.«

»Du solltest echt öfter mal raus«, meinte Skye lachend. »Oder du versuchst es mit Origami.«

»Du klingst fröhlicher.«

»Ich darf später noch Daniel sehen.«

»Ah, das erklärt einiges. Okay, dann lasse ich dich besser weitermachen. Aber falls du etwas brauchst, melde dich. Du hast ja meine Nummer.« Lisa hielt inne. »Auch wenn es spät ist. Wenn du jemanden zum Reden brauchst, nachdem du bei ihm warst, kannst du jederzeit anrufen. Ich bin eine Nachteule.«

»Ja, vielleicht mache ich das sogar. Und danke noch mal für gestern. Du hast mir das Leben gerettet.«

Skye ging in die Küche und verstaute Astis Futter und das andere Zubehör. Sie warf einen Blick auf die Küchenuhr – eine billige Kopie einer französischen Bistro-Uhr – und beschloss, noch schnell einkaufen zu gehen. Sie überlegte kurz, ob sie die Katze bereits allein lassen konnte, doch als sie durch die Tür ins Wohnzimmer sah, lag Asti zusammengerollt auf dem Sofa.

»Meine Schuld, schätze ich. Ich hätte vorhin auch die Regel mit den Möbelstücken erwähnen sollen, oder?« Skye griff nach ihrer Tasche und dem Schlüsselbund. »Aber nachdem du es dir ja offensichtlich schon gemütlich gemacht hast, gehe ich einkaufen. Ist das okay?«

Asti gähnte. Skye schüttelte den Kopf und machte sich auf den Weg zum Supermarkt.

KAPITEL 11

Nach dem Gespräch mit Daniel war Guy Preston nach Hause gefahren, um seine alten Aufzeichnungen zum Fall Françoise Thayer zu suchen. Er wollte später zu dem Treffen mit Skye wiederkommen.

Marie ging mit Jackman in sein Büro. Ihr war natürlich klar, dass ihr Vorgesetzter mehr als neugierig war, was ihr Verhältnis zu Preston betraf, und sie beschloss, ihn nicht länger auf die Folter zu spannen. Sie sank in den Besucherstuhl und lächelte müde. »Ist schon okay, ich lasse Sie nicht schmoren. Sobald Sie bequem sitzen, geht's los.«

Jackman nahm Platz und sah sie erwartungsvoll an.

»Wir führten gerade ein besonders nervenzehrendes Verhör mit Terence Marcus Austin, als plötzlich alles außer Kontrolle geriet ...«

Marie beschrieb Jackman, was passiert war, und kehrte dabei wieder in das kleine, muffige Zimmer zurück, in dem sie gemeinsam mit zwei Kollegen, dem Professor und einem geistesgestörten Mörder gesessen hatte.

Guy Preston saß Austin – der zu diesem Zeitpunkt nur ein einfacher Tatverdächtiger war – direkt gegenüber und betrachtete ihn eingehend.

Marie fühlte sich unwohl und wusste nicht, warum. Die bisherigen Befragungen waren wie ein Spiel gewesen, bei dem Austin ständig versucht hatte, den Psychologen zu überlisten.

Doch heute war Austin vollkommen anders. Er murmelte unzusammenhängendes Zeug vor sich hin und schien aufmerksam einer Stimme zu lauschen, die nur er hörte. Egal, wie sehr Preston ihm schmeichelte und versuchte, ihn zur Vernunft zu bringen – er drang nicht zu ihm durch.

Terence Austin war allen ein Rätsel und ganz anders, als man sich einen Mörder gemeinhin vorstellte. Er war freundlich, intelligent und so gepflegt, als wäre er einer Shampoowerbung entsprungen. Bis jetzt hatte er jedes Mal den Anschein erweckt, als würde er sich auf die Gespräche mit Professor Preston freuen – doch heute schrillten plötzlich Maries Alarmglocken.

»Sollen wir die Befragung vielleicht unterbrechen, Doktor?«, meinte sie.

Eine der beiden Wachen neben der Tür räusperte sich, und Marie nahm es als Zustimmung, doch Guy Preston schüttelte den Kopf und erwiderte mit ruhiger Stimme: »Ich bin mir sicher, dass Terence reden will. Nicht wahr, Terence?«

Austin schaukelte schweigend vor und zurück und legte die Fingerspitzen aufeinander.

»Wissen Sie, im Grunde ist es egal, ob Sie reden oder nicht. Ihre Körpersprache sagt mir alles, was ich wissen muss.« Preston machte sich in seiner kleinen, gestochen scharfen Handschrift Notizen. »In diesem Zustand sind Sie ziemlich leicht zu durchschauen. Es ist wie aus dem Lehrbuch.«

Der Arzt wollte Austin ganz offensichtlich provozieren, und Marie fragte sich, warum. Wollte er ihn aus seinem apathischen

Zustand herausholen? Wollte er Austin klarmachen, dass er die Spielereien satthatte?

Auf jeden Fall bewegte er sich auf sehr dünnem Eis.

»Es tut mir leid.« Die Stimme war leise und reumütig, und Marie zuckte erschrocken zusammen. Sie hatte mit einem ausgewachsenen Wutausbruch gerechnet.

Austin legte die Hände übereinander auf den Tisch und senkte den Kopf, als wollte er beten. Oder um Vergebung bitten.

Doch Marie sah das Funkeln in seinen Augen.

Im nächsten Moment brach Chaos aus, obwohl alles wie in Zeitlupe ablief.

Austins Hand schoss nach vorne und griff nach Prestons Kugelschreiber. Bevor die Wachen etwas ausrichten konnten, stach er damit auf das Gesicht des Psychologen ein. Preston, der sich gerade über seine Notizen gebeugt hatte, sah den Angriff nicht kommen. Er wandte sich lediglich ein wenig zur Seite und konnte damit vermutlich sein Auge retten, doch der Kugelschreiber bohrte sich in das weiche Fleisch seiner Wange und riss sie bis zum Unterkiefer auf.

Marie brüllte den beiden Wachen zu, Verstärkung zu rufen. Einer griff nach der Notrufschnur, die die Wände entlang verlief, doch der andere rührte sich nicht vom Fleck.

Austin nutzte den Moment, um den Kugelschreiber in Prestons linke Hand zu rammen.

Preston stieß ein erstauntes, schmerzerfülltes Brüllen aus, doch es war klar, dass Austin noch nicht genug hatte. Er zog den Kugelschreiber ruckartig aus Prestons blutender Hand, und Marie wusste instinktiv, dass er es als Nächstes auf den Hals abgesehen hatte.

Als Austin den Arm hochriss, um zuzustechen, warf sie sich über den Tisch, packte sein Handgelenk und rammte ihn mit voller Wucht. Sie brachte ihn aus dem Gleichgewicht, und der

Stift verfehlte sein Ziel. Marie und Austin gingen zu Boden, und in diesem Moment schritten endlich auch die beiden Wachen ein, drehten Austin unsanft auf den Bauch und fixierten die Arme auf seinem Rücken. Als Marie sich von ihm wegrollte, hörte sie das beruhigende Klicken der Handschellen.

»Das Ganze war innerhalb weniger Sekunden vorbei.« Marie schüttelte den Kopf. »Ich habe es immer wieder durchgespielt und mich gefragt, ob ich hätte verhindern können, dass er so schwer verletzt wurde.«

»Es klingt, als hätte er den Angriff provoziert«, erwiderte Jackman. »Warum hat er Austin derart aufgestachelt?«

»Offenbar ist dieses Vorgehen Standard. Ein guter Psychologe kann den Verdächtigen bis an den Rand des Abgrundes treiben und schafft es in neunundneunzig Prozent der Fälle, ihn sicher zurückzuführen und ihm dabei auch noch das gewünschte Resultat zu entlocken.«

»Aber damals hat es nicht funktioniert. Dabei meinten Sie vorhin doch, Preston sei gut?«

»Das ist er auch, Sir. Brillant sogar. Er gab nicht auf im Fall Austin. Er konnte zwar nicht mehr aktiv an den Befragungen teilnehmen, aber er arbeitete eng mit seinem Nachfolger zusammen und stellte sicher, dass die Ergebnisse stimmten. Preston hatte Austin an diesem Tag falsch eingeschätzt – und vermutlich war es der einzige Fehler in seiner langen Karriere. Andererseits hätte er ihn beinahe das Leben gekostet. Deshalb ließ er die Narben auch nie behandeln. Sie erinnern ihn daran, dass er die Menschen, mit denen er arbeitet, nie unterschätzen darf.«

Jackman nickte. »Ich habe mich schon gefragt, warum er nichts dagegen unternommen hat.«

»Er hat Austin nie die Schuld an dem Vorfall gegeben. Nur sich selbst.«

»Ich hätte sie trotzdem behandeln lassen. So etwas vergisst man doch nicht. Ich müsste jedenfalls nicht eigens daran erinnert werden.« Jackman hielt inne. »Es ist in etwa dasselbe, das Fred Cox passiert ist, richtig?«

»Ja, so ähnlich. Und es beweist, dass man seine Deckung nicht einmal einen Moment lang aufgeben sollte.« Marie erinnerte sich nur zu gut an den Vorfall. Ein Verdächtiger hatte während einer Befragung seinen Kaffeebecher auf dem Tisch zerschlagen und die Scherben ins Gesicht des Detectives geschleudert. DC Cox hatte glücklicherweise gute Reflexe und hob rechtzeitig die Hände. Trotzdem waren eine Operation und mehr als dreißig Stiche notwendig, und Cox konnte einen Monat lang nicht arbeiten.

»Das Ganze wäre erst gar nicht passiert, hätte nicht irgendein Idiot dem Verdächtigen eine Kaffeetasse aus Porzellan in die Hand gedrückt.« Die bösen Jungs bekamen normalerweise immer Plastikbecher.

»Niemand konnte ahnen, was Austin Preston antun würde. Bis zu diesem Tag war er immer ausnehmend emotionslos und manchmal sogar recht gut gelaunt gewesen. Viele im Team glaubten, wir hätten den Falschen erwischt. Abgesehen von Preston. Er war von Anfang an überzeugt, dass Austin ein Mörder war.«

»Und was geschah dann? Wie hat Preston darauf reagiert, dass Sie ihm buchstäblich den Hals gerettet haben?«

Marie wurde plötzlich unwohl. »Ganz ehrlich? Es war seltsam. Ihm war natürlich klar, dass er dem Tod nur knapp entkommen war, und er war ... na ja ... sehr gerührt.« Sie runzelte die Stirn. »Es war echt schwierig für mich. Terence Marcus Austin gab zu, dass er vorgehabt hatte, Prestons

Halsschlagader zu treffen. Er wollte Preston also tatsächlich töten, was wiederum hieß, dass ich ihm wirklich das Leben gerettet hatte. Aber aus irgendeinem Grund kam ich nicht mit Guys welpenhafter Dankbarkeit zurecht. Ich fühlte mich verpflichtet, ihm gegenüber nett zu sein.«

»Das habe ich schon öfter gehört. Man würde zwar erwarten, dass es umgekehrt ist, aber so ist es nicht. Wenn man einem Menschen das Leben rettet, hat man auch danach oft das Gefühl, ihn weiterhin beschützen zu müssen.« Er lehnte sich nachdenklich zurück. »Gab es Probleme?«

Marie holte tief Luft. »Die hätte es gegeben, wenn mein Mann nicht so verständnisvoll reagiert hätte. Guy wollte sich ständig über die Sache austauschen – und ich war der logische Gesprächspartner. Es entstand eine Verbindung zwischen uns – ob ich es wollte oder nicht. Und die Leute begannen zu reden ...« Sie hob die Augenbrauen. »Sie wissen ja, wie geschwätzig die meisten Cops sind.«

»O ja! Ein Wunder, dass Sie es unbeschadet überstanden haben.«

»Oh, ich musste mit einigen Kollegen Klartext reden, glauben Sie mir.«

»Und was ist dann passiert? Wohin verschwand Preston?«

»Er widmete sich einem neuen Projekt. Das Innenministerium stellte einen Thinktank zum Thema Profiling zusammen, und man bot ihm eine zweijährige Forschungsstelle an. Er zog fort, und ich kann nicht gerade sagen, dass es mir leidtat. Das letzte Mal, als ich von ihm hörte, arbeitete er irgendwo im Norden als Berater einer Spezialeinheit, die rechtspsychologische Unterstützung bei Mordermittlungen zur Verfügung stellt. Ich wusste nicht einmal, dass er geheiratet hat. Ganz zu schweigen davon, dass seine Frau mittlerweile gestorben ist.«

Jackman legte den Kopf schief. »Ist es ein Problem für Sie, wieder mit ihm zusammenzuarbeiten?«

Marie schüttelte grinsend den Kopf. »Auf keinen Fall, Sir! Es war ein Schock, ihn plötzlich wiederzusehen, aber das alles ist Jahre her und längst vergessen. Er ist ein großartiger Psychologe. Werfen Sie ihm den einen Fehler nicht vor. Ein dicker Fisch, wie Max sagen würde. Er wird herausfinden, warum Daniel Kinder behauptet, jemanden ermordet zu haben, da bin ich mir absolut sicher.«

Jackman streckte sich. »Dann wird unser kleines Tête-à-Tête heute Abend sicher interessant.« Er warf einen Blick auf die Uhr. »Wann kommt Skye Wynyard?«

»Um sechs, Sir. Vielleicht könnten wir uns noch schnell etwas zu essen besorgen, bevor es losgeht?«

Jackman nickte. »Sehen Sie mal nach Max und Charlie, und wenn die beiden auch noch länger bleiben, dann sollen sie uns etwas zu essen bestellen.« Er zog seine Geldbörse heraus und gab ihr dreißig Pfund. Dann meinte er mit gequältem Gesicht: »Und wenn es etwas anderes als Pizza ist, wäre ich Ihnen auf ewig dankbar.«

Marie nahm das Geld und nickte. »Ich werde es ihnen sagen, Chef. Ach, was ich noch fragen wollte: Erzählen wir Kinder von dem zweiten Opfer?«

Er runzelte die Stirn. »Ich würde sagen, das entscheiden wir spontan.«

Als Marie an ihren Schreibtisch trat, klingelte das Telefon. Es war eine interne Nummer. Sie meldete sich barsch.

»Ich dachte, ich rufe Sie an, Sergeant, anstatt mit Jackman zu reden und wieder bloß abgewimmelt zu werden«, erklärte Orac. »Ich habe ein paar Infos, die Sie vielleicht interessieren könnten. Haben Sie zehn Minuten?«

»Auf jeden Fall! Bin schon unterwegs.«

Oracs unterirdisches Refugium wurde nur von dem Licht der zahllosen Bildschirme erhellt. Sie saß auf ihrem angestammten Platz und starrte wie gebannt auf einen der Monitore. Marie fragte sich, woran Orac gerade arbeitete. Für sie sah es aus wie Unmengen an Zahlenfolgen und Symbolen, die über den Bildschirm wanderten.

»Es hat zwar nichts mit dem Film zu tun, aber das ist eine Matrix.« Orac wandte sich lächelnd zu Marie um. »Wie gut kennen Sie sich mit Linearkombinationen und quantenmechanischen Zuständen aus?«

Marie lächelte ebenfalls. »Das ist mein Spezialgebiet! Woher wussten Sie das?«

Oracs Lächeln wurde breiter. Wenn auch kaum merklich. »Ich beschäftige mich mit Computergrafiken, und wir verwenden Matrizen, um ein dreidimensionales Bild auf einen zweidimensionalen Bildschirm zu übertragen. So erhalten wir einen realistischeren Bewegungsablauf. Das Problem dabei ist«, erklärte sie und deutete auf den Bildschirm, »dass man sehr schnell süchtig danach wird. Je mehr man herausfindet, desto dringender will man es verstehen. Im Moment beschäftige ich mich mit numerischer, linearer Algebra.«

Nachdem Marie keine Antwort darauf einfiel, wandte sich Orac wieder ihrem Schreibtisch zu und griff nach einer dicken Mappe. »Das ist alles, was ich finden konnte, ohne die Gesetze allzu offensichtlich zu umgehen. Glücklicherweise gab es in den alten Akten doch noch einige versteckte Infos. Außerdem bin ich dabei, den möglichen Aufenthaltsort der Beweismittel zu lokalisieren.« Sie gab Marie einen Zettel mit einem Namen und einer Telefonnummer. »Aber ich glaube, das hier ist das Beste.«

»Peter Hodder?«

»Er ist der Detective Inspector, der damals die Ermittlungen in dem Doppelmord leitete. Er ist seit Jahren im Ruhestand, und seine Uhr wäre eigentlich schon längst abgelaufen, aber vielleicht ist er in Wahrheit ein Roboter. Ich habe bereits mit ihm geredet, und er war sofort wieder bei der Sache. Wenn Sie Genaueres über Françoise Thayer wissen wollen, sollten Sie die Fahrt nach Rutland auf sich nehmen und mit Peter Hodder sprechen.« Sie gab Marie die Mappe. »Er ist ein echt netter alter Mann, und Thayer hat ihn offensichtlich schwer mitgenommen. Es war sein letzter Fall vor dem Ruhestand, und ich konnte beinahe hören, wie er mit den Zähnen knirschte, als er ihren Namen hörte.« Orac sah sie mit ihren seltsamen Augen an. »Aber er würde trotzdem mit Ihnen reden.«

»Danke dafür. Das weiß ich wirklich zu schätzen.« Marie warf einen Blick auf die komplizierte Zahlenfolge auf dem Bildschirm. »Und jetzt lasse ich Sie wieder mit Ihrer Algebra allein.«

Orac wandte sich dem Computer zu. »Wie ich höre, habt ihr eine übel zugerichtete Jane Doe in der Leichenhalle? Wisst ihr schon, wer sie sein könnte?«

»Leider ist sie nicht herzeigbar genug, um Fotos zu veröffentlichen – es sei denn, wir wollen der halben Bevölkerung Albträume bescheren.«

»Wenn Sie mir Fotos von ihrem Kopf, die genauen Maße der Schädelknochen und sämtliche gesicherte Infos über Größe, Hautfarbe und all das geben, versuche ich es mit FADAR.«

»Ich sollte vermutlich wissen, was das ist, aber ...?«

»FADAR ist ein Programm zur Gesichtserkennung. Ich habe es selbst entwickelt, ein großer Fortschritt für die Gesichtsrekonstruktion. Es ist ein Zusammenspiel aus Forensik, Anthropologie, Osteologie und Anatomie. Ihr Boss wäre sicher sehr interessiert daran, wenn man seinen wissenschaftlichen Hintergrund in Betracht zieht, aber er findet ja nie die Zeit, um mal nach unten zu kommen.«

»Ja, das fände er sicher interessant«, erwiderte Marie. »Und Sie können damit wirklich ein Bild davon erstellen, wie sie ungefähr aussah?«

»Ja, es ist ganz einfach. Besorgen Sie mir nur die Daten. Wollen Sie es in 2-D oder 3-D?«

»Was Sie für besser halten. Ich kümmere mich darum, sobald die Gerichtsmedizin morgen früh wieder erreichbar ist.«

»Wenn Sie gleich anrufen, bekommen Sie sie vielleicht noch heute Abend. Der gruselige Jacobs und seine Gehilfen arbeiten heute länger.«

»Woher zum Teufel wissen Sie das?«

Orac lächelte wissend. »Das Sicherheitssystem im Leichenschauhaus und in den Labors lässt sich ziemlich leicht hacken. Ich habe auf dem Parkplatz nachgesehen, bevor Sie gekommen sind. Jacobs und seine Leute sind noch bei der Arbeit.«

»Okay«, erwiderte Marie – Orac war offenbar der Big Brother der Dienststelle. Sie zog ihr Telefon aus der Tasche. »Wenn das so ist, fordere ich die Daten gleich an.«

Orac hatte recht. Überraschenderweise erklärte der Gerichtsmediziner, dass die Daten leicht zu sammeln seien und er sie direkt Orac mailen würde.

»Toll«, sagte Marie anerkennend zu der IT-Spezialistin. »Wenn es bloß immer so einfach wäre!«

»Das ist es, wenn man immer weiß, wo sich die Kollegen aufhalten.«

»Ich verstehe, was Sie meinen. Also, danke. Sie sind uns wirklich eine große Hilfe.«

»Kein Problem. Ich schicke Ihnen Jane Does Bild, sobald ich alles habe.« Orac hatte sich bereits abgewandt und fixierte erneut die sich bewegenden Zahlen auf dem Bildschirm. »Kommen Sie bald mal wieder.«

Marie schloss die Tür hinter sich und hielt dann einen Augenblick lang inne, um tief durchzuatmen. Seit wann war Orac so nett? Und mehr noch: Seit wann war sie hilfsbereit und freundlich?

Marie schüttelte den Kopf, klemmte sich die dicke Mappe unter den Arm und machte sich wieder auf den Weg zu den Aufzügen.

KAPITEL 12

»Der vorläufige Bericht der Gerichtsmedizin ist da, Sarge«, erklärte Charlie, als Marie in den Ermittlungsraum trat. »Sie liegen beim Chef im Büro.«

»Super. Und ich habe eine ganze Menge Infos über den Mordfall Haines und die Adresse des pensionierten DIs, der Françoise Thayer damals verhaftet hat.«

»Wie lange können wir Kinder noch hierbehalten, Sarge?«

»Wir haben noch bis zehn Uhr Zeit, um Anklage zu erheben oder ihn freizulassen«, antwortete Marie. »Und die Chancen stehen 50:50. Hoffentlich hilft uns der Bericht der Gerichtsmedizin weiter.«

Max verzog das Gesicht. »Okay, wer hat Lust auf eine Wette? Ich wette zehn zu eins, dass unser Danny etwas mit Jane Doe zu tun hatte. Wer steigt ein?« Er wartete einen Augenblick. »Das habe ich mir fast gedacht.«

Als Marie in Jackmans Büro trat, wusste sie sofort, warum sie Max' Wette nicht angenommen hatte.

»Da ist ja ein verdammtes Zeitungshoroskop hilfreicher!« Er schleuderte den Bericht auf seinen Schreibtisch. »Jane Doe. Keine DNA, kein fremdes Blut, keine Narben, keine körperlichen Auffälligkeiten und keine Tattoos – und auch die Fingerabdrücke passen zu niemandem in unserer Datenbank. Der einzige Hoffnungsschimmer ist, dass Jacobs den Todeszeitpunkt so genau bestimmt wie kaum ein anderer. Im Hinblick auf die veränderlichen Temperaturen im Keller und den Verwesungsgrad konnte er sich nach einem Gespräch mit einem hinzugezogenen Entomologen darauf festlegen, dass sie vor etwa einundzwanzig Tagen ermordet wurde.«

»Na ja, das ist zumindest ein Anfang, oder? Und machen Sie sich nicht zu viel Sorgen um ihre Identität – da habe ich gute Nachrichten.« Marie erzählte ihm von Orac und beobachtete, wie sich sein Gesicht immer mehr aufhellte.

»Orac? Unsere Orac?«

»Gibt es denn mehr als eine?«, fragte Marie und riss die Augen auf.

»Ja, muss es wohl, wenn sie Ihnen tatsächlich ihre Hilfe angeboten hat. So etwas macht Orac normalerweise nicht. Vielleicht hat sie eine böse Zwillingsschwester?«

»Ach, hören Sie schon auf! Ein Foto von Jane Doe ist doch genau das, was wir jetzt brauchen, oder? Und, Sir?« Sie warf ihm einen mahnenden Blick zu. »Es kann vielleicht nicht schaden, ihr einen Besuch abzustatten und ihr zu danken, wenn wir die Leiche identifiziert haben.«

Jackman wich ihrem Blick aus. »Ja ... Hmm ... Warten wir lieber ab, was sie uns liefert.«

Marie legte Oracs Mappe auf den Tisch. »Sie hat bereits eine Menge Infos zum Mordfall Haines aufgetrieben. Und sie hat den Kontakt zu dem DI hergestellt, der Thayer verhaftet hat.«

»Langsam bekomme ich es mit der Angst zu tun. Was will sie von uns?«

Hätte Marie geraten, hätte die Antwort wohl Jackman gelautet. »Keine Ahnung, aber in der Mappe sind eine Menge brauchbare Infos. Ich würde sagen, dass die Jungs und ich sofort an die Arbeit gehen, nachdem wir mit Skye und Daniel gesprochen haben. Dann haben wir wenigstens etwas Konkretes zu Françoise Thayer und ihrem Sohn in der Hand.«

Jackman nickte. »Einverstanden. Und jetzt essen wir lieber, bevor Miss Wynyard kommt.«

Jackman bemühte sich um eine entspannte Atmosphäre, und es funktionierte recht gut, bis er Skye fragte, ob sie an ein paar aufeinanderfolgenden Tagen vor drei Wochen mit Daniel zusammen gewesen war.

»Es ist noch etwas passiert, oder?« Skye verlor beinahe die Fassung. »O nein!«

Marie nickte. »Die Presse wurde noch nicht informiert, und wir wären Ihnen sehr dankbar, wenn Sie es für sich behalten würden. Aber es wurde noch eine Leiche gefunden.«

»Und Sie verdächtigen Daniel? Das bedeutet, Sie nehmen diese lächerliche Geschichte tatsächlich ernst!« Ihre Stimme war nur noch ein Flüstern, als sie weitersprach: »Und ich dachte, Sie hätten Verständnis.«

»Wir müssen Daniels Behauptungen ernst nehmen, Skye. Stellen Sie sich vor, wir würden ihn ignorieren, und dann stellt sich heraus, dass er die Wahrheit gesagt hat«, gab Jackman zu bedenken. »Außerdem weiß Daniel eine Menge über Alison Fleet.«

»Kein Wunder. Er hat die letzten zehn Jahre damit verbracht, Mordfälle zu studieren.« Skye seufzte. »Ich glaube, seine Mutter kannte Alison Fleet. Und Daniel war vermutlich sogar einmal mit Ruby bei den Fleets zu Hause. Beide Frauen engagieren sich im Wohltätigkeitsbereich.«

Jackman richtete sich auf. »Das erwähnen Sie aber jetzt zum ersten Mal.«

»Es ist so viel passiert, dass ich gar nicht daran gedacht habe. Aber nachdem die Spurensicherung gegangen war, habe ich das Haus durchgeputzt und bin auf ein Foto von Daniels Eltern bei einem Wohltätigkeitsrennen gestoßen. Alison Fleet und ihr Mann saßen an ihrem Tisch.«

»Dann gibt es also tatsächlich eine Verbindung«, hauchte Marie.

»Ja, aber es ist ein zweischneidiges Schwert, nicht wahr?«, gab Jackman zu bedenken. »Es könnte darauf hinweisen, dass Daniel tatsächlich einen Grund hatte, Alison Fleet etwas anzutun. Andererseits wäre es auch eine Erklärung dafür, warum er weiß, wie es bei ihr zu Hause aussieht.«

Guy Preston, der bis jetzt aufmerksam zugehört hatte, ergriff das Wort. »Kehren wir doch noch einmal zu Daniels Alibi für den zweiten Mord zurück.« Er lächelte Skye freundlich zu. »Waren Sie in den infrage kommenden Tagen mit ihm zusammen?«

Skye griff nach ihrer Handtasche, holte einen Taschenkalender heraus und begann zu blättern. Sie ließ den Kopf hängen. »Nein. Ich war bei einem dreitägigen Workshop für Ergotherapie an der Sheffield Hallam University. Ich habe bei einer alten Schulfreundin übernachtet, die an der Uni arbeitet.« Sie klappte den Kalender zu, und Jackman sah Tränen in ihren Augen. »Weiß Daniel von der zweiten Leiche?«

»Noch nicht. Aber wir müssen herausfinden, wo er zum Tatzeitpunkt war, bevor wir ihn freilassen müssen.«

»Wahrscheinlich war er allein zu Hause. Oder in seinem Büro.« Skyes Stimme zitterte. »Ich habe ihn mehrere Male angerufen. Sie können meine ausgehenden Anrufe überprüfen, wenn es ihm hilft.«

»Das beweist leider gar nichts. Er könnte überall gewesen sein, als Sie mit ihm telefoniert haben.«

»Ich habe es sicher auch bei ihm zu Hause versucht.«

Die arme Frau, dachte Jackman. Sie klammert sich an jeden Strohhalm.

Preston beugte sich vor. »Skye, mich würden vor allem Daniels Gedächtnislücken interessieren. Waren Sie schon mal bei einem solchen Zustand dabei?«

»Ja, obwohl es häufiger passiert, wenn er allein ist. Er fährt los und weiß nachher nicht, wo er war. Auf jemanden, der gerade dabei ist, wirkt er dabei abwesend, als würde er träumen. Es dauert nicht lange, aber es ist ziemlich verstörend, das können Sie mir glauben.«

»Ja, ich weiß. Ich habe so etwas schon einmal miterlebt, und sofern ich mich nicht täusche, hat es nichts mit Amnesie zu tun.«

Jackman hörte interessiert zu. »Was ist es dann?«

»Eine Art Dämmerzustand. Man spricht von einer ›dissoziativen Fugue‹. Dabei beschließt der Patient zum Beispiel plötzlich, das Haus zu verlassen, und kann sich später an nichts erinnern.«

»Was löst diese Störung aus?«, fragte Jackman.

»Massiver Stress. Es gibt zwar auch medizinische Gründe wie etwa Epilepsie, Krampfanfälle oder Medikamenten- beziehungsweise Drogenmissbrauch, aber das kommt selten vor. Die häufigste Ursache ist Stress.«

»Kann man solche Fugues behandeln, Professor Preston?«, fragte Skye.

»Ja. Psychotherapie und Hypnose können hilfreich sein, aber der Psychologe muss zuerst medizinische Ursachen ausschließen, bevor er mit der Behandlung beginnt.«

»Es gibt da noch etwas, das Sie wissen sollten«, sagte Skye langsam. »Daniel hat keine Erinnerungen an die Zeit vor seinem fünften Geburtstag. Seine frühe Kindheit ist wie ein leeres Blatt Papier.«

Nach langem Schweigen fragte Preston: »Wissen Sie, warum das so ist?«

»Seine Mutter meinte, er hätte einen Unfall gehabt. Er ist von der Schaukel gefallen und erlitt eine schwere Kopfverletzung.« Sie sah den Professor an. »Sie glaubt, dass die ›Lücken‹ davon kommen.«

Preston holte tief Luft. »Das wäre möglich, wenn sein Gehirn tatsächlich einen schwerwiegenden Schaden davongetragen hätte. Aber ein Sturz von der Schaukel? Ich glaube nicht, dass so etwas eine Fugue auslösen kann. Massiver Stress ist wahrscheinlicher.«

»Könnte es sein, dass jemand während einer solchen Phase einen Mord begeht?«, wollte Jackman wissen.

»Ich weiß von Leuten, die sogar eine neue Identität angenommen haben. Es könnte also durchaus sein.« Guy biss sich auf die Lippe. »Falls Daniel unter einer psychischen Störung leidet, verliert er teilweise oder auch vollständig die Kontrolle über seine Gedanken, Gefühle und sein Verhalten. Seine ›andere‹ Identität folgt womöglich anderen Werten als der Daniel Kinder, den wir kennen.«

»Eine multiple Persönlichkeit?«, fragte Marie.

»Nein, das ist etwas anderes. Eine Fugue entsteht bloß als Abhilfe bei massivem Stress.«

»Und wenn man diesen Stress abbaut?«, schlug Jackman vor.

»Dann verschwinden auch die Fugues höchstwahrscheinlich von alleine.«

»Was uns wieder zu Françoise Thayer und der Tatsache zurückbringt, dass unser Verdächtiger glaubt, er wäre ihr Sohn«, murmelte Marie.

Guy nickte. »Ja, wir sollten dieses Rätsel also schnellstmöglich lösen.«

»Ha!« Skye stieß ein trockenes Lachen aus. »Das versuche ich schon seit Monaten! Und Daniel seit mehreren Jahren. So einfach ist das nicht.«

Marie lehnte sich vor und berührte Skyes Arm. »Hören Sie, wir haben Möglichkeiten, zu denen Sie keinen Zugang haben. Wir haben das technische Know-how, und wir werden es nutzen. Wir brauchen die Antworten genauso dringend wie Sie und Daniel. Denn wenn er nicht der Mörder ist, dann ist es jemand anderes. Und dieser Jemand käme ungestraft davon.«

»Genau«, stimmte Jackman ihr zu. »Aber jetzt reden wir erst mal mit Daniel. Wir wissen noch nicht, ob Anklage gegen ihn erhoben oder ob er entlassen wird. Wir möchten aber auf jeden Fall, dass er mit uns kooperiert und auch in Zukunft eng mit Professor Preston zusammenarbeitet. Wir hätten Sie dabei ebenfalls gerne an Bord, sofern Daniel einverstanden ist. Würden Sie das tun?«

»Natürlich«, antwortete Skye, ohne zu zögern.

»Okay, der Sergeant und ich reden mit ihm, und dann dürfen Sie zu ihm.« Er erhob sich. »Allerdings nicht allein, aber das verstehen Sie sicher.«

»Danke«, antwortete Skye schlicht.

KAPITEL 13

»Geile Hütte, was?«
Kevin Stoner starrte missmutig aus dem Autofenster und betrachtete das teure Haus. »Ja, schon. Wenn man auf so was steht.«

Zane Prewett leckte sich über die Lippen. »Ach, komm schon, Kumpel! Du hättest doch sicher nichts gegen eine solche Protzbude einzuwenden! Ich war zwar nicht im oberen Stock, als die Spurensicherung da war, aber ich wette, im Schlafzimmer gibt es ein riesiges Wasserbett und jede Menge Spiegel. Und dann noch die Blockhütte mit Whirlpool hinter dem Haus und das Spielzimmer mit der Bar ...« Er stieß Kevin in die Seite. »Genau das Richtige für dich und deine hübschen kleinen Freunde.«

Kevin hielt den Blick auf das Haus der Familie Kinder gerichtet und versuchte sich einzureden, er wäre allein im Auto.

»Also, auch wenn deine Fantasie scheinbar gerade Sendepause hat, meine jedenfalls nicht. Ich sehe schon eine feuchte kleine Schlampe vor mir, die mich nackt zu sich in die Wanne winkt.«

»Halt's Maul, Prewett! Ich habe genug von deinen dreckigen Sprüchen. Mach mal Pause, ja?« Kevin ließ sich in den Autositz sinken und biss die Zähne zusammen.

»Oh, sind wir heute vielleicht schlecht gelaunt?« Prewett sah Kevin an. »Aber ich wäre an deiner Stelle lieber vorsichtig, Mary-Jane. Deine ›Ich bin ja so heilig‹-Masche geht mir langsam gehörig auf den Sack. Ich weiß, wie ›scheinheilig‹ du bist. Ich darf nicht schmutzig daherreden, aber du darfst eine Schwuchtel an die Wand nageln?«

»Aber bei mir dreht sich nicht das ganze Leben um Sex, Zane! Es ist bloß ein kleiner Teil, und leider hast du ausgerechnet davon Wind bekommen.«

»Ja, das ist echt scheiße, was?«

Kevin war klar, dass er nicht mehr lange so weitermachen konnte. Wäre es hier nur um Zane und ihn gegangen, hätte er den Hurensohn vielleicht auflaufen lassen. Er hätte sich ergeben und seinem Vater einfach erzählt, dass er erpresst wurde, weil er schwul war. Und dann hätte er den Spieß umgedreht und alle Deals aufgedeckt, in die sein korrupter Partner verwickelt war. Aber Prewett hatte Sophie, Kevins kleine Nichte, ins Spiel gebracht, und dieses Risiko war ihm zu groß. Kevin wusste zwar, dass Kerle wie Prewett im Grunde Feiglinge waren, aber bei seinem Partner hatte er trotzdem das Gefühl, er könnte seine Drohungen wahr machen. Kevin wollte weder Sophie noch andere Familienmitglieder in Gefahr bringen – er musste also einen anderen Weg finden.

Er rollte langsam die dreispurige Straße entlang und versuchte, sich zu konzentrieren. Als er auf die River Road bog, entspannten sich seine Nackenmuskeln langsam. Er musste aufhören, wie ein Bischofssohn zu denken. Er hatte schon viel zu oft die andere Wange hingehalten. Gegen Zane Prewett brauchte er offensichtlich eine andere Strategie.

Als sie zurück zur Dienststelle kamen, machte sich langsam eine Idee in ihm breit, und PC Kevin Stoner sah zum ersten Mal seit Monaten wieder Licht am Horizont.

Jackman wollte gerade ins Verhörzimmer, als ihm eine Sekretärin einen braunen Umschlag in die Hand drückte. »Das ist gerade gekommen, Sir. Aus der Gerichtsmedizin.«

Jackman brach das Siegel und überflog den toxikologischen Befund. »Was zum Teufel ...?«

Marie sah ihn fragend an.

»Alison Fleet hatte genug Pillen eingeworfen, um das halbe Land in einen Glückstaumel zu versetzen.«

»Antidepressiva?« Marie wirkte verwirrt. »Aber Bruce Fleet meinte doch, dass sie keine Medikamente nahm, oder?«

»Er sagte, er wüsste von nichts, das ist offenbar ein Unterschied. Ich dachte immer, sie wäre von Natur aus so aufgedreht, aber sie war anscheinend ständig high.«

»Wir sollten mit ihrem Arzt reden.«

»Laufen Sie noch mal zurück und bitten Max oder Charlie, sich sofort darum zu kümmern.« Er drückte Marie den Bericht in die Hand. »Solche Medikamente nimmt man nicht ohne guten Grund.«

»Vielleicht hat es etwas mit ihrem Ex-Mann zu tun. Der, von dem Bruce Fleet nichts weiß.«

»Entweder er weiß nichts, oder er will nicht darüber reden«, erwiderte Jackman nachdenklich. »Wir sollten auf alle Fälle noch mal mit ihm sprechen. Normalerweise weiß man solche Dinge doch über seine geliebte Frau, oder?«

»Ja, wir sollten ihn nach dem Verhör anrufen.«

Wie sich herausstellte, brachte die Befragung auch dieses Mal nicht den ersehnten Durchbruch.

Daniel Kinder hatte sich vollkommen in sich zurückgezogen und wirkte beinahe depressiv. Er stimmte einer weiteren Zusammenarbeit mit Dr. Preston nur zögerlich zu, und seine Antworten waren lustlos, als hätte er seine Situation kampflos akzeptiert.

Jackman beobachtete Kinder, während der Arzt mit ihm sprach. Der leidenschaftliche junge Journalist war verschwunden, und da war nicht einmal ein Fünkchen Wut. Selbst auf das Wiedersehen mit Skye schien er sich nicht zu freuen.

Nach einer Stunde brach Jackman das Verhör ab und bat Preston und Marie in sein Büro.

»Wir haben einfach nicht genug Beweise, um ihn hierzubehalten.« Die Verzweiflung war ihm deutlich anzuhören. Er wandte sich an Guy Preston. »Ganz ehrlich – was halten Sie von ihm?«

Der Psychologe holte tief Luft und stieß sie pfeifend wieder aus. »Er hat schwerwiegende psychische Probleme, aber im Grunde kann ich mir nicht vorstellen, dass er Alison Fleet getötet hat.«

»Und die andere Frau?«

»Nein. Ich glaube, er hat überhaupt niemanden umgebracht.«

Sie hatten Daniel von Jane Doe erzählt, doch er hatte bloß mit den Schultern gezuckt und resigniert geantwortet: »Ich kann nicht behaupten, ich hätte sie umgebracht, weil ich es schlichtweg nicht weiß. Es liegt wohl an Ihnen, meine Schuld oder Unschuld zu beweisen. Das kann doch nicht so schwer sein, oder? Mit der heutigen Technik lässt sich sicher feststellen, wo jemand zu einer bestimmten Zeit war ...«

»Das hier ist nicht CSI«, hatte Marie gefaucht. »Wachen

Sie auf, Daniel! Wir leben in den Fens, nicht in Miami. Unser Budget reicht nicht mal für ein Surfbrett.«

Woraufhin Daniel Kinder erneut mit den Achseln gezuckt hatte.

Jackman seufzte. »Ich muss bis zehn Uhr eine Entscheidung treffen, aber ich habe immer noch ein schlechtes Gefühl, wenn wir ihn gehen lassen.«

»Ja, ich auch«, stimmte Marie ihm zu. »Auch wenn ich inzwischen nicht mehr glaube, dass er bloß hier ist, um für einen Artikel zu recherchieren.«

»Falls es so ist, macht er eine ziemlich große Show, um uns zu beweisen, dass er nicht alle Tassen im Schrank hat.« Er warf dem Psychologen ein entschuldigendes Lächeln zu. »Tut mir leid, das war jetzt keine rein wissenschaftliche Einschätzung.«

Preston lächelte ebenfalls. »Ich glaube auch nicht, dass er etwas vortäuscht. Aber ich wette bei meinem guten Ruf, dass er kein Serienmörder ist.« Sein Gesicht wurde ernst. »Falls Sie von einem Serienmörder ausgehen, ist es ganz sicher nicht Kinder. Die tauchen nicht plötzlich auf und beginnen zu morden. Es dauert Jahre, bis sie ›die erste Stufe des Tötens‹ erreichen, wie ich es nenne. Kinders Verhalten passt nicht ins Muster.«

»Aber das heißt nicht, dass er keinen Mord begehen könnte. Er kommt bloß nicht als Serienmörder infrage.«

»Genau. Obwohl ich bezweifle, dass er es überhaupt in sich hat. Vielleicht, wenn er tatsächlich krank wäre. Oder felsenfest daran glaubt, dass er Françoise Thayers Sohn ist ...« Er schüttelte den Kopf. »Wovon ich nicht überzeugt bin.«

Sie wurden von einem Klopfen an der Tür unterbrochen, und kurz darauf stürzte Max ins Zimmer. »Das hier wollen

Sie sicher sehen!«, sagte er aufgeregt und reichte Jackman einen Computerausdruck. »Jane hat ein Gesicht.«

Jackman betrachtete das Foto. Die Frau war blond und sehr attraktiv. Sie hatte graublaue Augen, schulterlange Haare, hohe Wangenknochen und einen vollen, wohlgeformten Mund mit geraden, strahlend weißen Zähnen. Sie war nicht blond genug für eine Skandinavierin und nicht kantig genug für eine Deutsche, sondern eher eine typische ›englische Rose‹ mit hellen Haaren und weichen Gesichtszügen. »Hallo, Jane«, flüsterte er und reichte das Foto an die anderen weiter.

»Wow«, staunte Marie.

»Mein Gott! Es ist schwer vorstellbar, dass diese Schönheit die Frau auf eurem Whiteboard sein soll«, murmelte Preston.

»Und dafür hat Orac wirklich nicht mehr als ein paar Stunden gebraucht?«, fragte Jackman Marie.

»Es ging sogar noch schneller. Ich würde sagen, es wäre ein großes Danke angebracht!«

»Mhm, klar. Echt gute Arbeit.« Maries Augen wurden schmal, und Jackman wandte eilig den Blick ab. »Wir sollten es Daniel zeigen, oder was meinen Sie?«

Die drei kehrten ins Verhörzimmer zurück, wo Charlie und ein uniformierter Beamter Daniel und Skye Wynyard bewachten.

»Kennen Sie diese Frau?«, fragte Jackman rundheraus und legte das Foto auf den Tisch, sodass es beide sehen konnten.

Zu seiner Überraschung schnappten sowohl Daniel als auch Skye nach Luft.

»Jules! Das ist Julia Hope!«, rief Skye schockiert.

»Und Sie, Daniel? Kennen Sie sie auch?«

Daniel schüttelte den Kopf. »Nicht direkt ... Ich bin mir sicher, dass sie eine der Schwestern war, die ich für den Artikel über das Krankenhaus und das staatliche Gesundheitssystem interviewt habe.« Er biss sich auf die Unterlippe. »Ich habe nicht lange mit ihr gesprochen, aber ich erkenne sie wieder. Ist sie ... Ist sie die Frau ...?«

»Die Frau, die Sie vielleicht umgebracht haben? Und vielleicht auch nicht? Die Frau, deren Tod unsere Sache ist und nicht Ihre? Ja, Daniel, das ist sie!« Jackman wandte sich an Skye. »Aber Sie kennen sie näher?«

»Ja, sie arbeitet in der Orthopädie, war aber die letzten paar Wochen in den Ferien.«

»Schöne Ferien«, murmelte Marie. »Sie hat drei Wochen lang tot in einem Keller gelegen und konnte nicht mal identifiziert werden! Hat sich denn niemand gewundert, warum sie nicht zur Arbeit gekommen ist?«

»Ich ... Ich weiß nicht«, stammelte Skye. »Sie arbeitet nicht in meiner Abteilung. Sie ist Krankenschwester, keine Ergotherapeutin.« Sie sah Marie mit weit aufgerissenen Augen an. »Sind Sie sicher, dass sie tot ist? Das Foto ist ein wenig ... Na ja, sie sieht darauf irgendwie anders aus als sonst.«

»Das Gesicht wurde rekonstruiert, nicht wahr?«, bemerkte Daniel mit leerer Stimme. »Anhand der Fotos ihrer Leiche.«

Skye schob das Bild mit spitzen Fingern von sich.

»Genau«, bestätigte Jackman und sah erneut die verwesende Tote auf dem Kellerboden vor sich.

»Was können Sie uns über die Frau erzählen, Skye? Ist sie verheiratet? Single? Hat sie Familie?«, fragte Marie.

»Ich weiß nur, dass sie nicht verheiratet ist, aber das ist mehr oder weniger auch schon alles. Außer dass sie mit ihrer Schwester Anne irgendwo in der Innenstadt wohnt.«

»Aber warum hat Julias Schwester sie nicht als vermisst gemeldet?«

»Anna ist Militärärztin. Sie ist vermutlich irgendwo unterwegs. Als ich das letzte Mal mit Jules geredet habe, hat sie etwas von Afghanistan erzählt. Aber das ist schon länger her.« Skye warf einen weiteren Blick auf das Foto. »Sie war wirklich hübsch.«

Nicht, als ich sie das letzte Mal gesehen habe, dachte Jackman. »Was ist mit Ihnen, Daniel? Haben Sie Julia seit dem Interview, für das Sie das ganze Krankenhaus so abgöttisch liebt, noch einmal gesehen?«

Daniel sah aus, als würden ihm jeden Moment die Augen zufallen. »Woher zum Teufel soll ich das denn wissen? Ich leide unter Gedächtnisstörungen, verdammt. Schon vergessen?«

»Ach ja, tun Sie das? Da bin ich mir nicht so sicher.«

KAPITEL 14

Die Verbindung zwischen Daniel Kinder und den beiden Opfern ist zu dürftig, um ihn hierzubehalten, Jackman.« Superintendentin Ruth Crooke kaute auf ihrem Bleistift herum. »Zu Alison Fleet hatten sogar *Sie* engeren Kontakt als er. Sie müssen ihn gehen lassen.«

Jackman wusste, dass es keinen Sinn hatte, auf seinem Standpunkt zu beharren. Crooke hatte recht. Es gab keinen einzigen noch so kleinen Beweis. Der Staatsanwalt würde sie auslachen, wenn sie mit einem solchen Fall vor Gericht erschienen – abgesehen davon, dass sie erst gar nicht so weit kommen würden.

»Leichter gesagt als getan, Ma'am.« Es war das erste Mal, dass Jackman einen Mordverdächtigen hatte, der freiwillig in Polizeigewahrsam bleiben wollte. Kinder würde sich sicher nicht über seine Entlassung freuen. Die Frage war lediglich, wie sehr ihn die Nachricht aus der Bahn werfen würde.

»Stellen Sie sicher, dass er psychiatrische Hilfe erhält und wir immer wissen, wo er sich aufhält.«

Jackman nickte. »Er wird ohnehin in der Nähe bleiben wollen. Und Guy Preston erstellt ein umfangreiches Gutachten. Wir sind gerade dabei, sämtliche Informationen über Françoise Thayer zu sichten. Wir müssen diesen Teil der Ermittlungen abschließen – und zwar so schnell wie möglich. Falls dort draußen wirklich ein anderer Mörder herumläuft, dürfen wir uns nicht zu lange auf Daniel fixieren.«

»Ich bin froh, dass Sie das auch so sehen, Jackman. Geben Sie Gas! Nachdem wir mittlerweile Jane Does Namen kennen – deren Schwester übrigens später noch vorbeikommt, um sie zu identifizieren –, muss ich wohl mal eine Pressekonferenz geben.« Sie presste ihre ohnehin bereits viel zu schmalen Lippen aufeinander. »Sie haben bis morgen früh Zeit, um sich zu überlegen, was ich sagen soll.«

Jackman erhob sich. Ein riesiges Gewicht lastete auf seinen Schultern, und er war immer noch nicht glücklich darüber, dass er Daniel entlassen musste. »Dann mache ich mich besser an die Arbeit, Ma'am. Ich muss einen Mann aus seiner Zelle werfen.«

Es war beinahe elf Uhr abends, als Daniel Kinder endlich bereit war, das Revier zu verlassen. Wobei »bereit« nicht das richtige Wort war, denn er schlug immer noch wild um sich und brüllte wie von Sinnen.

Marie vermutete, dass sie ihn ohne Skye Wynyards unendliche Geduld und sanftes Zureden nur mit Gewalt losgeworden wären.

Daniel weigerte sich rundheraus, nach Hause zu fahren oder bei Skye zu bleiben, weil er offenbar Angst hatte, sie zu verletzen. Am Ende schlossen sie einen Kompromiss – und auch das war Skyes Verdienst. Daniel würde in ihrer Wohnung übernachten, wo bereits seine geliebte Katze auf ihn wartete, während Skye bei einer Freundin schlafen würde.

Am nächsten Morgen wollten sie sich treffen und versuchen, eine zufriedenstellende Lösung zu finden. Daniel stimmte letztlich zu, denn die einzige Alternative zu Skyes Vorschlag wäre gewesen, die ganze Nacht durch die Straßen zu streifen.

Inzwischen war auch im Ermittlungsraum Ruhe eingekehrt, und nur Marie und Jackman hielten noch die Stellung.

»Haben wir gerade einen Mörder laufen lassen?«, fragte Jackman leise.

»Selbst wenn – wir hatten keine andere Wahl. Außerdem werden wir ihn keine Sekunde aus den Augen lassen. Egal, was er tut und wohin er geht, er wird nicht allein sein.«

»Warum beruhigt mich das nicht?«

»Weil wir beide wissen, dass er eine wandelnde Zeitbombe ist. Auch wenn er niemanden umgebracht hat.« Marie seufzte. »Ich habe noch nie einen derart instabilen Menschen kennengelernt, dessen Stimmung so schnell umschlagen kann. Wenn ich es nicht besser wüsste, würde ich sagen, dass er auf Drogen ist.«

»Aber er war clean«, murmelte Jackman. »Was den Verdacht einer psychischen Störung nahelegt. Doch das beruhigt mich auch nicht gerade ...«

Marie gähnte. »Zeit fürs Bett.« Sie nahm die dicke Mappe, die Orac ihr gegeben hatte. »Ist es okay, wenn ich mir etwas Feierabendlektüre mit nach Hause nehme?«

»Kein Problem. Sie müssen mir nur versprechen, das Licht anzulassen und mich nicht um zwei Uhr morgens anzurufen, weil Sie bibbern vor Angst. Françoise Thayer ist als abendlicher Lesestoff denkbar ungeeignet, glauben Sie mir. Das habe ich am eigenen Leib erfahren. Sie war ein kaltblütiges Ungeheuer, und vermutlich hat Orac mehr

Details zusammengetragen, als ich im Internet gefunden habe – Sie wissen also, worauf Sie sich einlassen.«

Bevor Marie etwas erwidern konnte, klingelte Jackmans Telefon. Er stöhnte, verzog das Gesicht und hob ab.

»DI Jackman.«

Marie hörte eine aufgeregte Frauenstimme, die ihr irgendwie bekannt vorkam. Jackman machte den Lautsprecher an.

»Es tut mir so leid, aber ich wusste nicht, wen ich sonst anrufen soll! Das sieht ihm gar nicht ähnlich. Ich bin mir sicher, dass er zu Hause ist, aber er reagiert nicht auf meine Anrufe. Inspector, ich habe Angst, dass ihm etwas zugestoßen ist. Er verhält sich so seltsam, seit Alison gestorben ist.«

Die Verbindung war schlecht, und Marie konnte die Stimme nicht zuordnen. Sie warf Jackman einen fragenden Blick zu, und er kritzelte etwas auf seinen Notizblock: Lucy Richards, Bruce Fleets Schwester. Marie erinnerte sich sofort an das besorgte Gesicht der Frau, die bei Fleet gewesen war, als sie ihm von dem Mord an seiner Frau erzählt hatten.

»Wahrscheinlich ist er unterwegs und hat zu viel getrunken«, erwiderte Jackman ruhig. »Was macht Sie so sicher, dass er zu Hause ist?«

»Er durfte heute Nachmittag zum ersten Mal wieder ins Haus und hatte furchtbare Angst vor der ersten Nacht. Sein Auto steht in der Einfahrt, und mein Bruder geht nie zu Fuß, wenn es sich vermeiden lässt.«

»Woher wissen Sie von dem Auto?«

»Mein Mann ist vorhin vorbeigefahren. Er hat geklopft, aber es hat niemand aufgemacht.« Die Stimme der Frau begann zu zittern. »Er war nicht gerade begeistert davon, dass ich Sie anrufe, Inspector Jackman, aber ich habe ein wirklich schlechtes Gefühl wegen Bruce.«

»Gut. Normalerweise würde ich ein paar uniformierte Kollegen vorbeischicken, aber nachdem ich ohnehin gerade nach Hause gehen wollte, fahre ich selbst hin. Damit Sie beruhigt sind.« Er hob eine Augenbraue und warf Marie einen leidgeprüften Blick zu. »Ich rufe Sie an, sobald ich Näheres weiß.«

Er legte auf.

»Das müssen Sie nicht machen, Sir. Wir schicken einen Streifenwagen hin.«

Jackman zuckte mit den Schultern. »Vielleicht hat Ihr schlechtes Gefühl auf mich abgefärbt. Außerdem wollte ich ohnehin mit Bruce Fleet über die Dinge sprechen, die er uns verschwiegen hat. Es ist also ein guter Grund, um noch mal bei ihm anzuklopfen. Falls er wirklich betrunken ist oder ich ihn aus dem Bett klingle, kann ich vielleicht sogar noch mehr aus ihm herausquetschen.«

»Ich komme mit, wenn Sie mich nachher wieder ins Revier oder gleich nach Hause fahren.«

Jackman warf einen Blick auf die Uhr an der Wand. »Es ist beinahe Mitternacht. Gehen Sie lieber schlafen.«

»Blödsinn, Sir. Dawn Haven Marsh liegt ziemlich weit draußen. Wenn etwas faul ist, brauchen Sie Verstärkung, auf die Sie sich verlassen können. Und falls Fleet bloß besoffen ist, dann liegen wir in einer Stunde bereits in unseren Betten.«

Jackman zog den Autoschlüssel aus der Tasche. »Warum kommt man eigentlich nie gegen Sie an, Marie?«

Sie grinste selbstgefällig. »Weil ich immer recht habe, Sir.«

Marie liebte es, im Dunkeln durch die Fens zu fahren. Die einsamen, teilweise in dichten Nebel gehüllten Straßen hatten etwas Surreales, und man verlor mit der Zeit jegliche Orientierung. Die Straße führte eine Zeit lang geradeaus, bevor sie plötzlich in eine vollkommen andere Richtung abbog, und wenn man die engen, kurvigen, von hohem Schilf gesäumten Wege nicht kannte oder über einen außergewöhnlichen Orientierungssinn verfügte, konnte man sich hoffnungslos verirren.

Die Fahrt dauerte etwa zwanzig Minuten, aber es fühlte sich an wie eine Ewigkeit.

»Warum haben wir eigentlich keinen uniformierten Beamten beim Haus stationiert?«

»Das hätte wenig Sinn. Die Spurensicherung hat alles auseinandergenommen, und wenn sie nicht sicher gewesen wären, dass es hier nichts mehr zu entdecken gibt, hätten sie Bruce nicht wieder einziehen lassen.«

Kurz darauf waren sie da. Das Haus lag ruhig und friedlich vor ihnen. Im Treppenhaus ins obere Stockwerk und in einem der Zimmer im Erdgeschoss brannte Licht, ansonsten gab es keinerlei Lebenszeichen.

»Da ist das Auto.« Jackman deutete auf einen wuchtigen Toyota Land Cruiser. »Aber wir probieren es zuerst trotzdem auf die sanfte Tour.« Er zog sein Handy heraus, scrollte durch die Kontakte und tippte auf Bruce Fleet.

Marie lächelte in sich hinein. Jackman hatte die Angewohnheit, sämtliche Nummern zu speichern, die auch nur im Entferntesten mit dem aktuellen Fall zu tun hatten, und sie erst zu löschen, wenn die Ermittlungen abgeschlossen waren. Während er darauf wartete, dass jemand abhob, ging Marie zur Haustür, klingelte und klopfte. Es war deutlich zu sehen, dass die Polizei erst vor Kurzem hier gewesen war: zertrampelte Blumenbeete, erdige Furchen auf dem Rasen und eingetrocknete, schlammige Fußabdrücke auf der Veranda. Doch Marie vergaß die umgeknickten Blumen, als sie plötzlich im Inneren des Hauses ein Geräusch hörte. Sie trat näher an die Tür heran, öffnete den Briefschlitz und beugte sich hinunter, um besser zu hören.

Leise Musik, die immer wieder von vorne begann. Fleets Handy. »Sir, das Telefon klingelt irgendwo im Haus. Ich kann es genau hören.«

Jackman hastete zu ihr. »Sehen wir uns zuerst noch auf der Rückseite um, und wenn wir dort auch kein Glück haben, müssen wir uns gewaltsam Zutritt verschaffen.«

»Einverstanden, Sir.« Marie bewegte sich zügig um das Haus herum. »Inzwischen weiß ich, warum Lucy Richards ein schlechtes Gefühl bei der Sache hatte. Mir gefällt das Ganze auch nicht.«

Skye saß in ihrem Auto und starrte zu den dunklen Fenstern der Wohnung hinauf. Sie hatte Isabel eine kurze Voicemail-Nachricht hinterlassen, dass sie auf dem Weg war, doch erst nachdem sie vor dem Haus geparkt hatte, war ihr eingefallen, dass ihre Freundin ihre Mutter in Cardiff besuchte. Und zu ihrem Entsetzen hatte sie in dem vereinbarten Versteck auch keinen Schlüssel gefunden. Isabel und Skye hatten sich angewöhnt, immer einen Ersatzschlüssel füreinander zu hinterlegen, auch wenn Skyes neue Freunde von der Polizei das sicher nicht gerade ratsam gefunden hätten. Bloß für den Fall, sagten sie immer, und jetzt, wo Skye den Schlüssel tatsächlich einmal gebraucht hätte, hatte Isabel ihn vergessen.

Skye ließ sich in den Fahrersitz zurücksinken. Sie war müde, und ihr war übel. Das Treffen mit Daniel war eine einzige Qual gewesen, und es hatte sie erschöpft, ihn in einem so eigenartigen emotionalen Zustand zu erleben. Doch anstatt in ein weiches, warmes Bett zu kriechen, saß sie nun einsam und allein auf der Straße.

Sie zog ihr Telefon heraus und scrollte durch die Kontakte. Es war bereits Mitternacht, und sie hatte sehr wenige Freunde, die in der Nähe wohnten und die sie um diese Zeit noch anrufen konnte. Penny hatte vor Kurzem ein Baby bekommen, Richard hatte eine neue Freundin, und Paul und Andrea durchlebten gerade eine schwierige Phase in ihrer ohnehin stürmischen Beziehung. Gina? Ja, vielleicht. Sie war zwar keine enge Freundin, aber sie war eine nette, aufrichtige Kollegin, die sicher nicht wollte, dass Skye die Nacht ohne Dach über dem Kopf verbringen musste. Es war jedenfalls einen Versuch wert.

Nachdem das Telefon einige Male geklingelt hatte, legte Skye auf, ohne auf den Anrufbeantworter zu warten. Es hatte keinen Sinn, eine Nachricht zu hinterlassen.

Sie seufzte entnervt. Sie hatte immer noch die Schlüssel zu Daniels Haus, aber da schlief sie lieber im Auto. Ihre innere Stimme beharrte darauf, dass sie einfach nach Hause fuhr. Sie würde Daniel erklären, was los war, und ihm klarmachen, wie lächerlich seine Angst war, ihr womöglich wehzutun. Andererseits war Daniels Zustand viel zu labil, um vernünftig mit ihm zu reden. Sie musste entweder einen anderen Unterschlupf finden oder sich einen Parkplatz suchen und sich auf den Rücksitz legen. Wobei sie in ihrem kleinen KIA vermutlich bereits nach zehn Minuten unerträgliche Rückenschmerzen bekommen würde. Sie ging noch einmal ihre Kontakte durch, und plötzlich war da ein kleiner Hoffnungsschimmer. Sie wählte den Eintrag aus, und Lisa hob bereits nach dem dritten Klingeln ab.

Sie platzte mit der ganzen Geschichte heraus und war unheimlich erleichtert, als Lisa antwortete: »Mein Gott, Mädchen! Mach, dass du herkommst. Das Gästezimmer steht bereit, und du bist herzlich willkommen.«

Skye startete lächelnd den Wagen und spürte, wie ihr die Last von den Schultern fiel. Warum war ihr Lisa Hurley nicht gleich eingefallen? Ihre Chefin hatte ihr geholfen, Daniels Haus zu putzen, und sie hätte sie gleich als Erste fragen sollen. Skye lachte kurz auf und ließ Isabels dunkle Wohnung hinter sich, um sich auf den Weg in den sicheren Hafen zu machen.

Marie eilte um das Haus herum. Als sie in den Garten trat, schlug der Bewegungsmelder an, und sie wurde in helles Licht getaucht. Sie stand auf einer hübschen, mit Natursteinplatten ausgelegten Veranda, und in den Hochbeeten blühten bunte Blumen. Auf einer Seite des Gartens befand sich eine längliche, mit Klematis und Rosen überwucherte Laube. Aber jetzt war nicht die Zeit, um ins Schwärmen zu geraten.

»Überprüfen Sie die Terrassentür!«, rief Jackman, während er an ihr vorbeilief. »Ich versuche es an der Hintertür.«

Marie versuchte, die Terrassentür zu öffnen. »Verschlossen, Sir.«

»Hier auch. Verdammt!« Jackman klang angespannt.

»Dort drüben ist noch ein Eingang.« Marie trat an Jackman vorbei. Die kleine Tür hatte ein Glasfenster und führte in einen Haushaltsraum mit Waschmaschine und Trockner. Marie drückte die Klinke, und die Tür schwang auf. »Okay, wir sind drin«, flüsterte sie. »Solange die Verbindungstür nicht auch verschlossen ist.«

Das war sie nicht, worauf sie das Haus systematisch durchsuchten. »Im Erdgeschoss ist alles sauber.«

Sie traten auf die breite Treppe zu, und Maries Herz schlug schneller. Im Lauf der Jahre war sie bei solchen Hausdurchsuchungen auf einige sehr unangenehme Dinge gestoßen. Es war noch nie vorgekommen, dass alles in Ordnung war.

Das Haus der Fleets bildete allerdings eine Ausnahme. Die Schlafzimmer waren leer, und alles schien an seinem Platz. Nach der Hausdurchsuchung herrschte natürlich eine gewisse Unordnung, aber abgesehen davon war alles normal. Sie überprüften sämtliche Zimmer gleich zwei Mal, und Jackman kletterte sogar die Dachbodenleiter hoch und warf einen Blick in die Dachkammer. Danach kehrten sie ins Erdgeschoss zurück.

Marie stand an derselben Stelle, an der sie vor ein paar Tagen neben Alison Fleets brutal zugerichteter Leiche gestanden hatte, und holte tief Luft.

Irgendetwas stimmte hier nicht.

»Spüren Sie es auch?«, fragte Jackman leise.

Marie nickte. Bruce Fleets Autoschlüssel lag auf dem Kieferntisch. »Der Schlüssel«, murmelte sie. »Der Autoschlüssel.« Ihr Kopf fuhr hoch. »Bruces Auto steht in der Einfahrt. Aber hatte Alison nicht auch ein Auto? Wo ist der Wagen?«

Jackman war mit einem Mal hellwach. »Auf der anderen Seite des Grundstücks gibt es eine Garage.« Er eilte zur Hintertür und öffnete sie. »Kommen Sie!«

Sie rannten nebeneinander um das Haus herum in die Schottereinfahrt und waren noch nicht einmal bei der Garage angekommen, als sie bereits ein vertrautes brummendes Geräusch im Inneren hörten.

Kaum sichtbarer Abgasnebel sickerte unter der Garagentür hindurch.

»Scheiße!«, rief Jackman und rüttelte an der schweren Holztür. »Abgesperrt!«

»Zur Zugangstür!« Marie rannte bereits weiter um das Gebäude herum. »Die lässt sich leichter aufbrechen!«

Glücklicherweise war die obere Hälfte der Tür aus Glas, das Jackman mühelos mit dem Ellbogen einschlug.

Marie streckte ihre Hand durch die verbliebenen Scherben und drehte geschickt den Schlüssel.

»Halten Sie sich etwas vor Mund und Nase. Das Zeug ist selbst in kleinen Dosen gefährlich.« Jackman zog seine Jacke bis über die Nase. »Und atmen Sie so flach wie möglich. Sie laufen zum Auto und stellen den Motor ab, und ich versuche, das Garagentor zu öffnen, damit so viel Luft wie möglich hereinkommt.«

Marie war sofort klar, dass sie zu spät kamen. Bruce Fleet saß hier schon seit Stunden. Trotzdem blieb ihnen nichts anderes übrig, als ihre Gesundheit für einen Toten aufs Spiel zu setzen.

»Verdammt, wer hätte gedacht, dass so etwas heutzutage überhaupt noch möglich ist? Dafür gibt es doch Katalysatoren!«

»Sehen Sie sich das Auto mal genauer an.«

Marie zog ihre Jacke ebenfalls hoch und warf dann einen Blick auf den uralten Morris Minor Traveller. Alison Fleets Auto war ein regelrechtes Museumsstück. »Na toll!« Sie wandte sich an Jackman. »Dann mal los!«

Sie atmeten beide noch einmal tief ein, dann liefen sie in die Garage.

Bruce Fleet hatte ganze Arbeit geleistet und nicht nur das Garagentor von innen versperrt, sondern sich auch noch in dem alten Wagen eingeschlossen. Der Vorteil war allerdings, dass es ein wirklich altes Auto war. Marie warf einen Blick auf den Schlauch, der über einen Spalt im hinteren Fenster ins Innere des Wagens führte, nahm einen Spaten von der Wand mit den Gartengeräten, schob ihn in den Spalt und drückte nach oben. Der Kurbelmechanismus des alten Autofensters gab nach, das Fenster fiel nach unten, und sie konnte die Tür entriegeln.

Ihre Lungen brannten bereits, doch sie lehnte sich trotzdem über den Fahrersitz und machte den Motor aus, bevor sie den Puls des Mannes kontrollierte.

»Tot?«, stieß Jackman durch die fest aufeinandergepressten Lippen hervor.

Marie nickte. Sie war sich zwar ziemlich sicher, dass sie recht hatte, aber sie beugte sich trotzdem über Bruce Fleet und öffnete die Tür auf der Beifahrerseite.

Jackman hatte bereits beide Türflügel aufgestoßen, und frische Luft strömte herein, doch sie wagten immer noch nicht zu atmen. Sie zogen den regungslosen Körper aus dem Wagen und schleppten ihn nach draußen, wo sie hustend und keuchend auf dem Schotter zusammenbrachen.

Jackman kontrollierte noch einmal die Vitalfunktionen des Mannes, dann zog er sein Handy aus der Tasche und meldete den Vorfall in der Zentrale.

»Für ihn ist es zu spät, aber ich fürchte, wie beide müssen uns durchchecken lassen.«

»Aber man atmet doch ohnehin ständig Kohlenmonoxid ein, oder?« Marie dachte an schwere Raucher und schlecht belüftete Räume.

»Ja, aber dabei sterben jedes Mal ein paar rote Blutzellen, die den Sauerstoff durch Ihren Körper transportieren.« Jackman lächelte. »Keine Sorge, der Krankenwagen ist bereits unterwegs, und dann bekommen wir ein wenig Sauerstoff. Wie fühlen Sie sich?«

»Ich habe leichte Kopfschmerzen, aber sonst ist alles okay. Und bei Ihnen?«

»Ähnlich. Ich denke, wir werden es überleben.« Er warf einen Blick auf den toten Mann mit dem hochroten Gesicht, der neben ihnen auf dem Boden lag. »Im Gegensatz zu Bruce Fleet. Das wirft eine Menge neuer Fragen auf, finden Sie nicht auch? Glauben Sie, dass er es nur aus Trauer getan hat?«

Marie hob die Augenbrauen. »Oder wurden die Schuldgefühle übermächtig?« Sie beugte sich vor, um Fleets Brusttasche näher zu untersuchen, aus der ein Stück Papier ragte. Sie streifte einen Handschuh über und zog einen gefalteten Zettel heraus. »Er hat es uns zwar beinahe unmöglich gemacht, ihn zu retten, aber er war scheinbar so freundlich, uns eine Nachricht zu hinterlassen.« Sie faltete den Zettel auseinander. »Ich brauche mehr Licht.«

Jackman holte eine kleine Taschenlampe aus seiner Jacke und richtete sie auf die Nachricht.

Marie las laut vor:

Es tut mir leid. Er tut mir leid, dass ich mich für den leichteren Weg in den Tod entschieden habe, anstatt ein Leben voller Qualen weiterzuleben. Es tut mir leid, was passiert ist. Es tut mir leid für meine Freunde. Falls sie mich wirklich geliebt haben, werden sie um mich trauern. Falls nicht, werden sie zumindest schockiert sein. Und letztlich tut es mir auch leid für die, die mich finden, aber ein Erstickungstod ist immer noch schöner anzusehen als die tödlichen Wunden, die ein Messer seinem Opfer zufügt. BSF

Jackman stieß einen leisen Pfiff aus. »Reuevoll und poetisch. Aber kein Wort über seine geliebte Frau.«

»War er vielleicht krank? Ein ›Leben voller Qualen‹ bedeutet doch meistens, dass jemand den Schmerz nicht mehr erträgt.«

»Auf mich wirkte er fit wie ein Turnschuh. Womöglich spricht er von der Qual, Alison verloren zu haben?«

»Oder der Qual, sein Leben in den Sand gesetzt zu haben?«

»Oder der Qual, als Mörder weiterzuleben? Vielleicht hat die Erwähnung des Messers eine tiefere Bedeutung. ›Es tut mir leid, was passiert ist.‹ Das ist nicht gerade eindeutig, oder?«

Sie betrachteten die Nachricht, als würde sie dadurch verständlicher werden. Als nichts geschah, faltete Marie sie vorsichtig und steckte sie zurück in die Hemdtasche. »Der Spurensicherung ist sicher lieber, wenn der Zettel hierbleibt.« Sie ließ sich zurücksinken und hoffte, dass die Kopfschmerzen bald vergingen.

»Dann war es also tatsächlich Selbstmord?«

Marie wunderte Jackmans Frage nicht. Sie beide hatten schon einige seltsame Dinge gesehen und kannten Mord in allen Variationen. Es war durchaus möglich, dass er als Selbstmord getarnt wurde.

»Mein Bauchgefühl sagt Ja.«

Jackman trat gegen ein paar Schottersteine. »Ja, das würde ich auch sagen. Aber wirklich überzeugt bin ich erst, wenn Jacobs es bestätigt.«

»Max soll gleich morgen früh alles zusammentragen, was er über Bruce Fleet findet. Er hat schon in Alison Fleets Leben einige Ungereimtheiten aufgedeckt. Vielleicht war ihr Mann auch darin verwickelt.«

Jackman setzte sich neben Marie auf den Boden. »Und ich werde mit Lucy Richards reden. Ich habe ihr versprochen, dass ich mich melde, aber ich kann ihr das doch nicht am Telefon sagen. Das wäre nicht fair.«

Marie legte sanft eine Hand auf seinen Arm. »Wenn Kohlenmonoxid tatsächlich so gefährlich ist, wie Sie sagen, dann brauchen Sie Sauerstoff und Ruhe, bevor Sie losfahren, um einer Angehörigen die Todesnachricht zu überbringen. Lassen Sie das doch die Streife erledigen. Die verstehen ihr Handwerk.« Sie betrachtete sein besorgtes Gesicht und bewunderte sein Verantwortungsbewusstsein. Jackman war äußerst pflichtbewusst, und nachdem er Lucy versprochen hatte, sich bei ihr zu melden, würde er ihr die Nachricht vom Tod ihres Bruders persönlich überbringen. Ende der Geschichte.

»Nein, ich gehe. Ein wenig Sauerstoff bringt sicher wieder alles in Ordnung.« Er ließ den Kopf sinken, und seine Stimme war nur noch ein Flüstern. »Dieser Fall ist eine einzige Katastrophe.«

Marie seufzte. »Er ist ziemlich verwirrend, aber ich bin mir sicher, dass uns ein paar Hintergrundinfos über die Fleets ein großes Stück weiterhelfen werden. Max und Charlie sind mit den Nachforschungen schon ziemlich weit – es sollte also nicht mehr allzu lange dauern.«

Jackman lächelte müde. »Für Sie ist das Glas immer halb voll, nicht wahr?«

Sie grinste. »Klar, einer muss ja positiv denken.« Sie sah auf. »Und ich glaube, ich höre bereits den Krankenwagen mit unserem Sauerstoff.«

Das Blaulicht in der Ferne weckte Maries Lebensgeister von Neuem. Sie hatte langsam echt genug von diesem Haus. Zwei Mal war sie mittlerweile hier gewesen, und jedes Mal hatte es eine Leiche gegeben. Ihr ruhiges kleines Häuschen in Church Mews erschien ihr plötzlich sehr verlockend.

KAPITEL 15

Daniel wanderte mit der Katze auf dem Arm durch Skyes Wohnung und führte Selbstgespräche. Die Stille war nicht zu ertragen. Er hatte es mit Fernsehen versucht, doch ein Programm schien hirnverbrannter als das andere.

»Hätte sie mich doch bloß eingeschlossen«, murmelte er an die Katze gewandt. Er hatte tatsächlich überlegt, Skye zu bitten, die Türen und Fenster abzusperren und den Schlüssel mitzunehmen, doch nachdem er einen Blick in ihr blasses, hageres Gesicht geworfen hatte, wollte er sie nicht noch mehr verletzen. Die Idee hätte in ihren Ohren sicher verrückt geklungen und ihre Befürchtungen bestätigt.

Er ging ins Badezimmer und suchte vergeblich nach einem Schlafmittel. Skye hatte keine Probleme beim Einschlafen. Sie gehörte zu diesen überaus gesunden Menschen, die kaum mehr als Paracetamol in ihrem Medikamentenschrank hatten.

Daniel kehrte ins Schlafzimmer zurück, legte sich ins Bett und roch an ihrem Kissen. Es duftete nach ihrem Parfüm – süß und blumig wie ein warmer Sommertag. Wie Skye selbst. Tränen stiegen ihm in die Augen. Er wollte sie hier bei sich haben. Er sehnte sich verzweifelt danach, sie in den Armen zu halten, in ihren blauen Augen zu versinken, sich an ihr duftendes Haar zu schmiegen und ihre blasse Haut mit Küssen zu bedecken. Er wollte sich auf sie legen, in sie eindringen und sich in ihr verlieren, denn nur in diesem Moment kam er zur Ruhe, und die schrecklichen Gedanken verschwanden. Nur in diesem Moment war er wirklich glücklich.

Wie kam er bloß auf die Idee, dass er ihr wehtun könnte? Das würde er nie tun! Der Daniel, der sich weinend an ihr Kissen schmiegte, hätte Skye Wynyard niemals wehgetan. Das Problem war der andere Daniel, der plötzlich aufwachte und nicht mehr wusste, wo er war. Dem wertvolle Minuten und Stunden fehlten und dessen Kopf so sehr schmerzte, als würde er jeden Moment explodieren. Was war mit diesem Teil von ihm?

Daniel rollte sich weinend zusammen und steckte sich den Daumen in den Mund.

PC Kevin Stoner zog sich eilig an und lief dann die Treppe hinunter in die Diele, wo er einen Blick in den mannshohen Spiegel warf. Schwarze Jeans, ein schwarzes T-Shirt und ein einfacher schwarzer Hoodie. Perfekt. Er sah aus wie ein ganz normaler, gelangweilter Jugendlicher, der sich in der Nacht auf der Straße herumtrieb. Abgesehen davon, dass er sich nicht langweilte und sich auch nicht einfach so herumtrieb. Kevins nächtliche Aktivitäten verfolgten ein besonderes Ziel.

Er warf einen Blick auf die Uhr, dann ging er in die Küche und goss sich einen Wodka ein. Der Alkohol fuhr in seinen Kopf und explodierte wie ein Feuerwerk. Normalerweise bereitete er sich anders auf einen Abend auf der Piste vor, aber sein heutiges Programm unterschied sich grundlegend von dem, was er sich sonst unter einer genussvollen Unterhaltung vorstellte.

Er schlenderte ins Wohnzimmer und setzte sich auf das Ledersofa. Neben ihm stand eine kleine Nike-Sporttasche. Er hatte den Inhalt bereits drei Mal kontrolliert, und nun spielten seine Finger nervös mit dem Reißverschluss. Es ist alles eingepackt, beruhigte er sich selbst. Seine Miene wurde hart, und er presste die Lippen aufeinander. Sein Plan würde funktionieren, und dann hatte er wieder die Kontrolle über sein Leben. Obwohl er in Zukunft natürlich um einiges mutiger sein musste. Vor allem musste er herausfinden, wie viel Vergebung sein Vater in seinem puritanischen Herzen trug. Das war unausweichlich. Er wollte nie wieder in eine solche Situation kommen. Niemand würde ihm je wieder das Gefühl geben, schmutzig und schwach zu sein, und niemand würde je wieder seine Familie bedrohen. Ab morgen früh würde sein Leben eine vollkommen neue Richtung einschlagen.

Er sah noch einmal auf die Uhr. Das richtige Timing war essenziell, doch die Zeiger wanderten quälend langsam über das Zifferblatt. Er durfte nicht zu früh dort sein.

Schließlich atmete Kevin tief durch und griff nach der Sporttasche. Jetzt gab es kein Zurück mehr. Er war von seiner Mission überzeugt, und er würde sie durchziehen. Er schickte ein Gebet in den Himmel, was ihm absolut nicht ähnlich sah, und eilte zur Haustür.

Er wagte es nicht, mit dem Auto zu fahren, aber er war gut trainiert und wusste genau, wie lange er zu Fuß zum Riverside Crescent brauchen würde. Er ging seinen Plan noch einmal durch und gelangte zu der Überzeugung, dass er sämtliche unvorhersehbaren Komplikationen bedacht hatte.

Langsam entspannte er sich und gönnte sich sogar ein kaum merkliches Grinsen. Sein Plan war nur möglich, weil Zane Prewett ein solches Arschloch war. Kevin war ein gewissenhafter und aufmerksamer Polizist und sein Partner ein verlogenes Stück Scheiße. Und weil er gleichzeitig auch ein Tyrann war, erwartete Prewett keine Sekunde lang, dass die lammfromme, verängstigte Schwuchtel sich gegen ihn auflehnen würde.

Kevins Grinsen wurde breiter. Oh, Zane, wenn du dich da mal nicht täuschst!

Als Kevin in den Riverside Crescent bog, entdeckte er einen Streifenwagen, der sich langsam entfernte. Er nahm es als gutes Omen. Sogar die Jungs in Uniform arbeiteten nach Plan. Nachdem der Wagen verschwunden war, hielt er sich nahe an den sorgfältig geschnittenen Hecken und schlüpfte dann lautlos in Daniel Kinders Garten. Von zwei Stellen aus konnte er sich dem Haus nähern, ohne dass das Licht anging, und er bewegte sich so gewandt wie eine Katze zwischen den Büschen, den Bäumen und den Blumenbeeten hindurch, bis er die Tür zu der an das Haus angeschlossenen Garage erreicht hatte. In seiner Tasche befanden sich ein Schlüssel und ein Zettel – freundlicherweise bereitgestellt von Zane Prewett, wenn auch ohne dessen Wissen. Kevin steckte den Schlüssel ins Schloss, schlüpfte ins Haus, eilte durch den Flur und trat vor den Ziffernblock der Alarmanlage. Er holte eine Taschenlampe heraus, gab die Zahlen auf dem Zettel ein und wartete nervös. Es piepte zwei Mal, und zu seiner Erleichterung leuchtete kurz darauf ein grünes Licht auf.

Stufe eins erfolgreich abgeschlossen.

Das Adrenalin schoss durch seine Adern. So mussten sich Einbrecher bei einem großen Coup fühlen. Allerdings konnten die wenigsten dabei auf die Hilfe der Polizei zählen und hatten auch keinen eigenen Schlüssel dabei. Nur Zane war gründlich genug, um seinen kriminellen Freunden derartige Vorteile zu verschaffen.

Kevin ging ins Wohnzimmer und stellte erfreut fest, dass jemand sauber gemacht und aufgeräumt hatte, seit sie hier gewesen waren, um Daniel Kinders seltsame Collage aus der Dachkammer zu holen. Das kam seinem Plan nur zugute. Die Götter waren heute Nacht wirklich auf seiner Seite.

Er stellte die Tasche ab und kniete nieder. Er würde die Taschenlampe nur verwenden, wenn es unbedingt notwendig war, und seine Augen hatten sich bereits an die Dunkelheit gewöhnt. Die Straßenlaterne vor dem Haus tauchte das Zimmer in schwaches, surreales Licht.

Er holte eine Beweistüte heraus und griff mit seinen behandschuhten Fingern nach der Zehnpfundnote im Inneren. Sie war auf eine ganz besondere Art gefaltet: Zwei Ecken zeigten in die Mitte, dann wurde sie halbiert. Er sah sich um und entschied, sie zwischen den hübschen Schreibtisch und das kleine Regal mit Fotos und Urlaubsandenken zu legen. Die Banknote war nicht gleich zu sehen, aber auch nicht schwer zu finden. Natürlich war es ein Risiko, Geld zu hinterlegen, aber abgesehen von Prewett hätte Kevin für seine Kollegen die Hand ins Feuer gelegt.

Er holte eine zweite Beweistüte heraus, entnahm ihr eine Haarsträhne und ließ sie neben den Geldschein fallen. Vielleicht fanden sie sie, vielleicht auch nicht. Wenn sie es taten, war es nur von Vorteil.

Er warf einen Blick auf das leuchtende Zifferblatt seiner Uhr. Er musste das Haus so bald wie möglich wieder verlassen. Die Gäste würden innerhalb der nächsten fünfzehn

Minuten eintreffen, und dann wollte er bereits ein Stück weit entfernt sein. Er zog ein weiches Tuch aus der Tasche und wischte sorgfältig alles sauber, was er berührt hatte, obwohl er Handschuhe trug. Er wollte, dass die Gäste saubere Oberflächen vorfanden.

Er kehrte eilig in die Diele zurück, gab noch einmal den Code der Alarmanlage ein und verschwand in der Garage. Sekunden später stand er keuchend, aber immens erleichtert im Garten.

Jetzt blieb nur noch eine wichtige Sache zu erledigen. Er holte eine dritte Beweistüte aus seiner Tasche, der er ein kleines, schlankes Handy entnahm. Er drängte sich zwischen die Büsche und ließ es in einen Stock Stiefmütterchen fallen, die seiner Mutter so gut gefielen. Wie passend, dachte er fröhlich.

Kevin ging denselben Weg zurück, den er gekommen war, bis zu der mit Graffiti beschmierten Bushaltestelle an der Ecke. So spät fuhr zwar kein Bus mehr, aber es war der perfekte Ort, um unbemerkt zu warten und das Grundstück im Auge zu behalten.

Er hatte sich gerade in das Häuschen zurückgezogen, als er eine Gestalt entdeckte, die auf das Haus zumarschierte. Etwas an der düsteren Silhouette ließ ihn erschaudern. Das war nicht die Person, auf die er wartete. Aber wer war es dann?

Der Mann verschwand im Garten, und im nächsten Moment hörte Kevin ein Auto. Er atmete erleichtert auf. Der mysteriöse Kerl war die Vorhut gewesen, der Rest der Männer folgte gerade. Und sie kamen genau richtig. Der Plan funktionierte perfekt. Ein zweiter Mann schlüpfte in den Garten, und drei Minuten später bog ein dunkler Van mit abgedecktem Nummernschild in die Auffahrt. Er fuhr langsam um die Garage herum, sodass er von der Straße aus nicht zu sehen war.

Kevin wartete zehn Minuten, dann holte er ein nagelneues Prepaidhandy heraus und wählte den Notruf.

Anschließend wurde es Zeit zu gehen.

Kevin joggte die malerische Strecke nach Hause und hielt sich dabei an die weniger stark befahrenen Straßen und den Fußweg, der am Fluss entlangführte. Er wollte nicht auf der Hauptstraße zu sehen sein, wenn seine Kollegen zum Haus der Familie Kinder rasten. Er blieb einige Minuten am Fluss stehen, um seinen rasenden Puls wieder unter Kontrolle zu bringen. Das tiefe, dunkle, träge dahinströmende Wasser beruhigte ihn. Er starrte in die tintenschwarze Dunkelheit und beschloss, dass sein Coup ziemlich gut gelaufen war. Er konnte gemütlich und mit einem Lächeln auf den Lippen den Heimweg antreten. Es war vorbei. Nun mussten seine Kollegen nur noch gründlich arbeiten und Zane Prewett genau dort sein, wo er seinen Behauptungen zufolge heute Abend sein wollte.

Als Kevin Stoner schließlich nach Hause kam, hatte er eine Reihe von Ereignissen in Gang gesetzt, an deren Ende Zane Prewett endlich aus seinem Leben verschwinden würde. Zum ersten Mal seit Langem glaubte er fest daran, dass der Albtraum bald ein Ende haben würde.

Während das Adrenalin immer noch durch Kevins Körper jagte, verspürte Sue Bannister eine Aufregung ganz anderer Art. Ihr Mann hatte wieder einmal die Spätschicht im Krankenhaus übernommen und das Haus wutentbrannt verlassen. Das war zwar nichts Neues, doch die Auseinandersetzungen nahmen langsam überhand, und Sue war mit ihrer Weisheit am Ende.

Sie wusste, dass er eine Affäre mit einer der Schwestern hatte. Obwohl er natürlich nichts davon ahnte – er war immerhin ein Mann. Die häufigen Streitereien waren vermutlich auf sein schlechtes Gewissen zurückzuführen. Sie war sich ziemlich sicher, dass er sie immer noch liebte, aber ... er war eben ein Mann, nicht wahr?

Sue hatte sich einen Gin Tonic gemacht. Das Glas war nicht besonders groß, denn sie wollte sich nicht betrinken, sondern brauchte nur den nötigen Mut, um den Anruf zu wagen.

Er hatte ihr auf eine Art zugehört, wie es ihr Mann noch nie getan hatte. Er hatte wie immer ehrliches Interesse an ihren Gefühlen gezeigt, war liebenswürdig und interessiert gewesen – und heute Abend hatte er zum ersten Mal angeboten, noch bei ihr vorbeizukommen.

Sue rutschte unruhig auf dem Bett hin und her. Sie hatte so etwas noch nie gemacht. Sie warf einen Blick auf ihre Kleidung. Hübsch und ein wenig sexy, aber nicht zu aufreizend. Sie wollte nicht zu verzweifelt wirken.

Sie nippte erneut an ihrem Drink. Er hatte sie mehrere Male gefragt, wann ihr Mann nach Hause kommen würde und ob er manchmal auch früher Schluss machte. Sie hatte ihm versichert, dass ihr Mann noch nie zu früh zurückgekommen war. Er war eher viel zu spät dran, was wahrscheinlich daran lag, dass er und seine billige kleine Krankenschwester nach der Schicht noch eine schnelle Nummer schoben, bevor er zum Frühstück nach Hause kam.

Sue war wütend und verletzt und dadurch noch bereiter für ihren Besucher. Zumindest konnte sie sich bei ihm ausweinen, und sie wusste, dass er ihr zuhören würde. Und im besten Fall ... Sie warf einen Blick auf das saubere, frisch bezogene Bett. Immerhin hatte sie nicht damit angefangen, und wie sagte man so schön? Was dem einen recht ist, ist dem andern ...

Sie leerte das Glas in einem Zug, warf einen Blick auf die Uhr und ging nach unten. Die Hintertür war unversperrt. Sie hatte ihn – ganz nebenbei – aufgefordert, durch die Hintertür zu kommen. Das machten alle so, und es war vermutlich besser, wenn ihn niemand so spät abends vor ihrem Haus sah. Die Nachbarn hielten rund um die Uhr die Augen offen.

Sie war gerade auf der letzten Stufe angekommen, als sie ein leises Geräusch hörte. Er hatte sie also nicht versetzt! Sue strich ihren Rock glatt, warf einen Blick in den Spiegel und lächelte nervös. Dann holte sie tief Luft und ging in die Küche.

Der Mann, der ihr gegenüberstand, kam offenbar direkt aus dem Krankenhaus, denn er trug immer noch seine OP-Kleidung: Kittel, Kappe, Schuhüberzüge und sogar einen Mundschutz.

Sue versuchte vergeblich, zu begreifen, was das zu bedeuten hatte. Ihr fielen bloß unnütze Dinge ein. Wie etwa, dass die OP-Kittel grün waren, weil Rot und Grün im Farbspektrum genau gegenüberlagen. Die Wände im OP, die Laken, die Wundauflagen, die Kleidung der Ärzte und Schwestern – alles war grün. Blutspritzer wirkten darauf weniger grell als auf reinweißen Oberflächen.

Sue wollte gerade etwas sagen, als er sie packte, herumwirbelte und seine behandschuhte Hand auf ihren Mund presste.

War das ein Rollenspiel? Hatte sie ihm unabsichtlich die falschen Signale gesendet?

Das hier war jedenfalls ganz und gar nicht das, was sie

jetzt von ihm brauchte, und sie musste ihn aufhalten. Sofort!

Aber wie sollte sie das anstellen? Seine Hand drückte so fest zu, dass sie kaum schlucken und schon gar nicht atmen konnte. Sie versuchte vergeblich, ihn mit dem freien Arm zu fassen zu bekommen, und die Verwirrung wich blanker Angst. Das hier war kein Spiel!

Im nächsten Augenblick versetzte er ihr einen Schlag gegen den Hinterkopf.

KAPITEL 16

Kevin wählte den Zeitpunkt, an dem er am nächsten Tag zur Arbeit erschien, mit Bedacht, und auch die Trauermiene, die in den letzten Monaten zu seinem Markenzeichen geworden war, saß perfekt.

Seine Kolleginnen und Kollegen, die bald ihre Nachtschicht beenden würden, huschten breit grinsend durchs Büro und beglückwünschten sich gegenseitig.

»Was ist denn hier los?«, fragte Kevin einen jungen PC namens Gus Bannon.

»Deine Schicht hat letzte Nacht echt was verpasst! Drew Wilson und seine Leute wollten sich das Haus der Kinders vornehmen. Aber wir haben einen anonymen Tipp bekommen und konnten beinahe alle einkassieren.« Er runzelte kurz die Stirn. »Zwei sind uns durch die Lappen gegangen, aber vier sitzen unten im Knast. Darunter auch Drew höchstpersönlich.«

»Echt?« Kevin versuchte, überrascht und beeindruckt auszusehen. »Wir versuchen schon seit Monaten, ein paar von ihnen hopszunehmen, aber sie waren uns immer einen Schritt voraus.«

»Ich weiß, aber letzte Nacht lief bei ihnen nicht alles nach

Plan. Du hättest es sehen sollen. Sie sind in alle Richtungen davongerannt. Richtig cool.«

Kevin klopfte ihm auf die Schulter. »Tolle Arbeit, Kumpel. Gut gemacht!«

Er ging zum Umkleideraum, wo Zane sicher schon auf ihn wartete. Er öffnete die Tür und sah sich um. Prewett hockte allein und mit kalkweißem Gesicht auf einer der Holzbänke. Kevin setzte noch einmal seine Trauermiene auf, obwohl er innerlich vor Freude tanzte.

»Ich habe gerade von der Sache letzte Nacht gehört.« Er klang ausdruckslos und sah Zane Prewett verwirrt an. Dann senkte er die Stimme zu einem Flüstern. »Ich dachte, Drew Wilson wäre einer von deinen Leuten. Was ist passiert?«

Zane sprang auf und wanderte auf und ab. »Keine Ahnung, verdammt! Aber wenn Wilson sich einbildet, dass ich schuld an diesem Mist bin, bin ich tot.«

Kevin hoffte von Herzen, dass das früher oder später der Fall sein würde. »Aber du hast ihm doch sämtliche Infos gesteckt, oder? Ich habe gesehen, wie du den Sicherheitscode aufgeschrieben hast. Außerdem habe ich dich gedeckt, als du einen Ersatzschlüssel hast machen lassen.«

»Ja. Und ich habe ihm eine Nachricht geschickt, dass er die Sache abblasen soll, nachdem Daniel Kinder entlassen wurde. Ich habe keine Ahnung, warum er es trotzdem durchgezogen hat, verdammt noch mal!«

Kevin starrte Zane an. »Hat er die Nachricht überhaupt bekommen?«

»Er hat sie bestätigt wie immer.« Zane stöhnte. »Aber dann ist der verfluchte Hurensohn trotzdem hingefahren.« Er wandte Kevin sein teigiges Gesicht zu. »Und das ist noch nicht mal das Schlimmste! Mein verdammtes Handy ist auch weg.«

Kevin tat schockiert. »Um Himmels willen, Zane! Wenn es gefunden wird, steckst du echt in der Scheiße.« Er schwieg einen Augenblick, dann fragte er: »Glaubst du, dass Drew Wilson dich verpfeift?«

»Was glaubst du denn, du Vollidiot?« Zane verzog wutentbrannt das Gesicht. »Ich wette, du genießt das gerade, was?«

Kevin schwebte im siebten Himmel. Er wollte laut herausschreien, dass er glücklicher war als je zuvor, doch er erwiderte mit ernster Miene: »Du bist korrupt, Zane, und du gibst dich mit Gesindel ab. Selbst du musst gewusst haben, dass das nicht ewig so weitergeht.«

Zane fuhr herum, packte Kevin am Revers und drückte ihn gegen den Spind. »Okay, aber du, mein kleiner, schwuler Freund, wirst trotzdem dein Maul halten, verstanden?«

Kevin roch Zanes sauren Atem und sah die Wut und Angst in seinen Augen.

»Unsere Vereinbarung gilt, sonst bekommt deine geliebte kleine Sophie zu spüren, dass man sich lieber nicht mit Zane Prewett anlegt! Du wirst schon sehen, Kevin.« Er verzog das Gesicht. »Mit einem so hübschen jungen Ding kann man eine Menge anstellen. Lebensverändernde Dinge.« Er schubste Kevin unsanft auf den Boden. »Abgesehen von den hübschen Fotos, die ich an deinen Daddy schicken werde. Auch wenn er sie wahrscheinlich nicht ins Familienalbum kleben wird.«

Kevin stemmte sich hoch. »Mach dir wegen mir keine Sorgen. Ich werde tun, was du von mir verlangst. Von mir erfährt keiner ein Sterbenswort. Diese Scheiße hast du ausschließlich dir selbst zu verdanken, Zane.« Er strich seine Jacke glatt. »Du kannst von Glück reden, dass es nicht während unserer Schicht passiert ist. Kannst du dir vorstellen, welche Katastrophe es gewesen wäre, wenn ausgerechnet du sie einkassiert hättest? Drew Wilson hätte dich kaltgemacht. Aber jetzt würde ich vorschlagen, dass wir rausgehen und so tun, als wäre alles wie immer.« Er ging zur Tür und musste einfach hinzufügen: »Auch wenn du dir vor Angst gerade in die Hose machst.«

Es war zehn Uhr vormittags, und Skye wünschte sich bereits, die Polizei hätte Daniel nicht entlassen. Er hatte sie um halb neun auf dem Handy angerufen und ihr mit zitternder Stimme erzählt, dass in das Haus seiner Mutter eingebrochen worden war. Ihr erster Gedanke war, dass sie nicht ordentlich abgesperrt oder die Alarmanlage nicht aktiviert hatte, obwohl es eigentlich unmöglich war. Das Haus gehörte ihr nicht, daher war sie extra vorsichtig gewesen.

»Die Polizei ist da, und die Spurensicherung trampelt wie Zombies überall herum. Zum zweiten Mal schon! Meine Mutter wird ausflippen.« Er klang wie ein Kleinkind kurz vor einem Wutanfall.

»Daniel, deine Mutter ist Tausende Kilometer weit fort und unterhält sich im Dschungel mit Pflanzen und Libellen. Wir räumen einfach noch einmal auf.« Sie betonte die Worte »noch einmal«. Sie freute sich nicht gerade darauf, den Putzmarathon zu wiederholen. Die thailändische Polizei versuchte noch immer, Ruby Kinder aufzuspüren, und sobald sie es geschafft hatten, würde sie sicher mit dem ersten Flugzeug nach Hause kommen. »Haben sie etwas Wertvolles erbeutet? Ist der Schaden sehr groß?«

»Nein. Jemand hat rechtzeitig die Polizei verständigt. Die Einbrecher wurden gefasst, bevor sie mit Mutters halbem Hausrat abhauen konnten.«

»Gott sei Dank!«, seufzte Skye. Die Lage war schon

schlimm genug, da mussten nicht auch noch Diebe sämtliche Wertsachen mitgehen lassen. »Und wie geht es dir, Liebling? Konntest du ein wenig schlafen?«

Daniel schnaubte. »Keine Ahnung. Ich dachte, ich hätte geschlafen, aber die Polizisten meinten, sie wären hier gewesen, um mir von dem Einbruch zu erzählen. Ich habe ...« Seine Stimme zitterte. »Ich habe nichts gehört.«

»Na, dann hast du aber wirklich gut geschlafen!«

»Nein, du verstehst nicht, Skye! Ich glaube, ich war gar nicht da.«

Mehr musste er nicht sagen. Skye spürte einen plötzlichen Druck hinter den Augen. Sie hätte am liebsten losgeheult, doch stattdessen fragte sie ruhig: »Wo warst du, als du aufgewacht bist?«

»Hier. Im Bett. Aber als ich aufstand, waren meine ... Meine Schuhe waren schmutzig.«

»Bleib, wo du bist«, erwiderte Skye. »Ich komme zu dir.«

Das Team saß zusammen mit Guy Preston in Jackmans Büro. Sie tranken gerade die zweite Runde Kaffee und besprachen den versuchten Einbruch in Daniel Kinders Haus.

»Hätten wir nicht den anonymen Tipp bekommen, wäre es der perfekte Coup gewesen«, meinte Marie. »Die Presse ist mittlerweile abgezogen, die Mutter ist im Ausland, Daniel saß vermeintlich immer noch in Untersuchungshaft, und Skye war auch nicht da. Sie hatten also freie Bahn. Es war ja nicht mal die Katze zu Hause!«

Jackman runzelte die Stirn. »Ja, so ein anonymer Anruf ist schon praktisch, was? Unsere Jungs hatten gerade genügend Zeit, um hinzufahren und die Einbrecher mit dem Diebesgut im Van auf frischer Tat zu ertappen.«

»Wenn es ein Nachbar gewesen wäre, hätte er doch seinen Namen gesagt, oder?«, gab Charlie zu bedenken.

»Ein Freund von mir war letzte Nacht dort und meinte, es wäre Daniel gewesen.« Max rieb sich das Kinn.

»Daniel?«

»Ja. Er ist sich ziemlich sicher, dass er ihn am Tatort gesehen hat. Nicht im Haus, aber auf der Straße. Später sind sie zu Skye Wynyards Wohnung gefahren, um ihm von dem Einbruch zu erzählen, aber er war entweder nicht da oder hat nicht aufgemacht. Sie konnten ihn jedenfalls erst am frühen Morgen erreichen.«

»Was hat er gesagt?«, fragte Jackman.

»Er meinte, er hätte ein Schlafmittel genommen. Hat wohl geschlafen wie ein Bär.«

Jackman schnaubte besorgt. »Mann! Der Kerl bereitet mir immer noch gehörige Sorgen. Aber wir müssen uns auf unseren Fall konzentrieren. Wir brauchen sämtliche Infos über die Fleets und das zweite Opfer, Julia Hope. Und wir müssen noch mehr über Françoise Thayer herausfinden.«

Jackman malte dicke schwarze Kreise in sein Notizbuch, um Ordnung in das Chaos in seinem Gehirn zu bringen. »Okay, schreiben wir erst mal auf, was wir haben, und dann entscheiden wir, wie wir weitermachen.« Er wandte sich an Max und Charlie. »Was habt ihr bis jetzt über die Fleets in Erfahrung gebracht?«

Max nickte Charlie aufmunternd zu. »Nach dir, Kumpel.«

Charlie warf einen Blick in seine Notizen. »Also erstens hatten sie schwerwiegende finanzielle Probleme. Mit der Brauerei ging es den Bach runter, doch Fleet schaffte es irgendwie, dass niemand davon Wind bekam. Zweitens hat Alison Fleets Arzt ihr nie irgendwelche Antidepressiva verschrieben, aber wir haben ziemlich große Mengen in ihrem Kleiderschrank gefunden. In ihren Schuhen.«

»Waren die Pillenpackungen denn etikettiert?«, fragte Guy Preston.

»Nein, die Tabletten waren lose in Plastiktüten verpackt.« Charlie blätterte um. »Laut Gerichtsmedizin handelte es sich um Clomipramin Hydrochlorid, und es sieht so aus, als hätte sie es bereits längere Zeit genommen.«

»Das ist ein trizyklisches Antidepressivum«, erklärte Preston. »Es wird häufig bei Depressionen und einer Menge anderer psychischer Probleme verschrieben. Aber wenn sie es nicht von ihrem Arzt hat, von wem dann?«

Charlie nahm erneut seine Notizen zu Hilfe. »Ihr Arzt hat angegeben, dass Alison Fleet nie ernsthaft krank war. Er hat sie in den fünfzehn Jahren als seine Patientin kein einziges Mal an einen Facharzt überwiesen.«

»Wahrscheinlich hat sie sich die Pillen aus dem Internet besorgt«, meinte Preston wütend. »Dabei ist das verdammt gefährlich. Manche Menschen werden es nie lernen – und am Ende dürfen wir die Scherben aufsammeln.«

Max beugte sich vor. »Ich habe zwar keine Ahnung, wie sie an die Medikamente gelangt ist, Prof, aber ich weiß, glaube ich, was sie so fertiggemacht hat.« Er fuhr sich mit der Hand durch die dichten, dunklen Haare. »Unsere Jungs haben ihre Konten gecheckt – vor allem den Wohltätigkeitskram –, und es herrscht komplettes Chaos. Das Geld wurde wie verrückt zwischen den einzelnen Fonds hin- und herüberwiesen, und große Beträge sind einfach verschwunden. Es sieht aus, als wollte sie die Bücher frisieren. Und zwar im großen Stil.«

»Um ihrem Göttergatten aus der Patsche zu helfen?«, fragte Marie.

»Vielleicht …« Max runzelte die Stirn. »Aber es gibt weder auf dem Brauereikonto noch auf seinem persönlichen Konto Eingänge, die zu den Abbuchungen passen.«

»Sie hat es aber auch nicht für schlechte Zeiten beiseitegelegt«, fuhr Charlie fort. »Ihr Konto ist total leer geräumt, und sie hatte auch keine Offshore-Konten.«

»Was uns wiederum zu ihrem ersten Mann bringt«, sprang Max ein. »Er heißt Ryan Skinner, und Alison Fleet hat seine Nummer auf ihrem iPad gespeichert. Wir vermuten, dass sie erst kürzlich mit ihm Kontakt hatte, aber er ist ziemlich schwer aufzuspüren.«

»Wissen wir, warum sich die beiden getrennt haben?«, fragte Jackman.

»Sie haben sehr jung geheiratet, und es gibt Hinweise auf häusliche Gewalt, aber offenbar hat sie ihn nie angezeigt. Die Vermutung basiert auf den wenigen Infos, die wir bis jetzt haben, aber da ist nichts Konkretes.«

»Warum hat sie ausgerechnet jetzt erneut Kontakt zu ihm aufgenommen?«, überlegte Marie.

»Ja, warum? Einen solchen Lebensabschnitt will man doch lieber vergessen.«

»Vielleicht hatte er etwas dagegen«, bemerkte Charlie. »Erpressung könnte ein Grund für ihre katastrophale finanzielle Lage sein.«

Jackman nickte. »Dann sucht weiter nach ihm. Vielleicht ist er auch schuld, dass sie die Medikamente nahm.«

Er wollte gerade weitersprechen, als plötzlich das Telefon klingelte. Er wechselte einige Worte mit dem Anrufer, dann legte er auf. »Das war das Labor, und eines steht zumindest fest: Bruce Fleet hat tatsächlich Selbstmord begangen. Seine Fingerabdrücke befinden sich auf dem Schlauch und in der Nähe des Auspuffs. Die Garagentore und das

Auto waren von innen versperrt, und die Nachricht war von ihm selbst geschrieben. Bis jetzt haben wir zwar nur die Fingerabdrücke, aber als Todesursache steht Kohlenmonoxidvergiftung fest, und die ersten Untersuchungsergebnisse legen einen Selbstmord nahe.« Er verzog das Gesicht. »Wenigstens bleibt uns ein drittes Mordopfer erspart.«

»Jetzt müssen wir nur noch beweisen, dass er kein toter Mörder ist«, fügte Charlie mürrisch hinzu. »Bruce Fleets Unternehmen ging den Bach runter, und dann fand er heraus, dass seine Frau ihrem Ex-Mann – von dem er nicht einmal etwas wusste – Geld zusteckte. Da hat er vielleicht die Kontrolle verloren.«

»Du vergisst sein Alibi, Charlie«, schaltete sich Max ein. »Er war unterwegs und hatte ein Meeting mit ein paar hohen Brauereibonzen.«

»Dann hat er eben jemanden bezahlt, der die Drecksarbeit für ihn erledigt. Dadurch hat der trauernde Ehemann ein wasserfestes Alibi.« Charlie lehnte sich selbstgefällig zurück.

»Und was ist mit der toten Krankenschwester? Julia Hope? Es war dasselbe Messer, aber es gibt keine Verbindung zwischen ihr und den Fleets. Warum hätte er sie also töten sollen?«

Charlie zuckte mit den Schultern. »So weit war ich noch nicht.«

Jackman lehnte sich zurück und streckte sich. »Bis jetzt wissen wir so gut wie gar nichts über Julia Hope. Wir kennen nicht einmal den Ort, an dem sie umgebracht wurde. Ganz zu schweigen vom Motiv.«

»Ich habe unsere uniformierten Kollegen gebeten, die Videoaufzeichnungen aus dem Krankenhaus von ihrem letzten Arbeitstag zu überprüfen. Sie versuchen, ihren Aufenthaltsort zwischen dem Verlassen des Krankenhauses und dem uns bekannten Todeszeitpunkt zu rekonstruieren«, erklärte Marie. »Außerdem sprechen sie mit sämtlichen Kollegen und Freunden, um die letzte Person ausfindig zu machen, mit der sie Kontakt hatte.«

Preston überlegte. »Könnte das Krankenhaus der gemeinsame Nenner zwischen den beiden Opfern sein? Mal angenommen, dass es überhaupt einen gemeinsamen Nenner gibt.«

Jackman stöhnte. »Das habe ich mir auch schon gedacht.«

»Ja, es wäre möglich.« Marie wandte sich an Jackman. »Aber wäre es auch ein paar diskrete Nachforschungen wert, Chef?«

Er nickte langsam. »Ja, aber wirklich sehr diskret. Die Leute dort haben immerhin einem unserer Constables Abführmittel verabreicht. Gott allein weiß, wozu sie fähig sind, wenn wir sie beschuldigen, mit Medikamenten zu dealen.« Er hielt kurz inne. »Außerdem bleibt noch die Frage, ob Daniel Kinder tatsächlich der Sohn einer Mörderin ist und deren Fetisch für Blut geerbt hat.«

»Vielleicht ist er aber auch nur ein Irrer mit Matschbirne«, fügte Max hinzu.

»Sehr nett formuliert, Max. Obwohl ich glaube, dass seine Probleme etwas tiefer greifen, als die von Ihnen erstellte ... ähm ... Diagnose vermuten lässt.« Guy Preston schenkte dem jungen Detective ein mildes Lächeln.

»Sorry, Prof, es stimmt doch, oder? Entweder ist er ein gefährlicher Mörder oder verrückt genug, um eine sehr schwierige Mordermittlung zu sabotieren.«

»Wenn man es so sieht, muss ich Ihnen zustimmen.« Preston zog einen Laptop aus der Aktentasche. »Übrigens habe ich einen Großteil meiner Nachforschungen über Françoise Thayer eingescannt. Vielleicht könnte einer von Ihnen beiden für jeden von uns ein Exemplar ausdrucken? Ich habe sie in einem Ordner mit ihrem Namen abgespeichert.«

»Kein Problem.« Charlie nahm den Laptop und machte sich auf den Weg. »Bin gleich wieder da.«

»Ich habe mir inzwischen Oracs Unterlagen angesehen. Sie hatten recht, Chef. Es ist wirklich keine leichte Kost.« Marie verzog das Gesicht. »Ich habe versucht, mich auf ihr Privatleben zu konzentrieren. Vor allem auf die Tatsache, wo und wann sie schwanger wurde.«

»Es war ein Junge, und er kam zu Pflegeeltern, oder?«, fragte Preston.

»Genau. Er bekam zu seinem eigenen Schutz eine neue Identität und stand während der ersten Jahre unter strenger ärztlicher und psychiatrischer Beobachtung. Er ist im Moment unauffindbar – es sei denn, Orac kann ein weiteres Wunder vollbringen.« Marie zuckte mit den Schultern. »Wir haben kein Geburtsdatum, weil Thayer ihn nie offiziell gemeldet hat. Das Alter würde zu Daniel Kinder passen, aber das trifft auch auf eine Menge anderer junger Männer zu.«

»Ich weiß nicht, ob das auch in Ihren Akten steht, aber der Junge musste Unglaubliches ertragen«, fügte Preston hinzu. »Körperliche Misshandlungen, psychische Folter und vermutlich noch einiges mehr. Als er endlich aus ihren Klauen befreit wurde, war er ein Wrack.«

»Hatte er denn keinen Namen?«

»Nein. Er wird in sämtlichen Berichten nur Junge Nummer sechs genannt.«

»Warum ausgerechnet sechs?«, fragte Max verwirrt.

»Das habe ich leider nie herausgefunden. Bloß, dass er vermutlich am 6. des Monats zu den Pflegeeltern kam. Vermutlich war der Grund tatsächlich so banal.«

Marie blätterte durch Oracs Mappe. »Hier steht dasselbe. Junge Nummer sechs war so schwer traumatisiert, dass er sich vermutlich nie mehr an die Dinge erinnern können wird, die ihm in seiner frühesten Kindheit zugestoßen sind.«

»Scheiße«, murmelte Max. »Wie bei Daniel.«

Bevor jemand etwas erwidern konnte, kam Charlie Button mit den Kopien von Guy Prestons Nachforschungen zurück.

Marie war noch immer in Oracs Unterlagen vertieft und sagte an Jackman gewandt: »Mich beunruhigt vor allem die Vorstellung, dass Thayer bis zu sieben weitere Morde begangen haben könnte. Die französische Polizei führt noch einige ungelöste Fälle, die ihr zugeschrieben werden, aber es fehlen die entscheidenden Beweise. Sämtliche Taten waren extrem grausam und brutal und wurden mit Waffen mit scharfer Klinge begangen. Sie scheint eine Vorliebe für Messer, Rasierklingen und Äxte gehabt zu haben. Alles, was bei den Opfern möglichst viel Schaden anrichtet.«

»Und einen größtmöglichen Blutverlust herbeiführt«, ergänzte Preston. »Wie Sie in meinen Unterlagen sehen, bin ich mir ziemlich sicher, dass Thayer unter einer psychischen Störung namens Hämatomanie litt. Das ist eine krankhafte Faszination für Blut.«

Charlie riss die Augen auf. »Was? Wie bei Dracula?«

Preston lachte auf. »Damit liegen Sie näher, als Sie vielleicht denken, mein Junge. Menschen mit dieser Art Störung ähneln Vampiren, obwohl nicht alle das Blut auch tatsächlich trinken.«

Jackman nickte. »Davon habe ich schon mal gehört. Ist es nicht etwas Ähnliches wie Hämatolagnie?«

Preston sah ihn überrascht an. »Entschuldigen Sie, wenn ich das so sage, aber nicht viele DIs sind mit solchen psychologischen Fachausdrücken vertraut.«

Jackman zuckte mit den Schultern und fuhr fort: »Blutfetisch bezeichnet den Glauben innerhalb einer Gesellschaft oder Kultur, dass Blut mächtige oder sogar magische Fähigkeiten besitzt. Die Blutlust ist vor allem sexuell geprägt und eine Spielart des Sadomasochismus.«

»Genau. Aber selbst in seiner sexuellen Form ist dieser Fetisch sehr gefährlich. Nicht nur, weil er Verletzungen und Narben zur Folge hat, sondern auch aufgrund der Krankheiten, die durch das Blut übertragen werden können.«

»Das ist ja abartig«, erklärte Max angewidert.

»Glauben Sie mir«, erwiderte Preston ernst, »es war damals eine gute Sache, dass die Medien den Fall Françoise Thayer heruntergespielt haben. Hätten die Leute erfahren, was sie wirklich getan hat, hätten sie sämtliche Türen versperrt und sich zu Hause verbarrikadiert, bis sie gefasst wurde. Das ganze öffentliche Leben wäre zum Stillstand gekommen.«

»Laut Oracs Nachforschungen stellten die Pathologen damals ein spezielles Muster fest. Sie fügte ihren Opfern Schnittwunden zu, sodass sie eine Menge Blut verloren, aber nicht unmittelbar in Lebensgefahr gerieten. Anschließend wurden die Wunden immer tiefer, und es flossen noch größere Mengen Blut, bis sie das Opfer schließlich tötete oder einfach wartete, bis es verblutete.« Marie schluckte. »Der Name ›blonde Schlächterin‹ war eine ziemliche Untertreibung.« Sie las weiter. »Hier steht, dass ›in den Blutfluss eingegriffen wurde‹. Was soll das heißen?« Sie sah Preston fragend an.

»Sie tauchte ihre Hände in das warme Blut und vollführte langsame, kreisförmige Bewegungen. Was sie nach ihrer Verhaftung auch jedem bereitwillig zeigte, der krank genug war, ihr zuzuhören.« Er blähte die Wangen. »Sie trank das Blut nicht und badete auch nicht darin. Für Thayer war es der erste Kontakt, das Gefühl des frischen Blutes auf ihren Händen. Das war die einzige Möglichkeit, Befriedigung zu erfahren.«

»Kranke Schlampe«, knurrte Max.

»Das kannst du laut sagen!«, stimmte Charlie ihm zu.

»Okay, so informativ dieses Gespräch auch ist, bringt es uns in der Frage nach Daniels Herkunft keinen Schritt weiter«, seufzte Marie.

»Nein, aber ich habe da eine Idee.« Jackman kratzte sich nachdenklich am Kopf. »Orac war so nett, den Kontakt mit dem Detective herzustellen, der die damaligen Ermittlungen leitete. Es kann nicht schaden, mit ihm zu sprechen. Ich kann mich natürlich auch täuschen, aber es besteht die klitzekleine Möglichkeit, dass er etwas für sich behalten hat, das nie den Weg in einen Beweisbeutel fand.«

»Ein Erinnerungsstück?«, fragte Charlie skeptisch. »Aber warum?«

»Das kommt oft vor. Vor allem, wenn ein Fall ungelöst bleibt und er den Detective nicht mehr loslässt.«

»Solche Andenken können große Macht besitzen, wie Sie sicher wissen, DI Jackman.« Preston betrachtete Jackman mit unverhohlenem, neu erwachtem Interesse.

Charlie schnaubte. »Ich wusste, dass Serienmörder gerne eine Trophäe mitnehmen. Aber ich hätte nie gedacht, dass ein Polizist sich ein Andenken an eine Leiche behält.«

»Es ist kein Andenken an eine Leiche, Charlie«, entgegnete Jackman geduldig. »Es ist eine Erinnerung an einen Fall, den dieser Mensch nie mehr vergessen wird. An einen Fall, der ihn Monate oder vielleicht sogar Jahre seines Lebens kostete. Vielleicht war er sogar der letzte Tropfen, der das Fass zum Überlaufen brachte. Der zum Ende einer Ehe führte oder der Grund für den Griff zur Flasche war. Es ist eine sehr persönliche Sache, Charlie.«

»Ich rede mit ihm«, beschloss Marie. »Ich rufe ihn an, und wenn er Zeit hat, fahre ich sofort los. Wenn ich das Motorrad nehme, bin ich bis zur Nachmittagsbesprechung wieder da. Hoffentlich mit ein paar Antworten.« Sie wandte sich an Jackman. »Ich weiß genau, worauf Sie hoffen, Chef. Keine Sorge.«

Jackman nickte lächelnd. »Aber immer schön die Geschwindigkeitsbeschränkungen einhalten, ja?«

Marie warf ihm einen entnervten Blick zu, legte ihre Unterlagen auf den Tisch und verließ das Zimmer. Jackman sah den Blick der anderen drei Männer. Natürlich hoffte er auf eine DNA-Probe.

Falls der alte Detective tatsächlich ein Erinnerungsstück behalten hatte, bestand die geringe Chance, dass es Thayer gehört hatte, und mit den neuesten technischen Errungenschaften war es vielleicht möglich, es auszuwerten. Es war weit hergeholt, aber selbst mithilfe von Oracs übermenschlichen Fähigkeiten konnte es Wochen dauern, bis sie die alten Beweismittel ausfindig gemacht hatten, die vielleicht ohnehin bei dem Brand im Lager zu Asche zerfallen waren. Es war jedenfalls einen Versuch wert, damit sie das Geheimnis um Daniel Kinder endlich lösen konnten.

»Dann fährt sie also immer noch Motorrad?«

Prestons Stimme holte Jackman zurück in die Wirklichkeit.

»Ja, sie ist schnell wie der Wind«, erwiderte Max und erschauderte übertrieben dramatisch. »Also mich würde man für kein Geld der Welt auf so ein Ding bringen.«

Jackman hörte seinen Kollegen zu, die sich über die Gefahren des Motorradfahrens unterhielten, und wurde plötzlich wütend. Was sollte Prestons salopper Kommentar über Marie? Er tat so, als wären sie die besten Freunde, und Jackman störte das gewaltig.

Er kratzte sich erneut am Kopf und fragte sich, was der Grund dafür war. Marie und er waren immerhin kein Paar, und er hatte diesbezüglich auch keinerlei Ambitionen. Trotzdem hatten sie eine Beziehung. Er konnte die Verbindung zwischen ihnen nicht beschreiben, aber sie war sehr stark, und er wusste, dass Marie es ebenfalls spürte. Sie waren Partner, und er hätte sein Leben für sie riskiert. Ihre Beziehung basierte auf gegenseitigem Respekt, und er bewunderte Marie sehr. So etwas hatte er noch nie zuvor in einem Team erlebt, und nach allem, was ihm Marie über ihre bisherigen Vorgesetzten erzählt hatte, ging es ihr genauso. Er beschloss, dass er durchaus das Recht hatte, wütend zu werden, wenn sich Leute in ihr Leben einmischten. Prestons Kommentar hatte beinahe abfällig geklungen, als wüsste er am besten, was gut für sie war.

»Erzähl dem Professor, was sie getan hat, nachdem ihr Mann gestorben ist.« Charlie sah Max an, und ein ehrfürchtiger Ausdruck machte sich auf seinem Gesicht breit.

Jackman versteifte sich. Er überlegte, ob er das Gespräch beenden sollte, aber im Grunde stand es ihm nicht zu. Das, was Marie getan hatte, war sehr persönlich und hatte eine Menge Mut erfordert.

»Wussten Sie, dass Bill Evans mit Oldtimer-Bikes Rennen fuhr, Prof?«, fragte Max.

Guy Preston schüttelte den Kopf. »Ich wusste, dass sie gemeinsam als Zuschauer zu Motorradrennen fuhren, aber ich hatte keine Ahnung, dass er selbst mitmachte.«

»Bill war ein richtig guter Motorradpolizist und fuhr in seiner Freizeit Rennen. Bis er vor etwa zehn Jahren verunglückte.«

Jackman zuckte zusammen, und Max verzog das Gesicht. »Er fuhr eine alte Vincent Black Shadow, die sein ganzer Stolz war. Die Fahrbahn war ölverschmiert, und der Hinterreifen rutschte weg. Er war sofort tot.«

Preston wurde blass. »War Marie dabei? Hat sie es gesehen?«

Jackman ergriff das Wort, um es endlich hinter sich zu bringen.

»Es passierte direkt vor ihr. Aber Charlie geht es vor allem darum, was Marie nach dem Unfall getan hat.« Jackman holte tief Luft. Es berührte ihn noch immer. »Sie reparierte das demolierte Motorrad. Und an Bills erstem Todestag nahm sie in seinem Namen an dem Rennen teil und fuhr dieselbe Strecke. Sie hat nicht gewonnen, aber das war auch nicht der Sinn der Sache. Sie kam ins Ziel und stand als Dritte auf dem Podest. Es war mehr, als sie sich erwartet hatte, und sie ging zufrieden nach Hause. Sie hatte die Sache abgeschlossen.«

Soweit Jackman wusste, befand sich das Motorrad immer noch in Maries Garage. Mittlerweile fuhr sie eine Kawasaki Ninja ZX-6R und war vermutlich bereits auf dem Weg nach Rutland.

»Aber wir schweifen ab. Wir haben immer noch zwei tote Frauen, und der Fall ist noch lange nicht gelöst.«

KAPITEL 17

Skye betrachtete Daniel, der mit der Katze im Arm auf dem Boden saß. Er ließ den Kopf hängen und hatte die Knie bis zur Brust hochgezogen. Bei seinem Anblick empfand Skye tiefe Verzweiflung.

Daniel brauchte Hilfe, und wenn er sie nicht bald bekam, würde er noch zwangseingewiesen werden. Wie war es möglich, dass sich ein intelligenter junger Mann mit einer brillanten Zukunft derart veränderte? Dass er sich in einen unerreichbaren, tragischen Fremden verwandelte? Vermutlich war seine langjährige Besessenheit von einer kranken Mörderin durch Alison Fleets Tod verschlimmert worden und sein Gehirn damit nicht mehr klargekommen.

Aber wie konnte sie ihm helfen? Es war schön und gut, dass sie mit dem Polizeipsychologen arbeiten würden, und sie war sehr erleichtert gewesen, dass sich Daniel dazu bereit erklärt hatte. Aber selbst wenn sie Glück hatten, würde die Therapie nicht länger als eine Stunde am Tag dauern, und nach einer gewissen Zeit würden die Sitzungen vermutlich nur noch einmal in der Woche und schließlich nur noch einmal im Monat stattfinden.

Skye ließ sich neben Daniel auf den Boden sinken und

schloss ihn in die Arme. Sie saßen wohl lange Zeit schweigend nebeneinander, denn als es schließlich an der Tür läutete und sie sich hochstemmte, waren ihre Arme und Beine steif.

Daniel hatte die Klingel offenbar nicht gehört – genauso wenig wie er merkte, dass sie ihn losgelassen hatte. Skye machte sich mit einem schlechten Gefühl auf den Weg zur Tür. Wer würde es dieses Mal sein? Welchem besorgten Gesicht würde sie bald gegenüberstehen? Welche schrecklichen Neuigkeiten gab es dieses Mal? Wie viel konnte sie noch ertragen?

»Es tut mir leid, wenn ich störe.« Lisa Hurley wirkte beinahe krank vor Sorge. »Aber du hast dein Telefon bei mir vergessen, als du vorhin so übereilt aufgebrochen bist.«

Skye starrte auf das dunkelrote Handy in der ausgestreckten Hand und hätte beinahe laut aufgelacht. Vor der Tür stand eine Freundin, die ihr etwas Verlorengeglaubtes wiederbrachte. Sie lächelte, und gleichzeitig traten ihr Tränen in die Augen. »Danke! Ich habe gar nicht bemerkt, dass ich es vergessen habe.«

Lisa Hurley sah aus, als würde sie ebenfalls gleich zu weinen beginnen. »Skye, lass dir helfen! Du kannst das nicht allein. Sonst wirst du auch noch krank.«

Skye schluckte die Tränen hinunter, atmete zitternd ein und winkte Lisa in die Wohnung.

Sie gingen den Flur entlang und hielten vor der Wohnzimmertür inne. Skye deutete auf Daniel, der wie eine regungslose Statue auf dem Boden saß. »Sieh ihn dir an. Sieh dir meinen Daniel an, Lisa! Ich liebe ihn, aber ich weiß nicht mehr, was ich machen soll. Ich weiß nicht, wie ich ihm helfen soll.«

Lisa Hurley betrachtete Daniel, bevor sie sich abwandte

und in Skyes Küche trat. Sie setzte wortlos Wasser auf, bevor sie drei Becher aus dem Regal holte. »Wie lange sitzt er schon so da?«

Skye war froh, endlich etwas Alltägliches zu tun zu haben, und öffnete die Dose mit dem Kaffee. »Eine Stunde? Als ich nach Hause kam, war er fahrig und nervös. Er lief ständig auf und ab und machte sich Sorgen, weil er schon wieder nicht wusste, wo er gewesen war. Dann hat er sich auf den Boden gesetzt und sich vollkommen in sich zurückgezogen.«

»Er braucht Medikamente. Und zwar starke, wenn ich mir das so ansehe. Außerdem sollte er unter ständiger Beobachtung stehen.« Lisas Augen wurden schmal. »Wer ist denn der behandelnde Arzt?«

»Professor Guy Preston. Er arbeitet für die Polizei. Wir haben heute Nachmittag einen Termin.«

»Wo?«

»Bei ihm zu Hause.«

»Aber das ist doch sicher ein Missverständnis, oder?« Lisa runzelte die Stirn. »Solche Treffen finden in einer Klinik oder Arztpraxis statt.«

Skye seufzte und gab einen Löffel Kaffee in jeden Becher. »Er empfängt uns privat. Das war eine der Bedingungen, als Daniel entlassen wurde. Soweit ich weiß, soll Guy Preston die neue psychiatrische Station in Frampton Shore übernehmen, aber die ist noch nicht fertig. Deshalb hat er uns angeboten, zu ihm nach Hause zu kommen. Was man so hört, ist er eine Koryphäe.«

»Hast du ihn schon kennengelernt?«

»Ja, und ich mochte ihn. Er war uns eine große Hilfe.« Skye schluckte. »Ich vertraue ihm, und ich glaube wirklich, dass er Daniel helfen kann.« Sie schob die Becher näher an den heißen Wasserkocher heran. »Aber vor allem ist er auf unserer Seite. Er glaubt nicht, dass Daniel jemanden umgebracht hat, und das hat er der Polizei auch gesagt.«

Lisa lehnte sich gegen die Arbeitsplatte. »Das ist toll, aber er sollte ihn unbedingt in diesem Zustand sehen.« Sie sah Skye in die Augen. »Ich sage das nicht gerne, aber das hier ist wirklich bedenklich. Daniel braucht mehr als nur deine Liebe und Unterstützung. Er braucht professionelle Hilfe.«

»Ich werde Guy Preston heute Nachmittag davon erzählen. Vielleicht kann er Daniel in ein Krankenhaus einweisen.«

»Das wäre vermutlich das Beste. Aber jetzt sollten wir versuchen, zu ihm durchzudringen.« Lisa goss Wasser in die Becher und gab Milch und Zucker dazu. »Er sollte nachher unbedingt ansprechbar sein, sonst hat die Sitzung mit dem Psychologen keinen Sinn.«

Skye machte sich auf den Weg ins Wohnzimmer, doch dann hielt sie abrupt inne. Die Katze strich um ihre Knöchel.

»Daniel?« Sie stellte den Kaffee so schwungvoll auf den Couchtisch, dass er überschwappte, und rannte ins Schlafzimmer und anschließend ins Bad. »Er ist weg!«, rief sie.

Lisa eilte zur offen stehenden Hintertür und warf einen Blick hinaus. »Da ist er!«

Skye eilte zu Lisa und entdeckte Daniel, der eine Seitengasse hinunterlief.

»Daniel! Komm zurück!«

Die beiden Frauen rannten hinterher, und einen Moment lang glaubte Skye, Daniel würde vielleicht zu ihr zurückkehren. Er blieb stehen, wandte sich um und sah sie mit traurigen Augen an. »Komm nicht näher, Skye! Halte dich von mir fern!«, flehte er, bevor er sich erneut abwandte und davonlief.

Sie hetzten hinterher, doch er sprang über einen Zaun und verschwand zwischen den alten Eisenbahngebäuden. In diesem Labyrinth würden sie ihn niemals einholen. Skye spürte Lisas Hand auf ihrer Schulter, während sie beide nach Atem rangen.

»Vor dem Haus steht ein Streifenwagen«, keuchte Lisa. »Wir hätten die Polizisten sofort verständigen sollen, anstatt hinter ihm herzulaufen. Ich gehe zu ihnen und erzähle, was passiert ist. Und du rufst Professor Preston an, okay?«

Skye sah einen Moment sehnsüchtig in die Richtung, in die Daniel verschwunden war, dann nickte sie und ging zu ihrem Haus zurück.

Orac hatte recht gehabt, was den pensionierten DI Peter Hodder betraf. Er war wirklich ein netter alter Mann. Er kochte Tee in einer echten Teekanne und seihte ihn dann sorgfältig mit einem silbernen Sieb ab.

Hodder wohnte in einer betreuten Wohneinheit in einem umgebauten Herrenhaus. Die Gärten waren herrlich, wenn auch ein wenig überwuchert, und obwohl das alte Haus von außen kalt und nüchtern wirkte, waren die Wohnungen überraschend einladend, großzügig und sauber. In Hodders Apartment waren sogar noch einige Details von früher erhalten geblieben, darunter ein hohes Flügelfenster, ein gusseiserner Kamin und die hübsche Deckenverzierung.

»Ist das die neue Sergeantuniform?« Hodders Augen funkelten, als sein Blick über Maries Motorradkluft und die schweren Stiefel glitt.

»Nicht ganz«, erwiderte Marie grinsend. Er war eine erfrischende Abwechslung zu den hartgesottenen, verbitterten und übergewichtigen ehemaligen Detectives, die sie bis jetzt kennengelernt hatte, und seinem festen Händedruck und dem klaren Blick nach zu urteilen, hatte er auch nie Zuflucht im Alkohol gesucht.

Sie nippte dankbar an ihrem Tee. »Ich wäre gern aus einem erfreulicheren Anlass hier, aber wir hatten gehofft, dass Sie uns vielleicht helfen können.«

Der alte Mann sank in seinen automatisch verstellbaren Lederlehnstuhl und richtete die Position ein. »Der hier hat ein Vermögen gekostet, Liebes, aber ich schwöre, er war es wert! Nachdem ich weiß Gott wie viele Jahre Verbrecher gejagt habe, brauchen die alten Knochen sämtliche Hilfe, die sie kriegen können.« Er lehnte sich zurück und verschränkte die Hände im Schoß. »Aber wir wollen nicht über Lehnstühle reden, richtig? Sondern über den Teufel in Menschengestalt, Françoise Thayer.«

»Ich fürchte ja.« Marie stellte ihre Tasse ab. »Wir haben zwei Mordopfer in unserem Zuständigkeitsbereich, und ein junger Mann hat beide Morde gestanden. Allerdings gibt es keine Beweise, dass er die Frauen tatsächlich auf dem Gewissen hat. Er glaubt nur, ein Mörder zu sein, weil er sich für Françoise Thayers Sohn hält.«

»Tatsächlich?« Die Augen des alten Mannes weiteten sich. »Also, ich würde das nicht freiwillig rausposaunen.« Er lachte freudlos. »Von der einen Frau habe ich gelesen, aber es gibt noch eine zweite?«

»Ja. Wir haben es unter Verschluss gehalten, bis wir wussten, wer sie ist. Aber heute Abend kommt es in den Nachrichten. Sie war Krankenschwester im örtlichen Krankenhaus.«

»Und beide Frauen wurden brutal erstochen?«

»Es war grausam. Bei beiden.« Marie hielt kurz inne. »Sehr blutig.«

Peter Hodder betrachtete sie gedankenverloren. »Dann wissen Sie also von Françoise Thayers Fetisch?«

»Ja.«

»Und Sie vergleichen ihre Taten mit den neuen Fällen?«

»Das müssen wir, ob wir es wollen oder nicht. Aufgrund des Geständnisses unseres Verdächtigen dürfen wir diese Möglichkeit nicht außer Acht lassen.« Marie griff nach ihrer Tasse und erzählte Hodder von den fehlenden Beweismitteln und Gerichtsprotokollen. »Es ist schwer, Parallelen zu finden, weil sich sämtliche Originalunterlagen in Rauch aufgelöst haben.«

»Es ist sogar unmöglich, würde ich sagen.« Hodder nippte an seinem Tee. »Aber wo komme ich ins Spiel? Der Fall ist Jahre her, und auf mein Gedächtnis ist nicht mehr zu hundert Prozent Verlass.«

»Es war Ihr letzter großer Fall, Sir, und ich nehme an, Sie erinnern sich an jedes kleinste Detail, aber das wäre gar nicht notwendig.« Marie leckte sich über die Lippen und überlegte, wie sie die Frage formulieren konnte, ohne den alten Mann zu verärgern. »Wir müssen unbedingt wissen, ob unser Verdächtiger Françoise Thayers Sohn ist oder nicht. Gäbe es noch irgendwo Beweise, könnten wir einen DNA-Test machen, und damit wäre die Sache erledigt.«

»Aber es gibt nichts mehr, und nun fragen Sie sich, ob ich vielleicht ein kleines Andenken behalten habe, nicht wahr?« Sein Gesicht verfinsterte sich. »Glauben Sie mir, Sergeant Evans, ich brauche nichts, um mich an diese Frau zu erinnern. Meine wiederkehrenden Albträume sorgen schon dafür, dass ich ihr bösartiges, spöttisches Grinsen nie vergessen werde.« Er lehnte sich wieder zurück, und der Ärger war verraucht. »Das Wort ›böse‹ wird oft inflationär verwendet, aber auf Françoise Thayer traf es zu. Sie war die einzige Frau – nein, der einzige Mensch, den ich jemals kennengelernt habe, der über keinerlei Seele verfügte und hoffnungslos verloren war. Sie konnte nicht gerettet werden, weder von Menschenhand noch von Gott. Kein Officer, der an dem Fall arbeitete, blieb davon unberührt, und ich bin mir sicher, dass einige immer noch nicht ruhig schlafen können, obwohl sie bereits lange Zeit tot ist.« Er blinzelte. »Es tut mir leid, Sergeant, aber ich habe nie auch nur das geringste Verlangen verspürt, mir eine Erinnerung an sie aufzubewahren, schon gar keine, die vielleicht noch eine wertvolle DNA-Probe enthält.«

Marie nickte. Das war's also.

»Aber ich habe noch meine alten Notizbücher.«

Marie versteifte sich.

Peter Hodder lächelte. »Ich habe sie sofort nach dem Gespräch mit der Furcht einflößenden Dame aus Ihrer IT-Abteilung herausgesucht.« Das traurige Lächeln wurde breiter. »Meine Aufzeichnungen waren immer sehr genau, pingelig sogar. Ich habe keine DNA, aber Sie können meinen Albtraum noch einmal mit mir erleben.«

Maries Laune hob sich schlagartig. Das war sogar noch besser! Sie hatte DI Peter Hodder natürlich überprüft, und seine Akte war beispielhaft. Er war ein intuitiver Polizist mit Gespür für die Wahrheit gewesen. Kein Wunder, dass er methodisch und genau vorgegangen war. »Sie sind ein Held, Sir. Und ich versichere Ihnen, dass Sie alles zurückbekommen werden, sobald wir damit fertig sind.«

»Ehrlich gesagt wird es langsam Zeit loszulassen. Verwenden Sie die Notizen für Ihren Fall, und ich hoffe, dass sie Ihnen eine Hilfe sein werden. Danach legen Sie sie in einen Beweismittelkarton, versiegeln ihn und halten die Daumen, dass das Glück uns erneut wohlgesonnen ist und auch noch ein zweites Beweismittellager vom Blitz getroffen wird und niederbrennt.«

»Wir wissen Ihre Hilfe sehr zu schätzen. Es ist ein verwirrender Fall, und bei unserem jungen, geständigen Verdächtigen ist es schwer, Herz und Verstand auseinanderzuhalten.«

»Wenn man Herz und Verstand zusammenzählt, kommt etwas wie Bauchgefühl heraus. Hören Sie immer darauf, was Ihnen Ihr Bauchgefühl sagt, Sergeant Evans! Es irrt sich selten.«

»Ich glaube, er hat schwere psychische Probleme, aber er ist kein Mörder.« Marie seufzte nachdenklich. »Aber ich bin mir nicht sicher, ob ihn ausschließlich seine ungesunde Besessenheit und seine offensichtlichen Gedächtnislücken in eine derart gefährliche Lage gebracht haben.«

»Dann lassen Sie ihn besser nicht aus den Augen. Ich ertrage den Gedanken nicht, dass Françoise Thayer ihre Klauen erneut ausstreckt und weitere unschuldige Leben zerstört.« Er stellte seine Tasse ab und sah sie an. »Würden Sie mir Bescheid geben, falls der Junge tatsächlich ihr Sohn sein sollte?«

Marie erhob sich. »Das wäre wohl das Mindeste, Sir.« Sie nahm den Stapel Notizbücher an sich. »Danke noch mal.«

Er begleitete sie zu ihrem Motorrad und strich mit der Hand über den glänzenden, grellgrünen Lack. »Wunderschön. Wirklich wunderschön.«

Marie nickte verständnisvoll. Der alte Mann hatte offenbar auch einmal ein über alles geliebtes Motorrad besessen. »Was war es bei Ihnen?«

»Eine 350 cc 1957 Matchless G3L. Dicht gefolgt von einer 1960er 600 cc Triton.«

»Sie waren ein Cafe Racer!«, sagte Marie lachend.

Hodder nickte und lächelte glücklich, und Marie sah plötzlich den waghalsigen jungen Mann vor sich, der mit seinem auffrisierten Motorrad mit bis zu 160 km/h vom legendären *Ace Cafe* bis zum nächsten Kreisverkehr und wieder zurück gerast war, bevor die Jukebox den Song zu Ende gespielt hatte.

»Sagen Sie es nicht weiter, aber ich bin immer noch Mitglied im 59 Club.«

»Das ist doch schön! Einmal Biker, immer Biker!« Marie setzte den Helm auf. »Danke noch mal für Ihre wertvolle Hilfe.«

»Passen Sie auf sich auf«, bat er, bevor sie den Motor anließ. »Und denken Sie daran: Vertrauen Sie auf Ihr Bauchgefühl, und lassen Sie den Jungen nicht aus den Augen!«

KAPITEL 18

Ich finde es immer jammerschade, wenn jemand ausgerechnet in der Küche abgeschlachtet wird.«

Jackman betrachtete den Pathologen und fragte sich, welcher Mensch so etwas sagte. Dann meinte er mit unverhohlener Abscheu: »Ehrlich gesagt finde ich ein solches Blutbad immer schrecklich. Egal, wo es stattgefunden hat.«

»Mhm, aber in der Küche ruiniert es die Fugenmasse. Ich frage mich oft, wie die Leute es schaffen, solche Flecken wieder loszuwerden.« Jacobs schien sich tatsächlich Sorgen um die Reinigungsprobleme des Hausbesitzers zu machen. »Einen Teppichboden kann man entsorgen und neu verlegen. Aber so hübsche und teure Fliesen? Das hier sind Porzellanfliesen in Steinoptik und von äußerst hoher Qualität! Es ist wirklich eine Schande.«

Jackman erwiderte nichts. Er konnte nicht.

Vor ihnen lag eine hübsche Frau in den Dreißigern. Bis vor Kurzem war sie noch ihrem täglichen Leben nachgegangen und hatte sich in ihrem Zuhause sicher gefühlt, und nun lag sie mit eingeschlagenem Schädel und mit zahllosen Schnittwunden übersät auf ihren Porzellanfliesen in Steinoptik – wie Jackman gerade erfahren hatte.

»Es gibt keine Tatwaffe, und die Wunden scheinen mit den anderen beiden Toten übereinzustimmen. Ich nehme an, unser Mörder hat ein drittes Opfer gefunden, Inspector.« Jacobs hatte seine Gedanken offenbar von der Möglichkeit, die Fugen mit Dampf zu reinigen, losgerissen und sich wieder dem Opfer zugewandt. »Trotzdem ähnelt das hier eher dem Mord an Alison Fleet. Da war keine rasende Wut wie bei Julia.«

Jackman betrachtete die sauberen Schnitte in den Kleidern der Frau. Die Haut darunter war cremeweiß und nicht leicht gebräunt wie bei Alison oder bereits verwest wie bei Julia. Sie erinnerte Jackman an Porzellan. Er seufzte.

Je länger er Sue Bannister betrachtete, desto stärker wurde das Gefühl, das er bereits bei Alison Fleet gehabt hatte. Hier stimmte etwas nicht. Die Szene wirkte irgendwie »arrangiert«. Wie hatte es Marie noch mal genannt? Inszeniert. Es war wie eine Theateraufführung.

Er wünschte sich, Marie wäre bei ihm, doch der Anruf war kurz nach ihrer Abfahrt nach Rutland eingegangen, und er hatte sie noch nicht verständigt. Marie war eine erfahrene Bikerin, aber er hielt es dennoch für unvernünftig, ihr vor einer derart langen Fahrt von einem weiteren Mord zu erzählen.

Charlie Button stand in der Tür und war ganz grün um die Nase. Jackman war klar, dass der Junge sein Bestes gab, um die Szene unbewegt zu betrachten, aber er versagte auf ganzer Linie.

Charlie hasste den metallisch-süßlichen Geruch von gerinnendem Blut – aber vor allem hasste er die Ungerechtigkeit. Die einfache Tatsache, dass jemand ein Leben gestohlen hatte, das ihm nicht gehörte, verursachte ihm Übelkeit. Aber sie machte ihn auch wütend und fest entschlossen, den Mörder zu finden und seiner gerechten Bestrafung zuzuführen.

Jackman lächelte traurig. Eines Tages würde Charlie ein wirklich guter Detective werden, aber dafür musste er lernen, mit solchen Dingen umzugehen. Und das war nicht einfach. Von ihrem Team war Marie vermutlich die Einzige, die eine gesunde, professionelle Einstellung zum Tod hatte. Sie war keineswegs gefühllos, aber sie hatte einen Weg gefunden, zu trennen, was sie sah und was sie fühlte. Er dachte an Max und wie er geweint hatte, weil er dem Tod nicht ins Gesicht schauen konnte.

Und was war mit Jackman selbst? Er lächelte in sich hinein. Seine Methode war die Flucht. Wenn er einem Blutbad gegenüberstand, das natürlich zu seinem selbst gewählten Beruf gehörte, dann erlaubte er seinen Gedanken, wieder in die Stallungen seiner Mutter zurückzukehren. Er roch das frische, warme Heu und den aufregenden süßlichen Geruch der Pferdeäpfel, und er liebte beides. Er hörte die Pferde, die in ihren Boxen scharrten, und spürte ihr glattes Fell unter seiner Hand. Wenn er von Trauer und Chaos umgeben war, erinnerten ihn die Stallungen daran, dass es Orte auf dieser Welt gab, wo Frieden herrschte. Wo man leise und sanft sprach.

»Haben Sie schon mit ihrem Mann geredet, Charlie?«

»Der Arzt ist noch bei ihm, Chef. Der arme Kerl hat total die Nerven verloren.«

»Hat er sie gefunden?«

»Ja, Sir. Er kam offenbar zu spät von der Arbeit nach Hause. Er hat den Schock seines Lebens erlitten.«

»Bleiben Sie hier, Charlie, und befragen Sie ihn, sobald er sich beruhigt hat. Ich muss zurück und ein paar Dinge zum Laufen bringen.«

»HOLMES?«

Jackman nickte. Er fand die Abkürzung für das IT-gestützte Ermittlungssystem der britischen Polizei, das immer bei schweren Verbrechen zum Einsatz kam, irgendwie zu offensichtlich. Trotzdem war es eine lebensrettende Maßnahme, wenn man es mit einem Fall dieser Art und Größenordnung zu tun hatte. Mittlerweile gab es bereits HOLMES 2 – ein Programm, das den Ermittlungsleiter wesentlich bei der Koordination der Ermittlungen nach schweren Verbrechen wie etwa einer Mordserie unterstützte. HOLMES 2 schaffte komplizierte Suchvorgänge, indem es Querverbindungen mit einbezog und gleichzeitig auf zahlreiche Quellen zurückgriff.

Das Problem war nur, dass sich der Zugangscomputer zu HOLMES 2 in Oracs Reich befand.

Jackman blieb also nichts anderes übrig, als selbst den Weg in den Keller anzutreten. Er überlegte wieder einmal, warum er in Gegenwart dieser Frau zu einem zitternden Nervenbündel verkam, doch er fand wie immer keine Antwort. Abgesehen davon, dass Orac sich gänzlich von den Leuten unterschied, mit denen er normalerweise zu tun hatte, und er dadurch nicht wusste, wie er sich ihr gegenüber verhalten sollte. Sie war wie ein exotischer, bunter Vogel in einem Käfig voller Sperlinge. Bei ihrer letzten Begegnung hatte er kaum einen vollständigen Satz herausgebracht.

Charlie riss ihn aus seinen Gedanken. »Sollen wir Daniel Kinder festnehmen, Chef?«

»Das habe ich sofort veranlasst, nachdem wir den Anruf bekommen haben. Auch wenn er ein gutes Alibi hat – und das hoffe ich wirklich sehr für ihn –, ist er trotzdem unser Hauptverdächtiger.« Er nickte Charlie zu. »Wir sehen uns im Büro, sobald Sie mit dem Mann des Opfers gesprochen haben.«

Jackman hatte gerade sein Auto gestartet, als das Handy klingelte. Er stellte auf Lautsprecher, und im nächsten Moment hallte Max' aufgeregte Stimme durchs Auto.

»Die Streife vor Skye Wynyards Haus hat uns gerade verständigt. Kinder hat die Fliege gemacht. Er hatte wieder eine dieser seltsamen Fugues, und jetzt ist er verschwunden.«

»Scheiße! Wie ist er an ihnen vorbeigekommen?«

»Durch die Hintertür, Sir«, erwiderte Max aufgebracht. »Und wie immer ist das verdammte Geld schuld. Im Umkreis des Tavernier Courts gibt es Hunderte Gassen und Seitenstraßen, und sie hatten nicht genug Leute, um alle Fluchtmöglichkeiten abzudecken.«

»Warum überrascht mich das nicht?«, murmelte Jackman.

»Ich habe einen Funkspruch an alle Streifenwagen ausgegeben, Chef. Und die uniformierten Kollegen suchen an den Orten, an denen er sich sonst öfter aufgehalten hat.« Er hielt kurz inne. »Sollen wir uns vielleicht an die Öffentlichkeit wenden? Ein Foto veröffentlichen und um Hilfe bitten?«

»Und damit eine Hexenjagd inklusive Massenpanik auslösen? In den Augen der Öffentlichkeit gibt es nichts Schlimmeres als einen Serienmörder. Außer einem Serienmörder auf freiem Fuß. Der ist noch hundertmal schlimmer. Lassen Sie weitersuchen, während ich mir etwas überlege.«

Jackman legte auf, und seine Brust zog sich zusammen. Mein Gott! Wenn Kinder tatsächlich unmittelbar nach seiner Entlassung jemanden umgebracht hatte, mussten sie sich alle einen neuen Job suchen. Und der Ermittlungsleiter würde zuallererst am Pranger stehen. Er sah bereits seine entsetzten Eltern vor sich, doch das Bild wurde kurz darauf von Sue Bannister abgelöst, die in einer Blutlache auf ihren teuren Porzellanfliesen lag.

Jackmans Augen wurden schmal. Er musste sich konzentrieren! Egal, wie sehr er sich auch bemühte, er konnte sich Kinder nicht als Serienmörder vorstellen. Sogar der Psychologe hielt es nicht für wahrscheinlich. Sie würden Kinder zwar trotzdem verhaften, aber sie mussten gleichzeitig das Netz weiter auswerfen und den wahren Schuldigen endlich dingfest machen. Er würde nicht zulassen, dass das Team in der Luft zerrissen wurde. Nicht, solange er das Ruder in der Hand hielt.

Jackman gab Gas und fuhr los. Sie mussten zurück zum Anfang und den Fall am Kragen packen, bevor er sie alle mit in den Abgrund riss.

Lisa Hurley betrachtete Skye besorgt. »Ich will dich nicht allein lassen, aber ich muss zurück zur Arbeit.«

»Geh nur. Du warst eine große Hilfe, aber wir können ohnehin nichts tun, bevor sie ihn gefunden haben.«

»Willst du einen Schlüssel für meine Wohnung? Du kannst jederzeit dorthin. Vielleicht können wir einen Plan aufstellen, wenn ich Feierabend habe.«

Skye schüttelte den Kopf. »Danke, aber ich muss hierbleiben, falls Daniel nach Hause kommt.«

Lisa runzelte die Stirn. »Ich weiß nicht, ob das eine gute Idee ist. Ich will damit nicht sagen, dass er dir wehtun würde, aber ...« Sie hielt inne. »Er ist definitiv nicht er selbst, oder?«

Skye senkte den Kopf. Lisa hatte recht. »Okay, ich warte

bis zum Abend, und dann komme ich zu dir. Wenn du nichts dagegen hast.«

Lisa griff in ihre Tasche, holte einen Schlüsselbund heraus und nahm einen Schlüssel vom Ring. »Der ist für die Eingangstür. Behalte ihn, bis alles vorbei ist.« Sie berührte Skye sanft am Arm. »Bis später.« An der Tür blieb sie erneut stehen. »Ruf mich an, wenn er auftaucht oder die Polizei ihn findet. Du hast ja die Durchwahl von meinem Büro.«

Skye nickte. »Warte, Lisa. Ich möchte dir gern auch einen Schlüssel zu meinem Haus geben. Nach allem, was passiert ist, würde ich mich sicherer fühlen, wenn jemand, dem ich vertraue, einen Schlüssel hätte. Natürlich nur, wenn es dir nichts ausmacht.«

Lisa lächelte. »Natürlich nicht. Das wäre durchaus sinnvoll.«

Skye ging in die Küche und öffnete eine kleine Schublade. Sie wühlte darin herum, bis sie endlich einen Schlüsselanhänger in Form eines Halbmondes mit zwei glänzenden Schlüsseln fand. Sie reichte ihn Lisa. »Der silberne ist für die Haustür, der bronzefarbene für die Hintertür in der Küche.«

Lisa steckte den Schlüsselbund in ihre Tasche und warf einen Blick auf die Uhr. »Oh, ich muss los! Ruf mich an!«

Skye nickte, und im nächsten Augenblick fiel die Tür hinter der großen, hilfsbereiten Frau ins Schloss, die plötzlich nicht mehr ihre Vorgesetzte, sondern ihr persönlicher Schutzengel war.

Sie kehrte in die Küche zurück. Sie brauchte jetzt dringend eine Tasse Kaffee. In ihrem Kopf wütete ein Tornado, und um sie herum passierten ständig Dinge, über die sie keine Kontrolle hatte. Als das Wasser kochte, klingelte ihr Handy.

»Skye, tut mir leid, dass ich dich störe, aber ich habe mir Sorgen gemacht. Die Polizei war gerade noch mal bei mir, und sie haben gesagt, dass Daniel verschwunden ist.«

»Mark?« Skye versuchte, sich ihre Enttäuschung nicht anmerken zu lassen. Sie hatte gedacht, es wäre Daniel. »Er war letzte Nacht hier, aber heute Morgen ist er fort, und ich habe keine Ahnung, wo er ist.«

Daniels Freund, Mark Dunand, klang genauso angespannt, wie Skye sich fühlte. »Was zum Teufel ist eigentlich los? Warum glauben sie, dass Daniel in einen Mordfall verwickelt ist? Er kann doch keiner Fliege was zuleide tun!«

»Wir beide wissen das, Mark, aber die Polizei weiß es nicht. Und das ist auch kein Wunder. Daniel benimmt sich wie ein Verrückter. Ich bin krank vor Sorge.«

»Ja, ich auch«, stimmte er ihr zu, dann sagte er mit ruhigerer Stimme: »Hast du vielleicht mal eine halbe Stunde Zeit? Ich glaube, wir sollten reden. Falls Daniel wirklich so tief in der Scheiße steckt, würde ich gerne helfen.«

»Tiefer geht es eigentlich nicht mehr, Mark.«

»Treffen wir uns um drei in Jonnys Weinbar? Hier sind gerade die Packer an der Arbeit. Wir haben eine große Lieferung aus Kolumbien bekommen, und jetzt muss die Ware an die Kunden gehen. Eine ruhige Ecke bei Jonnys ist sicher besser, hier gibt es zu viele neugierige Ohren.«

»Gerne, aber ich will hier nicht weg, falls Daniel wieder auftaucht. Kannst du zu mir kommen?«

Mark zögerte einen Moment. »Okay. In einer Stunde kann ich da sein.«

Marie trat eilig durch die Tür in die Eingangshalle der Dienststelle, wo sie beinahe mit Guy Preston zusammenstieß.

»Daniel ist verschwunden«, erklärte er atemlos. »Ich bin auf dem Weg zu Skye Wynyard. Mal sehen, wie es ihr geht.« Er bedachte Marie mit einem unbehaglichen Blick. »Ich schätze, die Arme steht kurz vor dem Zusammenbruch, und sie soll wissen, dass wir für sie da sind.«

Marie musterte ihn eingehend. »Und weiter?«

»Wie bitte?«

»Da ist doch noch etwas, oder?«

»Es steht mir nicht zu, Sie auf den neuesten Stand zu bringen, Marie. Ihr Vorgesetzter ist in seinem Büro. Er wird Ihnen alles erzählen.«

Aber sie war doch nur ein paar Stunden weg gewesen! Was konnte in so kurzer Zeit schon passieren? »Okay.« Sie wandte sich ab.

»Marie?«

Sie drehte sich noch einmal um.

»Ich wusste nicht, dass Ihr Mann gestorben ist. Ich habe ihn gegenüber dem Team erwähnt, und die Männer haben mir erzählt, was passiert ist. Es tut mir sehr leid. Er war ein besonderer Mensch. Und ein toller Polizist.«

»Ja, das war er.« Egal, wie viel Zeit verging, Marie konnte immer noch nicht glauben, dass Bill nie mehr wiederkommen würde. Sie hasste es, wenn die Leute in der Vergangenheit von ihm sprachen. »Danke, Guy. Es tut mir auch leid, was Ihnen passiert ist. Sie haben Ihre Frau verloren, also wissen Sie genau, wie das ist.«

Guy nickte. »Manchmal ist der bloße Gedanke daran überwältigend, nicht wahr?« Er zuckte mit den Schultern, fasste sich wieder. »Ich habe mich gefragt, ob wir ... Vielleicht könnten wir mal etwas zusammen trinken? Es ist viel passiert, seit wir das letzte Mal zusammengearbeitet haben, und es gibt viel zu erzählen, also dachte ich ...«

Maries Alarmglocken begannen zu schrillen. Guy war ein netter Mann und trotz seiner Narbe zweifellos sehr attraktiv, aber sie wollte ihm nie mehr so nahe kommen wie damals. Sie setzte das freundlichste Lächeln auf, das sie in dieser Situation zustande brachte, und erwiderte: »Vielleicht, wenn der Fall abgeschlossen ist? Im Moment muss ich mich voll und ganz darauf konzentrieren, den Mörder zu finden. In Ordnung?« Bis dahin war ihr hoffentlich eine dauerhafte Lösung eingefallen.

»Aber natürlich! Ich meinte auch nicht jetzt gleich. Ich möchte nur gerne erfahren, wie es Ihnen so geht, das ist alles. Dann verschieben wir es einfach.«

»Okay, und wenn Sie mir schon nicht sagen wollen, was passiert ist, dann muss ich jetzt dringend zu meinem Chef.« Maries Lächeln wurde breiter, dann wandte sie sich erneut ab. »Wir sehen uns später!«

Auf dem Weg zu Treppe spürte sie immer noch Prestons Blick in ihrem Rücken. Sie zwang sich, weiterzugehen. Sie wollte auf keinen Fall den flehenden Ausdruck in seinen Augen sehen.

Erleichterung machte sich auf Jackmans Gesicht breit, als Marie sein Büro betrat. Er hatte sein ganzes Leben lang alleine gearbeitet, aber seit er sie als Partnerin bekommen hatte, schien etwas zu fehlen, wenn sie nicht da war. Gerade in einem Fall wie diesem war ihr Input unbezahlbar.

»Es gibt noch ein Opfer«, erklärte er ohne große Vorrede.

»Scheiße!«

»Scheiße trifft es ziemlich gut. Es beschreibt sowohl die Situation als auch den Ort, an dem wir landen, wenn wir nicht schleunigst ein paar Antworten finden.«

»Und Daniel ist auch verschwunden?«

Er stöhnte. »Erinnern Sie mich bloß nicht daran.«

»Da lässt man Sie mal ein paar Stunden allein, und dann passiert gleich so etwas.« Marie ließ sich in den Stuhl sinken. »Schießen Sie los!«

Jackman gab ihr eine kurze Zusammenfassung dessen, was mit Sue Bannister passiert war, und schüttelte missmutig den Kopf. »Wir müssen Daniel so schnell wie möglich finden. Ich habe alle verfügbaren Männer auf ihn angesetzt.« Er biss sich auf die Lippe. »Obwohl ich immer noch nicht glaube, dass er es war. Sie vielleicht?«

»Keine Ahnung, Sir. Echt nicht. In einem Moment bin ich überzeugt davon, dass er einfach nur verrückt ist, doch im nächsten Moment erschaudere ich, wenn ich daran denke, wozu er fähig sein könnte.« Sie richtete sich auf. »Aber im Grunde ist es egal, was wir denken. Jetzt ist vor allem wichtig, dass wir ihn wieder in seine nette kleine Zelle verfrachten – über den Rest können wir uns später Gedanken machen.«

Jackman wollte gerade etwas antworten, als Max an die Tür klopfte und ins Büro stürzte. »Sir! Ich glaube, Sie sollten runterkommen ins Erdgeschoss. Es gibt da einen kleinen Zwischenfall.«

Max machte auf dem Absatz kehrt und eilte davon.

Jackman und Marie starrten einander an, dann liefen sie hinterher.

»Einen kleinen Zwischenfall?«, fragte Marie, die zwei Stufen auf einmal nahm.

»Das gefällt mir gar nicht!« Jackmans Herz raste. Hatte es schon wieder etwas mit Daniel zu tun?

Sie eilten hinter Max den Flur entlang, und als sie sich der Eingangshalle näherten, hörten sie plötzlich Geschrei.

»Was zum Teufel ist denn hier los?« Marie riss die große Tür auf und betrachtete die Szene, die sich vor ihnen abspielte.

»Zane Prewett, Sie stehen unter Verdacht, in das Haus der Familie Kinder am Riverside Crescent, Saltern-Le-Fen, eingebrochen zu sein. Sie sind hiermit verhaftet.«

Jackmans Augen weiteten sich ungläubig. Prewett lag mit ausgestreckten Armen und Beinen auf dem schwarz-weiß karierten Boden, und drei uniformierte Beamte fixierten ihn. Ein Schwall Schimpfwörter ergoss sich aus seinem verzerrten Mund, während er keuchend versuchte, sich aufzurichten.

»Und Stoner, Sie bleiben auch hier. Wir haben Grund zur Annahme, dass Sie mit drinstecken.« Die Stimme des Sergeants hallte durch die Eingangshalle.

»Kevin Stoner?«, hauchte Marie und warf einen Blick auf das blasse, schockierte Gesicht des jungen Polizisten. »Aber der doch nicht!«

»Er ist Zanes Partner. Sie nehmen wohl an, dass sie gemeinsam in die Sache verwickelt sind. Was auch immer diese ›Sache‹ ist. Dabei sage ich dem Trottel schon seit einer Ewigkeit, dass er sich nicht auf diesen dreckigen Mistkerl einlassen soll. Man sieht ja, was es ihm gebracht hat.«

Der immer noch fluchende Zane Prewett wurde nach unten in die Verwahrungszelle geschleppt.

Jackman ging auf den diensthabenden Sergeant zu. »Was ist hier los, John?«

Der große, kräftige Polizist versuchte erst gar nicht, seine Wut zu bändigen. »Das war schon verdammt lange abzusehen, Inspector Jackman, aber jetzt ist diesem schleimigen Scheißkerl endlich mal ein Fehler passiert. Unsere Jungs haben sein Handy im Garten der Kinders gefunden, als wir Drew Wilsons Leute verhaftet haben.«

»Hat er es vielleicht verloren, als er mit der Spurensicherung dort war?«, fragte Marie.

»Ja, das könnte natürlich sein – aber so war es nicht.« Der Sergeant grinste missmutig und eine Spur selbstgefällig. »Es wurde seit der Hausdurchsuchung mehrere Male benutzt. Unter anderem, um Drew Wilson zu schreiben, dass das Haus leer steht und es losgehen kann.«

»Dieser Mistkerl!«

»Ganz genau, Sergeant Evans. Seine Fingerabdrücke waren überall, und das Team hat auch noch eine Zehnpfundnote auf dem Wohnzimmerboden gefunden, die auf die für Zane typische Art gefaltet war. Und auch darauf gab es natürlich jede Menge Fingerabdrücke.«

»Aber der Geldschein könnte doch auch seit der Hausdurchsuchung dort gelegen haben ...«

»Möglich wäre es. Aber Skye Wynyard hat mit einer Freundin das Haus von oben bis unten geputzt, nachdem unsere Jungs fort waren.« Er hob die Augenbrauen. »Außerdem hat unser lieber Freund Drew Wilson uns mit einer Reihe von Daten und Informationen über zehn andere lukrative Einbrüche versorgt, die er in den letzten beiden Jahren mit PC Zane Prewetts Hilfe durchgezogen hat. Ich fürchte, er ist erledigt.«

Jackman pfiff leise. »Ich möchte in den nächsten Monaten jedenfalls nicht in seiner Haut stecken.«

»Was auch passiert – der Scheißkerl hat es verdient. Es gibt nichts Schlimmeres als einen korrupten Polizisten«, knurrte der Sergeant. »Aber jetzt muss ich erst mal die Anklage schreiben und ihn verlegen. Er kann nicht hier bei uns bleiben.«

»Und Kevin Stoner?«

»Er wird natürlich zeitweilig suspendiert.« Der Sergeant senkte die Stimme. »Ich glaube, er wurde da in etwas hineingezogen, aus dem er keinen Ausweg mehr fand. Prewett ist ein echtes Arschloch. Es würde mich nicht wundern, wenn er den Jungen erpresst hätte.« Er kratzte sich am Nacken. »Prewett muss denken, wir hätten Kevin ebenfalls verhaftet, aber ich hoffe, dass es nicht dazu kommt. Wir wollen nur mit ihm reden. Allerdings müssen wir uns streng an die Regeln halten – etwas anderes können wir uns nicht leisten.«

Jackman nickte. »Ich mag Stoner. Es wäre schade, wenn er wegen Justizbehinderung angeklagt werden würde. Sie haben vermutlich recht, dass er von den schmutzigen Geschäften Wind bekam, aber nichts sagte. Trotzdem bin ich mir sicher, dass es ihm nicht leichtfiel. Er hat die Anlagen, einmal ein richtig guter Officer zu werden, und es wäre eine Schande, ihn wegen seines niederträchtigen Partners zu verlieren. Ich würde mich an Ihrer Stelle vor allem auf den Verdacht der Erpressung konzentrieren.«

»Das mache ich, keine Sorge.« Der Sergeant wandte sich ab und ging Richtung Treppe.

»Mann, ich fasse es nicht!«, murmelte Max. »Dann gab es also tatsächlich einen korrupten Beamten. Ob Daniel Kinder hinter Zane her war?«

Marie und Jackman schüttelten den Kopf. »Eher nicht, mein Freund. Daniel Kinder hat größere Probleme als die Tatsache, dass Zane Prewett eine Bande Kleinganoven mit Insiderinfos versorgt hat.«

»Okay, aber ich wäre trotzdem gerne bei Zanes Verhör dabei.« Max grinste boshaft. »Ich will sehen, wie er versucht, sich herauszuwinden. Er wurde ganz schön gelinkt, da führt kein Weg vorbei.«

»Gelinkt?«, fragte Marie.

»Zwei Fehler bei einem Job, Sarge? Der Kerl hat die Sache immerhin jahrelang erfolgreich durchgezogen. Und dann lässt er einen Geldschein fallen und verliert sein Handy? Das ist ziemlich nachlässig. Zane ist zwar ein echtes Arschloch, aber nachlässig ist er sicher nicht.«

Marie legte den Kopf schief. »Ich verstehe, was du meinst.«

Jackman verstand es ebenfalls, aber er beschloss, dieses Problem seinen Kollegen zu überlassen. Es gab sicher genug Beamte, die ein Hühnchen mit Zane Prewett zu rupfen hatten, und er musste einen Mörder finden. Mittlerweile gab es ein drittes Opfer, was bedeutete, dass es sich tatsächlich um einen Serienmörder handelte. Und er tötete in immer kürzeren Abständen.

KAPITEL 19

Skye trat einen Schritt zurück und ließ Mark ins Haus. Er umarmte sie kurz und murmelte: »Es tut mir so leid.«

Sie lächelte matt. »Ich weiß gar nicht, was ich sagen soll.«

Er öffnete seine Jacke und folgte ihr ins Wohnzimmer. »Es ist ein verdammtes Chaos, oder? Was zum Teufel ist bloß los mit ihm?«

»Das wüsste ich auch gerne.« Skye machte sich auf den Weg in die Küche. »Möchtest du etwas trinken? Tee? Kaffee?«

»Hast du was Stärkeres? Ich bin völlig durch den Wind.«

»Nur Wein. Daniel und ich trinken kaum.«

»Wein ist okay, danke. Hauptsache Alkohol.« Mark ließ seinen knochigen Körper aufs Sofa sinken und fuhr sich mit der Hand durch die zerzausten Haare. »Es ist mir erst richtig klar geworden, was los ist, als die Polizei noch einmal kam und Daniels Büro ein zweites Mal durchsuchte.«

Skye ging in die Küche, um ein Glas zu holen, und rief ins Wohnzimmer: »Ich versuche immer noch, es zu begreifen. Aber es gelingt mir nicht.« Sie hatte keine Lust auf Wein, deshalb machte sie den Wasserkocher an, um sich einen Instantkaffee zu kochen. »Ist ein Fitou okay? Die Flasche ist zwar schon offen, aber er ist sicher noch in Ordnung.«

»Das ist perfekt.« Mark war hinter sie getreten und lehnte im Türrahmen. »Wie schon gesagt: Ich würde auch Brennspiritus trinken.«

Skye goss das Wasser in ihren Becher und öffnete die Zuckerdose.

»Trinkst du nicht mit?«

»Ich brauche einen klaren Kopf und muss vielleicht auch noch Auto fahren, falls Daniel anruft und mich braucht.«

»Aber ein Schluck wird dich doch nicht gleich umhauen.« Mark nahm Skye das Glas ab. »Du siehst erschöpft aus.«

Skye griff nach ihrem Kaffeebecher und ging an ihm vorbei ins Wohnzimmer. »Koffein reicht, danke. Wenn ich unter Tags Wein trinke, werde ich zu lethargisch.«

Sie setzten sich, und Skye hatte keine Ahnung, was sie sagen sollte. Sie konnte ihm nicht erklären, weshalb Daniel sich so seltsam benahm, und sie war es leid, immer wieder dieselben Szenarien durchzuspielen. Tatsächlich war ihr Marks Anwesenheit plötzlich zuwider, und sie wünschte, sie hätte ihn vorhin abgewimmelt.

»Darf ich dir eine persönliche Frage stellen?« Mark hatte sein Glas in einem Zug bis zur Hälfte geleert.

Skye starrte ihn an und hoffte, dass man ihr ihre Gedanken nicht ansah.

»Glaubst du, dass ...? Ich meine, tief in deinem Inneren ... Besteht die Chance, dass ...?«

Sie unterbrach ihn unsanft: »Wie lange kennst du Daniel jetzt schon?«

»Zehn Jahre. Vielleicht auch länger.«

»Dann hast du ja deine Antwort. Du hast gesagt, er würde keiner Fliege etwas zuleide tun. Er macht einfach eine schlimme Zeit durch, und diese Morde passierten gerade zum blödesten Zeitpunkt. Sie waren der Tropfen, der das Fass zum Überlaufen brachte.« Sie sah Mark vorwurfsvoll an. »Und jetzt zweifelst sogar du an ihm!«

Mark trank einen weiteren großen Schluck. »Nein, das stimmt nicht. Ich wollte bloß wissen, ob du irgendwelche Zweifel hast. Immerhin stehst du ihm bei Weitem am nächsten. Falls er wirklich den Verstand verloren hat, hätte es mich interessiert, wie ernst die Situation deiner Meinung nach wirklich ist.« Er stellte sein Glas ab und betrachtete sie eingehend. »Wir können der Polizei im Moment nur bei der Suche helfen.«

Skye biss sich auf die Lippe. »Die halbe Dienststelle ist unterwegs und sucht nach ihm, und ich habe mir bereits den Kopf zerbrochen, wo er sein könnte. Ob es einen Ort gibt, der eine besondere Bedeutung für ihn hat. Aber alles, was mir eingefallen ist, wurde bereits mindestens einmal durchsucht. Und falls er wieder eine dieser Gedächtnislücken hat, könnte er praktisch überall sein.«

»Ich fühle mich total nutzlos.« Mark seufzte, stand auf und wanderte im Zimmer auf und ab. »Du hast recht. Er ist mein Freund, und ich sollte etwas unternehmen, anstatt mir lächerliche Szenarien auszudenken. Ich muss etwas tun.«

Skye hatte beinahe ein wenig Mitleid mit ihm. »Ich weiß genau, wie du dich fühlst, aber ich habe keine Ahnung, was ich dir sagen soll. Wir können nichts tun, bis sie ihn gefunden haben. Oder bis er freiwillig nach Hause kommt.«

Mark ließ sich aufs Sofa zurücksinken. »Etwas lässt mich nicht mehr los, seit du mich nach Dans neuesten Projekten gefragt hast. Einer meiner Verpacker schien sehr interessiert an ihm. Jedes Mal, wenn Daniel ins Büro kam, war der

Kerl da und stellte ihm jede Menge Fragen. Es ging sogar so weit, dass ich ihm sagte, er solle Dan in Ruhe lassen.«

Skye richtete sich auf. »Wer ist der Mann?«

»Er arbeitet seit etwa sechs Monaten für mich und ist ein guter, zuverlässiger Mitarbeiter. Er lässt uns nie im Stich, wenn mal eine Lieferung früher oder später ankommt.«

»Aber warum interessiert er sich für Dan?«

»Er meinte, er sei ein Fan seiner Arbeit, und Carla – meine Geschäftsführerin – glaubte ihm. Sie sagte, er könnte sogar ganze Absätze aus Daniels Artikeln auswendig.«

»Das ist ziemlich extrem, findest du nicht? Das kann ja nicht mal ich!«

»Ich auch nicht. Aber ich schätze, er leidet unter einer Zwangsstörung. Er arbeitet übermäßig methodisch und sehr akribisch. Laut Carla hat er noch nie einen Fehler gemacht, und das kommt selten vor, glaub mir.«

»Wie heißt er? Und was weißt du sonst noch über ihn?«

»Er heißt Nick Brewer und ist vierundzwanzig oder fünfundzwanzig. Er ist Brite, stammt aber nicht aus der Gegend. Er ist sehr intelligent. Carla hat ihn mal gefragt, warum er mit solchen Qualifikationen als Packer arbeitet.«

»Was hat er geantwortet?«

»In der Not frisst der Teufel Fliegen. Wenn man Geld verdienen will, muss man nehmen, was man kriegt.«

»Na ja, das stimmt natürlich. Vielleicht mag er Daniel deswegen. Dan recherchiert seine Artikel sehr genau und hat immer einen gut informierten, wahrheitsgetreuen Blick auf die Dinge.« Skye nippte an ihrem Kaffee. »So komisch ist es eigentlich gar nicht. Daniel hat tatsächlich einige Fans – du solltest seine Facebook-Seite sehen.«

»Das habe ich schon. Aber Nick verehrt ihn mit einer verstörenden Intensität. Carla hat es auch schon bemerkt.«

»Glaubst du, dass Daniel davon weiß?«

Mark zuckte mit den Schultern. »Daniel war Nick gegenüber immer höflich und hat ihn womöglich sogar ermutigt, ihm etwas über sich zu erzählen.«

»Daniel liebt die Menschen einfach. Er ist neugierig auf ihre Gefühle und ihre Lebensumstände – und seien sie auch noch so seltsam. Deshalb schreibt er so gut. Er hört, was Menschen zu sagen haben, und ist ehrlich interessiert an ihnen.«

»Glaubst du, Nick hat ihm etwas erzählt, das ihn neugierig gemacht hat?«

»Vielleicht, aber ich sehe keine Verbindung zwischen seinem Fan und Daniels Besessenheit von einer Mörderin. Du etwa?«

Mark zuckte erneut mit den Schultern. »Vielleicht klammere ich mich auch nur an einen Strohhalm. Ich versuche bloß, einen Lösungsansatz zu finden.« Er sah Skye fragend an. »Soll ich mal ein Wörtchen mit Nick reden?«

Skye wollte gerade antworten, als es an der Tür klingelte. Sie sprang auf und eilte in den Flur. Mark folgte ihr.

»Professor Preston!« Ihre Hoffnung erwachte von Neuem. »Gibt es Neuigkeiten?«

Doch sein Gesichtsausdruck sagte alles.

»Nein, aber nachdem Daniel verschwunden ist, habe ich mir Sorgen um Sie gemacht ...« Sein Blick wanderte zu Mark, der schweigend in der Wohnzimmertür stand. »Oh, es tut mir leid! Ich hätte zuerst anrufen sollen. Komme ich ungelegen?«

Skye schüttelte den Kopf und stellte die beiden Männer einander vor. »Wir fühlen uns so hilflos. Wir haben gerade überlegt, wie wir helfen können, Daniel zu finden.«

»Ehrlich gesagt ist es das Beste, wenn Sie hier warten.

Ich habe das Gefühl, dass er bald nach Hause kommen wird.« Guy Preston lächelte betrübt. »Das ist das Schwerste dabei, nicht wahr? Wenn man nichts machen kann.«

Skye mochte den Psychologen. Er war mitfühlend, ohne sich anzubiedern. »Könnten Sie Mark vielleicht von den Erinnerungslücken erzählen? Von den Fugues, die Sie uns gegenüber erwähnt haben? Ich wollte es ihm gerade erklären, aber Sie können das sicher sehr viel besser als ich.«

Preston nickte und erläuterte Mark, was passierte, wenn der Stress so groß wurde, dass das Gedächtnis eine Auszeit brauchte.

»Scheiße«, murmelte Mark. »Wissen Sie, er hat sich einmal total seltsam benommen. Carla – meine Geschäftsführerin – hat ihn auf dem Dach des Büros gefunden. Er schien nicht zu wissen, warum er dort war. Er versuchte, es herunterzuspielen, aber es war offensichtlich, dass etwas nicht stimmte. War das einer dieser Zustände?«

»Ja, so kann es beginnen«, erwiderte Preston. »Aber es verschlimmert sich mit der Zeit.«

»Glauben Sie, dass Daniel vorhin deshalb abgehauen ist?«

»Ja. Der Auslöser war vermutlich der Einbruch in sein Haus. Das bringt jeden aus der Fassung, ganz zu schweigen von einem so labilen Menschen wie Daniel. Sein Verstand kommt nicht damit klar. Er macht zu, und dann kommt ein zweiter Daniel und führt ihn fort von allen Problemen.«

Skye hatte das Gefühl, als würde eine dicke schwarze Wolke über ihr schweben. »Und dieser andere Daniel ist vielleicht zu schrecklichen Dingen fähig, oder?«

Mark legte einen Arm um sie.

»Ja, das kann ich nicht bestreiten, aber so weit sollten wir noch nicht gehen. Ich bin mir sicher, dass Daniel nichts getan hat. Er ist auf eine Lüge hereingefallen und ängstigt sich selbst zu Tode – und uns ebenfalls.«

»Mein Gott, ich hoffe, Sie haben recht, Professor!« Skye lehnte sich an Mark und brach in Tränen aus.

Als Daniel die verschwommene Gestalt neben sich entdeckte, wich er instinktiv zurück. Ein brennender Schmerz durchfuhr seinen Arm, und er schrie auf.

»Hey, da bist du ja endlich wieder! Wir hatten dich beinahe abgeschrieben.«

Daniel kniff die Augen zusammen und versuchte, den Schatten neben ihm einzuordnen.

»Ich dachte echt, du bist hinüber, Mann.«

»Wo bin ich?« Daniel hätte beinahe laut aufgelacht. Er hätte nie gedacht, dass Leute so etwas tatsächlich sagten. »Tut mir leid, aber wer …?«

»Ich bin der Kerl, der dir das Leben gerettet hat.« Die Stimme klang jung und hatte einen kaum merklichen Akzent. »Ich weiß nur noch nicht, ob du mich dafür lieben oder hassen wirst.«

Daniel richtete sich mühsam auf, und sein Blick fiel auf den Verband an seinem Arm. Er war ziemlich dick, aber trotzdem blutdurchtränkt. »Was zum Teufel ist passiert?«, rief er panisch.

»Hey, ganz ruhig! Und halte den Arm hoch! Es hat ewig gedauert, die Blutung unter Kontrolle zu bringen. Du musst ins Krankenhaus, aber aufgrund der besonderen Umstände dachten wir, wir lassen dich das selbst entscheiden.«

Der Junge – und Daniel war sich mittlerweile sicher, dass sein Gegenüber noch nicht erwachsen war – lachte kurz auf.

»Falls du überlebst, meine ich.«

Daniel legte sich wieder auf den Rücken. »Wenn ich was überlebe?« Er sah sich um. Es war dunkel und roch seltsam feucht. Irgendwo hörte er Wasser tropfen. »Und wo sind wir hier eigentlich?«

»Am Fluss. Eines der großen Häuser am Flussufer hat ein altes Bootshaus. Es wird nie verwendet, aber wir kommen manchmal hierher.«

»Wir?«

»Ellie und ich. Sie ist meine Freundin.«

Daniel sah sich um, doch er konnte niemanden entdecken. »Bitte erzähl mir, was passiert ist.« Er starrte auf seinen Arm hinunter. »Was zum Teufel habe ich getan?«

»Du hast dir den Arm aufgeschlitzt. Direkt über dem Handgelenk. Ellie und ich haben dich gefunden. In der ganzen Stadt wimmelt es von Bullen. Du hast dir einen echt schlechten Tag ausgesucht, um dich umzubringen, also dachten wir ...«

»Ich wollte mich umbringen?«

Der Junge starrte ihn aus der Dunkelheit heraus an. »Scheiße, Mann! Sag nicht, dass es irgendein abgefahrenes Versehen war?«

In Daniels Kopf drehte sich alles. Er wusste gar nichts. Nur dass sein Arm höllisch wehtat. »Bitte erzähl mir die ganze Geschichte«, krächzte er.

Der Junge gab ihm eine kleine Wasserflasche, und er trank dankbar.

»Du warst unten auf dem Weg, der am Flussufer entlangführt. Direkt unter der Eisenbrücke. Ellie und ich haben gehört, wie du aufgeschrien hast, und als wir zu dir kamen, hast du deinen Arm an dich gedrückt. Es sah grauenhaft aus – das Blut spritzte nur so rum. Wir hörten ein Platschen und nahmen an, dass du das Messer ins Wasser geworfen hast. Du hast laut aufgestöhnt, und dann bist du zusammengebrochen.«

»Und der hier ...?« Daniel deutete auf den blutigen Verband.

»Tut mir leid, aber in deinem Geldbeutel fehlen jetzt zwanzig Pfund. Ich kenne da einen Kerl mit einem offenen Fuß. Er bekommt das Zeug vom Krankenhaus und verkauft es an jeden, der genug bezahlt.« Der Junge zuckte mit den Schultern. »Ich dachte mir, du kannst es dir schon leisten.«

»Und du hast die Blutung gestoppt? Wie denn?«

»Ich habe nicht immer auf der Straße gelebt, weißt du.«

Daniels Kopf dröhnte. Was hatte er nun schon wieder getan?

»Hör mal, Mann, es tut mir leid, falls wir es versaut haben.« Der Junge schüttelte den Kopf. »Aber die vielen Fragen im Krankenhaus ... Außerdem hätten sie sicher die Bullen gerufen ... Und wir dachten, dass du das alles sicher nicht willst.«

»Du brauchst dich nicht zu entschuldigen. Mann, du hast mir das Leben gerettet! Da mache ich dir doch keine Vorwürfe. Außerdem hattest du recht. Ich will der Polizei im Moment wirklich keine Fragen beantworten.« Er betrachtete den Jungen. »Wie heißt du?«

»Tez.«

»Wo ist Ellie?«

»Sie kommt und geht«, antwortete Tez. »Sie wird sicher bald wieder da sein.« Dann fügte er traurig hinzu: »Oder auch nicht. Das viele Blut war nichts für sie.«

»Wie habt ihr mich hierhergebracht?«

»Es sind ja nur ein paar Meter, und ich musste dich nur stützen. Ellie ist los, um den Verband zu holen, und ich habe versucht, die Blutung zu stillen.«

»Tolle Arbeit, Tez. Danke!«

»Die im Krankenhaus hätten es besser gekonnt.«

»Wenn du mich nicht gefunden hättest, hätte mir das Krankenhaus auch nichts mehr gebracht. Ich wäre verblutet.« Ein kleiner Teil des alten Daniel erwachte wieder zum Leben. Tez' Geschichte war ein guter Stoff für einen realitätsnahen, emotionalen Artikel. Er sah den Jungen als urbanen Robin Hood. Er stemmte sich wieder hoch und achtete dieses Mal darauf, den Arm nicht zu viel zu bewegen.

»Du bist nicht wie die anderen Straßenkinder.«

»Da hast du recht, Mann.« Tez lachte auf. »Weil ich keine Drogen nehme, zum Beispiel.«

»Warum lebst du dann auf der Straße?«

»Darüber möchte ich nicht reden.« Tez stand auf. »Sag mir lieber, was du jetzt machen willst. Ich helfe dir, aber ich habe nicht den ganzen Tag Zeit. Wenn ich nicht rechtzeitig zu meinem Schlafplatz komme, schnappt ihn mir einer von den anderen Mistkerlen vor der Nase weg. Es ist der wärmste Platz in der Stadt, und ich musste hart dafür kämpfen.«

»Du hast schon genug getan, und dafür bin ich dir wirklich dankbar.«

Daniel hatte keine Ahnung, was er tun sollte. Es war helllichter Tag, und seine Klamotten waren blutdurchtränkt. Er konnte in diesem Zustand nirgendwohin. Ganz zu schweigen von der alles entscheidenden Frage, warum er sich in einem solchen Zustand befand.

Warum blutete er wie ein Schwein? Hatte er sich selbst verletzt? Oder war es jemand anderes gewesen? Er erinnerte sich nur noch daran, wie er mit der Katze im Arm dagesessen und Skye ihn wie in einem Kokon umfangen hatte. Wie viel Zeit war wohl seither vergangen?

Während er überlegte, breitete sich eine seltsame Ruhe in ihm aus. Seine Gedanken rasten, aber auf ängstliche und fast schon normale Art. Ihm war übel, aber das wäre es wohl jedem gewesen, der sich plötzlich in einer so seltsamen Situation wiederfand. Er hatte sich in letzter Zeit ziemlich irre verhalten, das war mittlerweile sogar ihm selbst klar. Er hatte vor Jahren einmal einen Artikel über Selbstverletzung geschrieben und erinnerte sich noch gut an die Erklärung eines Teenagers: *Ich habe dabei das Gefühl, die Kontrolle über mich zu haben. Das Brüllen in meinem Kopf verstummt, und ich fühle mich zumindest eine Zeit lang besser.*

Er war Rechtshänder und hatte sich den linken Arm aufgeschlitzt. Oder war er es gar nicht selbst gewesen? Er hatte keine Ahnung. Daniel seufzte. Genug davon! Sein Leben war außer Kontrolle geraten, und im Moment fiel ihm nur ein Mensch ein, der ihm helfen konnte: Guy Preston. Er musste den Psychologen bitten, ihn in Sicherheit zu bringen.

In Sicherheit. Das klang so gut. Ein Ort, wo es keine Schmerzen mehr gab – und wo auch er niemandem wehtun konnte. Wenn er Glück hatte, fand er dort sogar die Antworten auf seine Fragen.

Daniel griff in die Hosentasche. Sein Telefon war noch da und auch die Geldbörse. Tez war wirklich kein gewöhnliches Straßenkind. Er holte den Geldbeutel heraus, klappte ihn mit einer Hand auf und legte ihn sich auf die Beine. Dann nahm er fünf Banknoten und streckte sie Tez entgegen. »Das ist nicht annähernd genug, und wenn mich ein anderer gefunden hätte, hätte er das Geld inzwischen schon in Drogen angelegt. Also nimm es, bitte.«

Doch Tez rührte sich nicht. »Das sind hundert Mäuse, oder?«

Daniel nickte.

»Nein, danke. Zwanzig reichen. Mit so viel Geld in der Tasche bekomme ich bloß Schwierigkeiten.«

Daniel gab ihm eine Zwanzigpfundnote und seine Visitenkarte. »Wenn ich dir sonst irgendwie helfen kann, mache ich es. Und falls ich mein Leben wieder in den Griff bekomme, komme ich zurück, Tez. Du solltest nicht hier draußen leben.«

Tez steckte das Geld weg. »Ist dir eigentlich schon mal der Gedanke gekommen, dass einige von uns hier sind, weil es unendlich viel besser ist als dort, wo wir herkommen?«

Dan legte den Kopf schief. »Aber das muss nicht bedeuten, dass es besser ist als dort, wo du irgendwann sein könntest, oder?«

Tez lachte trocken. »Das sind doch alles Träumereien, Mann. Und Träumereien gehen gar nicht. Ein Tag nach dem anderen – so machen wir das.« Er rückte näher. »Aber jetzt sollten wir weiter. Kannst du aufstehen?«

»Ja, aber ich habe keine Ahnung, wo ich hin soll.« Daniel warf einen Blick auf sein blutgetränktes Shirt. »Verkaufst du mir deinen Hoodie?«

»Du kannst ihn haben. Die Heilsarmee hat sicher noch einen für mich übrig.«

Daniel holte noch einen Geldschein aus seiner Geldbörse. »Geh in einen Secondhandladen und kauf dir was Warmes. Es ist ja bloß ein Tauschgeschäft, falls das das Problem ist.«

»Nein, das ist es nicht. Aber ich habe Leute gesehen, die für weniger Geld niedergestochen wurden. Mit zu viel Kohle rumrennen geht gar nicht.«

»Dann gib es aus. Ein Mantel und ein Essen für dich und Ellie – das sollte das Problem aus der Welt schaffen.« Er streckte Tez den Schein erneut entgegen, der ihn zögernd annahm und aus seiner Kapuzenjacke schlüpfte.

»Könntest du mir vielleicht noch einen letzten Gefallen tun?«

»Wenn's nicht zu lange dauert.«

»Könntest du ein Haus für mich abchecken? Von der Eisenbrücke aus sind es nur fünf Minuten zu Fuß. Ich muss wissen, ob die Polizei dort ist.«

Tez musterte ihn eingehend. »Bist du der Grund, warum hier überall Bullen ausschwärmen?«

»Schätze schon, aber ich will es lieber nicht bestätigt haben.« Er gab Tez seine Adresse am Riverside Crescent, und der Junge verschwand.

Daniel steckte seinen guten Arm in die Jacke, legte die andere Seite über die Schulter und schloss den Reißverschluss. Es war zwar nicht perfekt, aber es verdeckte einen Großteil des Blutes.

Wenn die Luft rein war, würde er nach Hause gehen, nachsehen, wie schlimm die Wunde tatsächlich war, sich waschen, frische Kleidung anziehen und anschließend noch mal über die ganze Geschichte nachdenken. Er glaubte immer noch, dass Guy Preston seine beste Chance war, aber er wollte Skye unbedingt wissen lassen, dass er in Sicherheit war. Mehr oder weniger zumindest. Allerdings wollte er nicht, dass sie ihn so sah. Er musste sich zuerst waschen und umziehen.

Er lehnte sich gegen die Wand des Bootshauses. Seine Gedanken waren vollkommen klar. Die Frage war nur, wie lange es so bleiben würde.

KAPITEL 20

Kevin Stoner saß in dem leeren Büro und wartete auf den Inspector. Das Zimmer befand sich am oberen Ende der Treppe, die zu den Verwahrungszellen hinunterführte, und durch die einen Spaltbreit geöffnete Tür hörte Kevin seinen ehemaligen Partner brüllen. Seine Drohungen und Flüche hallten durch die ganze Dienststelle.

Sein ehemaliger Partner. Das klang wirklich gut. Kevin machte es nicht einmal etwas aus, dass er bald selbst in die Mangel genommen werden würde. Er hatte sich genau überlegt, was er sagen würde, und er hoffte, dass er sich damit von jedem Verdacht freisprechen würde, Zane Prewetts Verbrechen unterstützt zu haben. Es gab zwei Möglichkeiten, wie die Sache ablaufen konnte: Entweder wurde er den Wölfen zum Fraß vorgeworfen, oder sein bisheriges tadelloses Verhalten kam ihm zugute. Auf jeden Fall aber würden Prewett und er ab jetzt getrennte Wege gehen.

Die Tür ging auf, und der Inspector und sein Sergeant John Cadman marschierten ins Büro. Kevin sprang auf und stand stramm, während der Sergeant die Tür schloss.

»Was zum Teufel ist hier los, Stoner? Wussten Sie davon? Denn falls ja, dann ist es mir egal, ob Ihr Vater der

Bischof oder sonst wer ist – dann sind Sie auf jeden Fall dran!«

Kevin atmete tief durch, umklammerte die Hände hinter seinem Rücken und antwortete: »Sir, ich gebe zu, dass ich PC Prewett schon länger in Verdacht hatte, sich ungebührend zu verhalten, aber als ich ihn darauf ansprach, wurde ich mit einigen schwerwiegenden Drohungen konfrontiert. Gegenüber mir selbst und meiner Familie.«

Inspector Jim Gilbert ließ sich in seinen Stuhl fallen und seufzte schwer. »Na toll! Genau das, was wir brauchen. Schießen Sie los, Stoner. Und lassen Sie ja nichts aus, verdammt noch mal!«

Kevin nickte. »Natürlich, Sir, aber bevor ich meine Aussage mache, sollten Sie noch etwas wissen, und ich muss Sie um Ihre Hilfe bitten.« Er zögerte. »Es ist eine ziemlich heikle Angelegenheit.«

Der Inspector warf dem Sergeant einen besorgten Blick zu, und seine Augen wurden schmal. »Ich kann ja wohl kaum zustimmen, wenn ich nicht einmal weiß, worum es geht. Außerdem sind Sie weiß Gott nicht in der Position, um Forderungen zu stellen.«

Kevin stand immer noch stramm, obwohl er sich am liebsten zu einem kleinen Ball zusammengerollt hätte, während er den beiden Polizisten von den Fotos erzählte, die Zane heimlich von ihm hatte machen lassen. Er wählte seine Worte mit Bedacht, wie er es vorab geplant hatte, und seine Geschichte endete mit einer demütigen Entschuldigung: »Ich würde niemals Schande über unsere Dienststelle bringen, Sir. Es war ein privater, sehr intimer Moment, und Prewett hat jemanden bezahlt, um mir hinterherzuspionieren und Fotos davon zu machen. Ich fühle mich gedemütigt und bin zutiefst erschüttert, Sir. Sollten die Fotos in die Hände der Presse gelangen, würden sie einen riesigen Skandal auslösen, und zwar nicht nur, was mich, meine Familie und die ganze Polizei betrifft, sondern auch die andere Person auf den Fotos.«

Die Augen des Inspectors wurden noch schmaler. »Ist uns diese ›andere Person‹ denn bekannt, Stoner?«

»Ja, Sir«, erwiderte Kevin langsam und deutlich. »Er ist der Sohn eines leitenden Polizeibeamten.«

Inspector Gilbert knirschte mit den Zähnen und stieß einen Schwall Flüche aus. Dann wandte er sich an John Cadman: »Sergeant, nehmen Sie sich einen vertrauenswürdigen Officer und fahren Sie sofort in Prewetts Wohnung, um die Fotos sicherzustellen. Außerdem will ich sämtliche Kameras, seine Computerfestplatte und alle anderen Speichermedien, auf denen sich die Bilder befinden könnten. Bringen Sie alles her, und zwar schnell, bevor die Hausdurchsuchung beginnt.«

Der Sergeant nickte knapp und trat auf die Tür zu. »Bin schon auf dem Weg, Sir.«

»Ach, und John? Wenn Sie wiederkommen, will ich, dass ein vertrauenswürdiger Kollege nachsieht, ob die Bilder vielleicht auch online gespeichert wurden. Falls ja, müssen wir mit dem Provider in Kontakt treten, der den Speicherplatz zu Verfügung stellt.« Er grunzte. »Ehrlich gesagt bezweifle ich, dass Prewett gerissen genug ist, um sie zu verschlüsseln und im Darknet hochzuladen, aber man weiß ja nie. Wir können nur hoffen, dass er nicht so schlau war.«

Cadman eilte davon, und Inspector Gilbert wirkte mit einem Mal erschöpft. Er schüttelte den Kopf. »Setzen Sie sich, Kevin. Sie haben erwähnt, dass er auch Ihre Familie bedroht hat, und ich schätze, damit meinten Sie nicht nur diese Fotos, die er Ihrem Vater schicken wollte.«

»Nein, Sir. Obwohl Zane zuerst zu meinem Dad gehen wollte.« Kevin saß kerzengerade auf dem Stuhl. Er wagte nicht, sich zu entspannen, bis alles vorbei war. »Ich habe eine kleine Nichte, Sir. Die Tochter meines Bruders. Sie heißt Sophie und ist erst neun. Zane hat angekündigt, ihr wehzutun, und es klang nicht wie eine leere Drohung.« Er ließ den Kopf hängen. »Ich hatte schreckliche Angst, und nachdem ich keine Beweise für seine illegalen Machenschaften hatte, konnte ich nichts sagen. Ich konnte nicht riskieren, dass der Kleinen etwas zustößt.« Kevin sah seinem Vorgesetzten in die Augen. »Es tut mir leid, Sir. Ich habe alle enttäuscht. Sogar DI Jackman hat gemerkt, dass etwas nicht stimmt, und mir geraten, mich von Prewett fernzuhalten. Ich wollte ihm alles erzählen, aber ich musste immer daran denken, was Prewett Sophie womöglich antun würde. Lebensverändernde Dinge, genau das hat er gesagt.«

»Und Sie schwören, dass Sie nichts mit den Deals zwischen Prewett und Drew Wilson – oder einem anderen Kriminellen – zu tun hatten?«

»Ja, ich schwöre, Sir.«

Der Inspector lehnte sich in seinem Stuhl zurück und faltete die Hände im Schoß. »Ich akzeptiere Ihre Begründung, Kevin. Sie hatten eine reine Weste, bevor ich Sie mit Prewett zusammengespannt habe – was ironischerweise den Zweck hatte, ihn wieder auf Spur zu bringen. Es wird natürlich eine Untersuchung geben, und Sie werden eine Menge Fragen beantworten müssen, aber ich bin guter Hoffnung, dass Ihre Karriere nicht darunter leiden wird.«

Kevin schluckte. »Danke, Sir.« Er zögerte. Er wollte unbedingt wissen, was mit den Fotos passieren würde.

»Ich würde vorschlagen, Sie vergessen, dass die Fotos jemals existiert haben. Wir haben genug Probleme, immerhin ist ein Dreifachmörder in Saltern unterwegs. Wir können uns also keinen weiteren Skandal leisten. Bis morgen sind alle Spuren vernichtet, und ich bezweifle, dass Prewett die Bilder zur Sprache bringen wird. Immerhin hat er einen Kollegen damit erpresst.« Er schnaubte angewidert. »Verdammt! Ich wusste von Anfang an, dass er Probleme machen wird, aber niemand hat geahnt, dass er tatsächlich korrupt ist.« Er warf Kevin einen reumütigen Blick zu. »Es tut mir leid, dass ich Sie zu Prewetts Partner gemacht habe. Ich hatte nur die besten Absichten, aber ich habe Sie damit in eine unmögliche Situation gebracht. Bitte entschuldigen Sie.«

Das war besser, als Kevin zu hoffen gewagt hatte. »Es gibt nichts zu entschuldigen, Sir. Ich hätte schon viel früher den Mut aufbringen sollen, zu Ihnen zu kommen. Es ist also allein meine Schuld.«

Der Inspector musterte ihn eindringlich. »Weiß Ihr Vater von Ihrer sexuellen Orientierung?«

Kevin schluckte hörbar. »Nein, Sir. Er wäre am Boden zerstört.«

»Da bin ich anderer Ansicht.« Gilbert lächelte traurig. »Er hätte sich diesen Weg vielleicht nicht für Sie ausgesucht, aber ich würde vorschlagen, dass Sie ihm ein wenig mehr Verständnis zugestehen. Vielleicht weiß er es schon und wartet nur darauf, dass Sie ihn ins Vertrauen ziehen.« Der Blick des Inspectors war beinahe väterlich. »Sie sollten auf jeden Fall nicht mehr zu lange damit warten. Niemand kann Sie erpressen, wenn alle Bescheid wissen, und wir leben im einundzwanzigsten Jahrhundert, Kevin. Die Leute sind um einiges liberaler als noch vor zwanzig Jahren.«

Kevin nickte. »Ich werde mit ihm reden, Sir. Ich habe genug von der Heimlichtuerei.«

»Ihnen ist doch klar, dass ich Sie suspendieren muss?«

»Natürlich, Sir. Ich werde alles tun, was von mir erwartet wird.« Kevin erhob sich, nahm seine Dienstmarke und legte sie auf den Schreibtisch. »Ist das alles, Sir?«

»Im Moment ja. Gehen Sie nach Hause, reden Sie mit Ihrem Vater, und denken Sie daran, was ich über die Fotos gesagt habe. Kein Wort zu niemandem. Vergessen Sie sie. Sie haben nie existiert.«

Tränen stiegen in Kevins Augen, als er das Zimmer schließlich verließ. Selbst wenn er davonkam – und das war bei Weitem nicht sicher –, hatte Zane Prewett dafür gesorgt, dass es nie wieder so sein würde wie früher. Er würde diese verdammten Fotos sein ganzes Leben lang nicht vergessen.

Jackman fuhr widerstrebend mit dem Aufzug nach unten in den Keller. Er versuchte noch immer, einen Grund für seine irrationale Angst vor Orac zu finden. Gut, Angst war vielleicht nicht das richtige Wort, aber er fand ihre Zusammenkünfte auf jeden Fall verstörend. Marie schien sich hingegen recht gut mit ihr zu verstehen, und wenn man die Menge an Informationen betrachtete, die Orac geliefert hatte, war eine wirklich gute Zusammenarbeit zwischen ihnen entstanden.

Wahrscheinlich waren es die Augen. Oder vielleicht doch ihr außergewöhnliches Selbstvertrauen?

Der Aufzug wurde langsamer, und Jackmans Herz schlug schneller. Vielleicht war es keines von beidem. Orac war einfach einmalig. Sie war ganz anders als alle Menschen, die er bis jetzt kennengelernt hatte, sogar an der Uni. Er schüttelte den Kopf und versuchte, sich zu beruhigen, während er auf die Tür der IT-Abteilung zuging.

Er drückte sie auf, doch Oracs Platz war leer. Einen Moment lang wusste er nicht, ob er erleichtert oder enttäuscht sein sollte.

»Kann ich Ihnen helfen, Sir?«

Eine Frau trat aus dem angrenzenden Büro. Ihre langen dunklen Haare wurden von einem breiten, scharlachroten Haarband zurückgehalten, und sie erinnerte Jackman an eine moderne Alice im Wunderland. »Ähm, ja, danke. Ich brauche Zugang zu HOLMES.«

»Oh, gut. Ich dachte, Sie suchen Orac. Sie hat sich ein paar Stunden freigenommen.« Die Frau streckte die Hand aus. »Ich bin Sylvia Sherwood, und HOLMES ist mein Baby.«

Jackman lächelte. Er hatte einen Aufschub erhalten. »Wunderbar. Ich bin DI Jackman, und ich brauche Ihre Hilfe. Wir haben drei Mordopfer in unserem Zuständigkeitsbereich und befürchten einen Serienmörder, was ja Ihr Spezialgebiet ist.« Er deutete auf die dicke Mappe, die er dabeihatte. »Das ist alles, was wir bis jetzt haben.«

»Ich habe Sie schon erwartet. Dann sind es also bereits drei Tote?« Ihr Gesicht wurde schlagartig ernst. »Okay, ich mache mich sofort an die Arbeit. Das System ist inzwischen um einiges schneller. Ich starte die Suchanfragen und halte Sie dann auf dem Laufenden, DI Jackman.«

Er gab ihr die Mappe und wandte sich ab. »Ach ja, und wenn Sie Orac sehen, sagen Sie ihr doch bitte, dass ich da war, um mich für die Informationen zu bedanken, die sie uns verschafft hat. Wir wissen ihre Hilfe sehr zu schätzen.«

Die Frau grinste amüsiert. »Ich werde Ihre Nachricht natürlich weiterleiten, Sir. Orac weiß Ihre Aufmerksamkeit sicher zu würdigen, das weiß ich.«

Als sich die Aufzugtüren schlossen, meinte der verwirrte Jackman, leises Lachen im Computerraum zu hören. Er runzelte die Stirn und erkannte entsetzt, dass seine irrationale Angst, sich im selben Raum wie Orac aufzuhalten, bereits auf der Dienststelle die Runde gemacht hatte. Na toll!

Marie sah von Peter Hodders Notizbuch auf und starrte blicklos an die Wand. Sie hatte selbst schon schreckliche Dinge gesehen, aber das war nichts im Vergleich zu dem, womit es dieser Mann zu tun gehabt hatte.

Sie lehnte sich zurück. Es war erstaunlich, dass er mit solcher Würde damit fertiggeworden war. Ohne Peter Hodder, seine ruhigen, gewissenhaften Beobachtungen und seine methodische Polizeiarbeit hätte Françoise Thayer vielleicht noch jahrelang weitergemordet.

Marie schloss das erste Notizbuch, und ihr lief ein Schauer über den Rücken. Sie war sich nicht sicher, ob sie es über sich brachte, die anderen auch gleich zu lesen.

»Sarge?« Max sank in den Stuhl gegenüber. »Hast du kurz Zeit?«

»So viel du willst, mein Freund. Wenn ich noch mehr über Françoise Thayer lese, werde ich selbst noch verrückt.«

»Ich habe versucht, Alison Fleets Vergangenheit aufzudecken. Ich konnte ihren ersten Mann zwar immer noch nicht finden, aber ich habe lange mit ihrer Schwägerin, Lucy Richards, gesprochen, und ich glaube, schön langsam komme ich dahinter, was los war.« Er kratzte sich am Kopf.

»Schieß los«, meinte Marie.

»Bruce Fleets Unternehmen stand vor dem totalen Kollaps. Es war viel schlimmer, als es zunächst den Anschein hatte. Er hatte das Haus ohne das Wissen seiner Frau bis oben hin mit Hypotheken belastet, und die Bank machte bereits ihr Recht geltend. Er hatte allerdings keine Ahnung, dass Alison sehr wohl bemerkt hatte, dass Geld fehlte. Sie vermutete eine Affäre.« Max hob die Augenbrauen. »Sie hat Lucy davon erzählt, die sie aber überzeugen konnte, dass Bruce sie niemals betrügen würde. Er liebte Alison abgöttisch. Es musste also einen anderen Grund geben ...«

»Nahm sie deshalb Antidepressiva?«

»Geduld, Sarge, dazu komme ich noch.« Max lehnte sich zurück und fuhr dort: »Alison gestand Lucy, dass während ihrer Ehe mit Ray Skinner etwas Schreckliches passiert war. Ich habe nicht herausgefunden, was es war, und sie hat auch Lucy nichts Genaueres erzählt, aber es muss ziemlich heftig gewesen sein, denn sie hielt bis zum Schluss den Kontakt zu Skinner aufrecht. Vermutlich hat sie ihm das ganze Geld zugesteckt.«

Marie runzelte die Stirn. »Und Bruce Fleet hat davon nichts gemerkt? Seine Schwester hat ihm nichts erzählt?«

Max schüttelte den Kopf. »Lucy und Alison waren so ...« Er überkreuzte die Finger. »Sie standen sich echt nahe.«

Marie blähte die Wangen. »Was ist bedeutsam genug, um den Kontakt zu einem möglicherweise gewalttätigen Ex-Mann aufrechtzuerhalten, obwohl man glücklich verheiratet ist?«

»Keine Ahnung, fest steht nur, dass es Alison ziemlich aus der Bahn geworfen hat. Sie hat Lucy gegenüber zugegeben, dass sie Pillen nimmt, aber Lucy weiß nicht, woher sie sie hatte. Außerdem ...«, Max legte eine dramatische Pause ein, »... war Alison nach dem tragischen Zwischenfall eine Zeit lang im Saltern General Hospital.«

»Noch eine Verbindung zu diesem verdammten Krankenhaus«, murrte Marie und biss sich auf die Lippe. »Ich dachte, wir hätten die Krankenakten überprüft, als wir herausfinden wollten, woher sie die Medikamente bekam?«

»Haben wir auch. Aber sie hieß damals noch Alison Skinner. Ich habe die Unterlagen angefordert, aber das Ganze ist lange her, und damals waren die Akten noch nicht digitalisiert. Die zuständige Angestellte hat mir versichert, dass sie ihr Bestes geben würde, aber ehrlich gesagt klang sie eher angepisst.«

»Je mehr ich über die Probleme der Fleets erfahre, desto besser kann ich verstehen, warum Bruce Fleet sich umgebracht hat.« Marie seufzte. Langsam bekam sie Kopfschmerzen. Sämtliche neuen Informationen führten nur zu noch größeren Geheimnissen, und dabei geriet man leicht auf eine falsche Fährte. »Na ja, zumindest wissen wir jetzt, dass Alison Fleet die Tabletten tatsächlich nahm, um es etwas erträglicher zu machen, auch wenn wir nicht wissen, worum es sich handelte und woher sie die Medikamente hatte.«

»Ich schätze, wir können ausschließen, dass sie von ihrem Mörder unter Drogen gesetzt wurde.« Max schniefte. »Aber woher hatte sie sie dann? Von Ray Skinner? Vielleicht blieb sie deshalb mit ihm in Kontakt, weil er ihr Dealer war?«

Marie nickte. »Und vielleicht war er auch ihr Mörder.«

»Vielleicht.«

»Wir müssen ihn finden, Max.«

»Ich habe sämtliche Informationen in QUEST eingegeben und ihn mit ›von Interesse‹ markiert.«

»Gut«, erwiderte Marie. Die Suchmaschine QUEST kombinierte die Fingerabdrucksuche mit vorhandenen DNA-Proben. »Wo und wann ist er zum letzten Mal in Erscheinung getreten?«

»Eine Woche vor Alisons Tod. Am Peterborough Market. Das stimmt auch mit dem letzten Eintrag in Alisons Tablet überein. Wir haben versucht, ihn von ihrem Telefon aus anzurufen, aber die Nummer war nicht erreichbar. Er ist also vollkommen vom Radar verschwunden.«

»Weil er ein Mörder ist. Oder ein Drogendealer.«

»Oder beides.« Max verzog das Gesicht.

»Okay. Wir erzählen am besten unserem DI davon. Vielleicht kann er Ray Skinners Namen an HOLMES weitergeben, und das Programm findet eine Verbindung zwischen Skinner und den anderen beiden Opfern.«

»Ja, wäre das nicht toll?« Max lächelte missmutig. »Aber wenn man sich die Ermittlungen bis jetzt so ansieht, ist das Glück nicht gerade auf unserer Seite.«

»Schwarzseher!« Charlie Button legte eine Hand auf Max' Schulter. »Vergiss QUEST. Rate mal, wer Mr Ray Skinner gefunden hat?«

Max hob die Augenbrauen. »Angesichts deines selbstgefälligen Grinsens würde ich auf dich tippen, du eingebildeter Arsch.« Er boxte Charlie in den Arm. »Also, wie hast du das angestellt?«

»Ich habe es mal von der anderen Seite aus probiert.« Charlie zog sich ebenfalls einen Stuhl heran. »Wir sind so sehr daran gewöhnt, uns mit nichtsnutzigen Mistkerlen herumzuärgern, dass wir dachten, er würde sich verstecken, weil er etwas auf dem Kerbholz hat. Weil er Alison bedroht oder sie mit Drogen versorgt hat, aber ich ...« Er hielt inne. »Ich habe mir überlegt, ob er vielleicht ein ganz normaler, netter Kerl ist. Aber warum hielt Alison dann den Kontakt zu ihm aufrecht, ohne Bruce Fleet davon zu erzählen?«

Marie lehnte sich vor. »Und was ist mit dem Verdacht auf häusliche Gewalt?«

»Skinner war nicht das Problem, Sarge. Sondern Alison.«

»Was? Alison Fleet? Die treue Ehefrau und Veranstalterin zahlloser Wohltätigkeitsveranstaltungen?« Maries Augen weiteten sich.

»Sie konnte nichts dagegen machen, Sarge.« Charlie warf einen Blick in seine Unterlagen. »Ihr Tod hat Ray Skinner ziemlich hart getroffen. Aber er kommt nachher vorbei, um mit uns zu reden, und nachdem Bruce mittlerweile tot ist, braucht er kein Geheimnis mehr aus der Sache zu machen und wird uns alles erzählen. Der wesentliche Punkt ist, dass Alison und Ray ein Kind hatten. Alison wurde noch vor der Hochzeit schwanger. Sie war damals selbst noch ein halbes Kind und völlig überfordert. Sie litt unter schweren postnatalen Depressionen, und es kam zu einem schrecklichen Zwischenfall. Danach hatte Ray furchtbare Angst um das Baby.«

Marie holte tief Luft. »Sie trennten sich, und er behielt das Kind. Deshalb hat Alison den Kontakt nie abgebrochen und ihm immer wieder Geld geschickt. Um ihr Kind zu unterstützen.«

»Allerdings ohne ihrem neuen Ehemann etwas davon zu erzählen«, fügte Max hinzu.

»Ja, mehr oder weniger. Alison ging es jedenfalls eine ganze Weile lang richtig mies«, fuhr Charlie fort. »Es war offenbar ziemlich unschön, aber das sind so die Grundzüge der Geschichte.«

»Dann hat sie also ihr ganzes Leben lang versucht, ihren Fehler als Teenager wiedergutzumachen.« Marie nickte. »Damit ergibt alles irgendwie mehr Sinn. Wann kommt Skinner denn, Charlie?«

»Gleich morgen früh.« Charlie zog ein Blatt Papier von dem Stapel. »Ach ja, er war übrigens entsetzt, als er hörte, dass sie immer noch Tabletten nahm. Er dachte, sie hätte vor vielen Jahren aufgehört.«

»Dann weiß er also nicht, woher sie sie hatte?«

»Nein.«

»Auf jeden Fall gute Arbeit, Charlie. Wie hast du ihn eigentlich gefunden?«

»Ich habe ausgerechnet, wie alt sie waren, als sie geheiratet haben, und dann habe ich auf Facebook und einigen anderen Networking-Plattformen einen alten Schulfreund von Ray ausfindig gemacht, der noch Kontakt zu ihm hat.« Er verzog das Gesicht. »Es war nicht gerade vorbildliche Polizeiarbeit, sondern eher Kindergartenniveau.«

»Aber es hat funktioniert, Kumpel«, erwiderte Max fröhlich. »Wer braucht schon Orac und HOLMES 2, wenn wir Charlie Button und Social Media haben?«

Marie lachte, und es vertrieb die Schrecken dessen, was sie vorhin in Peter Hodders Notizbuch gelesen hatte. Aber nicht lange. Es war natürlich toll, dass sie Ray Skinner gefunden hatten, aber es half ihnen nicht bei der Suche nach dem Mörder. Und auch nicht nach Daniel Kinder.

Ihre Belustigung verflog. Sie waren kein Stück weitergekommen. »Okay, Jungs, wir müssen weitermachen. Wir haben drei tote Frauen und tappen immer noch genauso im Dunkeln wie am ersten Tag.«

Während die beiden jungen Detectives an ihre Schreibtische zurückkehrten, klingelte Maries Telefon.

»Hier ist Guy. Ich wollte nur sagen, dass ich mit Skye Wynyard gesprochen habe.«

»Wie geht es ihr?«

»Sie ist frustriert und verängstigt, aber sonst geht es ihr angesichts der Umstände ganz gut. Ich konnte allerdings nicht lange mit ihr reden, weil einer von Daniels Freunden bei ihr war.«

Preston klang irgendwie verärgert.

»Also bin ich nach Hause gefahren. Ich glaube zwar nicht, dass Daniel seinen Termin einhält, aber vielleicht hat er ja zwischendurch einen hellen Moment oder ihm fällt kein anderer Zufluchtsort ein. Deshalb dachte ich, es wäre gut, wenn ich hier warte.«

»Gute Idee, Guy. Ich rufe Sie an, falls er in der Zwischenzeit aufgegriffen wird.«

»Danke. Und während ich hier Däumchen drehe, werde ich den Bericht über ihn fertig schreiben.« Er stockte, dann meinte er: »Marie? Es tut mir leid, falls Sie mich vorhin falsch verstanden haben. Ich habe nur vorgeschlagen, gemeinsam etwas trinken zu gehen, weil es doch schon Jahre her ist, seit wir zusammengearbeitet haben. Wir haben uns sicher viel zu erzählen. Aber inzwischen habe ich das Gefühl, dass es vielleicht nicht ganz so rübergekommen ist.«

Marie biss die Zähne zusammen, dann meinte sie: »Ach, kommen Sie, Guy! Wir kennen einander doch schon lange genug, oder? Natürlich habe ich Sie nicht falsch verstanden. Wenn alles vorbei ist, können wir gerne auf einen Drink gehen.«

Marie hatte Jackman zwar gesagt, dass sie kein Problem damit hatte, mit Guy Preston zu arbeiten, aber stimmte das tatsächlich? Er hatte anscheinend immer noch die Macht, sie aus der Ruhe zu bringen, und sie war sich nicht sicher, ob es ihr gefiel. Letztes Mal konnte sie Bill ihr Herz ausschütten, doch dieses Mal hatte sie niemanden außer Jackman. Und der war zwar mitfühlend und ein verdammt guter Zuhörer, aber angesichts der Schwere dieses Falls war es vielleicht nicht angemessen, ihn auch noch mit persönlichen Problemen zu belasten.

»Tut mir leid, aber ich muss jetzt weiter, Guy«, sagte sie schließlich und legte auf. Sie seufzte laut. Die Situation ging ihr gehörig auf die Nerven. Vermutlich deshalb, weil kurz nach Kinders Entlassung eine weitere tote Frau gefunden worden war. Er hatte zwar womöglich gar nichts damit zu tun, aber es machte nun mal keinen guten Eindruck – und wenn die Presse davon Wind bekam, dann gnade ihnen Gott.

KAPITEL 21

Daniel hatte Angst. Tez hatte ihm versichert, dass keine Cops hinter dem Haus stationiert waren, doch als er die Gasse am Zaun entlanggeschlichen war, hatte er plötzlich einen weißen Streifenwagen vor dem Gartentor entdeckt. Einen Moment lang war das Verlangen, einfach auf die Polizisten zuzulaufen und sich ihnen in die Arme zu werfen, beinahe übermächtig gewesen, doch irgendetwas hatte ihn zurückgehalten.

Inzwischen kauerte er in einem modrigen Schuppen im Nachbargarten. Er war offenbar bereits durchsucht worden, denn auf dem Holzboden waren immer noch schlammige Stiefelabdrücke zu sehen.

Vor ein paar Stunden hatte Daniel die Polizisten angefleht, ihn nicht zu entlassen, und nun rannte er vor ihnen davon. Sein Arm schmerzte, als würde jemand glühende Kohlen auf die wunde Haut pressen, und er war so erschöpft, dass er sich am liebsten auf den feuchten Boden gelegt und geschlafen hätte. Aber selbst dazu fehlte ihm der Mut. Er fürchtete sich vor dem Schlaf und den Träumen, die er mit sich brachte.

Er wickelte die muffige Jacke enger um sich und versuchte nachzudenken. Doch schon nach ein paar Minuten gab er es auf. Schmerz und Verwirrung ließen keinen vernünftigen Gedanken zu. Was war mit seinem Arm passiert? Warum war er aufgeschlitzt? Er betrachtete den feuchten, blutigen Verband und versuchte erfolglos, sich zu erinnern. Er war sich lediglich sicher, dass er sich nicht selbst verletzt hatte – zumindest nicht bewusst.

Daniel lehnte sich an die Holzwand des Schuppens und spürte, wie ihm Tränen in die müden Augen stiegen. Er musste seinen Arm behandeln lassen, damit sich die Wunde nicht infizierte. Wenn sie das nicht schon längst getan hatte.

Er richtete sich mit beinahe übermenschlichem Kraftaufwand auf. Es gab nur einen Ort, an dem er Zuflucht finden würde. Es war nicht allzu weit, und hoffentlich würde ihn in Tez' alter Jacke niemand erkennen. Daniel stieß ein kurzes, bitteres Lachen aus. Eines war jedenfalls sicher: Im Moment sah er eher wie ein heruntergekommener Penner aus und nicht wie der aufstrebende Journalist, der er noch vor einer Woche gewesen war.

Daniel schlüpfte aus dem Schuppen und machte sich stolpernd auf den Weg zu dem einzigen Menschen, der ihm jetzt noch helfen konnte.

Guy Preston brauchte einen Moment, bevor er die schmuddelige Gestalt wiedererkannte, die erschöpft in seinem Türrahmen lehnte.

»Ich wusste nicht, wohin ich sonst gehen sollte ...«

Die Stimme klang gebrochen und gequält. Der junge Mann stand kurz vor dem Zusammenbruch.

Guy breitete freundlich die Arme aus. »Kommen Sie rein, Daniel! Kommen Sie rein!« Er betrachtete seinen Gast genauer. »Was ist passiert?«

Daniel löste sich vom Türrahmen und trat in die Wohnung. »Wenn ich das bloß wüsste!«

Guy führte ihn in die Küche und zog einen Stuhl heraus. Daniel ließ sich dankbar darauf niedersinken, und Guy löste die schmutzige Jacke von seinem linken Arm. »Darf ich mir die Wunde mal ansehen?«

»Ich dachte, Sie wären Psychologe?«

»Ich habe eine allgemeinärztliche Ausbildung absolviert, bevor ich Psychologie studierte.« Er lächelte und versuchte, Daniel nicht das Gefühl zu geben, ihn zu analysieren. Er entfernte vorsichtig die stinkende Jacke und ließ sie zu Boden fallen. »Das ist normalerweise nicht Ihr Stil, Daniel.«

»Die habe ich von einem Freund bekommen. Ich konnte ja kaum wie ein blutverschmiertes Unfallopfer durch die Stadt laufen.«

»Und Sie haben keine Ahnung, wie das passiert ist?«

Daniel sagte nichts.

»Eine Ihrer ›Lücken‹, nehme ich an?«

Daniel nickte.

Guy betrachtete leicht verwirrt den blutgetränkten Verband. »Falls Ihr ›Freund‹ mit der wohlriechenden Jacke Ihren Arm verbunden hat, dann hat er wirklich gute Arbeit geleistet. Der Verband ist einwandfrei, was man von dem Outfit nicht behaupten kann.«

»Tut mir leid, aber die Heilsarmee hat nun mal nichts von Armani.«

Guy versuchte, das Ausmaß der Verletzung abzuschätzen, bevor er den Verband entfernte. Der Schnitt hatte offensichtlich stark geblutet, aber die Blutung schien mittlerweile gestillt. »Am besten stellen Sie sich erst mal unter die Dusche und machen sich sauber, und dann kümmere ich mich um die Wunde.« Er trat auf die Tür zu. »Kommen Sie, ich hole Ihnen frische Kleidung und Handtücher.«

Im Badezimmer zog sich Daniel bis auf die Boxershorts aus und hielt seinen Arm über die Wanne, damit Guy den Verband entfernen konnte. Es war das erste Mal, dass er die Wunde selbst zu Gesicht bekam, und sobald der Druckverband weg war, sickerte frisches Blut aus dem klaffenden, ausgefransten Schnitt.

»Duschen Sie sich so schnell wie möglich, und spülen Sie die Wunde sorgfältig aus. Ich muss sie leider nähen.« Guy öffnete einen Schrank und holte einen Koffer mit einem roten Kreuz heraus. »Zum Glück habe ich für den Notfall Nadeln und Faden zu Hause.« Er wandte sich ab. »Rufen Sie mich, wenn Sie wieder angezogen sind, und dann versuche ich, es wieder in Ordnung zu bringen.«

»Schaffen Sie das mit meinem Kopf auch?«

»Das wäre durchaus möglich, Daniel. Haben Sie Geduld, und ich werde mein Bestes geben, das verspreche ich.«

Guy war bereits an der Tür, als Daniel sagte: »Professor Preston? Bitte verständigen Sie noch nicht die Polizei. Ich weiß, dass Sie keine andere Wahl haben, aber vielleicht könnten wir uns vorher noch ein paar Minuten unterhalten?«

Guy nickte. »Kein Problem.«

Vor der Tür atmete er erleichtert auf. Im Grunde war Daniels Verletzung sogar von Vorteil. Wenn er Daniel jetzt half, würde dieser ihm schneller vertrauen, und das war unerlässlich, wenn er Daniels geistigen Zustand korrekt beurteilen sollte.

Guy ging ins Schlafzimmer und holte eine Plastikbox mit sterilen Wundauflagen und Verbänden aus dem Schrank.

Es würde höllisch wehtun, aber das Einzige, was er Daniel geben konnte, waren ein paar Paracetamol und den Rat, die Zähne zusammenzubeißen. Entweder riskierte er es, oder er musste in die Notaufnahme. Guy wusste bereits, wofür der junge Mann sich entscheiden würde.

»Fertig!«, rief Daniel aus dem Badezimmer.

»Bin schon unterwegs«, antwortete Guy und nahm die Kiste mit. »Dann flicken wir Sie mal wieder zusammen …«

Es dauerte zwanzig Minuten, bis die Wunde genäht und erneut verbunden war, und nachdem er sichergestellt hatte, dass Daniel gegen Tetanus geimpft war, konnte er nichts mehr für ihn tun.

»Wollen Sie reden?«

Daniel betrachtete seinen Arm. »Wenn ich mich freiwillig in die Psychiatrie einliefern lasse, würden Sie meine Behandlung übernehmen?«

Guy biss sich auf die Lippe. »Ich stehe leider nicht in direktem Kontakt mit dem örtlichen Krankenhaus. Ihre Behandlung läge also ausschließlich in den Händen des dortigen Teams. Aber ich kenne ein kleineres, privates Krankenhaus am Rand der Lincolnshire Wolds. Der Direktor ist ein guter Freund. Er hätte sicher nichts dagegen, wenn ich mit ihm zusammen an Ihrem Fall arbeite.«

Daniels Blick war voller Hoffnung. »Ich habe genug Geld. Und ich weiß, dass ich Hilfe brauche.«

»Ich will nicht gönnerhaft klingen, Daniel, aber diese Erkenntnis ist der größte Schritt zur Heilung.« Guy erzählte Daniel mehr über die Klinik seines Freundes und die Behandlungsmethoden. »Ich will Ihnen nichts vormachen. Es wird nicht einfach werden, aber wenn Sie sich auf die Behandlung einlassen, sind Sie auf dem besten Weg, Ihr altes Leben wieder zurückzubekommen.«

»Genau das will ich.« Daniel sah ihn an. »Ich will mein Leben zurück.« Er hielt kurz inne. »Ich kann nicht mehr lange so weitermachen. Ich weiß gar nicht mehr, wer ich eigentlich bin.«

»Ich muss der Polizei sagen, wo Sie sind, das verstehen Sie doch, oder? Im Augenblick ist fast jeder Beamte der Fenland Constabulary auf der Suche nach Ihnen.«

»Ja, das ist mir schon aufgefallen«, erwiderte Daniel mit einem kaum merklichen Lächeln, dann kam er wieder auf das ursprüngliche Gespräch zurück. »Eins weiß ich aber trotz aller Verwirrung mit Sicherheit, Professor Preston. Ich bin definitiv Françoise Thayers Sohn. Ihr Blut fließt durch meine Adern.«

»Spielt Blut denn eine wichtige Rolle für Sie?«

Daniel runzelte die Stirn. Dann wurden seine Augen schmal, und er flüsterte: »Ich träume davon.«

»Tatsächlich? Erzählen Sie mir von diesen Träumen.«

Guy hörte zu, während Daniel die Schrecken seiner blutdurchtränkten Nächte beschrieb, und fühlte sich immer unwohler. Litt Daniel womöglich auch unter Hämatomanie? Das wäre doch sicher ein zu großer Zufall gewesen, oder? Und was war mit seiner Wunde? War es möglich, dass er sich eine derart massive Schnittverletzung selbst zugefügt hatte? Hatte Daniel womöglich die ganze Zeit über recht gehabt, was Françoise Thayer betraf? Guy schluckte und bemühte sich um ein möglichst ausdrucksloses Gesicht. Saß er wirklich dem Sohn der berüchtigten Mörderin gegenüber?

Seine Gedanken rasten, doch er musste entscheiden, wie es weiterging. Schließlich sagte er: »Bleiben Sie einfach sitzen und entspannen Sie sich. Ich rufe in der Zwischenzeit meinen Freund an und bitte ihn, dass er Sie aufnimmt. Wir haben sehr viel zu besprechen, Dan, und ich werde mir alle Zeit der Welt für Sie nehmen, okay?«

Daniel nickte. »Und die Polizei?«

»Die kann sicher noch ein wenig warten.«

Guy ging in sein Büro und schloss die Tür. Sein Kopf drehte sich. Er hatte Daniels Geschichte keinerlei Glauben geschenkt – bis jetzt. Aufregung packte ihn. Thayers Sohn? Das wäre eine Sensation! Er griff kopfschüttelnd nach dem Telefon und wählte die Nummer seines Kollegen.

Drei Minuten später war er wieder bei Daniel. »Ich habe alles veranlasst. Sobald die Polizei mit Ihnen gesprochen hat, fahre ich Sie direkt zu ihm, und wir beginnen mit der Behandlung. Es sei denn, die Polizei will Sie erneut verhaften.«

Daniel nickte langsam. »Ich bin bereit. Haben Sie die Polizei schon verständigt?«

Guy setzte sich ihm gegenüber. »Ich dachte, wir unterhalten uns zuerst noch ein wenig. Sie werden wie der Blitz da sein, sobald ich ihnen sage, dass Sie bei mir sind. Aber ich möchte Ihnen vorher noch erklären, wie ich Ihren Zustand einschätze.« Er lehnte sich näher an Daniel heran. »Also, ich sehe es folgendermaßen ...«

»Der Bericht der Gerichtsmedizin.«

Marie hob den Kopf, als Jackman vor ihren Tisch trat.

»Und er ist wirklich sehr interessant.« Jackman legte zwei Ausdrucke auf den Tisch. »Wir haben zwar keinen konkreten Anhaltspunkt, der den Täter mit den Opfern in Verbindung bringt, aber zumindest haben die drei Frauen eine Gemeinsamkeit.«

Marie überflog das toxikologische Gutachten und schnappte nach Luft. »Sie hatten alle drei Antidepressiva im Blut. Es handelt sich sogar um denselben Wirkstoff. Clomipramin Hydrochlorid.«

»Wenn wir herausfinden, wo sie die Medikamente herhaben, kommen wir dem Täter auf die Spur, da bin ich mir sicher.«

»Es muss etwas mit dem Krankenhaus zu tun haben.« Marie zählte an den Fingern ab, welche Verbindungen sie bis jetzt festgestellt hatten. »Sue Bannisters Mann arbeitet im Krankenhaus, Julia Hope war Krankenschwester, und Alison Fleet organisierte regelmäßig Wohltätigkeitsveranstaltungen und war außerdem vor vielen Jahren als Patientin dort, obwohl diese Verbindung natürlich ziemlich weit hergeholt ist.«

»Okay, und wir sollten auch den anderen Blickwinkel nicht vergessen: Daniel Kinder ist für die Krankenhausangestellten wie ein Ritter in glänzender Rüstung, und seine Freundin Skye Wynyard ist Ergotherapeutin.«

Marie wollte gerade etwas erwidern, als Max quer durchs Zimmer rief: »Boss, Ihr Telefon klingelt!«

Jackman hastete in sein Büro und verschwand, während Marie sich Gedanken über die gefundenen Antidepressiva machte. Alison Fleet hatte einen guten Grund gehabt, sich selbst Pillen zu verordnen, aber was war mit den anderen? Welche dunklen Geheimnisse hatten Sue und Julia dazu getrieben, Medikamente zu nehmen, ohne auf die Hilfe ihres Arztes oder eines Psychologen zurückzugreifen? Sie öffnete Julia Hopes Akte. Sie stammte aus einer intakten Familie, hatte keine Geldsorgen oder Schulden, war bei bester Gesundheit, überaus gesellig und gerne auf Partys unterwegs.

Marie seufzte und nahm Sue Bannisters Unterlagen zur Hand. Auch hier sprang ihr nichts ins Auge.

»Marie! Kommen Sie bitte mal?« Marie legte die Akten beiseite und ging in Jackmans Büro.

Er hatte gerade aufgelegt. »Das war die thailändische Polizei. Sie haben Daniels Mutter gefunden.«

»Das wurde aber auch Zeit! Wo ist sie?«

»Sie bringen sie gerade aus dem Dschungel in den nächsten Ort mit funktionierender Internetverbindung. Wir können in ein paar Stunden mit ihr skypen.«

Marie seufzte erleichtert. »Super! Das heißt, wir bekommen endlich ein paar Antworten zu Daniels Herkunft.«

»Ja, hoffentlich. Die Polizei vor Ort hat Ruby Kinder einen Flug von Chiang Mai nach Bangkok gebucht, und von dort kann sie die erste Maschine nach Hause nehmen. Vielleicht kann sie ihren Sohn zur Vernunft bringen.«

»Wie lange wird das in etwa dauern?«

Jackman verzog das Gesicht. »Also, der Flug aus dem Norden nach Bangkok dauert einige Stunden, und dann kommt es darauf an, wann der nächste Flieger geht. Auf jeden Fall kommen noch mal zwölf Stunden dazu, bis sie in London Heathrow landet.«

»Dann wird es also morgen um die Mittagszeit so weit sein«, vermutete Marie.

Jackman nickte. »Könnten Sie Skye anrufen und ihr von Daniels Mutter erzählen? Und sagen Sie ihr, dass wir sie über den Einbruch informieren und klarstellen werden, dass Skye keine Schuld trifft.«

»Wird erledigt, Sir.«

Marie kehrte an ihren Schreibtisch zurück und rief Skye Wynyard an.

Sie hob beim ersten Klingeln ab und fragte sofort, ob sie auf die Dienststelle kommen und bei dem Videoanruf dabei sein dürfte. Marie war einverstanden und legte auf. Im nächsten Moment klingelte das Telefon.

»Er ist hier, Marie. Daniel Kinder ist bei mir und in Sicherheit.«

Marie seufzte erneut. »Gott sei Dank, Guy. Geht es ihm gut?«

»Er ist verletzt und weiß nicht mehr, was passiert ist.« Guy brach ab. »Er hat einen grauenhaften Schnitt am linken Unterarm. Ich musste ihn nähen. Aber es gibt auch noch weitere gute Nachrichten. Er war einverstanden, sich in ein psychiatrisches Krankenhaus einweisen zu lassen.«

»Wirklich?« Marie war doppelt erleichtert. Wenn man davon ausging, dass Daniel nicht der gesuchte Mörder war, waren das Wiedersehen mit seiner Mutter, professionelle Hilfe und regelmäßige Besuche von Skye Wynyard in einer sicheren Umgebung auf jeden Fall der richtige Weg zur Genesung. »Das sind ja tolle Neuigkeiten! Allerdings müssen wir ihn vorher noch zu dem dritten Mord befragen. Glauben Sie, dass er das schafft?«

Guy schwieg einen Augenblick lang. »Er ist sehr labil. In einem Moment wirkt er vernünftig und aufmerksam, dann wieder komplett neurotisch – und das innerhalb von Sekunden. Aber er ist sich klar, dass er nicht mehr so weitermachen kann, und er will Antworten.«

»Okay, wir holen ihn.«

»Soll ich ihn nicht lieber vorbeibringen? Vielleicht gelingt es mir, ihn in diesem Zustand zu halten, damit Sie vernünftig mit ihm reden können. Womöglich verliert er erneut die Nerven und haut ab, wenn er das Blaulicht sieht.«

Marie runzelte die Stirn. »Macht Ihnen das denn nichts aus? Allein mit ihm hierherzufahren?«

»Ich hätte es nicht vorgeschlagen, wenn ich es nicht für das Beste halten würde. Aber danke, dass Sie sich um meine Sicherheit sorgen. Ich weiß natürlich, woran Sie denken, aber Daniel ist ganz anders als Terence Austin. Mir wird nichts passieren.«

Marie biss entnervt die Zähne zusammen. Sie hatte überhaupt nicht an Austin gedacht, sondern wollte Daniel Kinder schlichtweg nicht noch einmal verlieren. Ein Streifenwagen und zwei Officer wären die sicherere Variante gewesen. »Okay, Guy. Wenn Sie wirklich meinen, dass es das Beste ist. Wann fahren Sie los?«

»In fünf Minuten. Dann sind wir in fünfzehn Minuten bei Ihnen.«

Es wurde langsam Abend, als DC Max Cohen in den Umkleideraum schlenderte, wo Kevin Stoner seinen Spind leerte.

»Er wird jetzt verlegt, Kumpel. Ich habe gerade gesehen, wie sich der Sergeant mit Tränen in den Augen von ihm verabschiedet hat.« Max grinste. »Du kannst also wieder frei atmen.«

Kevin erwiderte das Lächeln, aber es fiel nicht ganz so strahlend aus. »Ich glaube, wir können alle wieder frei atmen.«

Max ließ sich lässig auf eine der Bänke fallen und sah zu Kevin hoch. »Ich weiß nicht, wie du das geschafft hast, aber du hast echt tolle Arbeit geleistet.«

Kevin versteifte sich. »Was meinst du damit?«

Max' Grinsen wurde breiter. »Hey! Nur nicht so zurückhaltend! Die ganze Dienststelle sollte dir danken, dass du uns dieses Stück Scheiße vom Hals geschafft hast. Du bist ein Held, Kumpel!«

»Keine Ahnung, wovon du redest, Cohen, aber ich wäre dir echt dankbar, wenn du deine Hirngespinste für dich behalten würdest.« Stoner geriet langsam in Panik.

»Ganz ruhig! Das bleibt unter uns. Du musst natürlich bei deiner Geschichte bleiben, damit die Oberen glücklich sind. Ich wollte dir nur sagen, dass du meinen Respekt hast, Mann.« Er erhob sich. »Das ist alles. Du kannst also beruhigt schlafen. Ich werde meine Ansichten zu Zane Prewetts frühzeitigem Austritt aus dem Polizeidienst für mich behalten. Du hast uns allen einen Gefallen getan.« Max klopfte Kevin auf die Schulter. »Wie schon gesagt, Kumpel: Respekt!«

Als er wieder allein war, ließ sich Kevin verzweifelt auf die Bank sinken. Wenn einer der Detectives ihn durchschaut hatte, dann würden seine Vorgesetzten das doch sicher auch bald tun, oder? Er wusste, dass Inspector Jim Gilbert auf seiner Seite war, aber auch Gilbert musste den Leuten über ihm Rede und Antwort stehen. Und dann stahl sich noch ein zweiter Gedanke in Kevins dröhnenden Kopf: Was, wenn Prewett eins und eins zusammenzählte und erkannte, was er getan hatte? Waren er und seine Familie dann erneut in Gefahr?

Bevor er eine Antwort auf seine Frage fand, ging die Tür erneut auf. Dieses Mal war es Sergeant Cadman. »Ah! Gut, dass ich Sie noch erwische, bevor Sie gehen, Stoner.«

Kevin wollte aufstehen, doch der Sergeant winkte ab und ließ sich auf der gegenüberliegenden Bank nieder. »Es interessiert Sie vielleicht, dass Prewett soeben nach Lincoln verlegt wurde. Und ich bin gerade aus seiner Wohnung zurückgekommen. Wir haben alles gefunden, was wir gesucht haben, wenn Sie verstehen, was ich meine.«

Kevin nickte erleichtert. Das war der eigentliche Grund, warum er nicht schon längst zu Hause war. Er konnte nicht gehen, ohne zu wissen, ob der Sergeant den inoffiziellen Auftrag erledigt hatte. »Danke, Sir. Ich kann Ihnen gar nicht sagen, wie dankbar ich Ihnen bin.«

»Ich weiß es auch so, mein Junge. Ihr Leben war die letzten Monate die reinste Hölle, oder?«

Kevin unterdrückte ein Schluchzen. »Ja, Chef.«

Cadman seufzte und legte den Kopf schief. »Wissen Sie, ich wünschte, Sie wären zu mir gekommen und hätten mir davon erzählt. Es ist zwar toll, wenn man im Nachhinein erkennt, dass man einen Fehler gemacht hat, aber ich hätte schon vor einiger Zeit merken sollen, dass etwas nicht stimmt. Wie die meisten anderen hielt ich Prewett einfach für einen großspurigen, faulen Mistkerl. Ich wäre nie auf die Idee gekommen, dass er so durchtrieben ist und derart verheerende Auswirkungen auf Sie hat.«

»Es war allein meine Schuld, Chef. Ich hatte nicht die Eier, mich gegen ihn aufzulehnen.« Kevin schluckte. »Ehrlich gesagt hat mich das alles hart getroffen. Ich bezweifle, dass ich jemals ein guter Polizist werde. Vielleicht sollte ich das alles noch mal überdenken.«

»Schwachsinn! Sie sind ein guter Junge mit einer glänzenden Zukunft. Wenn jemand die Menschen bedroht, die man liebt, dann schaltet der Verstand ab und man kann keinen klaren Gedanken mehr fassen. Hätte Zane nur Sie selbst erpresst, hätte die Sache anders ausgesehen. Aber er hat Ihre kleine Nichte bedroht, oder? Zane war sehr clever, Kevin, aber das ist jetzt vorbei. Abgesehen von den gerichtlichen Anhörungen. Das wird zwar nicht angenehm werden, aber ich wette, dass Prewett danach lange Zeit im Gefängnis verschwinden wird.«

»Er findet sicher noch einen Weg, mich mit hineinzuziehen.«

»Vielleicht. Aber es wird ihm niemand glauben. Er hat es vergeigt und kann nur sich selbst die Schuld daran geben.« Cadman nickte. »Unter uns gesagt hat er kein Alibi für den Abend des Einbruchs. Er wird sich nicht herausreden, das verspreche ich Ihnen.« Der Sergeant erhob sich. »Aber jetzt ab nach Hause. Und kommen Sie nie wieder auf die Idee, den Polizeidienst zu quittieren! Sobald das alles vorbei ist, geben wir Ihnen einen verdammt guten Partner, und bald werden Sie gar nicht mehr an Zane Prewett denken.« Er blieb im Türrahmen stehen. »Oder Sie machen die nötigen Prüfungen und gehen zur Kriminalpolizei. DI Jackman würde Sie sicher unterstützen.« Cadman hob die Augenbrauen. »Denken Sie darüber nach?«

Kevin nickte. »Ja, Chef.«

Als er wieder allein war, lehnte sich Kevin erneut gegen den Spind. Er wollte den Polizeidienst nicht wegen der Dinge quittieren, die Zane ihm angetan hatte, sondern wegen der hinterlistigen Art, wie er das Problem gelöst hatte. Er hatte einen ausgeklügelten, hinterhältigen Plan ausgeheckt, um einen Polizeikollegen in den Dreck zu ziehen, und war damit um keinen Deut besser als Zane. Doch dann dachte er an Sophie. Er bezweifelte nicht, dass Zane – oder einer seiner Kumpane – dem Mädchen »lebensverändernde Dinge« angetan hätte. Allein der Gedanke daran verursachte ihm eine Gänsehaut.

Kevin seufzte. Er musste wohl damit leben, was er getan hatte.

Außerdem wusste er noch etwas über Zane: Kevin hatte ihm nur deshalb getrost eine Falle stellen können, weil er ganz genau gewusst hatte, wo Zane zur Zeit des Einbruchs war. Sergeant Cadman hatte zwar gemeint, Zane hätte kein Alibi, aber das stimmte nicht. Er hatte Kevin gegenüber damit angegeben, dass er die Frau eines uniformierten Inspectors vögelte.

Kevin grinste. Die Nachricht mit dem Datum des nächsten Treffens war ihm ins Auge gesprungen, als er Drew Wilson von Zanes Handy aus das Okay für den Einbruch gegeben hatte.

Kevin sammelte seine Sachen zusammen. Manchmal wünschte er sich, sein Vater hätte einen anderen Beruf gewählt. Einen Beruf, der Kevin von seinem starken Bewusstsein für Richtig und Falsch befreit hätte.

Stattdessen hatte sein Vater ihm alles beigebracht, was es über Sünden zu wissen gab – weshalb Kevin auch mit Sicherheit wusste, dass er gesündigt hatte.

KAPITEL 22

Wo zum Teufel steckt Guy Preston? Er und Daniel hätten schon vor einer halben Stunde hier sein sollen. Versuchen Sie es noch mal auf dem Handy, Marie!« Jackman wanderte nervös in seinem Büro auf und ab.

»Habe ich gerade, aber er geht nicht dran. Irgendetwas stimmt da nicht, Chef.«

»Das war ja klar«, knurrte Jackman. »Es wäre zu schön gewesen, wenn bei diesem Fall endlich mal etwas glattgelaufen wäre.«

»Ich wusste, ich hätte einen Streifenwagen schicken sollen«, erklärte Marie zerknirscht.

Jackman blieb stehen. »Das ist doch nicht Ihre Schuld! Seine Begründung hätte mich genauso überzeugt.«

»Ich hatte so ein Gefühl, aber ich habe mich von Preston überreden lassen. Es gibt keine Entschuldigung, ich war ein Idiot.«

Jackman warf einen Blick auf die Uhr an der Wand. Der Videoanruf mit Thailand war um eine Stunde verschoben worden, nachdem Ruby Kinders Fahrt aus dem Dschungel länger gedauert hatte als geplant. Es würde erst in einer halben Stunde so weit sein. Er wanderte erneut auf und ab.

Ein uniformierter Beamter hatte inzwischen bestätigt, dass Guy Prestons Wagen nicht mehr vor seinem Haus stand, und ein Nachbar hatte Preston und einen jungen Mann vor etwa einer Dreiviertelstunde davonfahren gesehen. Da die Fahrt von der Wohnung in die Dienststelle nur zehn Minuten dauerte, stellte sich allerdings die berechtigte Frage, wo die beiden abgeblieben waren.

Im nächsten Moment klopfte es an der Tür, und eine vertraute Gestalt betrat das Büro.

»Guy!« Marie sprang auf. »Gott sei Dank! Wir dachten, es wäre Ihnen etwas passiert, aber …«

»Wo ist Daniel Kinder?«, fragte Jackman.

»Fort.« Guy Preston warf Marie einen reumütigen Blick zu. »Es tut mir so leid. Ich hätte es Ihnen überlassen sollen.«

»Wie ist denn das passiert?«, fragte Marie. »Sie haben das Haus doch gemeinsam verlassen, oder?« Ihr wurde mit einem Mal klar, dass Prestons Erscheinung nicht so makellos war wie sonst. Die Jackenärmel waren dreckverschmiert, die Hose staubig und die Schuhe voller Erde.

»Ja, wir sind ganz normal losgefahren, aber dann wurde ihm plötzlich übel.« Guy schien wahnsinnig wütend auf sich selbst. »Ich hatte gerade ohne Betäubungsmittel seinen Arm genäht, und er hatte nur ein paar Paracetamol geschluckt, also habe ich ihm geglaubt. Ich bin stehen geblieben, und er ist ausgestiegen. Ich habe den Motor ausgemacht, aber dämlicherweise den Schlüssel stecken gelassen, und bin auf die andere Seite, um ihm zu helfen.« Seine Wut wuchs von Sekunde zu Sekunde. »Er hat mich überrascht und in den Straßengraben geschubst. Als ich endlich wieder oben war, war er bereits fort.« Er seufzte schwer. »Ich bin dann zu Fuß hierhergelaufen.«

Marie verzog das Gesicht. »Ihr Telefon ist vermutlich im Wagen?«

»Exakt.«

»So viel dazu, dass Daniels Zustand stabil ist«, meinte Marie.

»Also, ich würde ihn auf alle Fälle als stabil bezeichnen«, entgegnete Guy. »Sogar als berechnend und sehr kontrolliert.«

Jackman kaute auf seiner Wange herum. »Sie glauben also, er hat alles geplant?«

»Ja.« Preston setzte sich. »Er hat gewusst, dass Sie ihn finden, wenn er in die Notaufnahme geht, deshalb kam er zu mir, damit ich ihn zusammenflicke. Und dann hat er die Fliege gemacht – mit meinem Auto. Ach ja, und mit meinen Kleidern.«

»Wir sollten die Verkehrspolizei benachrichtigen, damit sie den Wagen aufhalten«, meinte Marie und öffnete ihr Notizbuch. »Automarke? Kennzeichen?«

»Ich habe den Beamten am Empfang bereits informiert.« Guy zuckte mit den Schultern. »Er wird sich darum kümmern.«

»Gut«, murmelte Jackman. »Dann werden sie ihn bald haben.«

»Hoffentlich.« Guy wirkte plötzlich müde. »Wissen Sie, ich war mir so sicher, dass wir auf dem richtigen Weg waren. Er schien so anders, so ehrlich. Wir haben uns lange unterhalten. Außerdem hätte er schon vorher zwei Mal abhauen können. Ich bin ins Büro, um zu telefonieren, und der Autoschlüssel lag auf dem Tisch im Flur. Es wäre sehr viel einfacher gewesen, sich heimlich aus dem Staub zu machen, aber er hat es nicht getan.«

Marie sah ihn an. »Kamen Sie bei Ihrer langen Unterhaltung vielleicht an einen Punkt, der ihn aus der Fassung gebracht hat?«

Guy betrachtete sie nachdenklich. »Ich glaube nicht, aber ...« Er zuckte mit den Schultern. »Falls es einen Trigger gab, habe ich nichts davon gemerkt. Er hat mich total hinters Licht geführt.« Guy rieb sich den Nacken. »Wie konnte ich bloß so vertrauensselig sein? Nein, schlimmer noch: Ich war selbstgefällig und restlos von meinen Fähigkeiten überzeugt!«

»Machen Sie sich nicht fertig deswegen, Guy«, erwiderte Jackman. »Daniel ist zwar total durch den Wind, aber er ist trotzdem immer noch ein sehr intelligenter und sympathischer junger Mann, und es ergeht uns allen ähnlich, wenn wir uns mit ihm unterhalten. Einen Moment lang bin ich überzeugt, dass er bloß ein trauriger Junge ist, der von der Frage nach seiner Herkunft besessen ist, und im nächsten Augenblick bin ich sicher, dass er unser Mörder ist.«

»Aber ich bin hier der verdammte Psychologe«, murmelte Guy. »Wenn nicht einmal ich es schaffe, Daniels Gedankengänge zu verstehen, dann habe ich meinen Beruf verfehlt, oder?«

Glücklicherweise läutete Maries Telefon, bevor Jackman antworten musste.

»Skye? Was ist denn los?« Marie hörte zu, dann sagte sie: »Keine Sorge, ich lasse Sie von einem unserer Officer abholen. Bis gleich.«

Jackman sah sie fragend an.

»Ihr Auto hat einen Platten, und sie will unbedingt bei dem Gespräch mit Ruby dabei sein.« Sie sah ihn an. »Daniel ist irgendwo da draußen und verfolgt einen verrückten Plan, also ist sie hier sicherer, glauben Sie nicht auch?«

»Auf jeden Fall. Schicken Sie sofort einen Streifenwagen

zu ihr.« Marie verschwand, und Jackman wandte sich an Preston. »Ich lasse Sie von Max nach Hause fahren, damit Sie sich frisch machen können. Sie meinten vorhin, dass Daniel Ihre Kleidung trägt?«

»Seine Sachen waren blutverschmiert. Es handelt sich um ein Paar Designerjeans, ein blassblaues Poloshirt von Ralph Lauren und eine hellgraue Bomberjacke.«

»Er war blutverschmiert?«

»Von der Wunde an seinem Arm.«

»Und seine Kleider befinden sich noch in Ihrer Wohnung?«

»Ja, im Badezimmer. Ich wollte sie wegwerfen, sobald ich wieder zu Hause bin.«

»Max soll sie einpacken und mitnehmen. Es besteht immerhin die Möglichkeit, dass es nicht nur Daniels Blut ist. Sie müssen zur Spurensicherung.«

Guy nickte. »Ja, klar. Daran habe ich gar nicht gedacht. Ich werde sie Max geben. Glücklicherweise hat nur Daniel sie in der Hand gehabt, die Spuren sind also noch nicht verunreinigt.«

»Wollen Sie bei dem Gespräch mit Daniels Mutter dabei sein? Es könnte allerdings etwas knapp werden.«

Guy Preston schüttelte den Kopf. »Ich hatte heute schon genug Aufregung. Sie können mir ja morgen davon erzählen, DI Jackman. Ich glaube, ich brauche jetzt erst mal eine lange heiße Dusche.«

»Ich gebe Ihnen Bescheid, sobald wir Ihr Auto gefunden haben. Und wenn nötig, nehme ich Sie morgen früh mit hierher.«

»Vielen Dank.« Guy versuchte vergeblich, den Staub von seiner Jacke zu wischen. »Es tut mir wirklich leid, was passiert ist. Es ist allein meine Schuld, dass Daniel jetzt nicht unten im Verhörzimmer sitzt. Ich hätte auf Marie hören sollen.«

»Vergessen Sie's«, erwiderte Jackman und rang sich ein Lächeln ab, obwohl er Preston zustimmen musste. »Marie hat immer recht. Es ist echt unerträglich, oder?«

Guy Preston sah ihn besorgt an. »DI Jackman? Ich muss gestehen, dass ich mir nicht mehr so sicher bin, was Daniel Kinder betrifft. Da ist zum einen der Schnitt an seinem Arm. War es ein Unfall? Oder hat sich jemand gegen ihn gewehrt? Hat er sich vielleicht selbst so schwer verletzt? Das Schlimmste ist allerdings, dass er mich hinters Licht geführt hat. Und wenn es ihm bei mir gelungen ist, Inspector, dann gelingt es ihm bei allen anderen ebenfalls.«

Guy Preston verließ das Büro, und Jackman starrte ihm hinterher. Er dachte an Marie und das seltsame Band zwischen ihr und dem Psychologen. Sie hatte ihm zwar erzählt, was bei Terence Marcus Austins Verhör passiert war, aber Jackman fühlte sich irgendwie nicht wohl dabei, dass die beiden nun wieder zusammenarbeiteten. Es war schwer zu glauben, dass Prestons heimliche Blicke in ihre Richtung nicht seinem Wunsch nach einer Beziehung mit ihr entsprangen. Marie glaubte es zwar nicht, aber womöglich täuschte sie sich. Andererseits meisterte sie die Situation recht gut. Sie war Preston gegenüber freundlich, behandelte ihn aber wie jeden anderen Kollegen auch. Sie hielt ihn auf nette Weise auf Abstand, und das war sicher nicht einfach.

Er presste die Lippen aufeinander. Warum machte er sich über solche Dinge Gedanken? Er befand sich mitten in einer dreifachen Mordermittlung und war der leitende Detective Inspector und nicht Marie Evans' Kindermädchen! Dann war Preston eben scharf auf sie, na und? Das ging Jackman nun wirklich nichts an! Marie war eine sehr attraktive Frau, und er konnte Preston kaum vorwerfen, dass sie ihm gefiel.

Jackman griff mit einem Seufzen nach dem Bericht der Gerichtsmedizin und zwang sich, sich auf die Arbeit zu konzentrieren. Er begann zu lesen, doch seine Gedanken schweiften erneut ab.

Er saß auf Glory und galoppierte über den feuchten Sand vor seinem Elternhaus, und neben ihm fuhr Marie auf ihrer schwarz-grünen Kawasaki. Ihre rotbraunen Haare wehten im Wind – genauso weich und glänzend wie Glorys fliegende Mähne.

In diesem Moment verstand Jackman etwas, das ihm noch nie zuvor in den Sinn gekommen war. Marie und er stammten aus einem vollkommen anderen Umfeld und hatten verschiedene Wege beschritten, um dorthin zu gelangen, wo sie jetzt waren, doch sie waren einander so ähnlich, dass es ihm den Atem raubte. Marie hatte ihm einmal von dem Hochgefühl erzählt, wenn sie auf ihrem Motorrad mit halsbrecherischer Geschwindigkeit eine verwaiste Straße entlangraste, und er wusste genau, wovon sie sprach. Er hatte dasselbe empfunden, wenn er mit Glory den Strand entlanggaloppiert war. Er schloss die Augen und atmete tief durch.

Komm schon, Jackman! Man mochte meinen, dass er eifersüchtig auf Guy Preston war. Dabei war er nur hundemüde, und seine Konzentration war am Boden. Er schüttelte sich. Der Druck dieses schrecklichen Falls machte sich bemerkbar. Normalerweise gab er sich während einer Ermittlung nicht solchen Gedanken hin. Eigentlich passierte ihm so etwas überhaupt nie.

Er nahm das toxikologische Gutachten und las es sich

laut vor, um sich wieder auf die Ermittlungen zu fokussieren. Nach einer Weile funktionierte es.

Marie betrachtete Ruby Kinders schmales, wettergegerbtes Gesicht, dem die Sorge deutlich anzusehen war. Falls sie die Reise tatsächlich unternommen hatte, um über ihre Trauer hinwegzukommen, war es ihr nicht geglückt.

Die Verbindung war schlecht, und der Ton passte nicht richtig zum Bild, aber solange sie sich gegenseitig genug Zeit für die Antworten gaben, funktionierte es ganz gut.

Jackman erklärte Ruby so schonend wie möglich, in welche Situation sich ihr Sohn gebracht hatte, und diese konnte es kaum glauben.

»Aber er hat doch nie auch nur das geringste Interesse an seinen leiblichen Eltern gezeigt!«, platzte sie heraus.

»Weil er Ruby und seinen Vater nicht verletzen wollte«, flüsterte Skye, die hinter Jackman saß. »Er liebt die beiden und dachte, die Suche nach seiner leiblichen Mutter wäre ein Verrat an allem, was sie für ihn getan haben.«

Jackman gab weiter, was Skye ihm gerade gesagt hatte.

»Ach, Daniel, hättest du doch bloß mit mir gesprochen! Ich hätte dich vor alldem bewahren können ... Ich weiß natürlich über seine frühe Kindheit Bescheid, DI Jackman.« Sie räusperte sich. »Sam und ich waren über seine traumatische Vergangenheit informiert, sonst hätten wir ihn niemals adoptieren dürfen.«

Jackman lehnte sich vor. »Traumatisch?«

Ruby seufzte. »Die Psychologen rieten uns, es nicht zur Sprache zu bringen, weil es womöglich zu massiven Problemen in seinem späteren Leben geführt hätte. Er stand viele Jahre lang unter sorgfältiger Beobachtung.«

Marie spürte, wie Jackman sich versteifte. Er hätte

die Frau am liebsten aufgefordert, endlich Klartext zu reden.

»Daniels Mutter war drogensüchtig, DI Jackman. Das Jugendamt war beinahe täglich bei ihr, aber irgendwie schaffte sie es trotzdem, ihre drei Kinder zu behalten.«

»Daniel hat Geschwister?«, fragte Marie.

Ruby zögerte, dann fuhr sie fort: »Er hatte Geschwister. Niemand erkannte, wie nahe am Abgrund sich Daniels Mutter bewegte, bis sie eines Abends mit ihren drei Jungs in einen nahe gelegenen Wald fuhr, einen Schlauch am Auspuff befestigte und sich anschließend mit den Kindern im Auto einschloss.«

Marie schnappte nach Luft und roch erneut die Abgase in Bruce Fleets Garage.

»Sie wohnten in Derbyshire. Vielleicht haben Sie sogar davon gehört? Ihr Name war Lucy Carrick. Sie hat sich selbst und Daniels Brüder getötet, Dan war der einzige Überlebende. Ein Mann, der auf der Suche nach seinem entlaufenen Hund am Auto vorbeikam, schlug die Scheibe ein und zog ihn heraus.«

»O mein Gott!« Skye kämpfte vergeblich gegen die Tränen. »Mein armer Daniel!«

Doch Ruby redete bereits weiter. Vielleicht hatte sie Angst, den Mut zu verlieren, wenn sie erst einmal innehielt. »Daniel war danach einige Zeit lang schwer krank. Die Ärzte gingen davon aus, dass sowohl das Herz als auch das Gehirn einen Schaden davongetragen hatten. Das Kohlenmonoxid hatte die Blutgefäße beschädigt, und der Sauerstoffmangel hätte beinahe zu einem Organversagen geführt. Doch er schaffte es, auch wenn uns die Ärzte vor einem möglichen schweren Gedächtnisverlust warnten. Außerdem galt es als wahrscheinlich, dass Daniel in seinem weiteren Leben unter Depressionen, Sehstörungen, Konzentrationsschwäche, Verwirrtheit und noch einigen anderen Dingen leiden würde.«

»Aber er hat trotzdem eine Karriere eingeschlagen, die Intelligenz, Konzentration, ein gutes Gedächtnis und Einfühlungsvermögen erfordert. Und zwar mit großem Erfolg«, meinte Jackman.

Ruby Kinder rieb sich müde die Augen. »Ja, das hat er. Gott sei Dank. Trotzdem war die Angst in den ersten Jahren unser ständiger Begleiter, und die Ärzte hatten recht, was einige seiner Probleme betraf.«

»Sie meinen den Gedächtnisverlust?«

»Ja, er kann sich nicht mehr an die ersten fünf Jahre seines Lebens erinnern, was wir allerdings als Segen empfanden. Die kleinen, kaum merklichen Erinnerungslücken bereiteten uns mehr Sorgen.«

»Warum?«

»Weil während dieser Lücken immer wieder Dinge passierten, an die er sich danach nicht erinnern konnte.«

»Wie zum Beispiel?«, fragte Jackman und warf Marie einen besorgten Blick zu.

»Er bekam Tobsuchtsanfälle, schlug wie wild um sich, und manchmal lief er einfach davon und wusste am Ende nicht mehr, wie er an einen bestimmten Ort gekommen war.«

»Guy Preston sollte das hier unbedingt hören«, flüsterte Marie.

»Keine Sorge, wir zeichnen alles auf und gehen es dann mit ihm gemeinsam durch.« Jackman wandte sich wieder an Ruby Kinder. »Wussten Sie, dass er immer noch unter diesen Gedächtnislücken leidet?«

»Nein, Inspector Jackman, und ich kann mir auch nicht

vorstellen, warum er derart von dieser schrecklichen Françoise Thayer besessen ist. Er hat sie mir gegenüber nie erwähnt.«

»Waren Sie in letzter Zeit einmal in der Dachkammer Ihres Hauses?«

Ruby Kinder sah ihn verwirrt an. »Nein, warum auch? Daniel meinte, er würde seine alten Rechercheunterlagen dort oben aufbewahren, falls er sie später noch einmal braucht. Außerdem hat er seinen alten Computer und den Drucker hinaufgebracht. Er bezeichnete es als Abstellkammer, die er verschlossen hielt, da es sich großteils um persönliche Informationen fremder Leute handelte.« Sie runzelte die Stirn. »Weshalb fragen Sie?«

Jackman erklärte es ihr, und Ruby verzog verwirrt und verletzt das Gesicht. Doch dann fasste sie sich wieder und sagte: »Sie haben vorhin erwähnt, dass Daniel verschwunden ist?«

»Ja, leider. Wir suchen überall in der Stadt und der näheren Umgebung nach ihm. Er ist erst seit Kurzem fort, wir sollten ihn also bald finden.«

»Es wäre möglich, dass er sich plötzlich wieder an Bruchstücke seiner schrecklichen Kindheit erinnert.« Rubys Stimme klang beherrscht, beinahe hart. »Laut seinen Ärzten bestand immer die minimale Chance, dass so etwas passiert. Allerdings scheint er seine Erinnerungen falsch zu interpretieren. Er wurde von den ›Freunden‹ seiner Mutter auf schlimmste Weise misshandelt, und ich kann Ihnen gar nicht sagen, in welch schrecklichem Zustand er sich befand, als Sam und ich ihn zum ersten Mal im Krankenhaus sahen. Sie müssen mit jemandem sprechen, der sich mit solchen Dingen besser auskennt, aber ich vermute, dass er sich mittlerweile an seine leibliche Mutter und einige der furchtbaren Dinge erinnert, die er mit ansehen musste. Daniel ist ein schlauer und wissbegieriger junger Mann, DI Jackman. Vermutlich ist er während seiner Recherchen zufällig über Françoise Thayer gestolpert und hat einen entsetzlichen und vollkommen falschen Schluss daraus gezogen. Glauben Sie nicht auch?«

Jackman stockte einen Moment lang der Atem. »Ja, damit könnten Sie recht haben, Mrs Kinder.«

»Er irrt sich gewaltig, was seine leibliche Mutter betrifft, und geht gerade durch die Hölle, Inspector! Sie müssen ihn finden und ihm die Wahrheit sagen, um Himmels willen!«

Jackman versuchte, sie zu beruhigen, aber Marie hörte die Verzweiflung in seiner Stimme. Schließlich erzählte er Ruby von dem versuchten Einbruch in ihr Haus.

»Das Haus ist mir egal. Ich will nur, dass mein Junge in Sicherheit ist.« Ruby hielt inne, dann fragte sie: »Ist Skye Wynyard auch da?«

»Ja. Wollen Sie mit ihr sprechen?«

»Ja, bitte. Sie liebt meinen Sohn, Inspector. Sie leidet sicher sehr.«

Marie lauschte der Unterhaltung der beiden Frauen und fühlte sich wie ein Voyeur. Man hörte, wie sehr sie sich mochten.

»Die Narbe an Daniels Kopf«, fragte Skye. »Ist er wirklich von der Schaukel gefallen?«

»Ja, das war die Wahrheit. Ich höre ihn heute noch schreien. Ich war wie erstarrt und hatte solche Schuldgefühle. Er hatte schon so viel durchgemacht, und ich hatte mir vorgenommen, ihn zu lieben und zu beschützen – und dann fiel er von der Schaukel und wäre beinahe gestorben.« Sie lächelte matt. »Skye, ich muss jetzt gehen. Ich will den

Flug auf keinen Fall verpassen. Pass auf dich auf, Schatz. Wir sehen uns, sobald ich zu Hause bin.«

Jackman beendete die Verbindung, und sie saßen schweigend nebeneinander. Marie konnte nur an die drei Kinder in dem mit tödlichen Abgasen gefüllten Auto denken, und sie wusste, dass es Jackman genauso erging.

Skye verließ Jackmans Büro, und er gähnte laut. »Was machen wir mit ihr?«

Marie streckte sich. »Es wird langsam spät. Vielleicht sollten wir uns etwas zu essen besorgen und sie fragen, ob sie mitessen will? Mir gefällt der Gedanke nicht, dass sie allein zu Hause ist, während Daniel dort draußen herumstreift.«

»Mir auch nicht. Aber wir können sie nicht zwingen, hierzubleiben.«

»Ich werde sie einfach fragen.« Marie stand auf. »Was ist mit Guy Preston?«

»Er ist heimgegangen und wütend auf sich selbst.« Jackman spielte mit einem Stift auf seinem Schreibtisch.

»Klar. Sein Auto ist immer noch verschwunden, obwohl wir sämtliche Überwachungskameras in Saltern überprüft haben. Daniel Kinder ist wie vom Erdboden verschluckt.« Marie suchte in ihrer Hosentasche nach Geld. »Was wollen Sie essen?«

»Einen knusprig gebratenen Seebarsch mit Kartoffeln in Olivenkruste und Sauce Vierge. Oder nein, warten Sie! Vielleicht doch lieber ein Tournedo-Steak, Kartoffelbrei mit Trüffelöl, Pilzsauce und Stilton-Croûtons ...«

»Ich frage mal die anderen«, erwiderte Marie, ohne die Miene zu verziehen. »Aber ich schätze, der Whopper mit Fritten wird die Nase vorne haben.«

»Banausen!«

Skye telefonierte gerade, als Marie auf sie zutrat.

»Das war Dans Freund, Mark Dunand. Er holt mich ab, sobald er mit der heutigen Lieferung fertig ist. Er will mit mir zu Orten fahren, an denen Daniel früher gerne war. Vielleicht finden wir ihn ja. Ich mache mir zwar keine großen Hoffnungen, aber es ist besser, als nur herumzusitzen.«

»Haben Sie vielleicht noch Zeit, um mit uns zu essen? Es ist aber leider nur Junkfood.«

Skye nickte eifrig. »Ich habe seit Ewigkeiten nichts mehr gegessen. Das wäre toll, danke!«

Marie nahm Skye mit in den Ermittlungsraum und bat Charlie, die Burger zu besorgen. Als er fort war, meinte Skye: »Ich weiß nicht, ob es wichtig ist, aber Mark hat mir erzählt, dass einer seiner Packer übermäßiges Interesse an Daniel zeigte. Glauben Sie, man sollte diese Spur weiterverfolgen?«

Marie sah sie an. »Welche Art von Interesse?«

»Mark sagte, der Kerl könne viele von Dans Artikeln auswendig. Außerdem hing er ständig in der Nähe herum, wenn Dan im Büro war.«

»Wissen Sie, wie der Mann heißt?«

Skye griff in ihre Handtasche. »Ich habe mir den Namen notiert, Sergeant.« Sie holte ein gelbes Post-it heraus und gab es Marie. »Nick Brewer. Er ist scheinbar sehr intelligent und als Packer überqualifiziert. Aber Carla, Marks Geschäftsführerin, meinte, dass er jede Arbeit annimmt, um sich über Wasser zu halten.«

»Ich glaube, es ist bloß eine Schwärmerei. Eine Art Heldenverehrung. Daniel bekommt doch sicher viele Nachrichten und Kommentare zu seinen Artikeln, oder?«

»Ja, er hat unglaublich viele Anhänger.«

Aus irgendeinem Grund bereitete Marie Nick Brewers offensichtliche Fixierung auf Daniel keinerlei Bedenken. Mark Dunand interessierte sie hingegen sehr wohl. Sie hatte bis jetzt noch nicht mit ihm gesprochen und hätte gerne ein Gesicht zu dem Namen vor Augen gehabt. »Kennen Sie Mark eigentlich schon lange?«

»Etwa drei Jahre. Dan kennt ihn allerdings schon seit Teenagertagen.«

»Weiß Mark von Daniels ... ähm ...« Marie suchte nach dem richtigen Wort. »Von Daniels Besessenheit von Françoise Thayer?«

»Nein«, erwiderte Skye. »Ich bin die Einzige, die Dan eingeweiht hat.« Sie verzog das Gesicht. »Und inzwischen habe ich es der ganzen Welt erzählt.«

Marie drückte sanft Skyes Arm. »Sie haben das Richtige getan, Skye. Sie lieben Daniel und haben nur versucht, ihm zu helfen. Machen Sie sich keine Vorwürfe.«

»Ich habe das Gefühl, als hätte ich alles nur noch schlimmer gemacht.«

»Nichts von all dem ist Ihre Schuld. Und im Grunde ist es nicht einmal Daniels Schuld.« Marie sah erneut die drei Kinder in dem verschlossenen Auto vor sich. »Er hat schrecklich gelitten. Kein Wunder, dass er so durcheinander ist.«

»Das Schlimmste ist, dass er die falschen Schlüsse gezogen hat«, stöhnte Skye kläglich.

»Nicht ganz.« Marie seufzte. »Auf gewisse Weise hat er sogar recht, oder? Seine Mutter war tatsächlich eine Mörderin. Aber eben nicht Françoise Thayer. Lucy Carrick war keine skrupellose, brutale und blutrünstige Serienmörderin. Sie war eine drogensüchtige Frau, die nicht mehr weiterwusste.«

»Die falsche Frau, aber trotzdem eine Mörderin.« Nun seufzte auch Skye. »Es ist eine Katastrophe.«

Marie nickte. »Sind Sie sicher, dass Sie sich mit Mark auf die Suche machen wollen? Wir haben mehr als genug Beamte dort draußen.«

»Ja, das ist okay. Wie schon gesagt: Es macht mich verrückt, nichts zu tun und nicht zu wissen, wo Dan ist.«

»Skye, versprechen Sie mir, dass Sie sich ihm nicht nähern, falls Sie ihn finden! Es klingt vielleicht verrückt, aber Sie sollten uns in diesem Fall sofort verständigen. Ich will damit nicht sagen, dass Sie in Gefahr sind, aber wir haben Daniel schon einmal verloren, und das darf nicht wieder passieren. Sie brauchen professionelle Unterstützung, um ihn sicher hierherzubringen.«

»Ich verstehe, was Sie meinen. Aber Sie werden mich nie davon überzeugen, dass Dan mir womöglich wehtun könnte.«

Marie lächelte besorgt. »Ich hoffe, Sie haben recht.«

Daniel saß im Dunkeln und lauschte in die Stille hinein.

Zum ersten Mal seit Wochen bombardierte ihn sein Gehirn nicht mit Lügen oder verwirrte ihn mit konfusen Gedanken. Er hatte einen klaren Kopf und verspürte einen inneren Frieden.

Da war nur Guy Prestons Stimme. Sie hatten es endlich geschafft, das Chaos in seinem Inneren zu besänftigen. Es war richtig gewesen, den Psychologen aufzusuchen, und zwar nicht nur wegen der Wunde, sondern auch wegen der Dinge, die Preston ihm erklärt hatte.

Daniel lächelte reumütig. Es tat ihm leid, dass er den Psychologen in den Straßengraben geschubst hatte, aber er hatte gewusst, dass er sich dabei nicht verletzen würde. Der

Abhang war nicht steil und der Boden nach dem letzten Regen feucht und weich. Er hatte lediglich Prestons Ego ruiniert – und womöglich seine teuren Wildlederschuhe.

Er hatte sich die Sache nicht vorher überlegt, sondern spontan auf das reagiert, was der Arzt ihm über seinen Zustand erzählt hatte. Er brauchte Zeit für sich, bevor er zur Polizei ging. Nachdem er nun endlich die Wahrheit kannte, war ihm eine große Last von den Schultern gefallen.

Daniel schloss die Augen und hieß die Dunkelheit willkommen. Er musste dringend jemanden besuchen, aber das konnte noch ein wenig warten. Er hatte noch ein paar Minuten, um den Frieden, die Dunkelheit und die Stille zu genießen.

Sein Mund verzog sich zu einem Lächeln.

KAPITEL 23

Lisa Hurley saß in ihrem Auto und beobachtete das kleine Haus am Tavernier Court. Es war eine schöne Wohngegend, und die warmen roten Ziegelsteine der alten Eisenbahngebäude versetzten einen zurück in eine Zeit, als die Lokomotiven noch Rauch ausstießen und die Heizer Kohle schippten.

Doch Lisa hatte nichts für diese romantische Stimmung übrig. Sie saß kerzengerade, ihre Schultern waren gespannt wie Stahlseile, und ihre Augen brannten, weil sie bereits viel zu lange in die Dunkelheit starrte.

Es war eine kalte Nacht, von der Nordsee wehte ein kühler Wind, und es nieselte leicht.

Beinahe eine Stunde war sie jetzt schon hier, und sie war sich sicher, dass er bald kommen würde. Sie warf einen Blick auf die Uhr, streckte sich und holte den Schlüsselbund mit dem silbernen Halbmond aus ihrer Tasche. Dann stieg sie aus, versperrte den Wagen und ging an dem Haus vorbei bis zu einer schmalen Gasse, die zu den Garagen führte. Skyes kleiner KIA parkte noch immer auf dem ihr zugewiesenen Platz, Skye selbst war jedoch vor einiger Zeit von einem Streifenwagen abgeholt worden.

Lisa sah sich sorgfältig um, dann betrat sie die Gasse. Doch bevor sie bei den Garagen angekommen war, bog sie unvermittelt auf einen weiteren Weg ab, der an den Gärten entlangführte. Sie zählte die Häuser, bis sie beim richtigen Tor angekommen war, und betrat den kleinen Garten hinter Skyes Haus. Das war ja leicht, dachte sie, als sie leise auf das im Dunkeln liegende Gebäude zuging. Der Weg war mit hübschen Steinen gepflastert, sie sah bunte Kieselsteine und gepflegte Hochbeete, die perfekt zu einer hart arbeitenden jungen Frau wie Skye passten. Lisa hätte den Namen beinahe laut vor sich hin geflüstert und erschauderte.

Die Tür ließ sich ohne Probleme öffnen, und Lisa ermahnte sich, nicht zu erschrecken, falls sich Daniels Katze plötzlich um ihre Beine wand. Sie durfte auf keinen Fall schreien und die Aufmerksamkeit auf das Haus lenken. Noch nicht.

Lisa drückte die Tür leise hinter sich zu und steckte den Schlüssel ins Schloss, allerdings ohne abzusperren. Skye machte es genauso. Wenn man vom Land kam, war es nicht so wichtig, dass alles verschlossen war.

Bei ihrem letzten Besuch hatte sich Lisa den Grundriss des kleinen Hauses genau eingeprägt, und nun fand sie auch im Dunkeln den Weg. Wie vermutet kam die Katze sofort auf sie zu und wälzte sich maunzend auf dem Boden. »Hallo du«, flüsterte Lisa und nahm sie hoch. »Tut mir leid, Schätzchen, aber ich kann dich hier nicht rumlaufen lassen. Ein tierisches Empfangskomitee ist das Letzte, was ich brauche.« Sie schob die Katze ins Esszimmer und schloss die Tür.

Sie eilte die Treppe hoch und machte auf dem Absatz halt. Das Licht der Straßenlaterne, das durch das lange

Fenster fiel, war hell genug, um auf die Uhr sehen zu können. Sie biss die Zähne zusammen. Es wurde langsam Zeit.

Linda ging in Skyes Schlafzimmer und zog die Vorhänge zu, wobei sie darauf achtete, dass kein Spalt blieb. Sie holte tief Luft, machte die Nachttischlampe an und trat anschließend in das kleine angrenzende Badezimmer. Sie stellte sicher, dass der Vorhang auch hier geschlossen war, bevor sie den Lichtschalter betätigte. Die kleinen Halogenlampen waren blendend hell.

Lisa beugte sich in die Duschkabine und machte Skyes wasserdichtes Radio an. Blecherne Musik hallte durch den kleinen Raum, als Lisa das Wasser aufdrehte. Nachdem sie ein dickes Badetuch in der Nähe der Kabinentür platziert hatte, kehrte sie ins Schlafzimmer zurück und zog die Tür zur Hälfte zu. Mit ein paar Schritten war sie wieder am Treppenabsatz und hastete eilig ins Gästezimmer, das sich genau gegenüber befand. Wenn sie die Tür offen ließ, sah sie einen Teil der Treppe und Skyes Tür.

Okay, dachte sie, während sie einen Schritt zurücktrat und sich an die Wand lehnte. Jetzt sehen wir mal, was in deinem kranken Kopf wirklich vorgeht.

Sie hatte gewusst, dass sie schon bald leise Schritte auf der Treppe hören würde und dass diese vor der Tür innehalten würden, bevor der Besucher nach der Klinke griff und ins Schlafzimmer schlich. Sie hätte allerdings nicht gedacht, dass ihr das Herz in die Hose rutschen würde, als es endlich so weit war. Sie hatte nicht mit dieser überwältigenden Angst gerechnet.

Sie rief sich in Erinnerung, weshalb er hier war, und das Zittern ließ nach. Sie schöpfte neuen Mut. Das hier war womöglich der Beweis, dass Skye tatsächlich in großer Gefahr schwebte.

Sie versuchte, möglichst unbeteiligt zu bleiben, und tat, als würde sie sich bloß einen Horrorfilm ansehen.

Doch der Anblick der Person, die Skyes Treppe hochstieg, traf sie erneut vollkommen unerwartet.

Sie hatte mit einem Mann in Jeans, Turnschuhen und Kapuzensweater gerechnet, doch der Eindringling trug einen grünen OP-Kittel und eine dazu passende Hose. Seine Haare steckten unter einer OP-Haube, und sein Gesicht verschwand hinter einem Mundschutz.

Lisa versuchte gerade, den Anblick einzuordnen, als ihr auffiel, dass die Gestalt ein grauenhaft langes Messer in der behandschuhten rechten Hand hielt.

Worauf hatte sie sich hier bloß eingelassen?

Nachdem Skye ihr erzählt hatte, dass Daniel noch immer nicht aufgetaucht war, hatte Lisa Angst bekommen, dass ihre Freundin in Gefahr sein könnte, wenn er wieder eine dieser seltsamen Fugues hatte. Aber das hier überstieg ihre Vorstellungen.

Der Mann schlüpfte ins Schlafzimmer, und Lisa war klar, dass sie schnell reagieren musste. Sie zog ihr Handy aus der Tasche. Sie hatte es ausgeschaltet, als sie die Wohnung betreten hatte, und es gab einen nervtötenden Ton von sich, wenn man es wieder aktivierte, aber sie hatte keine andere Wahl. Sie drückte den Einschaltknopf und betete, dass das Geräusch der prasselnden Dusche ihn übertönen würde.

Lisa gab dem Eindringling genug Zeit, um ins Bad zu gelangen, dann schlich sie auf Zehenspitzen aus dem Gästezimmer, atmete tief durch und machte sich auf den Weg zur Treppe.

Wenn sie es nach unten und aus der Wohnung schaffte, konnte sie ihn einschließen und hatte genug Zeit, um den

Notruf zu wählen, sich zu verstecken oder zu ihrem Auto zu laufen.

Sie warf einen schnellen Blick in Skyes Zimmer. Er stand mit dem Rücken zu ihr vor der Badezimmertür und hatte den Kopf zur Seite geneigt, als würde er angestrengt lauschen. Seine Finger umklammerten das Messer. Es blieben nur wenige Sekunden, bis er merken würde, dass Skye nicht da war, und Lisa sprach ein leises Gebet und hastete an der Tür vorbei und die Treppe hinunter. Im Laufen wählte sie den Notruf. Eine andere Möglichkeit hatte sie im Moment nicht.

Sie war auf halbem Weg durchs Wohnzimmer, als ihr klar wurde, dass sie es nicht schaffen würde.

Sie hörte bereits die leisen Schritte auf der Treppe, und sie kamen sehr viel schneller näher als erwartet. Einen Moment lang war es wie in einem Albtraum, wenn man versucht zu entkommen, sich aber nicht von der Stelle rühren kann. Sie stürzte in die Küche und hörte eine entfernte Stimme fragen, um welchen Notfall es sich handelte. »Polizei!«, schrie sie. »Tavernier ...«

Das Telefon flog ihr aus der Hand, und sie hörte es knirschen, als er es mit dem Schuh zertrat ...

Es war ein seltsames Gefühl. Da war kein Schmerz – zumindest nicht am Anfang. Bloß eine seltsame Kälte, als das Messer das Fleisch von ihrem Nacken bis hinunter zur Schulter aufschlitzte.

Normalerweise wäre jetzt Skye an ihrer Stelle gewesen.

Eine brennend heiße Wut überkam Lisa Hurley, und sie drehte sich mit übermenschlichem Kraftaufwand herum und warf sich auf den Angreifer.

Er stolperte überrascht nach hinten und verlor beinahe das Messer. Lisa griff nach dem nächstbesten Gegenstand –

eine gusseiserne Pfanne, die auf dem Herd stand – und schwang ihn mit allerletzter Kraft durch die Luft.

Der Angreifer stöhnte laut auf, was wohl bedeutete, dass sie ihn getroffen hatte. Hoffentlich reichte es, damit sie aus dem Haus verschwinden konnte. Doch in diesem Moment setzte ein brennender Schmerz ein, und ihre Schulter schien zu explodieren. Sie konnte nur noch auf die Hintertür zukriechen.

Draußen angekommen, stemmte sie sich hoch und heulte vor Schmerz und Verzweiflung laut auf. Ihr Auto schien unendlich weit entfernt, und der Schwindel und die Übelkeit waren Anzeichen, dass sie nicht mehr lange bei Bewusstsein bleiben würde. Das blutige Messer bohrte sich erneut zwischen den Rippen hindurch in ihren Rücken.

Bevor Lisa Hurley das Bewusstsein verlor, sah sie noch eine grün gekleidete Gestalt, die durch den Garten davonlief und schließlich in der Dunkelheit verschwand.

KAPITEL 24

»Messerattacke am Tavernier Court, Chef!« Charlie hetzte durch den Ermittlungsraum und stolperte dabei beinahe über seine Füße. »In Skye Wynyards Haus!«

Jackman, der auf Maries Tischkante saß, sprang hoch. »Skyes Haus? Aber sie ist doch hier bei uns, oder?«

»Ja, Sir. Sie wartet unten am Empfang, bis sie abgeholt wird. Aber die Verletzte ist nicht Skye, Sir. Es ist eine ältere Frau namens Lisa Hurley. Sie hatte einen Krankenhausausweis dabei.«

»Schon wieder dieses verdammte Krankenhaus!«, fluchte Marie und griff nach ihrer Jacke, die über der Stuhllehne hing. »Ist sie schwer verletzt?«

»Sie ist gerade auf dem Weg ins Krankenhaus. Intensivstation. Sergeant Masters dachte, Sie würden vielleicht gerne hinfahren.«

»Ja, natürlich!« Jackman zog seinen Autoschlüssel aus der Tasche. »Charlie, sorgen Sie dafür, dass sich Skye Wynyard nicht von der Stelle rührt. Ich will nicht, dass sie nach Daniel sucht. Sie soll ihre Mitfahrgelegenheit nach Hause schicken, verstanden?« Er wandte sich an Marie. »Fahren wir!«

Als sie mit quietschenden Reifen auf dem Krankenhausparkplatz zum Stehen kamen, rollten die Sanitäter gerade eine Trage aus dem hinteren Teil eines Krankenwagens. Marie und Jackman eilten ihnen hinterher, und Marie versuchte, aus den gehetzten Gesprächen die richtigen Informationen herauszufiltern. Trotz des medizinischen Fachjargons kam sie zu dem Schluss, dass die Patientin noch am Leben war.

»Wird sie es schaffen?«, rief Jackman und hielt einem der Ärzte den Dienstausweis entgegen.

Der Arzt ließ Lisa nicht aus den Augen, während er antwortete. »Wir versuchen es.« Dann rief er: »Kardiopulmonale Reanimation! Sofort!«

Jackman und Marie sahen durch die offene Tür zu, wie das Team fieberhaft arbeitete, bis es endlich hieß: »Patientin stabil!«

»Gute Arbeit, Leute. Ist der OP bereit?«

»Fünf Minuten, Sir.«

»Hervorragend.« Der Doktor schlüpfte aus den Handschuhen und der blutdurchtränkten Schürze und warf alles in einen gelben Eimer. Dann ging er mit hochgezogenen Augenbrauen auf Jackman und Marie zu. »Das war knapp. Beide Verletzungen müssen operiert werden. Der Schnitt an Schulter und Nacken ist eher oberflächlich, und es wurde hauptsächlich weiches Gewebe verletzt. Die zweite Wunde geht sehr viel tiefer und bereitet uns größere Sorgen.« Er wischte sich die dunklen Haare aus der Stirn. »Das Messer drang durch die Rückenmuskulatur und die Rippen und durchbohrte eines der Segmente der rechten Lunge. Wir hoffen, dass die Chirurgen den verletzten Teil entfernen können, ohne andere Segmente zu beschädigen.« Er holte Luft. »Das Blut drang außerdem in den Bereich unter der

Lunge.« Er deutete auf eine Stelle unterhalb des Rippenbogens. »Hierhin breitet sich die Lunge während des Einatmens aus.«

»Wird sie überleben?«, fragte Jackman ungeduldig.

»Wir haben Grund zu der Annahme, dass sie es schaffen wird.« Der Arzt hielt einen Moment inne. »Es sei denn, es gibt noch mehr innere Verletzungen, die von außen nicht zu sehen waren.«

»Können wir mit ihr sprechen? Ist sie bei Bewusstsein?«

»Ich fürchte nein, Inspector. Sie müssen bis nach der OP warten.«

Jackman stöhnte wütend auf. »Es handelt sich hier um versuchten Mord, und sie hat den Angreifer vielleicht gesehen. Daher ist es wichtig, dass wir so bald wie möglich mit ihr sprechen. Verstanden?«

»Natürlich.«

»Wir sorgen dafür, dass rund um die Uhr ein Officer bei ihr ist. Es tut mir leid, falls wir Ihnen damit Unannehmlichkeiten bereiten, aber so ist es nun mal.« Sein Blick wurde finster. »Das letzte Mal, als wir hier im Einsatz waren, wurde unseren Beamten erhebliches Misstrauen entgegengebracht. Einige Schwestern behinderten sie sogar in ihrer Arbeit. Ich hoffe sehr, dass so etwas dieses Mal nicht der Fall sein wird.«

»Ja, ich habe davon gehört.« Der Arzt wirkte peinlich berührt. »Ich entschuldige mich dafür und versichere Ihnen, dass Sie dieses Mal sämtliche Unterstützung bekommen werden. Es wurden einige schwerwiegende Verwarnungen ausgesprochen, Inspector. Es wird auf keinen Fall wieder vorkommen.«

Sie traten einen Schritt zurück, während Lisa Hurley für die Operation vorbereitet wurde.

Marie betrachtete das kalkweiße Gesicht und fragte sich, was die Frau in Skye Wynyards Haus verloren gehabt hatte und warum sie so brutal niedergestochen worden war.

»Hier, das brauchen Sie vermutlich.« Der Arzt gab ihr die Kette mit Lisas Dienstausweis. »Sie ist eine von uns, Sergeant. Das ist ihr Ausweis. Sie ist die Verwaltungschefin der Ergotherapie.« Er zuckte kaum merklich mit den Schultern. »Es ist nie einfach, an einer Kollegin zu arbeiten. Das trifft uns alle.«

Marie nickte. Genauso war es, wenn ein Polizeikollege verletzt wurde. »Dann ist sie also Skyes Vorgesetzte.« Sie wandte sich an Jackman. »Interessant.«

»Skye.« Es war kaum mehr als ein Seufzen, aber alle drehten sich zu der Frau auf dem Bett herum.

»Entspannen Sie sich, Lisa. Sie sind in Sicherheit. Sie sind auf dem Weg in den OP. Es wird alles gut.« Der Arzt hielt ihre Hand.

»Skye? Wo ist Skye?«

Marie und Jackman traten näher heran. »Wir sind von der Polizei, Lisa. Skye geht es gut. Sie ist auf der Dienststelle in Sicherheit.«

»Lassen Sie sie nicht gehen! Er wollte sie töten – aber stattdessen war ich da …« Ihre Stimme wurde immer leiser.

»Wer war es, Lisa? Wer hat Sie angegriffen?«, fragte Jackman.

»Passen Sie auf Skye auf. Passen Sie auf …«

Marie lehnte sich näher heran. Was waren die letzten drei Worte gewesen? Hatte sie Lisa richtig verstanden? »Halten Sie durch, Lisa! Und machen Sie sich keine Gedanken um Skye. Ihr kann nichts passieren.«

Das Bett wurde fortgeschoben, und auch Jackman und

Marie wandten sich ab. »Was hat sie gesagt?«, fragte Jackman.

Marie runzelte die Stirn. »Ich bin mir nicht sicher. Es ergibt keinen Sinn, aber ich kann es Ihnen erst draußen sagen. Wenn ich sie richtig verstanden habe, will Lisa sicher nicht, dass sich solche Dinge im Krankenhaus herumsprechen.«

Jackman nickte. »Gut, dann warten wir, bis wir im Auto sind. Ich muss zuerst noch eine Rund-um-die-Uhr-Bewachung für Lisa organisieren, und dann müssen wir zurück aufs Revier. Die Spurensicherung soll sich das Haus am Tavernier Court ganz genau ansehen. Wenn es wirklich derselbe Kerl war, konnte er sein Vorhaben dieses Mal nicht zu Ende bringen, was die Chance erhöht, dass er Spuren zurückgelassen hat.«

Während Jackman seine Anrufe erledigte, nutzte Marie die Gelegenheit, um bei Charlie nachzufragen, wie es Skye ging.

Charlies Antwort kam zögerlich. »Ich habe schon versucht, den Boss zu erreichen, Sarge. Aber sein Telefon war besetzt und deines ausgeschaltet. Skye war bereits fort, als ich runter in die Eingangshalle kam. Daniels Freund hatte sie scheinbar schon abgeholt.«

»Scheiße! Hör mal, Charlie, die Messerattacke galt nicht Lisa Hurley, sondern Skye Wynyard.«

»Verdammt! Ich habe bereits eine Fahndung herausgegeben, Sarge. Wir müssen ihr sagen, was bei ihr zu Hause passiert ist, bevor sie uns mitten in einen Tatort hineinspaziert.«

»Was ist mit ihrem Handy?«

»Ausgeschaltet.«

»Dann ist die Voicemail auch nicht aktiviert. Verdammt.« Marie überlegte kurz. »Versuch es mit einer Nachricht. Sie wird sie lesen, sobald sie das Telefon wieder einschaltet. Und sag den Streifenpolizisten, dass die Suche nach ihr oberste Priorität hat. Dort draußen ist jemand mit einem langen Messer auf der Jagd nach ihr. Verstanden?« Dann fügte sie noch hinzu: »Was ist eigentlich mit diesem Freund von Daniel? Mark Dunand? Haben wir seine Telefonnummer?«

»Die Nummer vom Büro haben wir, Sarge, aber bei der Handynummer bin ich mir nicht sicher. Ich sage zuerst den Uniformierten wegen Skye Bescheid, dann kümmere ich mich darum.«

Nachdem Charlie aufgelegt hatte, wandte sich Marie verzweifelt an Jackman. »Und wir haben Lisa gerade versprochen, dass Skye in Sicherheit ist.«

Jackman wurde kreidebleich. »Sagen Sie jetzt bitte nicht, dass Sie nicht mehr auf der Dienststelle ist.«

Marie nickte verärgert. »Kann dieser Fall eigentlich noch schlimmer werden?«

»Kaum.«

Sie eilten zum Auto, und Jackman fragte: »Was hat Lisa vorhin gesagt?«

»Ich glaube ...«, begann Marie zögerlich. »Ich glaube, sie sagte: ›Passen Sie auf meine Tochter auf.‹«

»Aber Skyes Eltern sind doch in Frankreich und renovieren ihr Ferienhaus?«

»Genau, in der Dordogne. Aber während des Gesprächs über Daniels Besessenheit von seiner leiblichen Mutter hat Skye mir erzählt, dass sie ebenfalls adoptiert wurde. Allerdings hat sie nicht das Bedürfnis, ihre Mutter zu finden. Ihrer Meinung nach hat sie ihr einen Gefallen getan. Sie hatte eine schöne Kindheit, eine gute Ausbildung und Eltern, die sie liebten.«

Jackman öffnete die Autotür. »Vielleicht war Lisa durch die Schmerzen und Medikamente verwirrt? Vielleicht hat sie ihre Tochter mit Skye verwechselt?«

»Und das glauben Sie echt?« Marie schloss den Sicherheitsgurt.

»Na ja, Sie tun es offenbar nicht.« Er wandte sich zu ihr um und warf ihr ein verzweifeltes Grinsen zu. »Natürlich glaube ich das nicht. Ich klammere mich nur an jeden verdammten Strohhalm.« Er startete den Wagen und fuhr los.

Marie rief Charlie an. »Hattest du Glück?«

Charlie antwortete nicht sofort, und Marie wurde langsam nervös. Dann sagte er: »Es tut mir leid, Sarge, aber es ist schlimmer als gedacht.«

»Ist das überhaupt möglich?«

»O ja. Ich habe mit dem diensthabenden Kollegen am Empfang gesprochen. Skye wartete in der Eingangshalle, doch dann bekam sie einen Anruf und verschwand. Kurze Zeit später kam der Kerl, der sie abholen wollte. Er war ziemlich aufgebracht. Der Sergeant glaubt, dass er ein Auge auf Skye geworfen hat.«

Marie biss die Zähne zusammen. »Aber wenn wir sie nicht angerufen haben, Dunand es nicht war und ihre Vorgesetzte auf alle Fälle ausfällt, dann kann es nur Daniel gewesen sein, nicht wahr?«

»Oder vielleicht der Professor?«, schlug Charlie vor. »Er wollte sie doch im Auge behalten, solange Daniel untergetaucht ist, oder?«

»Ja, das wollte er.« Marie dachte nach. »Hör mal, Charlie, wir sind bereits auf dem Rückweg. Mach den uniformierten Kollegen noch mal klar, dass wir Skye so schnell wie möglich finden müssen. Wir sind in zehn Minuten da.«

Sie legte auf und erklärte Jackman, was passiert war. »Soll ich Guy Preston anrufen?«

Jackman nickte. »Ich glaube zwar nicht, dass er es war, aber nachfragen schadet nicht.«

Guy antwortete nach dem zweiten Klingeln. »Tut mir leid, Marie, aber ich habe Skye nicht angerufen.« Er klang aufgewühlt. »Mein Gott, glauben Sie, dass sie bei Daniel ist?«

»Ja, sieht so aus. Guy, Sie müssen mich sofort informieren, falls Sie von den beiden hören, okay? Es ist durchaus möglich, dass sie sich an Sie wenden.«

Er stieß ein reumütiges Lachen aus. »Ich lasse mich sicher nicht noch einmal derart hinters Licht führen, Marie! Falls sie hier auftauchen sollten, sperre ich sie wenn nötig auch ein. Und falls einer der beiden mich kontaktieren sollte, melde ich mich sofort bei Ihnen.«

Marie bedankte sich und starrte dann gedankenverloren auf ihr Telefon. »Guy hat Skye nicht angerufen, es muss also tatsächlich Daniel gewesen sein.« Jackman konzentrierte sich mit ernstem Gesicht auf die Straße. »Skye vertraut ihm. Trotz allem, was passiert ist. Sie glaubt ihm und ist davon überzeugt, dass er kein Mörder ist.«

»Und was ist mit Ihnen, Marie?«, fragte Jackman, ohne sie anzusehen. »Was glauben Sie?«

Marie schloss einen Moment lang die Augen. »Bis jetzt hätte ich ihr zugestimmt, aber langsam eskaliert die Situation, und nachdem wir jetzt wissen, was in Daniels Kindheit passiert ist ...« Sie zuckte mit den Schultern. »Man sollte sein Vertrauen nicht in jemanden setzen, der so schwer traumatisiert wurde wie Daniel.« Sie hörte die Worte des pensionierten Detectives Peter Hodder – *Lassen Sie ihn nicht aus den Augen!* – und erschauderte, obwohl es ein angenehm warmer Abend war.« »Wir müssen ihn unbedingt finden.«

Jackman stellte das Auto auf dem Polizeiparkplatz ab. »Falls Skye und Daniel wirklich zusammen sind, kann sie ihm wenigstens sagen, was Ruby Kinder uns über seine leibliche Mutter erzählt hat. Wenn jemand Daniel davon überzeugen kann, dass er in einer schrecklichen Fantasiewelt gefangen war, dann ist es Skye. Sie hat etwas Besonderes an sich und liebt ihn wirklich. Sie ist auf jeden Fall die Richtige, um ihm die Neuigkeiten zu überbringen.«

Doch Marie war davon nicht unbedingt überzeugt. »Aber dazu muss er glauben, was sie ihm erzählt. Es ist in etwa so, als würde man einem Kind erklären, dass es den Weihnachtsmann nicht gibt. Vielleicht denkt er, wir hätten uns das alles bloß ausgedacht. Wir haben keine Ahnung, wie er auf so bedeutsame Nachrichten reagieren wird.«

»Das stimmt.« Jackman zog den Schlüssel aus der Zündung. »Aber im Moment sollten wir uns vor allem darauf konzentrieren, die beiden zu finden. Vielleicht sollten wir Mark Dunand herbestellen? Er und Skye wollten doch gemeinsam an den Orten nachsehen, wo er und Daniel früher waren. Vielleicht weiß er Dinge, die wir nicht wissen.«

Marie öffnete die Autotür. »Gute Idee. Wenn Max noch nicht Feierabend gemacht hat, soll er Dunand abholen.« Sie eilte neben Jackman her. »Haben Sie den Mann schon kennengelernt?«

Jackman hielt ihr die Tür in die Dienststelle auf. »Nein, aber ich glaube, Charlie hat mit ihm gesprochen, als sie Daniels Büro durchsucht haben. Warum?«

»Ich habe gerne ein Gesicht zu einem Namen und ein Gefühl für die Leute. Das bekommt man nicht, wenn man jemandem noch nie in die Augen geschaut hat.«

»Noch ein Grund mehr, ihn uns mal anzusehen.«

Als Marie und Jackman den Ermittlungsraum betraten, kam Charlie auf sie zu. »Ich habe Dunands Handynummer herausgefunden, Sarge, aber er wollte sich allein auf die Suche nach Skye machen.«

»Sie haben ihm hoffentlich gesagt, dass er diesen Scheiß lassen soll, oder?«, fauchte Jackman.

»Ja, klar, Chef. Ich habe ihm gesagt, dass wir keine schießwütigen Laien auf der Straße brauchen und er lieber mit uns zusammenarbeiten soll. Er hat mir mehr oder weniger gesagt, dass ich mich verpissen soll.« Charlie schien gekränkt. »Er war ziemlich aufbrausend und meinte, er würde sie eher finden als wir. Dann hat er sein Handy ausgemacht.«

Marie verzog das Gesicht. »Hat er ausdrücklich von Skye gesprochen? Nicht von Daniel? Oder von beiden? Nur von Skye?«

Charlie sah sie an. »Ja, es ging nur um Skye. Daniel hat er mit keinem Wort erwähnt.«

»Aber er ist doch Daniels Freund«, überlegte Max. »Wenn er sich wirklich Sorgen um seinen Kumpel machen würde, müsste er doch auch nach ihm suchen und nicht nur nach Skye.«

Jackman runzelte die Stirn. »Ich habe ein ungutes Gefühl bei der Sache«, murmelte er. »Wir sollten alles zusammentragen, was wir über Mark Dunand wissen.« Sein Blick wanderte von Max zu Charlie. »An die Arbeit, ihr zwei. Sucht vor allem nach möglichen Verbindungen zum Krankenhaus.«

»Sir?« Marie sah ihren Vorgesetzten nachdenklich an. »Dunand importiert doch exotische Pflanzen aus dem Ausland. Vor allem aus Kolumbien ...«

Sie hielt inne und wartete darauf, dass die anderen von selbst darauf kamen.

Max' Augen weiteten sich. »Denken Sie vielleicht an Kolumbiens zweites großes Exportgut? Drogen?«

»Vermutlich steckt nichts dahinter«, erwiderte Marie. »Aber wir sollten auf alle Fälle nachsehen, ob er in der Vergangenheit mal Probleme mit der Polizei hatte.«

»Bei den Drogen, die in den drei Leichen gefunden wurden, handelte es sich zwar um verschreibungspflichtige Medikamente und nicht um Heroin oder Kokain«, bemerkte Jackman, »aber Drogen sind Drogen, und Dealer beschränken sich oft nicht nur auf ein Produkt. Viele Dealer liefern auf Bestellung. Solange man genug Geld hat, besorgen sie einem alles.« Jackman schlug sich mit der geballten Faust auf die Handfläche. »Je länger ich darüber nachdenke, desto mehr bin ich davon überzeugt, dass wir Dunand herholen sollten. Ihr beide sucht alles zusammen, was sich finden lässt!« Er wandte sich an Marie. »Und Sie rufen die Kollegin am HOLMES-Rechner an und geben ihr Dunands Daten durch, während ich mit den uniformierten Kollegen rede. Sie sollen Dunand ausfindig machen und herbringen.«

Marie ging zu ihrem Schreibtisch, um zu telefonieren, während die anderen beiden Detectives zu ihren Computern eilten und mit der Suche begannen.

Als sie den Hörer abhob, kam ihr eine Idee. Guy Preston hatte Mark Dunand kennengelernt, als er bei Skye war, und als Psychologe konnte der den Mann vermutlich ganz gut einschätzen.

Trotzdem zögerte sie einen Moment lang. Sollte sie sich lieber mit Jackman absprechen? Sie runzelte die Stirn. Dafür gab es keinen Grund. Jackman würde sicher zustimmen, und außerdem war er nicht ihr Aufpasser. Nein, sie zögerte, Guy zu fragen, weil sie ihn nicht auf falsche Gedanken bringen wollte. Sie hatte ihn in den letzten Stunden bereits mehrmals angerufen, und sie wollte ihn nicht unnötig ermutigen.

Sie hielt den Hörer immer noch unschlüssig in der Hand. Ach, verdammt! Der Fall hatte im Moment Vorrang. Sie wählte Guys Nummer.

»Tut mir leid, ich weiß, es ist spät, aber wir brauchen Ihre Einschätzung.« Sie klang kalt und geschäftsmäßig und betonte das »wir«.

»Für Sie doch immer. Wie kann ich helfen?«

»Sie haben Mark Dunand doch schon mal gesehen. Wie war Ihr Eindruck?«

»Na ja, es war ja nur ganz kurz. Hätte ich gewusst, dass Sie sich für ihn interessieren, hätte ich genauer darauf geachtet.« Guys Stimme hatte ihren flapsigen Unterton verloren.

»Es ist Ihr Job, Leute einzuschätzen, Guy. Sie analysieren Menschen schon seit Jahren, und ich wette, Sie machen es ganz automatisch.«

Er lachte auf. »Ja, vermutlich. Mal überlegen ...« Er zögerte. »Er war mir nicht sonderlich sympathisch, aber das ist nur eine persönliche Einschätzung, keine professionelle Beurteilung. Er schien Skye sehr zugeneigt, was sie offensichtlich nicht erwiderte. Eigentlich hatte ich eher das Gefühl, dass sie ihn am liebsten losgeworden wäre.« Er brach erneut ab. »Er wirkte nervös und angespannt. Er hat die seltsame Angewohnheit, die Fingergelenke knacken zu lassen, und das war mehr als nervtötend. Und er betrachtete Skye auf eine Art, wie man die Freundin seines besten Freundes eigentlich nicht ansehen sollte, wenn Sie verstehen.«

»Ja, und es gefällt mir nicht.«

»Warum interessieren Sie sich für Dunand?«, wollte Guy wissen.

Marie fragte sich, wie viel sie Preston erzählen sollte, aber eigentlich sah sie keinen Grund, ihn nicht in sämtliche Details einzuweihen. »Jemand hat heute Abend versucht, Skye umzubringen, aber er hat die Falsche erwischt. Und Mark Dunand ist gerade auf der Suche nach ihr.«

»Mein Gott! Das ist ja schrecklich! Ist die andere Frau tot?«

»Nein, Gott sei Dank nicht. Sie ist gerade im OP. Die Ärzte hoffen das Beste, befürchten aber innere Blutungen.«

»Hoffen wir, dass sie den Angreifer gesehen hat und Ihnen eine Beschreibung liefern kann, wenn sie aus der Narkose aufwacht«, erwiderte Guy. »Glauben Sie, dass es Mark Dunand war?«

»Wir wissen es nicht. Aber wir müssen ihn auf jeden Fall finden und mit ihm reden.«

»Ich würde ja anbieten, mir ein Taxi zu rufen und zu Ihnen zu kommen, aber ich hatte bereits ein paar Gläser Brandy und bin mir nicht sicher, ob ich eine große Hilfe wäre. Ehrlich gesagt hat mich der Vorfall mit Daniel Kinder schwer getroffen. Ich würde das nie jemandem erzählen, aber als er mich angriff, sah ich Terence Marcus Austins Gesicht vor mir. Ich hatte höllische Angst, obwohl ich dachte, ich wäre darüber hinweg.«

Marie sah vor sich, wie er die Narbe an seiner Wange berührte. »Das ist doch kein Wunder, Guy. Wenn man einmal in einer lebensbedrohlichen Situation war und es passiert wieder etwas Ähnliches, werden alte Ängste geweckt.«

»Gott sei Dank versteht mich wenigstens eine.« Guy zögerte erneut, und Marie hatte das Gefühl, als wollte er noch etwas loswerden. Sie empfand Mitgefühl. Auch wenn sie Guy auf Abstand halten musste, tat er ihr trotzdem leid. Der Mann verbrachte sein Leben damit, psychisch kranken Menschen zu helfen, aber manchmal brauchte auch er jemanden, der ihm zuhörte. »Was ist los, Guy?«, fragte sie sanft.

»Es hat dieses Mal nichts mit der Vergangenheit zu tun, sondern mit meinem Gespräch mit Daniel. Sie haben mich gefragt, ob ich irgendetwas gesagt habe, das ihn zu seiner Flucht verleitet hat, und ich sagte Nein, aber mittlerweile bin ich mir nicht mehr so sicher.«

»Und weiter?«

»Ich habe ... Ich habe herausgefunden, dass Blut eine morbide Faszination auf ihn ausübt.«

»Auf Daniel?« Maries Stimme wurde lauter. »Mein Gott! Aber Sie meinen doch nicht diesen schrecklichen Fetisch wie bei Françoise Thayer, oder?«

»Nein, so schlimm ist es nicht, aber er hat mir von seinen Träumen erzählt. Er hatte Blut an den Händen, und einmal ist er beinahe darin ertrunken.« Guy war offenbar unbehaglich zumute. »Ich hoffe nur, dass ich ihn nicht auf irgendeine Weise unabsichtlich in dem Glauben bestärkt habe, dass er der Sohn einer Mörderin ist.«

Marie wurde kalt. »Besteht denn die Chance, dass Sie es getan haben?«

»Ich habe es nicht laut ausgesprochen, aber ich gebe zu, dass mir der Gedanke kam.«

»Aber Daniel kann doch keine Gedanken lesen, Guy! Haben Sie denn etwas gesagt, das er als Bestätigung seiner wahnwitzigen Theorie sehen könnte?«

Sein Schweigen war Antwort genug, doch dann erklärte er: »Ich weiß es nicht. Ich habe es nicht ausgesprochen, aber meine Körpersprache oder das, was ich nicht gesagt habe, könnten ihn in seinen Spekulationen ermutigt haben.«

Marie legte auf und eilte in Jackmans Büro, um ihm von dem Telefonat zu erzählen. »Wenn Daniel nicht mit Skye zusammen ist, weiß er immer noch nichts von dem, was uns seine Mutter erzählt hat, und das macht mir Sorgen.«

Jackman kaute auf seinem Daumennagel herum. »In diesem Fall glaubt er also noch immer, der Sohn einer Mörderin zu sein. Und er ist mittlerweile womöglich auch der Meinung, dass ihm der Psychologe recht gibt.« Er stöhnte leise. »Preston soll herkommen. Wir müssen ganz genau wissen, was er gesagt hat und was nicht.« Jackman verzog das Gesicht. »Verdammt! Das hätte ich fast vergessen. Er hat ja kein Auto, oder?«

»Außerdem hatte er schon ein paar Drinks, Chef. Die Tatsache, dass Daniel ihn attackiert hat, hat alte Erinnerungen an die Vergangenheit wachgerufen. Auch wenn es nur ein kleiner Schubs war.«

»Solange er nicht total hinüber ist, lassen Sie ihn bitte holen. Ich will wissen, in welchem Zustand Daniel wirklich war, als er sein Auto stahl.« Er warf Marie einen finsteren Blick zu. »Leider ist es verdammt gut möglich, dass Daniel Lisa Hurley angegriffen hat. Ich habe gerade erfahren, dass ein Schlüssel in der Hintertür steckte – und Daniel hat einen Schlüssel für Skyes Haus.«

»Scheiße.«

»Sie sagen es. Wahrscheinlich wären wir schneller, wenn wir beide Guy Preston abholen. Rufen Sie ihn an und sagen Sie ihm, dass wir gleich kommen. Sonst können wir ohnehin nichts tun, bis die Kollegen auf der Straße unser verloren gegangenes Trio aufgespürt haben.« Er verzog das

Gesicht. »Bis jetzt sieht es nicht gerade gut aus. Ich habe vorhin mit Jim Gilbert gesprochen. Sie haben noch einmal in Daniels Haus und auf sämtlichen Nachbargrundstücken und Nebengebäuden nachgesehen. Außerdem haben sie mit Mark Dunands Geschäftsführerin Carla gesprochen und waren in Daniels Büro bei Emerald Exotix. Langsam gehen ihnen die Orte aus, an denen sie suchen können.«

Marie nickte und nahm ihr Handy.

»Okay, dann befragen wir mal den Seelenklempner. Ich hole meine Jacke.«

Auf dem Weg nach draußen eilte Max an ihr vorbei. »Lisa Hurley ist gerade aus dem OP gekommen«, rief er. »Das Krankenhaus will, dass der Chef dabei ist, wenn sie aufwacht.«

»Ja, das will ich ihnen auch geraten haben.« Sie wandte sich um und betrat noch einmal das Büro.

»Okay, ich fahre ins Krankenhaus, Marie, und Sie zu Guy. Wir treffen uns in einer Stunde wieder hier.« Eine dunkle Wolke zog über Jackmans Gesicht, und als Max außer Hörweite war, sagte er: »Ist das in Ordnung für Sie? Ich will Sie nicht in eine unangenehme Lage mit Ihrem alten ›Freund‹ bringen.«

»Damit komme ich schon zurecht, Chef. Jetzt zählt vor allem die Ermittlung.«

»Okay. Wir sehen uns in einer Stunde.«

KAPITEL 25

Weniger als fünf Minuten später hielt Marie auf dem Parkplatz vor Prestons Wohnung. Sie nahm den Helm ab und sah sich um. »Schick« war das einzige Wort, das ihr im Moment einfiel. Die Gärten wurden offensichtlich nicht von den Bewohnern, sondern von professionellen Gärtnern betreut, und es gab sicher nirgendwo abblätternde Farbe oder rostige Treppengeländer.

Prestons Stimme durch die Gegensprechanlage klang kehlig und ein wenig gedehnt. »Im Erdgeschoss. Die Wohnung mit Garten ganz hinten.« Marie fragte sich, ob er schon geschlafen oder sich noch einen Brandy gegönnt hatte.

Es war offensichtlich, dass Preston nicht vorhatte, lange in der Wohnung zu bleiben. Durch die offene Schlafzimmertür sah sie mehrere Koffer, Sporttaschen und Umzugskartons.

»Hier entlang. Das Wohnzimmer ist relativ ordentlich.« Guy öffnete die Tür und führte sie in ein großes kombiniertes Wohn- und Esszimmer.

Ordentlich war es tatsächlich, wobei »karg« es besser getroffen hätte. Die angrenzende Küche wirkte mehr oder weniger unbenutzt. Guy hatte offensichtlich nichts für selbst gekochte Gourmetmenüs übrig.

Er warf ihr einen entschuldigenden Blick zu. »Es ist sehr einfach, aber es hat doch wenig Sinn, alles auszupacken, wenn ich in ein paar Wochen schon wieder ausziehe.« Er hob eine Augenbraue. »Ich dachte, DI Jackman würde Sie begleiten?«

»Die verletzte Frau kommt gleich aus dem OP, und er wollte dabei sein, wenn sie aufwacht.«

»Natürlich.« Guy nickte und wandte sich mit dem Glas in der Hand in Richtung Küche um. »Wollen Sie einen Drink?«

»Nein, danke. Mein Motorrad hat neuntausend Mäuse gekostet. Ich würde meinen Führerschein gerne behalten, damit ich weiterhin damit fahren kann.«

»Ich verstehe. Wie wäre es mit Kaffee?«

»Gerne. Es war so stressig, dass ich gar nicht weiß, wann ich zuletzt etwas getrunken habe. Ich bin ganz ausgedörrt.«

»Schwarz, ein Stück Zucker, richtig?«

Das war tatsächlich richtig, aber es ärgerte Marie, dass Guy sich nach all den Jahren noch so gut daran erinnern konnte. »Ich habe meinen Zuckerkonsum erhöht. Zwei Stück, bitte.«

Während Guy alles vorbereitete, sah Marie sich um und fragte sich, was ihn seine »vorübergehende Bleibe« wohl kostete. Obwohl sie zugeben musste, dass die Wohnung wirklich hübsch war. Im Wohnzimmer standen bloß zwei große Fernsehsessel und ein dazu passendes Sofa, und der angrenzende Wintergarten führte auf eine makellose, bepflanzte Veranda hinaus. Es war so ruhig, dass es sich gar nicht wie ein Teil einer Wohnanlage anfühlte.

An der Wand stapelten sich Plastikboxen mit Büchern. Ein Blick auf die Titel verriet Marie, dass es ausschließlich wissenschaftliche Bücher und Nachschlagewerke waren, und zwar hauptsächlich zum Thema Mord. »Wenn ich Sie nicht so gut kennen würde, würde ich mir echt Sorgen machen«, erklärte Marie und nahm einen dicken Wälzer mit dem Titel *Die Seele des Jägers* zur Hand. »Kein einziger Schnulzenroman.«

»Die muss ich erst auspacken«, erwiderte Guy grinsend und reichte ihr den Kaffeebecher. »Aber nach Ihrem Anruf vorhin nehme ich an, dass Sie nicht über Bücher reden wollen. Kommen Sie, setzen Sie sich.«

Er deutete auf einen der Lehnstühle und nahm in dem anderen Platz.

»Wir müssen ganz genau wissen, in welcher Stimmung sich Daniel Kinder befand, als er mit Ihrem Auto davonfuhr und Sie im Straßengraben zurückließ«, begann Marie, doch dann gab sie es auf. Sie konnte die Sache nicht mehr beschönigen. »Wir haben keine Ahnung, wo Skye Wynyard ist, Guy. Und wir machen uns große Sorgen um sie.«

»Wegen Daniel? Oder wegen dieses Dunand?«

»Wer weiß? Skye ist überzeugt, dass Daniel ihr nichts antun würde, aber wir sind uns da nicht mehr so sicher.«

Guy stellte den Kaffeebecher auf den Boden und lehnte sich zurück. »Es ist alles meine Schuld, nicht wahr? Hätte ich auf Sie gehört, als Daniel hier bei mir war, wäre das alles nicht passiert.«

»Vergessen Sie's. Jackman und ich sind uns einig, dass wir an Ihrer Stelle dasselbe getan hätten.« Das stimmte zwar nicht ganz, aber sie musste ihn irgendwie ablenken. »Also, welchen Eindruck machte Daniel auf Sie? Und was genau haben Sie zu ihm gesagt?«

Sie unterhielten sich etwa eine Viertelstunde lang, und am Ende beschloss Marie, dass Guys Bedenken vor allem

Dinge betrafen, die Daniel möglicherweise falsch interpretiert haben könnte. Daniel war sehr labil und konnte bei der kleinsten Kleinigkeit ausrasten.

»Also meiner Meinung nach haben Sie ihn nicht in seinem Wahn bestärkt.« Marie spürte, wie das Mitgefühl zurückkehrte. »Er hat Ihnen Angst gemacht, nicht wahr? Deshalb sind Sie so unsicher.«

Guy betrachtete seine vernarbte Hand und nickte. »Als er auf mich zukam und mich schubste, war ich wie erstarrt. Mir war natürlich klar, dass es bloß Daniel war, und die Vernunft sagte mir, dass er mir nicht wehtun wollte. Aber ich wäre vermutlich auch bei einem Teddybären ausgeflippt.«

Marie wollte gerade antworten, als Guys Handy klingelte. Er warf einen Blick auf das Display. »Das ist einer der Direktoren der neuen Klinik in Frampton. Keine Ahnung, was er um diese Uhrzeit noch von mir will, aber ich sollte besser drangehen.«

»Kein Problem.«

Guy ging in den Wintergarten, und Marie hörte, dass er über eine finanzielle Angelegenheit sprach. Sie warf einen Blick auf die Uhr. Sobald er aufgelegt hatte, würde sie sich auf den Weg machen. Sie lächelte in sich hinein. Sie wollte zuerst nicht allein herkommen, aber letztlich hatte sie das Zusammentreffen ganz gut gemeistert. Vielleicht war sie ein wenig zu hart zu Guy Preston gewesen. Immerhin teilten sie ein traumatisches Erlebnis. Sie waren einfach unterschiedlich damit umgegangen, und im Gegensatz zu Guy war sie dabei nicht verletzt worden. Sie sah die blutende Wunde in seinem Gesicht vor sich und die Hand, die von Terence Marcus Austins behelfsmäßiger Waffe durchbohrt wurde.

Marie betrachtete den hochgewachsenen Mann, der in

den dunklen Garten hinausstarrte, lächelnd und beschloss, Nachsicht mit ihm zu üben.

Kevin goss eine großzügige Menge Wodka in sein Glas. Er fühlte sich innerlich leer, doch ihm war eine riesige Last von den Schultern genommen worden. Er hatte endlich den Mut gefunden, seinem Vater das Herz auszuschütten, und dieser war auf einmal nicht mehr der Bischof gewesen, sondern einfach nur Kevins Dad. Sie hatten sich über eine Stunde unterhalten.

Der Inspector hatte recht gehabt. Sein Vater hatte bereits gewusst, dass Kevin schwul war, doch er hatte die Privatsphäre seines Sohnes respektiert. Er war davon ausgegangen, dass Kevin schon noch mit ihm über seine Sexualität sprechen würde, sobald er dazu bereit war.

Kevin hatte seinem Vater so viel wie möglich über die Hintergründe seiner Suspendierung erzählt, und sein Vater hatte ihm seine uneingeschränkte Unterstützung zugesichert. Die Fotos waren nicht zur Sprache gekommen, und als Kevin schließlich mit beschwingten Schritten sein Elternhaus verlassen hatte, hatte er sich dafür verflucht, dass er nicht schon viel früher hergekommen war.

Kevin trug seinen Drink ins Wohnzimmer und ließ sich aufs Sofa fallen. Er griff nach der Fernbedienung der Stereoanlage und nahm einen Schluck. Musik erfüllte den Raum, und die Erleichterung war riesengroß. Er hob das Glas zum Toast. »Gute Reise, Zane. Genieß dein neues Leben hinter Gittern!«

Kevin stieß ein langes, zufriedenes Seufzen aus. Das einzige Problem war, dass er suspendiert worden war, obwohl Saltern-Le-Fen gerade einen der größten Kriminalfälle der Geschichte erlebte.

Er stand auf, schlenderte in die Küche, goss sich noch ein Glas ein und beschloss, morgen mit seinem Vorgesetzten zu sprechen. Er musste wissen, wie lange die Suspendierung dauern würde. Er war zwar erst seit ein paar Stunden zu Hause, doch nachdem Zane fort war, konnte er es kaum erwarten, sich wieder in die Arbeit zu stürzen. Der Fall Daniel Kinder war riesig, und er wollte ein Teil davon sein.

Er setzte sich und nippte an seinem Drink, als ihm plötzlich ein Gespräch einfiel, das er vor dem Verlassen der Dienststelle zufällig mitgehört hatte. Zwei Kollegen hatten sich über Drew Wilson und den vereitelten Einbruch unterhalten. Wilson hatte ausgesagt, dass er einen Späher auf das Grundstück geschickt hatte, und nachdem dieser ihm übers Handy das Okay gegeben hatte, war der Rest der Bande nachgerückt.

Kevin blinzelte. Diese Geschichte konnte doch nicht stimmen, oder? Er hatte von der Bushaltestelle aus zwei Männer gesehen. Er schloss die Augen und dachte nach. Die Situation war ihm schon damals seltsam erschienen, doch dann war der Wagen mit den Einbrechern vorgefahren, und er hatte es in dem Tumult schlichtweg vergessen.

Allerdings war das noch lange nicht alles. Einer der Polizisten, die Drew Wilson verhaftet hatten, glaubte, dass Daniel Kinder die Polizei verständigt hatte. Er meinte, gesehen zu haben, wie Kinder heimlich aus dem Garten geschlüpft war.

Kevin versuchte, seine Gedanken mit einem weiteren Schluck Wodka auf Trab zu bringen.

Hatte er von der Bushaltestelle aus tatsächlich Daniel Kinder gesehen? Möglich war es. Die Gestalt hatte dieselbe Größe und denselben Körperbau gehabt. Doch wenn er es gewesen war, dann hatte Kinder gar nicht in Skyes Wohnung geschlafen. Er war unterwegs gewesen und hatte deshalb auch kein Alibi für die Zeit, in der Sue Bannister ermordet worden war.

»Scheiße«, murmelte Kevin. Wie sollte er dem Ermittlungsteam von diesem wichtigen Detail erzählen, ohne sich selbst in Schwierigkeiten zu bringen?

Kevin wanderte im Zimmer auf und ab. Dann kam ihm ein weiterer Gedanke. Falls es sich wirklich um Daniel gehandelt hatte, wo hatte er sich aufgehalten, als die Einbrecher gekommen waren? Wie hatte er es geschafft, nicht mit ihnen zusammenzutreffen und unbemerkt zu entkommen? Als Kevin ihn gesehen hatte, war er gerade auf dem Weg in den Garten hinter dem Haus gewesen.

Kevin runzelte die Stirn. War er in den überdachten Wellnessbereich mit dem Whirlpool geschlüpft? Die im Stil einer rustikalen Blockhütte gebaute Gartenlaube mit Bar, Poolbillardtisch und bequemen Sitzmöbeln hatte nicht auf Zanes Liste mit potenziellen Verstecken von Wertgegenständen gestanden, weshalb sich Drew Wilsons Leute auch nicht dafür interessiert hatten.

Kevins Polizistenspürsinn erwachte. Warum war Daniel Kinder an diesem Abend nach Hause zurückgekehrt? Um die Mordwaffe zu verstecken? Oder seine blutverschmierten Kleider?

Kevin setzte sich wieder und atmete zitternd ein. Er musste die Ermittler informieren, aber wie zum Teufel sollte er das anstellen, ohne seinen Job zu verlieren, der ohnehin bereits am seidenen Faden hing?

Ihm fiel nur eine Lösung ein. Er musste noch einmal zurück und sich die Blockhütte genauer ansehen. Dann wusste er wenigstens mit Sicherheit, ob es die Sache wert war, seine Karriere zu riskieren.

Kevin erhob sich erneut. Es wurde Zeit, wieder in seinen schwarzen Hoodie zu schlüpfen. Er war zwar nicht glücklich darüber, aber wenn er den Mörder dadurch überführen konnte, hatte er keine andere Wahl.

Marie sah sich in Guys Wohnung um, während sie darauf wartete, dass er sein Telefonat beendete. Abgesehen von den Räumen, die sie bereits kannte, gab es noch zwei große Schlafzimmer mit eigener Dusche, ein Badezimmer und ein kleines Büro, dessen Tür offen stand. Darin standen ein Tisch mit Computer und Drucker und noch mehr Umzugskartons.

Marie hoffte, dass Guy sich beeilte. Ungeduldig griff sie nach den beiden leeren Kaffeebechern und trug sie in die Küche. Sie hatte wirklich keine Zeit für so etwas.

Sie fand die Spülmaschine, stellte die Becher hinein und grinste, als sie die vielen anderen Kaffeetassen sah. Guy kochte offenbar wirklich nicht.

Sie sah noch einmal auf die Uhr und beschloss, nicht noch länger auf ihn zu warten. Sie würde ihren Helm nehmen, ihm zuwinken und ihm zu verstehen geben, dass sie sich melden würde, wenn es Neuigkeiten gab.

Als sie aus der Küche trat, steckte Guy gerade das Telefon in seine Hosentasche. Es wirkte besorgt, und sie fragte sich, ob mit dem neuen Projekt alles nach Plan verlief.

»Tut mir leid, dass das so lange gedauert hat. Dem Finanzchef von Frampton ist es offenbar egal, wie spät es ist. Ich schätze, Sie müssen weiter?«

»Ja.« Marie nahm ihren Helm. »Meiner Meinung nach müssen Sie sich keine Gedanken machen, wie Daniel das Gespräch vielleicht interpretiert haben könnte.«

Guy nickte. »Ich weiß es zu schätzen, dass Sie hergekommen sind. Niemand sonst hätte verstanden, warum es mich derart aus der Bahn geworfen hat, als Daniel mich in den Straßengraben stieß.« Er hielt inne. »Aber mit Ihnen kann ich immer reden.«

Marie wandte sich ab. »Kein Problem. Ich rufe Sie an, sobald wir Daniel oder Skye gefunden haben, und Sie melden sich, wenn Sie etwas von den beiden hören, okay?«

»Ja, versprochen.« Guy trat an ihr vorbei zur Tür. »Ich lasse Sie raus. Ich muss zuerst noch den Code eingeben.« Er berührte sanft ihren Arm und ließ die Hand einen Augenblick zu lange liegen. »Und danke für Ihr Verständnis.« Sein Blick wirkte seltsam traurig, als er vor den Ziffernblock der Alarmanlage trat.

Marie beugte sich spontan vor und hauchte ihm einen Kuss auf die Wange. »Sie müssen die Vergangenheit ruhen lassen, Guy. Sie sind ein brillanter Psychologe, aber Sie müssen sich auch um sich selbst kümmern. Wenn alles vorbei ist, sollten Sie Ihre Position in Frampton antreten und ein neues Leben beginnen. Lassen Sie Terence Marcus Austin hinter sich.« In Gedanken fügte sie hinzu: Und mich auch.

KAPITEL 26

Jackman stand nervös vor der Tür des Aufwachzimmers. Es dauerte sehr viel länger als gedacht, bis Lisa Hurley endlich ansprechbar war. Der Arzt war bereits zwei Mal bei ihm gewesen, um sich für die Verzögerung zu entschuldigen. Lisa war über den Berg, aber sie hatte die Narkose nicht vertragen und brauchte mehr Nachbetreuung als erwartet.

Es war beinahe Mitternacht, als ihn endlich eine Schwester mit hagerem Gesicht zu sich winkte. »Sie dürfen jetzt zu ihr, Inspector. Aber nur ein paar Minuten. Sie braucht Ruhe, bevor Sie sich länger mit ihr unterhalten.«

Jackman seufzte erleichtert und eilte ins Zimmer. Es würde ohnehin nicht lange dauern. Die Details konnte später ein Kollege aufnehmen, er hatte bloß drei wichtige Fragen.

Er setzte sich auf den Stuhl neben dem Bett.

»Wissen Sie, wer Ihnen das angetan hat, Lisa?«

Die Frau schluckte gequält. »Nein. Er hatte so was an.« Sie deutete auf eine OP-Assistentin, die ein wenig abseits stand und sich angeregt mit einer Schwester unterhielt. »Grüne OP-Kleidung mit Haube und Mundschutz.«

Jackman runzelte irritiert die Stirn. Stand das Krankenhaus wirklich im Zentrum der ganzen Geschichte? »Ist Ihnen vielleicht irgendetwas aufgefallen? Größe, Statur, Augenfarbe? Ein spezielles Rasierwasser?«

»Ich bin um mein Leben gerannt, Inspector. Ich konnte nicht stehen bleiben und mir Notizen machen.« Sie versuchte zu lächeln, doch dann sagte sie seufzend: »Ich war mir sicher, dass Daniel kommen würde. Skye hat mir von den Fugues erzählt und dass er Angst hat, während dieser Phasen gewalttätig zu werden. Kurz darauf habe ich ihn persönlich in einer ähnlichen Starre erlebt, und ich war überzeugt, dass sie sich in großer Gefahr befand. Ich hatte Angst um sie.«

»Also wollten Sie ihm eine Falle stellen ...«

»Sie hat mich angerufen und mir gesagt, dass sie für den Videoanruf von Ruby Kinder in die Dienststelle gefahren werden würde. Ich wusste also, dass sie nicht zu Hause war, doch Daniel hatte davon natürlich keine Ahnung. Ich ließ es so aussehen, als würde sie duschen. Und dann wartete ich.«

»Skye ist Ihre Tochter, nicht wahr?«

Lisas Augen weiteten sich. »Woher wissen Sie das?« Ihr Blick huschte erschrocken umher.

»Ganz ruhig, niemand weiß davon. Sie haben es uns selbst gesagt, kurz bevor Sie operiert wurden. Sie hatten Morphium gegen die Schmerzen bekommen, was vermutlich der Grund dafür war.«

»O nein! Ich glaube das einfach nicht. Sie dürfen ihr nichts davon erzählen, Inspector! Sie darf es nicht erfahren. Es würde alles zerstören.«

Jackman sah sich ebenfalls um und hoffte, dass Lisa mit ihrem kleinen Ausbruch nicht zu viel Aufmerksamkeit erregt hatte. »Die Sache geht uns nichts an, Lisa. Wir werden es ihr nicht sagen.« Abgesehen davon, dass ich es gar nicht kann, weil sie verschwunden ist, dachte er missmutig.

Die Krankenschwester warf Jackman einen warnenden Blick zu und hielt drei Finger in die Höhe. Noch drei Minuten.

»Lisa? Hatte der Angreifer einen Verband am Unterarm? Oder eine erst kürzlich genähte Wunde?«

Lisa runzelte die Stirn. »Nein. Ich habe nicht viel gesehen, aber das wäre mir aufgefallen. Der OP-Kittel hatte kurze Ärmel.«

Dann war es also nicht Daniel, dachte Jackman. Aber wer war es dann? Er schloss die Augen und versuchte nachzudenken. Sie mussten Mark Dunand finden. Skye war noch immer verschwunden, und Jackmans Sorge wuchs mit jeder Sekunde.

»Sie sollten sich ausruhen, Lisa. Wir werden uns später noch mal unterhalten, aber jetzt muss ich zurück ins Büro.«

Sie sank ins Kissen. »Eines noch, Inspector.« Ihre Stimme war kaum mehr als ein Flüstern. »Ich habe versucht, ihn mit einer Gusseisenpfanne niederzuschlagen. Ich habe ihn zwar nur gestreift, aber es muss trotzdem ziemlich wehgetan haben.«

»Wo haben Sie ihn getroffen?«

»Ich habe auf den Kopf gezielt, aber er hat sich bewegt, also weiß ich nicht, wo ich ihn erwischt habe.«

Jackman lächelte beruhigend. »Wir schnappen ihn, Lisa. Und Sie stehen rund um die Uhr unter Polizeischutz, Sie brauchen also keine Angst mehr zu haben. Konzentrieren Sie sich stattdessen darauf, rasch gesund zu werden.«

»Machen Sie sich keine Gedanken um mich. Kümmern Sie sich lieber um Skye.« Lisa schloss die Augen.

Jackman drückte ihre Hand und wandte sich ab. Nachdem er einige Worte mit den beiden Constables gewechselt hatte, die die erste Schicht übernommen hatten, verließ er das Aufwachzimmer und eilte in die Nacht hinaus. Er wählte Maries Nummer und atmete erleichtert auf, als sie schon nach dem ersten Klingeln abhob. Er fasste kurz zusammen, was Lisa ihm erzählt hatte, und fragte anschließend, wie lange Marie brauchen würde.

»Ich fahre gerade bei Guy los. Ich bin in zehn Minuten zurück. Übrigens bin ich mir sicher, dass Guy nichts gesagt hat, das Daniel aus dem Konzept gebracht hat.«

»Okay, Marie. Bis später.«

Jackman legte auf und hastete zu seinem Auto. Er hoffte nur, dass sie Mark Dunand fanden, bevor der Skye fand.

Kevin Stoner stand erneut in der mit Graffiti besprühten Bushaltestelle und beobachtete das Haus der Familie Kinder. Ein Streifenwagen parkte vor der Auffahrt, aber die beiden Beamten machten keine Anstalten auszusteigen.

Er hatte es nicht eilig, denn er wusste, dass er nur eine Gelegenheit bekommen würde und es sich nicht leisten konnte, erwischt zu werden. Falls er belastende Beweise fand, würde er später entscheiden, was er damit tun würde. Im Grunde war er überzeugt davon, die Mordwaffe, blutverschmierte Kleider oder sogar Daniel Kinder selbst zu finden.

Der Streifenwagen würde sicher die ganze Nacht hier stehen, und auch der Weg an der rückwärtigen Grundstücksgrenze wurde überwacht. Er brauchte also eine andere Route.

Er starrte zu den Vorgärten hinüber und überlegte. Es gab nur zwei Dinge, die ihm gefährlich werden konnten, denn gegen einen Hund im Garten oder versteckte Bewegungsmelder konnte er nichts ausrichten. Allerdings hatte er hier noch nie einen Hund bellen gehört, und als Drew Wilson und seine Leute eingebrochen hatten, war nirgendwo ein Licht angegangen. Er musste es also riskieren.

Eine sanfte Kurve verbarg ihn vor den Blicken der Beamten im Streifenwagen, und wenige Sekunden später saß er gut versteckt in einem Gebüsch im Vorgarten zwei Häuser weiter.

Das Glück blieb ihm treu, als er über eine kleine Mauer und durch ein Gebüsch in den Garten nebenan schlüpfte. Das Grundstück der Familie Kinder war mit einem robusten Holzzaun abgetrennt. Er war etwa einen Meter fünfzig hoch, und Kevin konnte gerade darüber hinwegschauen. So bekam er eine ziemlich genaue Vorstellung, wie es auf dem Nachbargrundstück aussah.

Kevin überprüfte die Standfestigkeit des Zauns. Die Besitzer hatten Gott sei Dank auf Qualität gesetzt. Er war schlank, doch das jahrelange Schwimmtraining hatte ihm ziemlich muskulöse Arme beschert. Er holte tief Luft, spannte die Muskeln an, packte die obere Kante des Zauns, zog sich hoch und sprang in einer einzigen fließenden Bewegung hinüber.

Er landete beinahe lautlos auf einem mit Bodendeckern bepflanzten Beet und rannte im nächsten Moment über ein verwahrlostes Blumenbeet auf eine Gruppe dicht beieinanderstehender Bäume zu. Dort sank er auf die Knie und sah sich hastig um.

Das Haus lag vollkommen im Dunkeln, doch die Straßenlaternen erhellten Teile des Gartens, während andere pechschwarz blieben. Kevin bewegte sich im Schatten ums Haus herum, bis er von der Straße aus nicht mehr zu sehen war.

Er war sich ziemlich sicher, dass der hintere Garten unbeobachtet war. Es waren zwar zwei Streifenwagen hier, die sowohl die Vorderseite des Hauses als auch den hinteren Fluchtweg im Blick hatten, und die Beamten gingen auch auf Patrouille, aber der Fluss hinter dem Haus bildete eine natürliche Barriere zum Rest der Stadt, weshalb er nicht überwacht werden musste.

Das schwache Mondlicht half ihm, sich den Weg durch den Garten zu bahnen, und kurz darauf stand er auf der Veranda vor der Blockhütte mit dem Whirlpool.

Kevin schlüpfte in den schmalen Spalt zwischen dem gemauerten Grill und dem Holzlagerplatz und sah sich um. Der Whirlpool befand sich in einer an drei Seiten geschlossenen Blockhütte, die Vorderseite bestand aus einer Schiebetür, die man öffnen konnte, um den Blick auf den Garten freizugeben. Davor befand sich die große Veranda, auf der er im Moment stand. Die Hütte selbst war ans Haus angebaut, und von seinem Versteck aus entdeckte Kevin zwei Türen auf der Hinterseite des lang gezogenen Raumes. Außerdem sah er eine Bar, einen Poolbillardtisch, Barhocker, mehrere Liegestühle, große Topfpalmen und eine weitere Holzkabine, bei der es sich vermutlich um eine Sauna handelte.

Einen schrecklichen Moment lang sah er Zane Prewett und eine vollbusige Frau vor sich, die es im dampfenden Wasser miteinander trieben. Er rührte sich zehn Minuten nicht vom Fleck, doch er sah und hörte nichts.

Auf einer Seite der Blockhütte befand sich eine kleine Tür, die vermutlich unversperrt war. Viele Leute waren sehr nachlässig, was solche Dinge betraf. Er hoffte, dass er das Schloss nicht aufbrechen musste, und hastete über die ausladende Veranda.

Vor der Tür hielt er kurz inne und drückte vorsichtig die Klinke nach unten. Sie gab widerstandslos nach, und Kevin Stoner trat leise in die Blockhütte.

KAPITEL 27

Als Jackman den Ermittlungsraum betrat, redeten Charlie Button und Max Cohen sofort auf ihn ein.

»Langsam passt alles zusammen, Sir. Wir haben einiges über unsere drei Toten herausgefunden.« Trotz der späten Stunde wirkte Charlie hellwach.

»Mhm ...« Max wirkte nicht ganz so munter, aber sein Gehirn arbeitete offenbar immer noch auf Hochtouren. »Sue Bannisters Mann hat eine Affäre mit einer jungen Krankenschwester, und Sue hat es herausgefunden.«

Charlie übernahm für ihn: »Sie litt deshalb unter Depressionen, wollte aber nicht zum Arzt gehen, um sich helfen zu lassen. Sie hat einer Freundin gestanden ›sich anderswo Hilfe zu besorgen‹.«

»Weiß ihre Freundin, was sie damit gemeint hat?«

»Nein, aber Sue nannte den Mann einen – ich zitiere – ›Engel in großer Not‹.« Max verzog das Gesicht. »Aber er war wohl eher der Engel des Todes ...«

»Falls es sich bei ihm um den Mörder handelt«, wandte Jackman ein.

»Es spricht jedenfalls einiges dafür, Sir«, fuhr Charlie fort. »Unsere Partylöwin Julia Hope – die Krankenschwester mit dem ständigen Lächeln auf den Lippen – hatte nämlich ebenfalls Probleme, die sie ihrem Arzt verschwieg.« Er warf Jackman einen unheilvollen Blick zu. »Stattdessen vertraute sie sich einem Engel mit einer Tasche voller hilfreicher kleiner Pillen an.«

»Wer hat euch davon erzählt?«

»Ihre Schwester.« Charlie hielt eine ausgedruckte E-Mail hoch. »Anna hat uns zuerst nichts gesagt, weil sie es gar nicht wusste. Sie hatte Probleme mit dem E-Mail-Server und bekam einige Mails erst Wochen später, als der Fehler behoben war. Dann fand sie diese Nachricht in ihrem Postfach und hat uns sofort angerufen. Julia hatte sie ihr schon vor einer ganzen Weile geschickt. Sie gibt darin zu, dass sie unter schweren Depressionen leidet, sich aber zu sehr schämt, um sich professionelle Hilfe zu suchen. Sie schreibt, dass ihr ›ein wunderbarer Freund‹ hilft. Jemand, dem sie ›voll und ganz vertraut‹.«

»Und das war ein großer Fehler«, murmelte Max. »Aber wir wissen jetzt, dass die beiden ihre Pillen genau wie Alison Fleet aus einer inoffiziellen Quelle bezogen haben. Der Dealer erschien ihnen offenbar moralisch einwandfrei und vertrauenswürdig.«

Jackman schloss die Augen und dachte nach. »Aber warum hat er sie getötet? Sie brachten ihm doch eine Menge Geld ein.«

Max verzog das Gesicht. »Ja, das ist die Kehrseite der Medaille. Ich habe echt keinen blassen Schimmer, warum er sie gekillt hat.«

»Sollen wir uns die Überwachungsvideos aus dem Krankenhaus vornehmen? Vielleicht hat sich eine von ihnen dort mit ihm getroffen?« Charlie klang selbst nicht gerade überzeugt von seinem Vorschlag.

»Sie legten bei den Treffen sicher Wert auf Diskretion, meinen Sie nicht auch?«, entgegnete Jackman.

»Ich habe einen unserer Informanten gebeten, sich umzuhören, ob einer der stadtbekannten Dealer neuerdings Glückspillen vertickt«, bemerkte Max. »Andererseits würde wohl niemand diese heruntergekommenen Wichser als ›Engel‹ bezeichnen. Unser Mann ist ein aalglatter Betrüger mit einer Engelszunge und einem unerschöpflichen Medikamentenvorrat.« Er ließ sich auf den Stuhl sinken. »Wo ist eigentlich Marie, Chef? Noch immer beim Seelenklempner?«

»Sie ist auf dem Rückweg.« Jackman steuerte auf sein Büro zu. »Schicken Sie sie zu mir, sobald sie da ist. Und dann sollten Sie beide nach Hause gehen. Sie sind doch sicher hundemüde.«

»Wir sollen gehen, obwohl alle nur noch darauf warten, dass irgendetwas passiert?«, fragte Charlie.

»Genau! Immerhin haben wir einen verschwundenen Mörder – oder vielleicht auch nur einen verschwundenen Irren, das wissen wir ja noch nicht so genau«, wandte Max ein. »Ganz zu schweigen von der verschwundenen Freundin und dem verschwundenen besten Freund, der vielleicht ebenfalls hinter der vermissten Freundin des vermissten Mörders her ist …« Er verdrehte die Augen und rieb sich die Schläfen. »Und Sie erwarten von uns, dass wir jetzt einfach nach Hause gehen und den ganzen Spaß versäumen?«

»Okay. Eine Stunde noch. Aber dann haut ihr ab, egal wer verschwunden ist und wer nicht.«

Bevor einer der beiden jungen Männer etwas erwidern konnte, betrat ein uniformierter Beamter mit einem Memo das Zimmer. »Wir haben Professor Prestons Auto gefunden, Sir.« Er gab Jackman den Ausdruck und verschwand wieder.

»In einem Parkhaus. Brillant.« Er holte sein Handy heraus und wählte Prestons Nummer. Der Psychologe brauchte einige Zeit, bis er abhob, und unterdrückte ein Gähnen.

»Tut mir leid, dass ich so spät noch anrufe, Guy, aber wir haben Ihr Auto gefunden.«

Guy entschuldigte sich ebenfalls: »Bitte verzeihen Sie, Inspector, ich bin wohl eingeschlafen. Das sind ja tolle Neuigkeiten. Wo denn?«

»Daniel hat es an einem perfekten Ort versteckt – nämlich in einem Parkhaus. Der Parkwächter hat es bei seinem abendlichen Rundgang entdeckt. Es ist unversehrt, aber die Spurensicherung muss es sich noch genauer ansehen, bevor Sie es abholen können.«

»Ja, natürlich«, erwiderte Guy. »Danke, dass Sie angerufen haben.« Er zögerte. »Könnte ich vielleicht kurz mit Marie sprechen? Ich habe ein Armband auf dem Boden gefunden, gleich nachdem sie gegangen ist. Der Verschluss ist kaputt. Es gehört vermutlich ihr.«

»Sie ist noch nicht wieder da. Aber sie trägt tatsächlich ein Armband. Soll sie Sie anrufen, wenn sie zurück ist?«

»Aber sie ist doch schon vor zwanzig Minuten losgefahren«, erwiderte Guy leise. »Und sie wollte direkt zurück ins Büro.« Seine Stimme wurde lauter. »Sie glauben doch nicht, dass sie einen Unfall mit diesem schrecklichen Motorrad hatte, oder?«

»Marie sollte Sie besser nie so reden hören. Haben Sie sie eigentlich schon mal fahren gesehen?«

»In letzter Zeit nicht.«

»Das dachte ich mir.«

»Aber auch ein guter Fahrer kann mal einen schlechten Tag haben«, wandte Guy nervös ein.

»Ja, da haben Sie recht, Doc, aber bei Marie sind die Chancen sehr gering. Ich könnte mir vorstellen, dass ihr etwas eingefallen ist und sie dem Verdacht sofort nachgehen wollte. Sie ist sicher gleich da.«

»Okay, dann danke noch mal für die Information über mein Auto, und ... würden Sie mich vielleicht verständigen, falls ... ähm ... falls Marie etwas passiert ist?«

»Natürlich«, erwiderte Jackman knapp. Egal, wie gut Marie mit Prestons Schwärmerei zurechtkam, mittlerweile war es wirklich offensichtlich, dass er immer noch etwas für sie empfand.

Er legte auf. Je schneller dieser Fall vorbei war, desto besser. Marie beschwerte sich zwar nicht, aber es gab sicher Angenehmeres, als ständig von einem Psychologen mit Dackelblick angeschmachtet zu werden. Jackman war sich nicht sicher, warum, aber Prestons unterwürfige Ergebenheit ging ihm langsam gehörig auf die Nerven.

»Sir!« Der uniformierte Beamte, der ihnen die Nachricht über Prestons Wagen überbracht hatte, stürzte erneut ins Büro. »Ein Passant hat gerade ein Motorrad im Fluss gemeldet. In der Nähe der Blackland-Schleuse.«

Jackman erstarrte. »Was für eine Marke?«

»Wir wissen bis jetzt nur, dass es grün ist, Sir.«

Die Kälte drang bis in Jackmans Knochen, und sein Herz gefror. Um Himmels willen, bitte nicht! Nicht jetzt. Jackman schluckte. »Wer übernimmt die Sache?«

»Es sind bereits zwei Teams vor Ort«, erwiderte der Constable. »Und die Feuerwehr, um das Motorrad herauszuziehen.«

Jackman dachte laut nach. »Auf dieser Strecke gibt es

keine Häuser, nur die Pumpstation und ein paar Anlegeplätze. Was ist mit den Überwachungsvideos der Wassergesellschaft?«

»Unsere Beamten sind bereits in Gesprächen mit der Gesellschaft. Wir werden alles überprüfen, sobald wir sie bekommen haben.« Der junge Mann starrte Jackman unverwandt an. »Alles in Ordnung, Sir? Sie sind kalkweiß.«

»Ja, alles okay«, erwiderte Jackman barsch, obwohl gar nichts okay war. Er hatte vielmehr das Gefühl, als würde die Welt langsam auseinanderbrechen. »Ich muss los.«

»Die Leute vor Ort meinen, dass es vielleicht nur das Motorrad ist, Sir. Es treibt keine Leiche auf dem Wasser, und ein derart großer Gegenstand würde nur aus der Schleuse geschwemmt werden, wenn man sie vollständig öffnet, was allerdings erst geschieht, wenn alles abgesucht wurde.«

Jackman wurde übel. Er sah Marie vor sich, die mit dem Gesicht nach unten in dem ölschwarzen Wasser trieb, und sein Magen zog sich zusammen.

»Ich fahre raus, Chef«, erklärte Max, der plötzlich neben ihm stand. »Ich kenne Maries Motorrad und halte Sie auf dem Laufenden.«

»Danke, Max, aber ich will selbst hinfahren.«

»Ja, klar, aber Sie sollten lieber hierbleiben.« Er wirkte besorgt. »Ich glaube einfach nicht, dass Marie einen Unfall hatte. Ich kenne den Abschnitt, und es gibt absolut keinen Grund, warum eine erfahrene Motorradfahrerin wie Marie ausgerechnet dort im Wasser landen sollte. Absolut keinen. Die Sache stinkt, Chef.«

Jackman wusste, dass Max recht hatte, aber falls Marie verletzt war, wollte er bei ihr sein. So einfach war das.

»Ich weiß, was Sie denken, Chef, aber ich bin mir sicher, jemand will, dass Sie Ihre Zeit damit verschwenden, nervös am Wasser auf und ab zu wandern, während er seinen weiteren Plan ungestört in die Tat umsetzen kann.«

Jackman seufzte. »Na gut. Aber rufen Sie mich sofort an, wenn auch nur die geringste Möglichkeit besteht, dass Marie dort ist, in Ordnung?«

Max nickte und machte sich auf den Weg. »Falls das alles nur ein Schwindel ist – was ich stark vermute –, dann bin ich schneller als ein verdammter Blitz wieder hier!«

Jackman beschloss, dass es Zeit wurde, Superintendentin Crooke anzurufen. Nach einigen deftigen Kraftausdrücken befahl sie ihm, im Büro zu bleiben. Sie würde in zwanzig Minuten da sein.

Jackman legte auf und wurde plötzlich von einem extrem unguten Gefühl überwältigt. Irgendetwas, das in den letzten paar Stunden passiert war, passte nicht ins Bild, doch er hatte keine Ahnung, was es war.

»Chef?« Charlie steckte den Kopf zur Tür herein. Er sah nie besonders ordentlich aus, aber heute Abend wirkte er, als hätte man ihn rücklings durch eine Hecke gezerrt. »Gibt es Neuigkeiten von Marie?«, fragte er hoffnungsvoll und versuchte, sich das Hemd in die Hose zu stecken.

»Nein, Charlie. Max wird sich vom Unfallort melden, sobald er etwas weiß.«

»Es ist kein Unfallort«, erwiderte Charlie bestimmt. »Da muss ich Max recht geben. Falls es wirklich Maries Motorrad ist, hat es jemand absichtlich in die Schleuse geworfen, um uns abzulenken.«

»Und was sagt uns das?«

»Dass sie offensichtlich entführt wurde. Wir sollten am besten ganz genau ermitteln, wo und wann sie vom Radar verschwunden ist. Vielleicht finden wir dann den Entführer.«

Jackman warf dem jungen Detective einen erstaunten Blick zu. Charlie Button war kein Genie, aber manchmal war er so von seinen eigenen Rückschlüssen überzeugt, dass er alle mit sich zog. »Setzen Sie sich.« Jackman deutete auf einen Stuhl, zog ein leeres Blatt Papier heraus und reichte es Charlie. »Okay. Ich habe um ...«, er warf einen Blick auf sein Telefon, »dreiundzwanzig Uhr sechzehn mit ihr telefoniert. Sie wollte gerade Guy Prestons Wohnung in Hanson Park verlassen.« Charlie notierte die Uhrzeit. »Kurz darauf habe ich mit Preston gesprochen, der meinte, sie wäre schon vor über zwanzig Minuten gegangen. Moment, ich sage Ihnen die exakte Zeit.« Er überprüfte erneut das Gesprächsprotokoll. »Es war tatsächlich fünfundzwanzig Minuten später, um dreiundzwanzig Uhr einundvierzig.« Er runzelte die Stirn. »Normalerweise fährt sie von Hanson Park an Park Villas vorbei, die Saltern High Road entlang bis hinunter zur Blackland-Schleuse und von dort auf einer Abkürzung zurück in die Dienststelle.«

»Das dauert maximal zehn Minuten.« Charlie hob eine Augenbraue. »Vielleicht sogar weniger, nachdem sie sich selten an Geschwindigkeitsbegrenzungen hält und um diese Zeit kaum Autos unterwegs sind.«

»Also hat ihr jemand zwischen Hanson Park und der Schleuse aufgelauert und anschließend ihr Motorrad entsorgt.«

Charlie hob den Blick. »Aber wie soll das gehen? Wie bringt man ein die Straße entlangrasendes Motorrad dazu, anzuhalten? Ganz zu schweigen davon, dass Marie abgestiegen sein und ihr Bike zurückgelassen haben muss.«

»Ich schätze, jemand hat sie an den Straßenrand gewinkt. Vielleicht mithilfe eines inszenierten Unfalles. Marie wäre auf jeden Fall stehen geblieben, um zu helfen.«

»Ja, unbedingt. Aber sie wäre auch stehen geblieben, wenn sie jemanden gesehen hätte, den sie kennt. Jemanden, nach dem wir suchen.«

»Wie zum Beispiel Daniel Kinder.« Für Kinder hätte Marie sofort angehalten. Jackman erinnerte sich, wie Daniel Marie angebrüllt hatte, warum sie ihm nicht glaubte. Daniel konnte Marie nicht ausstehen. Er stieß einen leisen Pfiff aus. »Das wäre tatsächlich eine Möglichkeit.«

»Soll ich mir ein paar Uniformierte schnappen und nach Hanson Park rausfahren? Vielleicht hat jemand gesehen, in welche Richtung sie gefahren ist. Dann hätten wir wenigstens Sicherheit, oder?«

»Die Anwohner werden zwar keine Freude haben, wenn Sie sie um diese Uhrzeit aus den Federn klingeln, aber Sie haben recht. Mal sehen, was Sie finden, Charlie.« Der junge Mann sprang auf. »Aber versuchen Sie, nicht zu viel Staub aufzuwirbeln, wir wollen etwaige Beschwerden, so gut es geht, vermeiden.«

»Ich werde höflich und charmant sein, Chef.« Er blieb an der Tür stehen. »Soll ich vielleicht auch noch mal beim Seelenklempner vorbeischauen? Damit wir sicher wissen, wann Marie tatsächlich gefahren ist?«

Jackman überlegte kurz. »Nein, wir sollten ihn nicht beunruhigen. Mein Anrufprotokoll ist Anhaltspunkt genug. Lassen wir ihn schlafen.«

»Okay, Chef.«

Nachdem Charlie gegangen war, klingelte Jackmans Handy. Es war Skye Wynyard. »Skye! Gott sei Dank! Geht es Ihnen gut?«

»Ja, Inspector. Daniel hat sich bei mir gemeldet, und er klang wieder so wie früher. Er meinte, Guy Preston hätte ihm sehr geholfen. Ich kann Ihnen gar nicht sagen, wie erleichtert ich bin, DI Jackman!«

»Skye, wir müssen unbedingt mit ihm sprechen. Hat er gesagt, wo er ist?«

»Nein, aber wir haben uns lange unterhalten, und ich habe ihm erzählt, dass ich mit seiner Mutter gesprochen habe.« Sie hielt kurz inne. »Ich wollte ihm nicht die ganze Geschichte übers Telefon erzählen, aber ich habe gesagt, dass ich gute Neuigkeiten hätte. Nachdem er gerne verschwindet, wollte ich seine Neugierde wecken.«

»Das war gut so«, stimmte Jackman ihr zu. »Wo sind Sie jetzt? Sie müssen noch einmal herkommen.«

»Ich weiß, und es dauert auch nicht mehr lange, versprochen.«

Jackman gefiel es gar nicht, dass sie seiner Frage auswich. »Skye? Egal, was passiert, treffen Sie sich nicht allein mit Daniel! Und auch nicht mit Mark. Ich will, dass Sie sofort hierher zurückkommen, verstehen Sie? Sie befinden sich womöglich in großer Gefahr.« Jackman wartete auf eine Antwort, doch Skye hatte bereits aufgelegt.

Er rief sie sofort zurück, kam jedoch direkt zur Voicemail. Er wiederholte, dass er sie dringend sehen musste, und hoffte inständig, dass sie auf die Nachricht reagieren würde. Dann steckte er das Handy wütend in die Hosentasche. »Verdammt noch mal!«

Er verließ sein Büro und lief hinunter zum diensthabenden Sergeant. Wenige Minuten später hatte dieser die Männer vor dem Haus der Familie Kinder kontaktiert, denen jedoch nichts Ungewöhnliches aufgefallen war. Niemand hatte das Haus betreten oder verlassen.

»Es ist still wie in einem Grab«, erklärte der Sergeant. »Aber wenn irgendetwas passiert, rufe ich Sie sofort an.«

Jackman stieg die Treppe wieder hoch und versuchte, sich mit dem Gedanken zu beruhigen, dass Skye in Sicherheit war. Die Frage war nur, wie lange? Und was war mit Marie? Jackmans Brust war wie zugeschnürt, und er bekam kaum Luft. Wo auch immer Marie war, sie befand sich ganz sicher in Gefahr, und wenn sie sie nicht bald fanden, dann ...

Kevin Stoner schlich leise durch die Blockhütte. Er arbeitete sich systematisch voran und hob vorsichtig die dicken Kissen von den Rattanmöbeln, um darunter nachzusehen. Danach trat er hinter die Bar, öffnete den Kühlschrank, zog die Flaschen aus dem Regal und durchsuchte einen Schrank, in dem er Dutzende Gläser, Oliven, in Folie verpackte Snacks und mehrere runzelige Zitronen entdeckte. Er ging das ganze Zimmer langsam und methodisch durch, doch er fand nicht das Geringste.

Kevin streckte sich und war plötzlich mehr als froh, dass er selbst nachgesehen hatte, bevor er die Kollegen hierhergeschickt hatte. Seine Theorie war wohl ein Totalausfall, und vermutlich hatte er gerade seinen Job gerettet.

Er betrachtete den Whirlpool. Er war mit einer dicken, türkisfarbenen Plane abgedeckt, die das Wasser warm hielt und es vor Schmutz und Staub schützte. Er kniete nieder und schlug sie zurück. Ein unangenehm feuchter Geruch stieg auf. Vermutlich war der Whirlpool schon lange nicht mehr benutzt worden. Kevin nahm seine Taschenlampe und richtete sie auf das trübe Wasser. Hoffentlich trieb nichts Ekelerregendes darin! Glücklicherweise war der Jacuzzi leer.

Er seufzte leise, richtete sich auf und ging zu einer

Gruppe Topfpflanzen, die den Poolbereich verschönerten. Er achtete darauf, nicht von draußen gesehen zu werden, und hob eine Pflanze nach der anderen aus dem Topf.

Als er die letzte kakteenartige Pflanze zurückstellte, beschloss er, dass seine brillante Idee für die Katz gewesen war. Er wollte nur noch schnell die Sauna und die beiden Türen überprüfen, die vermutlich ins Haus führten. Er rieb sich die Erde von den Händen und machte sich auf den Weg zur Sauna. Er öffnete langsam die Tür und hoffte, dass es keinen Bewegungsmelder für das Licht im Inneren gab, doch nichts geschah, und Kevin schlüpfte unbemerkt in die enge Kabine.

Es roch angenehm nach Holz. Espe vielleicht? Oder doch Fichte? Es war eine traditionelle Sauna mit holzvertäfelten Wänden, zwei übereinanderliegenden Bänken mit beweglichen Rückenstützen und einem Ofen mit einem Schutzgitter aus Holz über den Kohlestücken.

Sehr nett, wenn man sich's leisten kann, dachte Kevin und durchsuchte die Hohlräume unter den Bänken. Danach schlüpfte er seufzend zurück in den Poolbereich und sah sich kläglich um. Nun blieben nur noch die beiden Türen, und nachdem er nicht ins Haupthaus wollte, würde sein Einsatz bald beendet sein.

Die rechte Tür hatte ein Glasfenster, und Kevin leuchtete vorsichtig hindurch. Sie führte wie vermutet zurück ins Haus. Im Flur dahinter befand sich das Bedienfeld für die Alarmanlage, und obwohl er die Nummer immer noch auswendig kannte, sah er keinen Grund, hineinzugehen. Das Haus war immerhin bereits zwei Mal durchsucht worden.

Damit blieb nur noch die linke Tür. Kevin runzelte die Stirn. Er musste natürlich nachsehen, was sich dahinter befand. Er rief sich den Grundriss des Hauses in Erinnerung und konnte sich beim besten Willen nicht vorstellen, wozu diese Tür gut war. Normalerweise befand sich hinter der anderen Wand das Esszimmer, und er war sich sicher, dass es dort keine Tür gab.

Kevin drückte die Klinke nach unten, doch nichts passierte. Er runzelte die Stirn und überlegte.

Dann siegte die Neugier, und er traf eine spontane Entscheidung. Er musste wissen, was sich hinter dieser Tür befand, auch wenn er die halbe Nachbarschaft weckte – und falls der Alarm wirklich ausgelöst wurde, hatte er hoffentlich noch genug Zeit, um den Code einzugeben. Er zog einen kleinen Schlüsselring mit mehreren Dietrichen heraus. Er war zwar kein Profi, aber die Fähigkeit, Schlösser zu knacken, hatte ihn immer schon fasziniert. Außerdem war sein erster Freund hobbymäßig Entfesselungskünstler gewesen, was er damals einerseits furchtbar komisch, andererseits aber auch extrem erotisch gefunden hatte. Dominics Versuche, Houdini nachzueifern, hatten zwar eher an Bondage und nicht an Entfesselungskunst erinnert, aber er hatte Kevin eine Menge über Schlösser beigebracht.

Nach drei Minuten erklang ein leises Klicken, und die Tür ließ sich öffnen.

Die Alarmanlage sprang nicht an, und auf der anderen Seite befand sich auch kein Zimmer, sondern bloß eine steile Steintreppe. Na klar! Kevin schlug sich mit der Hand an die Stirn. Ein Haus mit einem Whirlpool und einer Sauna hatte natürlich auch einen Heizungskeller. Seine Laune stieg schlagartig. Es gab sicher keinen besseren Ort, um etwas zu verstecken!

Kevin trat durch die Tür, schloss sie hinter sich und stieg vorsichtig die Treppe hinunter. Nach etwa sechs oder sieben Stufen ging es scharf nach links, und nach einigen weiteren Stufen stand Kevin in einem kleinen Kellerraum direkt unter der Blockhütte. Wenigstens konnte er hier gefahrlos seine Taschenlampe benutzen.

Er ließ den Lichtstrahl durch den Raum wandern und sah, dass er recht gehabt hatte. Hier wurde das Zubehör für den Whirlpool und die Sauna aufbewahrt. Er blieb eine Weile unschlüssig stehen und überlegte. Das hier war nicht der Hauptkeller, den die Spurensicherung bereits durchsucht hatte. Es war sogar ziemlich wahrscheinlich, dass sie die kleine Kammer übersehen hatten.

Vermutlich war die Spurensicherung durch eine Tür in der Nähe der Küche in den Hauptkeller gelangt, und als sie die Tür in der Blockhütte gesehen hatten, hatten sie angenommen, dass diese ebenfalls dorthin führte. Es konnte also durchaus sein, dass hier noch niemand vor ihm gewesen war! Kevin biss sich auf die Lippe und fragte sich, ob er das Licht anmachen sollte.

Ja, warum eigentlich nicht? Das Licht hier unten war von draußen nicht zu sehen, außerdem hatte er die stabile Tür am Ende der Treppe vorsorglich wieder geschlossen. Er ließ den Taschenlampenstrahl noch einmal umherwandern, doch er fand keinen Lichtschalter.

Er fluchte. Mit seiner kleinen Taschenlampe würde es ewig dauern, bis er alle Kartons und Regale durchsucht hatte. Er brauchte mehr Licht! Und hier unten gab es doch sicher eine Lampe, oder? Er leuchtete nach oben und entdeckte eine lange Neonröhre. Kevin schöpfte neuen Mut und bewegte sich wieder in Richtung Treppe. Er starrte mit zusammengekniffenen Augen in den Schatten. Ja! In einem dunklen Winkel sah er tatsächlich einen Lichtschalter. Super! Er bewegte sich rasch darauf zu, streckte die Hand danach aus und stolperte im nächsten Moment eine verborgene, steile Steinstufe hinunter.

Kevins Schrei hallte laut durch den kleinen Raum, dann prallte er mit dem Kopf voran gegen eine Mauer. Seine Welt explodierte und versank in undurchdringlicher Dunkelheit, als er auf dem Boden aufschlug.

KAPITEL 28

Jackman und Ruth Crooke saßen sich schweigend gegenüber. Er hatte ihr alles erzählt, was er bis jetzt wusste, und spürte, wie ihn erneut die Angst packte. Ihrem blassen Gesicht nach zu urteilen, erging es ihr genauso.

Sein Telefon klingelte, und er meldete sich sofort. »Jackman!«

»Ich bin's, Charlie. Ich habe mit einigen Anwohnern gesprochen und weiß jetzt, wann Marie hier aufgebrochen ist.«

»Stimmt es mit der geschätzten Zeit überein?«

»Ja, in etwa. Mehrere Leute hörten, wie sie losfuhr, und einige haben sich fest vorgenommen, sich morgen bei Dr. Preston über den Lärm zu beschweren.«

Jackmans Augen wurden schmal. »Über welchen Lärm denn?«

»Offenbar hat sie den Motor ordentlich auf Touren gebracht.«

»Und hat jemand wirklich gesehen, wie sie davonfuhr?«

»Ja, Sir. Die letzte Zeugin hat eine Person mit einem dunklen Vollvisierhelm und einer auffallenden grün-weißen Lederjacke beobachtet.«

Jackmans Herz schlug schneller. »Charlie, gehen Sie noch mal zurück zu der Zeugin und fragen Sie sie nach der Hose und den Stiefeln. Jetzt gleich – und legen Sie nicht auf.«

Jackman hörte den keuchenden Atem des jungen Mannes, als er zurückeilte.

Nach ein paar Minuten, die sich wie eine Ewigkeit anfühlten, war Charlie wieder da. »Der Fahrer trug keine Stiefel, Sir, und die Zeugin meinte, eine Jeans oder eine dunkle Hose gesehen zu haben. Keine Lederkluft.«

Jackmans Brust war vor Angst wie zugeschnürt. »Danken Sie ihr und kommen Sie dann so schnell wie möglich wieder hierher. Die anderen sollen in der Nähe bleiben, falls sie gebraucht werden. Aber möglichst außer Sichtweite.«

Er legte auf, doch bevor er Ruth Crooke informieren konnte, läutete das Telefon erneut. Dieses Mal war es Max. »Chef? Ich bin auf dem Rückweg. Es ist tatsächlich Maries Motorrad, aber man hat keine Leiche gefunden«, erklärte er. »Außerdem habe ich die Jungs von der Feuerwehr gebeten, sich das Motorrad genauer anzusehen. Es wurde nicht ins Wasser gefahren, sondern geschoben. Es war kein Gang eingelegt, und der Motor war aus.«

Jackman befahl ihm ebenfalls, so schnell wie möglich zurückzukommen, dann wandte er sich an die Superintendentin. »Wie lange kennen Sie Marie jetzt schon?«

»Ziemlich lange, warum?«

»Haben Sie jemals erlebt, dass sie ihr Motorrad vor dem Start aufheulen ließ und dann wie eine Wilde davonbrauste?«

»Nein.«

»Und wie würden Sie Marie beschreiben, wenn sie mit dem Motorrad unterwegs ist?«

»Groß und schlank, in einer schwarz-grünen Ledermontur, einem Vollvisierhelm und maßgeschneiderten Motorradstiefeln.«

Jackman nickte. »Die Stiefel fallen besonders auf, weil sie mit limettengrünen Reflektoren besetzt sind. Und auch die Lederhose passt zum Outfit. Allerdings hat unsere Zeugin nichts dergleichen gesehen. Ich glaube, Marie hat die Wohnanlage nie verlassen. Sie wurde überwältigt, bevor sie überhaupt bei ihrem Motorrad angekommen war.«

»Dann sollten Sie Ihre beiden Jungs und genügend Verstärkung zusammentrommeln und die Wohnanlage auseinandernehmen.« Ruth Crooke war die Sorge deutlich anzusehen. »Marie ist in großer Gefahr, nicht wahr?«

Jackman erhob sich und nahm seine Stichschutzweste von dem Haken an der Tür. »Ja, genau das glaube ich auch, Ma'am.«

»Ich werde ein bewaffnetes Sonderkommando zusammenstellen.« Sie folgte ihm aus dem Büro und legte plötzlich eine Hand auf seinen Arm. »Sie wissen, wo sie ist, oder? Ich kann es Ihnen ansehen.«

Jackman biss die Zähne aufeinander. »Ja, ich habe eine verdammt gute Vorstellung.«

Marie lag auf Guys Doppelbett. Sie hörte, wie er sich durch die Wohnung bewegte, und die Panik, dass sie sich nicht rühren konnte, war beinahe übermächtig. Guy hatte gesagt, dass die Lähmung nicht lange anhalten würde, und aus irgendeinem Grund glaubte sie ihm. Das musste sie, um nicht den Verstand zu verlieren.

Marie dachte an die dünne Nadel zurück, die plötzlich ihre Haut durchbohrt hatte.

Sie hatte mit Jackman telefoniert und gerade aufgelegt,

als Guy sich an ihr vorbeilehnte, um die Tür zu öffnen. Sein Gesichtsausdruck war ihr irgendwie seltsam erschienen, und sie hatte sofort geahnt, dass etwas nicht in Ordnung war.

Im nächsten Augenblick setzten Gefühllosigkeit und Schwindel ein. Sie konnte sich kaum noch bewegen, und kurz darauf war ihr ganzer Körper gelähmt. Sie spürte, wie Guy sie auffing und langsam zu Boden gleiten ließ. Zu ihrem Entsetzen schob er ihre Augenlider auseinander, sodass sie ihn ansehen musste.

»Es tut mir leid, Marie, aber Sie sind eine derart schlaue Polizistin, dass Sie früher oder später eins und eins zusammengezählt hätten.«

Die Worte kamen aus großer Entfernung und verhallten sofort wieder. Stattdessen hatte sie plötzlich ein Rauschen in den Ohren, und Panik und Ungläubigkeit ergriffen von ihr Besitz. Sie konnte sich nicht bewegen, doch sie registrierte alles, was um sie herum passierte. Marie hatte immer schon eine unglaubliche Angst davor gehabt, im OP zu landen und niemandem sagen zu können, dass sie noch wach war. Nun war ihr Albtraum Wirklichkeit geworden.

Sie würde sterben, ohne sich auch nur im Geringsten verteidigen zu können. Doch dann hörte sie erneut seine Stimme.

»Marie, Ihnen wird nichts passieren. Ich weiß, dass es beängstigend ist, aber es ist notwendig, glauben Sie mir.« Guy klang ruhig, vernünftig und seltsam zärtlich. »Ich gebe Ihnen ein Gegenmittel, sobald ich Sie fixiert habe.«

Guy zerrte sie von der Eingangstür fort und den Flur entlang. Dann ließ er sie kurz los, öffnete eine Tür und schleppte sie ins Schlafzimmer. Dabei erklärte er ihr, dass er noch etwas zu erledigen habe.

»Das Medikament lähmt weder Herz noch Lunge, während ich weg bin. Es ist nicht tödlich. Es werden lediglich sämtliche aktiven Bewegungen unterdrückt, ohne dass der Patient das Bewusstsein verliert. Sie werden nicht daran sterben, Marie. Das einzige Problem wäre, wenn mir etwas zustößt, denn wenn ich zu lange fort bin, stellt Ihr Zwerchfell die Arbeit ein, und das wäre fatal.«

Er zerrte sie auf das Bett.

»Tut mir leid«, keuchte er und zog ihr die Lederjacke aus. »Ich muss noch ein paar Kleinigkeiten erledigen, dann können wir reden.« Er stand auf und betrachtete sie traurig. »Denn das müssen wir unbedingt, Marie.«

Er schlüpfte mit einem Arm in die Jacke und grinste. »Gott sei Dank sind Sie keine Bohnenstange. Sie ist zwar ein bisschen eng, aber ich passe gerade noch rein.« Er rückte die Jacke zurecht, dann sagte er: »Entspannen Sie sich! Ich bin gleich wieder da.«

Als Marie hörte, wie ihre kostbare Kawasaki aufheulte, ahnte sie, was er vorhatte, und verfluchte ihn aus ganzem Herzen.

Eine halbe Stunde lang lag sie regungslos auf dem Bett und versuchte, ruhig zu bleiben und sich einzureden, dass sie nicht sterben würde. Er hatte es ihr versprochen. Sie musste sich bloß einen Ausweg aus dieser hoffnungslosen Situation überlegen.

Waren seine Gefühle für sie auf schreckliche Weise eskaliert? Oder war Guy der gesuchte Mörder? Was hatte er damit gemeint, dass sie früher oder später eins und eins zusammenzählen würde?

Sie konnte sich Guy Preston nicht als kaltblütigen Killer vorstellen. Sie hatte ihn arbeiten gesehen, und er war ein mitfühlender, engagierter und verständnisvoller Arzt. So etwas brachte ein Serienmörder doch nicht fertig, oder? Vielleicht schützte er jemanden. Aber wen? Und falls es so war, wie konnte er ihr so etwas Schreckliches antun?

Aber wen versuchte sie hier zu verarschen? Wenn Guy es fertigbrachte, Marie in ihrem eigenen Körper gefangen zu halten, obwohl er ganz offensichtlich sehr viel für sie empfand, wozu war er dann bei einer vollkommen Fremden fähig?

Bei diesem Gedanken hätte sie beinahe erneut die Panik übermannt, doch das durfte sie auf keinen Fall zulassen. Sie bemühte sich, ihre innere Ruhe wiederzufinden, und dachte an Jackman, um sich ein wenig abzulenken. Wäre sie nicht am ganzen Körper gelähmt gewesen, hätte sie gelächelt. Ihr Vorgesetzter war der ehrlichste Mensch, den sie kannte, und abgesehen von ihrem Mann auch der aufrichtigste und unverfälschteste Polizist, mit dem sie jemals zusammengearbeitet hatte. Trotz seiner teuren Universitätsausbildung und des reichen Elternhauses hatte er ihr nie das Gefühl gegeben, weniger wert zu sein. Im Gegenteil. Sie fühlte sich als Kollegin wertgeschätzt, und das kam selten genug vor.

Trotzdem wusste Marie mit Sicherheit, dass sie nicht verliebt in Jackman war. Ihre einzige große Liebe war und blieb Bill, doch von allen Menschen auf der Welt war Jackman der Einzige, der ihr jetzt vielleicht noch helfen konnte. Er würde sie aufspüren. Er würde irgendwie herausfinden, dass Preston hinter ihrem Verschwinden steckte. Sie hoffte nur, dass es nicht zu lange dauern würde.

Sie schickte Jackman einen stummen Hilfeschrei. Sie hatte nicht mehr viel Zeit, denn selbst wenn das Medikament nicht tödlich war – Preston würde nach dem Gespräch sicher nicht lange zögern und sie ebenfalls umbringen.

Marie lag in ihrem regungslosen Körper gefangen auf dem Bett und musste mit anhören, wie Preston mit Jackman telefonierte. Er hatte auf Lautsprecher gestellt, und sie hörte Jackmans Stimme, aber sie war nicht fähig, um Hilfe zu rufen.

Marie spürte, wie die Wut in ihrem zu Eis erstarrten Körper zu brennen begann, und die Hitze war beinahe stark genug, um ihre gefrorenen Glieder aufzutauen. Sie wünschte, sie hätte Terence Marcus Austin damals nicht an seinem Vorhaben gehindert. Sie bereute es zutiefst, Preston das Leben gerettet zu haben, denn offensichtlich hatte er sich in einen Psychopathen verwandelt, der sehr viel schlimmer war als seine Patienten. Sie versuchte nicht, die Wut zu besänftigen – womöglich half sie ihr am Ende, das hier zu überleben.

»Tut mir leid, dass das so lange gedauert hat.« Guy Preston trat ins Zimmer und stellte ein Tablett mit mehreren Spritzen auf der Schlafzimmerkommode ab. »Es wird langsam Zeit, dass wir dich aus der Starre erlösen.« Er war mittlerweile zum Du übergegangen.

Preston arbeitete schnell und präzise. Er fixierte Maries Arme und Beine mit dicken, weichen Gurten am Bett und legte einen noch breiteren Gurt um ihren Bauch. Danach injizierte er ihr den Inhalt der ersten Spritze. »Es ist ziemlich beängstigend, aber versuche bitte trotzdem, dich zu entspannen. Es ist gleich vorbei.«

Er hatte kaum die Nadel aus dem Arm gezogen, als ihr Herz zu rasen begann. Es war beinahe genauso Furcht einflößend wie die Starre zuvor.

»Ruhig!«

Doch Guys Stimme beruhigte Marie nicht im Geringsten. Sie würde sterben, und diesem Mistkerl war es vollkommen egal! Was auch immer er ihr gegeben hatte – ihr Atem ging keuchend, und ihr Herz raste. Ihr war klar, dass ihr Körper diesem Druck nicht lange standhalten würde. Bis zu Bills Tod hatte sie sich kaum Gedanken über das Sterben gemacht, doch danach hatte sie häufig darüber nachgedacht. Aber sie hatte sich genauso häufig über das Leben Gedanken gemacht. Und gerade jetzt war es besonders wichtig, dass sie am Leben blieb, denn dieses Monster – dieser kaltherzige Mörder, der sich ihr als ergebener Freund genähert hatte – musste ein für alle Mal hinter Gitter wandern.

»Beruhige dich! Ich sagte doch, dass es vorübergeht.« Er griff nach ihrem Handgelenk und maß den Puls. »Der Hemmstoff ist eine Neuentwicklung. Er arbeitet schnell, ist aber noch nicht ganz ausgereift.« Er trat einen Schritt zurück. »Vermutlich wirst du noch eine Zeit lang unter Muskelkrämpfen und Übelkeit leiden, aber dein Blutdruck sinkt bereits.«

Er hatte recht. Marie hatte zwar immer noch das Gefühl, einen Schlagbohrer in der Brust zu haben, aber es war nicht mehr so beängstigend. Sie atmete zitternd ein und öffnete den Mund, um etwas zu sagen.

Guy legte ihr einen Finger auf die Lippen. »Nicht reden. Konzentriere dich auf deine Atmung und versuche, dich zu entspannen.«

»Wie kannst du es wagen! Du verdammter Mistkerl!«, krächzte sie. Ihr Mund und sämtliche Gesichtsmuskeln schmerzten höllisch.

»Ist schon gut. Deine Wut überrascht mich nicht.« Er sah sie mit seinem typischen Dackelblick an. »Ich habe es nur getan, weil ich dir nicht wehtun wollte. Ich konnte dich einfach nicht niederschlagen.«

»Aber das hier konntest du sehr wohl«, brachte sie mühsam hervor. »Hättest du mich doch geschlagen. Das hätte ich verstanden. Aber dass du mir so etwas Schreckliches, Abscheuliches antust ... Das ist Missbrauch, Guy! Damit hast du sämtliche Grenzen überschritten!«

»Es tut mir leid, dass du es so empfindest. Ich dachte, du würdest es verstehen oder wärst sogar ...«

»Was? Dachtest du, ich wäre dir dankbar? Du kranker Huren...« Sie kämpfte gegen die Fesseln an, doch ihre Muskeln verkrampften sich sofort. »Hast du eigentlich eine Ahnung, wie es ist, in seinem eigenen Körper gefangen zu sein und sich nicht wehren zu können?«, schrie sie, und Tränen stiegen in ihre brennenden Augen, während sie sich erneut gegen die Fesseln stemmte.

»Bitte hör auf. Die hier tun mir wirklich leid.« Er deutete auf die Fesseln. »Wir benutzen sie in der Elektroschocktherapie, damit sich der Patient während der Behandlung nicht verletzt.« Er lächelte reumütig. »Aber in diesem Fall sind sie zu meiner Sicherheit, nicht zu deiner.«

»Und zwar zu Recht, verdammt noch mal!«

Guy blickte auf sie herab, dann setzte er sich auf die Bettkante und rückte neben sie. Er stieß ein mitleiderregendes Wimmern aus. »Hilf mir, Marie, ich weiß nicht, was ich tun soll.«

Maries Wut wich Bestürzung. Sie musste vorsichtig sein. Alles, was sie sagte, konnte seine Psychose verstärken. Seine innere Anspannung war beinahe körperlich spürbar.

Sie sah ihn an. Jetzt war sie die Therapeutin, und sie musste genauso gut sein, wie Professor Guy Preston es früher einmal gewesen war. Sie hatte zwei wichtige Pluspunkte gesammelt. Zum Ersten war sie immer noch am Leben, und zum Zweiten hatte er sie um Hilfe gebeten.

Marie rang sich ein Lächeln ab, obwohl ihre Lippen nach wie vor taub waren. »Willst du reden, Guy? Ich kann im Moment sowieso nirgendwohin.«

Guy Preston legte eine Hand auf ihre, und Marie sah die unglaubliche Traurigkeit in seinem gezeichneten, aber immer noch attraktiven Gesicht.

Guy betrachtete nachdenklich die vernarbte Haut auf seinem Handrücken. »Kurz nachdem Terence Martin Austin versucht hatte, mich zu töten, wurde mir plötzlich einiges klar.« Er sah Marie einen Moment lang an, dann fuhr er fort: »Ich kann dir gar nicht sagen, wie oft ich mir gewünscht habe, du hättest mir nicht das Leben gerettet. Ich hätte an diesem Tag sterben sollen, Marie. Er hätte mir den Kugelschreiber direkt in die Halsschlagader rammen sollen.«

Er streichelte sanft ihre Hand.

»Ich sah ihm in die Augen, als er sich auf mich stürzte. Ich hatte jahrelang mit Mördern zusammengearbeitet, aber Terence Austin war anders.« Er seufzte. »Ich hatte oft eine tiefe Leere in den Augen meiner Patienten gesehen. Schwarze Löcher statt einer menschlichen Seele. Ich hatte hartherzige Gleichgültigkeit gesehen und manchmal auch das personifizierte Böse. Ich hatte mit Gefangenen geredet, denen der Mord an einem Menschen nichts bedeutete. Sie hatten behauptet, es wäre ganz einfach gewesen. Aber in Austins Augen war etwas, das ich in all den Jahren, in denen ich Mörder und Mörderinnen studiert hatte, noch nie entdeckt hatte. Ich sah eine Verbindung. Ich kann es nur so beschreiben. Eine Verbindung zwischen Austin und dem Tod. Er existierte bloß für diesen einen Moment. Er hatte die vollkommene Kontrolle über Leben und Tod, und es zählte nur der Augenblick, in dem ein Leben durch sein Tun endete. Das war der Grund, warum er immer weiter mordete.«

Marie hatte Terence Austin ebenfalls tief in die Augen gesehen, doch für sie war er nur ein berechnendes Raubtier gewesen. Sie warf einen Blick in Guys gequältes Gesicht und beschloss, ihre Gedanken für sich zu behalten. Stattdessen sagte sie: »Ich verstehe nicht ganz, worauf du hinauswillst.«

Guy runzelte die Stirn. »Es ist tatsächlich sehr komplex. Vor allem für einen Laien.« Er lächelte geduldig. »Aber ich werde versuchen, es dir zu erklären. Es gibt höhere mentale Prozesse, die uns allen zu eigen sind, und einer davon ist die Empathie. Wir identifizieren uns mit anderen und erleben ihre Gefühle – Wut, Angst, Freude –, als wären sie unsere eigenen. Und das stärkste von allen ist das Gefühl des Todes, verstehst du?«

Marie überlegte, dann fragte sie: »Als würde man sich einen Horrorfilm ansehen?«

»Ja, genau. Wir sind fasziniert von der Darstellung des Todes und des Sterbens in Filmen und Dokumentationen. Es ist auf seltsame Weise fesselnd und kann als vollkommen normale menschliche Verhaltensweise angesehen werden. Wir verrenken uns den Hals, wenn wir an einer Unfallstelle vorbeikommen, besuchen Konzentrationslager und den Ground Zero und stehen stundenlang in der Schlange, um die plastinierten Leichen in den ›Körperwelten‹ zu sehen.« Guy wanderte gestikulierend im Zimmer auf und ab. »Diese Faszination verspüren wir alle. Wir haben seit jeher Angst vor dem Tod, fühlen uns aber gleichzeitig magisch von ihm angezogen. Vor allem von dem Moment, in dem die Seele den Körper verlässt.«

»Du meinst den Zeitpunkt des Todes?«

Guy seufzte. »Genau. Ich habe mich intensiv mit diesem Thema auseinandergesetzt, aber ich verstand es erst, als ich Austin in die Augen schaute. Einen Augenblick lang war er vollkommen eins mit dem Tod. Es entstand eine Verbindung, und alle menschlichen Emotionen verschwanden. Es war ein einzigartiger, lebensverändernder Moment.«

Marie hatte genug gehört, doch sie musste Zeit gewinnen. Sie musste Guy bei Laune halten. »Hast du Austin im Gefängnis besucht?« Ihre Stimme klang noch immer rau, und ihr Hals brannte.

Guy nickte. »Sehr oft sogar. Die Verbindung zu Austin war stärker als die zu dir.« Er lächelte beinahe entschuldigend. »Er hat dich gehasst, weißt du?«

Nicht so sehr wie ich ihn, dachte Marie finster.

»Weil du dich ihm in den Weg gestellt hast.«

»Was du nicht sagst«, erwiderte sie röchelnd. Im nächsten Moment zog sich ihre Wade krampfhaft zusammen, und sie schrie vor Schmerz auf.

Guy massierte ihr Bein, bis der Schmerz nachließ. »Besser?«

Sie nickte. »Danke.«

Plötzlich erschien alles so surreal, dass Marie am liebsten laut aufgelacht hätte. Aber sie durfte auf keinen Fall den Verstand verlieren. Sie hatte vorhin eine weitere Spritze auf dem Tablett entdeckt. Sie war groß – und randvoll.

Guy sprach weiter: »Ich habe lange mit Austin darüber gesprochen, was ich in seinen Augen gesehen hatte. Danach begann er, sich mir anzuvertrauen.« Er neigte den Kopf zur Seite. »Es war Austin, der mir vorschlug, mich mit Françoise Thayers Fall vertraut zu machen. Er meinte, sie hätte ebenfalls diese ›wahre Verbundenheit‹ gespürt, wie er es nannte. Sie war genau wie er.«

Marie nickte, obwohl die Frustration immer größer wurde. Warum hatte dieser sogenannte Experte nicht gemerkt, dass Austin mit ihm spielte? Er hatte Guy vorgeblich tiefe Einblicke in die Welt des Todes verschafft, obwohl er letztendlich nur das getan hatte, was alle Serienmörder nun mal so wahnsinnig gerne taten: Er hatte sein eigenes krankes Ego gefüttert.

»Ich hatte keine Ahnung, wie sehr er dich beeinflusst hat, Guy«, sagte sie. »Es tut mir wirklich leid.«

»Ich würde dir gern sagen, dass es nicht deine Schuld war, aber das war es.« Guy betrachtete Marie mit einem seltsamen Blick. »Ich war beinahe enttäuscht, dass er mich nicht getötet hatte. Dieser eine Blick in seine Augen war so mächtig, dass er mein Schicksal besiegelte. Und ich wollte ihn noch einmal sehen.«

»Ich weiß nicht, was ich sagen soll.« Und das war die Wahrheit.

»Du und ich haben oft darüber gesprochen, was damals in dem Verhörzimmer passiert ist, und ich wollte dich immer fragen, ob du es vielleicht auch gesehen hast.«

»Ich bin Polizistin, Guy. Ich habe gesehen, dass die Situation eskaliert, und instinktiv gehandelt, um dich zu beschützen. Etwas anderes war da nicht.«

Guy stand auf, schüttelte das Kissen neben ihr auf und legte sich dann zu ihrer Überraschung neben sie. Er verschränkte die Finger mit ihren und seufzte behaglich. »Du darfst bitte nicht glauben, dass ich nicht schätze, was du getan hast. Es gab sehr wohl Tage, an denen ich so beschäftigt war, dass ich Terence Marcus Austin beinahe vergaß. Ich war wieder frei und funktionierte immer noch – und zwar seltsamerweise recht gut.« Er rückte näher, und Marie versuchte, nicht zurückzuzucken.

»Aber du weißt, wie es läuft, wenn man von etwas besessen ist, nicht wahr? Einmal an der Flasche riechen, eine kleine Menge der vertrauten Droge, und alles ist wieder beim Alten. Das Problem war, dass ich diesen Blick nie wieder sah. Egal, mit wie vielen Mördern ich sprach, keiner von ihnen hatte dasselbe wie Austin.«

Also hast du dich auf die Suche begeben.

Endlich begriff Marie. Guy wollte diesen Blick nicht nur bei einem anderen sehen. Er wollte es selbst spüren, ein Teil davon werden. Er hatte sein ganzes Berufsleben mit dem Tod und den Menschen gearbeitet, die fremdes Leben auslöschten, aber er war immer ein Außenseiter geblieben. Er hatte es nie wirklich selbst gespürt. Es waren immer nur Vermutungen gewesen, und das reichte ihm mit der Zeit nicht mehr. Nachdem er Terence Marcus Austins Verstand bei der Arbeit beobachtet hatte, wollte er es von Grund auf verstehen. Er wollte es leben.

»Und hast du gefunden, wonach du gesucht hast?«, fragte sie.

»Nein.«

Das war also der Grund für seine unendliche Traurigkeit. Er hatte für nichts und wieder nichts getötet. Das Gefühl, nach dem er suchte, gab es nicht. Es war, als wäre jemand in die Bank von England eingebrochen und hätte festgestellt, dass der Tresor leer ist.

»Die Erste – Julia Hope, die Krankenschwester – war ein Unfall.«

Seine Stimme klang ausdruckslos, obwohl dieses Geständnis Maries Todesurteil gleichkam. Er würde sie danach wohl kaum wieder gehen lassen.

»Wir kannten uns etwas über einen Monat, als mir klar wurde, dass sie Anzeichen einer schweren psychotischen

Störung zeigte. Ich wollte, dass sie sich zur Diagnosestellung einweisen lässt. Ich wusste, dass sie es nicht gerade gut aufnehmen würde, aber ich war mir sicher, dass sie die Wahrheit ertragen konnte.« Er seufzte. »Aber das tat sie nicht. Ich versuchte, sie zu beruhigen, aber sie ist ausgeflippt und auf mich losgegangen. Ich habe sie fortgeschubst, und sie hat sich den Kopf angeschlagen.«

»Aber sie war nicht sofort tot, oder?«

Guy lächelte und drückte liebevoll ihre Hand. »Du hast mich schon immer verstanden, Marie. Nein, du hast recht, sie war nicht sofort tot. Aber als ich das viele Blut sah, erkannte ich, dass das meine Chance war, dasselbe wie Austin zu fühlen, und ich fragte mich, ob ich vielleicht ...«

Sie spürte, wie er erschauderte.

»Als sie schließlich tot war, erkannte ich, dass ich es vollkommen falsch angegangen war. Als Terence Austin mich angegriffen hatte, war er ruhig und beherrscht gewesen, während ich in einen regelrechten Rausch geraten war.« Er stieß ein kurzes Lachen aus. »Nachdem ich sie in dem verlassenen Pub entsorgt hatte, wurde mir klar, dass ich es noch mal versuchen musste. Es gab kein Zurück. Ich hatte nichts zu verlieren, und ich wollte diese Verzückung selbst erleben.«

»Also hast du es so inszeniert, als hätten wir einen Serienmörder bei uns in der Gegend«, fragte Marie und kam sich vor, als hätte sie selbst den Verstand verloren. Immerhin war Guy tatsächlich ein Serienmörder. Er sah sich bloß nicht als solcher.

»Genau! Und seltsamerweise lernte ich ausgerechnet jetzt zahllose labile Frauen kennen, die auf meine private Expertise Wert legten und mich für meine immer offen stehende Tür, meine Gabe als guter Zuhörer und natürlich auch für meinen nie enden wollenden Nachschub an Antidepressiva liebten.«

»Toll, wenn man eine so große Auswahl an möglichen Opfern hat«, murmelte Marie. »Und nachdem du dein Leben lang das Verhalten von Mördern – und insbesondere Françoise Thayer – studiert hast, hast du die Tatorte eigens für uns inszeniert, habe ich recht?«

Guy stützte sich auf den Ellbogen ab. Er sah sie freudestrahlend an. »Kannst du dir vorstellen, wie überrascht ich war, als Ruth Crooke mich als Experten ins Team holte?« Er lachte. »Es war so absurd! Sie wollte meine Einschätzung zu zwei Morden, die ich selbst begangen hatte. Und dann war da auch noch der verwirrte junge Mann, der sich einbildete, Françoise Thayers leiblicher Sohn zu sein und einen Mord begangen zu haben!« Er schüttelte ungläubig den Kopf. »Es war wie eine makabre Farce.« Sein Gesicht wurde ernst. »Allerdings wusste ich zu dem Zeitpunkt bereits, dass ausgerechnet du der ermittelnde Detective Sergeant sein würdest. Ab diesem Moment ging alles schief, und nun weiß ich nicht mehr, was ich tun soll.« Er sah sie nachdenklich an und strich mit dem Handrücken über ihre Wange. »Und zwar mit dir.«

Jackman, Max und Charlie standen schweigend im Schatten und warteten. Als Ruth Crooke Jackman vorhin gefragt hatte, ob er Maries Aufenthaltsort wisse, hatte er plötzlich Guy Prestons Stimme am Telefon gehört. Der Psychologe hatte großen Wert darauf gelegt, dass Jackman glaubte, Marie wäre bereits gefahren. Plötzlich klang alles, was er von sich gegeben hatte, irgendwie falsch. Das Armband, der mögliche Unfall mit dem Motorrad – das alles hatte nur Jackman ablenken sollen.

Preston war seit Jahren von Marie besessen. Jackman biss sich auf die Lippe. War er nun einen Schritt weiter gegangen? Oder hatte er noch sehr viel Schlimmeres getan?

Sie hatten sich in einer öffentlichen Gartenanlage vor Hanson Park mit einem Team uniformierter Polizisten getroffen, und das bewaffnete Sonderkommando strömte leise aus seinen zwei Vans, um in der Gasse hinter dem Wohnkomplex Aufstellung zu nehmen.

Sie hatten alle solche Angst um Marie, dass sie am liebsten die Tür eingetreten, die Wohnung gestürmt und sie befreit hätten, doch die Erfahrung riet ihnen, extrem vorsichtig zu sein. Immerhin wussten sie nicht, was sie erwartete. Eine falsche Bewegung, und es würde Maries letzter Fall sein – wenn er das nicht schon längst war. Sie waren sich nur allzu bewusst, dass sie womöglich keine Gefangene, sondern nur noch eine Leiche finden würden.

»Wo genau befindet sich Prestons Wohnung?«, fragte Max leise.

Charlie lehnte sich vor und schlug den Gebäudeplan auf. »Es ist die Wohnung mit Garten am Ende des langen Flures. Es gibt einen zweiten Ausgang – eine Terrassentür, die nach hinten hinausführt.«

»Die uniformierten Kollegen sind bereits dort.« Jackmans Mund war staubtrocken. Alles schien eine Ewigkeit zu dauern, und sie hatten nicht mehr viel Zeit. Es zählte jede Sekunde.

»Wir sind so weit, Inspector.« Der Gruppenleiter der uniformierten Beamten berührte seinen Arm. »Die bewaffneten Kollegen sind alle auf ihren Posten.«

Jackman starrte suchend in die Dunkelheit. Die schwarz

gekleideten Männer waren kaum zu sehen und hatten ihre Gewehre auf Prestons Fenster gerichtet.

Drei Beamte mit dicken, schusssicheren Westen, Helmen und den Waffen unter dem Arm traten neben ihn.

Jackman nickte. »Okay. Los geht's!«

KAPITEL 29

Guy Preston hatte sich ans Fußende des Bettes gesetzt. Er wirkte müde und ausgezehrt. »Ich nehme an, es wird nicht mehr lange dauern, bis dein Inspector mit seinem weißen Pferd angeritten kommt.«

»Das kann ich mir nicht vorstellen. Er hat keine Ahnung, dass du in die Sache verwickelt bist.« Marie versuchte, möglichst überzeugend zu klingen. »Er schätzt deine Meinung sehr. Er hat viele deiner Aufsätze und Artikel gelesen, und er bewundert deine Arbeit. Er glaubt genauso wenig, dass du etwas mit den Morden zu tun hast, wie ich bis jetzt.«

»Bis du das Messer in der Spülmaschine entdeckt hast.«

Natürlich! Sie hätte am liebsten laut aufgelacht. Sie hatte das Messer zwar gesehen, sich aber nichts dabei gedacht. Obwohl sie es hätte tun sollen. Ein Mann, der nie kocht, braucht kein professionelles Filetiermesser. Sie versuchte, möglichst ruhig zu klingen. »Weißt du was, Guy? Es wäre mir nie in den Sinn gekommen, was es damit auf sich hat.«

»Lüg mich nicht an, Marie! Du konntest es kaum erwarten, von hier fortzukommen – und zwar erst, nachdem du die Becher in die Spülmaschine gestellt hattest.«

»Du irrst dich, Guy. Ich wollte mich bloß wieder auf die Suche nach Daniel und Skye machen. Ich drehe nicht gerne Däumchen, wenn Arbeit ansteht.«

Guy rieb sich die Augen. »Na gut, aber ich bin mir sicher, du hättest noch vor morgen früh die richtigen Schlüsse gezogen. Ich wusste von Anfang an, dass ich dich nicht lange hinters Licht führen können würde. Ich schätze, es wird langsam Zeit.«

Marie warf einen Blick auf die Spritze. »Ist die für mich? Oder für dich?«

Er holte tief Luft. »Es wird nicht wehtun und geht sehr schnell. Das ist meine letzte Chance, das weiß ich bestimmt. Und dieses Mal wird es klappen. Wenn ich dich töte, werde ich fühlen, was Terence Austin gefühlt hat. Nach all den Jahren, in denen ich im Dunkeln getappt bin, werde ich es endlich verstehen.« Sein Blick wurde intensiver. »Wir stehen uns sehr nahe, und ich bin mir sicher, dass das wichtig ist. Du warst immer in Gedanken bei mir, Marie. Selbst als ich oben im Norden war, konnte ich dich nicht vergessen. Nicht einmal, nachdem ich Sara geheiratet hatte.« Er zuckte mit den Schultern. »Ich mochte sie, weil sie intelligent und akademisch gebildet war. Aber da war nie diese tiefe Zuneigung, die ich für dich empfinde.«

»Wie ist sie gestorben?« Marie traute sich kaum, die Frage zu stellen.

»Wie gesagt: Ich habe sie wegen ihres Intellekts geheiratet.« Er lachte bitter. »Aber sie erkrankte an einer frühzeitigen Form von Alzheimer. Das nennt man Karma, nicht wahr?«

»Hast du sie auch umgebracht?«

»Ich habe mit dem Gedanken gespielt. Zu ihrem Wohl

und zu meinem, aber sie kam mir zuvor. Sie lief vor einen Traktor mit einem Anhänger voller Zuckerrüben.«

»Das ist ja schrecklich.«

»Ja, aber noch schlimmer war es für den Fahrer. Der arme Mann. Er war nach dem Unfall monatelang bei mir in Behandlung.«

Marie fühlte sich wie Alice im Wunderland bei einem gemütlichen Plausch mit dem verrückten Hutmacher – der Dreifachmörder als Menschenfreund.

»Aber die Zeit verrinnt. Ich muss jetzt eine letzte Entscheidung treffen, denn ich will nicht, dass der unglaublich intelligente DI Rowan Jackman sie für mich trifft.« Guy stand auf und ging zur Kommode, dann kehrte er mit dem Tablett zum Bett zurück und setzte sich wieder. »Glaubst du mir, wenn ich dir sage, dass ich das hier nicht so geplant hatte, Marie?«

»Ich weiß, dass du es nicht getan hast. Und es muss auch nicht so kommen.«

Guy lachte leise. »O doch.«

Die Zeit wurde langsam knapp, und Marie war klar, dass sie nicht genug getan hatte, um ihr Leben zu retten.

Jackman! Wo sind Sie?

»Darf ich dir eine Frage stellen?«

Guy hielt den Blick auf die Spritze gerichtet und nickte.

»Liebst du mich?«

Guy nickte erneut.

»Dann lass mich am Leben. Bleib mir als guter Mensch in Erinnerung. Als Freund und Arzt, der so vielen Menschen geholfen hat.«

»Du hast Terence Marcus Austin am Morden gehindert, und jetzt versuchst du es bei mir?«

In diesem Moment verlor Marie die Nerven. »Ach, verdammt noch mal! Dann bring mich eben auch um, wenn du es unbedingt tun willst! Aber ich kann dir versichern, dass du auch dieses Mal enttäuscht sein wirst. Du wirst nie das fühlen, was Terence Austin gefühlt hat. Niemals! Denn du bist kein geborener Mörder – egal, was du getan hast. Im Gegensatz zu Austin. Er war ein Tier, das Kinder und Erwachsene gleichermaßen niedermetzelte. Er war so kalt wie der Tod. Er hatte kein Herz, Guy, aber du schon. Du hast die Fähigkeit zu lieben. Du wirst keinen Moment der Erleuchtung erleben, keine mystische Verbindung, weil es die einfach nicht gibt! Wenn ich könnte, würde ich dir raten zu fliehen, bevor Jackman herausfindet, was hier los ist«, sagte sie beinahe wehmütig. »Aber das kann ich nicht. Ich kann nicht zulassen, dass du noch mehr Leben in Gefahr bringst. Du hast mich um Hilfe gebeten, und die bekommst du auch. Es tut mir leid, Guy, aber entweder du tötest mich, oder du rufst Jackman an und wir warten gemeinsam, bis er hier ist.«

Er erhob sich ungelenk und bewegte sich mit der Spritze in der Hand auf sie zu.

Aus irgendeinem Grund hatte Marie keine Angst. Sie hatte ihr Schicksal akzeptiert. Vielleicht war ihre Zeit gekommen. Wenigstens würde sie Bill wiedersehen.

Sie blickte Guy Preston in die gequälten Augen, und ihr wurde klar, welchen Schaden die Arbeit mit diesem bösartigen Mörder bei ihm angerichtet hatte. Marie schenkte Preston ein Lächeln, wie sie es sonst nur für gute Freunde übrighatte. »Es ist in Ordnung, Guy. Ich weiß, dass du die richtige Entscheidung treffen wirst.«

»Das werde ich, Marie, denn es gibt noch eine dritte Möglichkeit.« Er beugte sich vor und küsste sie sanft auf die

Lippen, dann trat er einen Schritt zurück und rammte sich die Nadel in den Oberschenkel.

»Nein!«, schrie Marie. »Nein! Doch nicht so! Guy!«

Sein Blick war ernst, als er den Kolben nach unten drückte. »Du hast gewonnen, Marie. Jackman sagte, du hättest immer recht.«

KAPITEL 30

Jackman stand an vorderster Stelle des Teams, das die Wohnanlage stürmte. Er war kein Held, aber heute Nacht war alles anders. Marie brauchte ihn, und er würde sie nicht im Stich lassen. Einer der uniformierten Kollegen brach die Tür ein, und als er zurücktrat, stürzte Jackman in die Wohnung und brüllte ihren Namen. In dem kurzen Augenblick, bevor die Alarmanlage zu schrillen begann, hörte er, wie sie ebenfalls nach ihm rief.

Die Szene im Schlafzimmer wirkte wie aus einem Märchen. Die wunderschöne Prinzessin lag auf dem Bett, ihr toter Liebhaber auf dem Boden neben ihr.

Doch Jackman sah nur Marie. Und sie war am Leben.

»Verdammte Scheiße!«, rief Max und brach damit den Bann.

»Wir brauchen einen Arzt!«, brüllte Jackman und eilte zu Marie. »Und jemand soll diese verdammte Alarmanlage deaktivieren!«

»Er ist tot«, flüsterte Marie heiser und starrte auf Guy Prestons regungslosen Körper hinunter. Mit tränennassem Blick sah sie zu Jackman. »Er steckte von Anfang an hinter dieser Sache. Hätten Sie das gedacht?«

Jackman begann, sie von ihren Fesseln zu befreien. »Ich dachte, wir kämen zu spät.« Er sah auf sie hinunter, und das Adrenalin jagte immer noch durch seinen Körper. »Er wollte Sie umbringen, oder? Ich hätte ihm früher auf die Spur kommen sollen. Ich hätte wissen sollen, was los ist. Es tut mir so leid, Marie.«

»Ehrlich gesagt habe ich langsam genug davon, dass sich alle andauernd bei mir entschuldigen, Chef. Ich habe die letzte Stunde mit einem angesehenen Psychologen verbracht, der sich wiederholt dafür entschuldigte, dass er mich gleich umbringen würde. Und das, nachdem er sich ausführlich dafür entschuldigt hatte, mich bei vollem Bewusstsein unter Narkose gesetzt zu haben, weil er mich zu gernhatte, um mir eins überzuziehen!«

Jackman löste die letzte Fessel, und Marie richtete sich mühsam auf.

»Es war also ein unheimlich beschissener Abend!« Marie warf ihm einen wütenden Blick zu, dann brach sie in Tränen aus.

Jackman setzte sich neben sie und nahm sie in die Arme. »Hey, Sie sind jetzt in Sicherheit. Aber Sie müssen ins Krankenhaus. Wissen Sie, was er Ihnen verabreicht hat?«

Marie schüttelte den Kopf, wischte sich die Augen trocken und deutete auf das Tablett am Fußende des Bettes. »Ich glaube, die gebrauchten Spritzen liegen noch da. Und auch die Ampullen mit dem Serum.« Sie seufzte tief, dann wandte sie sich mit leicht geöffneten Lippen zu ihm um, als wäre ihr gerade etwas Wichtiges eingefallen. »Jackman! Mein Motorrad! Er ist damit losgefahren. Wo ist es?«

»Ähm, na ja. Sie sprachen doch gerade von einem unheimlich beschissenen Abend, oder?«

Max kam ihm zu Hilfe. »Es wird leider noch schlimmer,

Sarge. Dein Motorrad liegt in der Blackland-Schleuse. Oder besser gesagt am Ufer. Im Schlamm.«

Marie starrte wütend auf Preston hinunter.

Charlie grinste. »Ich glaube, es wäre okay, ihm einen kleinen Fußtritt mit auf die Reise zu geben, Sarge.« Sein Grinsen wurde breiter. »Aber das ist nur meine bescheidene Meinung.«

Marie saß auf der Pritsche im Krankenwagen. »Es geht mir gut, Chef. Ich muss nicht ins Krankenhaus. Ich will bloß weg von hier!«

Jackman warf den Sanitätern einen fragenden Blick zu. »Wie geht es ihr wirklich?«

»Ihre Vitalzeichen sind erstaunlich gut, Inspector.« Der ganz in Grün gekleidete Sanitäter wirkte etwas überrascht. »Aber wir sind nicht qualifiziert, die Neben- oder Langzeitwirkungen eines bestimmten Präparates einzuschätzen. Ich empfehle daher unbedingt, sie im Krankenhaus durchchecken zu lassen.«

»Sie haben den Mann gehört, Marie.«

»Preston hat mir versprochen, dass das Medikament keine Nebenwirkungen hat, Chef. Nur leichte Übelkeit und Muskelkrämpfe. Und wissen Sie, was? Ich glaube ihm.« Sie warf Jackman einen flehenden Blick zu. »Bitte?«

»Sie sollten jetzt aber nicht allein zu Hause rumsitzen. Nicht nach allem, was Sie heute durchgemacht haben ...«

Marie spürte, wie Jackman langsam weich wurde. »Hören Sie, ich könnte jetzt sowieso nicht abschalten. Bringen Sie mich einfach zurück auf die Dienststelle. Ich verspreche, sofort ins Krankenhaus zu fahren, wenn ich mich unwohl fühle.«

Jackman wandte sich an den Sanitäter und verzog verzweifelt das Gesicht. »Ich habe schon ein paarmal versucht, mit ihr zu diskutieren. Aber bis jetzt habe ich noch nie gewonnen.«

»Sie könnten Ihre Stellung geltend machen, Detective Inspector«, erklärte der Mann unverblümt.

»Ja, das könnte ich. Aber ich hänge an meinem Leben ...«

»Okay, wir können Sie jedenfalls nicht zwingen mitzukommen.« Der Sanitäter wandte sich an Marie. »Ihnen muss bewusst sein, dass Sie hier gegen eine ausdrückliche ärztliche Anweisung handeln. Sie müssen eine Erklärung unterzeichnen.«

»Keine Sorge, ich werde Sie schon nicht verklagen«, erwiderte Marie trocken und erhob sich. »Danke fürs Durchchecken.«

Sie unterschrieb das Formular, stützte sich auf Jackmans Schulter und ließ sich von ihm zum Auto führen. »Ich muss eine offizielle Aussage machen, Chef. Je früher, desto besser.«

»Fahren wir erst mal zurück und trinken einen starken Kaffee, und dann sehen wir weiter.«

Kevin stemmte sich benommen hoch. Einen Augenblick lang wusste er nicht, wo er sich befand und was passiert war. Sein Schädel dröhnte, und er hätte sich am liebsten übergeben.

Dann dämmerte es ihm langsam. Er war im Haus der Familie Kinder – und eigentlich sollte er gar nicht hier sein.

Er berührte vorsichtig seine Stirn und betastete die Beule. Im nächsten Augenblick zuckte er vor Schmerz zusammen und kniff die Augen zu, bis es vorüber war.

Kevin überlegte, was im Fall einer Kopfverletzung zu tun war. War er lange ohnmächtig gewesen? Hatte er sich übergeben? Blutete er? Er glaubte nicht, aber ein wenig Licht wäre sicher von Vorteil gewesen. Er versuchte, seine Taschenlampe zu ertasten, doch er fand sie nicht. Dann erinnerte er sich, warum er überhaupt gestürzt war. Hier gab es irgendwo einen Lichtschalter!

Kevin stemmte sich mit dem Rücken zur Wand hoch und ließ die Hand darübergleiten. Ihm wurde sofort schwindelig, doch nach einer Weile hatte er den Schalter gefunden, und Licht durchflutete den kleinen Keller. Er zuckte erneut zusammen und schloss die Augen. Als er sie wieder öffnete, konnte er zum ersten Mal einen genauen Blick auf seine Umgebung werfen. Er stieg die Stufe hoch, über die er gestolpert war, und sah sich um. Es gab mehrere, mit Kisten vollgestopfte Regale, Plastikbehälter mit Poolchemikalien und eine ganze Menge Gerümpel. Klappstühle für die Terrasse lehnten an einigen Säcken Grillkohle, Boule-Kugeln und Krocketschläger lagen in einem Haufen in der Ecke. Alles war voller Schmutz und Staub.

Kevin ließ sich auf einen tonnenförmigen Gartentisch sinken und überlegte, wie es weitergehen sollte. Er fühlte sich schrecklich. Sein Nacken war steif, und vermutlich hatte er ein Schleudertrauma erlitten, als er mit dem Kopf gegen die Wand geknallt war. Seine Zähne schmerzten, wo sie zusammengeprallt waren, und sein Kopf dröhnte fürchterlich. Andererseits hatte er etwas zu erledigen, und es wäre dumm gewesen, einfach aufzugeben, wo nur noch dieser eine Raum übrig war.

Er erhob sich mit einem leisen Stöhnen und bewegte sich langsam durch den Keller.

Er hatte den Raum zur Hälfte hinter sich gebracht, als er das Blut entdeckte. Es war nicht viel, eher eine Schmierspur.

Kevin berührte seine Stirn und betrachtete seine Finger. Trocken. Er hatte zwar eine Riesenbeule, aber die Haut war nicht aufgeplatzt.

Er ging näher an den verschmierten, rotbraunen Blutfleck auf dem Deckel eines Pappkartons heran und griff, ohne nachzudenken, in seine Hosentasche, um ein Paar Handschuhe herauszuholen. Er zog sie an und öffnete vorsichtig den Karton.

Der metallische Geruch nach altem, eingetrocknetem Blut traf ihn mit voller Wucht. Der Karton hatte ursprünglich Packungen mit Kartoffelchips enthalten, doch nun war er mit blutigen Klamotten vollgestopft. Kevin hob das oberste Kleidungsstück mit Daumen und Zeigefinger hoch. Es war ein rot kariertes Hemd. Darunter befanden sich ein paar steingraue Chinos, ein schwarzes T-Shirt und noch ein paar andere Dinge.

Kevin holte tief Luft. Was zum Teufel sollte er jetzt tun? Er hatte bis zuletzt daran gezweifelt, dass er etwas finden würde, doch jetzt spürte er nur eine kalte Leere in sich. Er würde nicht mit einem anonymen Anruf davonkommen, und das hier war ausschlaggebendes Beweismaterial.

Ihm fiel nur eine Person ein, die ihm jetzt noch helfen konnte. Er schloss vorsichtig den Karton, stellte ihn auf den alten Tisch neben ihm und zog sein Handy aus der Tasche. Er schaltete es ein, lehnte sich an die Kellerwand und beobachtete, wie es das richtige Netz suchte. Er rutschte ein wenig zur Seite, weil sich eine Wasserleitung unangenehm in sein Schulterblatt bohrte, und erstarrte im nächsten Moment.

Waren das Stimmen gewesen? Er neigte den Kopf und hielt sein Ohr näher an das Rohr heran.

Trotz seiner dröhnenden Kopfschmerzen hörte er ein Flüstern, das von irgendwo im Haus bis zu ihm nach unten drang, und er erkannte entsetzt, dass er nicht allein war. Falls es die Kollegen von der Polizei waren, saß er tief in der Scheiße – wenn es sich allerdings um den Besitzer der blutdurchtränkten Klamotten handelte, war es vielleicht noch um einiges schlimmer.

Kevin bereute zutiefst, dass er heute Abend überhaupt noch einmal das Haus verlassen hatte, beschloss dann allerdings, sich durch den Garten zurückzuschleichen, um nachzusehen, ob die Polizisten vor dem Haus womöglich gerade eine Runde über das Grundstück drehten. Anschließend würde er zur Bushaltestelle zurückkehren und den Anruf tätigen.

Sein Kopf pochte bei jedem Schritt, doch kurze Zeit später stand er bereits wieder auf der Veranda und atmete die frische Luft ein. Um ihn herum war alles ruhig. Im Haus brannte kein Licht, und es trampelten auch keine Polizisten auf Patrouille durch den Garten. Er warf einen Blick um die Hausecke. Der Streifenwagen stand noch immer an Ort und Stelle, und in ihm saßen immer noch zwei gelangweilte Kollegen.

Aber wer war dann im Haus?

Kevin sah zu den dunklen Fenstern hoch und erschauderte. Er konnte es kaum erwarten, seinen Kontakt anzurufen, aber zuerst musste er sichergehen, dass er weit genug vom Haus entfernt war, damit ihn niemand hörte.

Er ignorierte die dröhnenden Kopfschmerzen, rannte zum Gebüsch an der Grundstücksgrenze, sprang über den Zaun aufs Nachbargrundstück und landete geduckt. Er öffnete das Telefon und war unglaublich erleichtert, dass er Empfang hatte. »Komm schon! Komm schon! Heb ab«, flüsterte er und fügte dann in Gedanken hinzu: *Denn aus irgendeinem Grund habe ich Angst. Furchtbare Angst.*

Jackman merkte, wie Marie sich auf der Fahrt ins Büro langsam entspannte. Sie war die härteste Frau, die er kannte, und es waren bereits wieder Spuren der alten Marie zu sehen.

Max und Charlie saßen auf der Rückbank, und ihr Galgenhumor und das endlose Geplänkel nahmen der Situation weitere Spannung.

Jackman erzählte ihnen gerade von Skyes Anruf, als Max' Handy läutete. Es war eine Polizeisirene.

»Könnten Sie den Klingelton bitte ändern?«, beschwerte sich Jackman. »Wir hören die Sirene doch wirklich oft genug.«

»Mir gefiel die Reggae-Version von ›Any Old Iron‹ auch besser«, erklärte Marie.

Wer auch immer Max gerade anrief, brauchte einige Zeit, um sein Anliegen zu erklären, und nach mehrmaligem zustimmendem Grunzen und Murmeln meinte Max schließlich: »Hör zu, Kumpel, bleib, wo du bist! Ich bin gerade mit dem Chef unterwegs, und wir sind in fünf Minuten da, okay?« Max legte auf und tippte Jackman auf die Schulter. »Chef? Wir müssen zu den Kinders. Da ist jemand im Haus, aber es brennt kein Licht, und die Kollegen vor Ort haben auch nichts bemerkt.«

Jackman nahm sofort den Fuß vom Gas. »Wer war das gerade am Telefon?«

Max holte tief Luft. »PC Kevin Stoner, Sir. Er ist einem Verdacht nachgegangen – obwohl ihm natürlich klar ist, dass er suspendiert ist.«

»Was zu Teufel hat er sich bloß dabei gedacht? Dieser verdammte Idiot!«

»Er ist ein guter Kerl, Sir. Er wird uns alles erklären, wenn wir dort sind.«

»Warum geht er nicht zu den Kollegen vor Ort, damit sie nachsehen? Es ist doch ziemlich wahrscheinlich Daniel, um Himmels willen! Vermutlich hat Skye ihm mittlerweile gesagt, dass er kein Mörder ist, und er ist nach Hause zurückgekehrt, um sich zu beruhigen.« Jackman klang nicht gerade überzeugt. »Es brennen keine Lichter, sagten Sie? Und die Beamten haben nichts bemerkt? Seltsam.«

»Das Ganze ist ziemlich kompliziert«, erwiderte Max. »Aber wenn Marie fit genug ist, sollten wir hin. Kevin vertraut Ihnen, und er ist sich sicher, dass irgendwas faul ist.«

Jackman sah Marie fragend an.

»Fahren wir hin«, erklärte sie sofort. »Hauptsache, es lenkt mich von den letzten Stunden ab. Also los!«

Jackman wendete das Auto und fuhr zurück in Richtung Fluss. »Wir sollten wohl nicht zu viel Aufmerksamkeit erregen, Max?«

»Kevin Stoner gerät in große Schwierigkeiten, wenn die ganze Dienststelle erfährt, was er vorhatte. Er hat es bis in den Nachbarsgarten geschafft, und von dort will er zur Bushaltestelle an der Kreuzung.«

»Okay. Wir hören uns an, was er zu sagen hat, und verständigen die Kollegen vor dem Haus. Anschließend gehen wir rein und sehen nach.« Er warf einen Blick auf Marie. »Mir ist nicht wohl dabei. Die Sanitäter wollten Sie immerhin ins Krankenhaus einliefern – und jetzt spüren Sie Einbrechern hinterher.«

Marie grinste. »Meinten Sie nicht vorhin, dass Sie noch nie eine Diskussion mit mir gewonnen hätten?«

»Ja, aber ...«

»Ich würde es bleiben lassen«, mischte sich Max vom Rücksitz ein. »Sie können nur verlieren.«

»Er hat recht. Fahren Sie einfach«, bestätigte Marie. »Ich habe ein seltsames Gefühl bei dieser Sache.«

Sie parkten an der Hauptstraße und machten sich auf den Weg zu Kevin, der im Schatten wartete.

»Ich hoffe, Ihre Geschichte taugt was, Stoner«, knurrte Jackman. »Was zum Teufel haben Sie hier verloren? Und woher haben Sie diese verdammte Beule auf der Stirn?«

»Dem Kopf geht's gut, Sir. Wissen Sie, ich saß vorhin zu Hause rum und dachte daran, was die Kollegen über Daniel Kinder gesagt hatten. Dass er vielleicht in der Nähe war, als sie Drew Wilson geschnappt haben.« Die Worte sprudelten nur so aus dem jungen Officer heraus. »Ich fragte mich, was er wohl hier verloren hatte. Immerhin hat er behauptet, an dem Abend eine Schlaftablette genommen und tief und fest in Skye Wynyards Wohnung geschlafen zu haben.«

Max nickte. »Das hat er zumindest den Kollegen gesagt, als sie ihm von dem Einbruch erzählt haben.«

»Also hat er entweder gelogen, oder er hatte eine seiner Gedächtnislücken«, fügte Charlie hinzu.

»Aber warum sollte er lügen? Und was wollte er hier?« Marie starrte die Straße hinunter zum Haus der Kinders.

»Genau das fragte ich mich auch, Sarge«, erklärte Kevin. »Ich wusste zwar, dass das Haus kontrolliert wurde, als Ihre Abteilung auf der Suche nach Kinder war, aber ich dachte, ich komme noch mal vorbei und sehe mir die Nebengebäude genauer an. Vielleicht hat er etwas darin versteckt.«

»Wie zum Beispiel?«, fragte Jackman.

Kevins Blick war ernst. »Was würde ein mutmaßlicher Mörder verstecken? Meine Vermutung war, dass es sich um eine Waffe oder blutverschmierte Kleidung handeln muss.«

»Aber Daniel ist kein Mörder«, erklärte Jackman leise. »Nur dass Sie das natürlich nicht wussten, Stoner. Wir haben unseren Mörder bereits. Er ist ...« Jackman zögerte. »Er wurde vor ein paar Stunden von Sergeant Evans enttarnt und aufgegriffen. Deshalb habe ich nicht vor, das Haus schwer bewaffnet zu stürmen.«

Kevin öffnete erstaunt den Mund. »Aber ... aber ich habe dort blutverschmierte Klamotten gefunden, Sir! Eine ganze Schachtel voll. In dem kleinen Keller unter dem Whirlpool.« Er holte keuchend Luft. »Außerdem habe ich durch die Wasserrohre ein Flüstern gehört. Es ist definitiv jemand im Haus, Sir. Und im Nachhinein bin ich mir sicher, dass die Alarmanlage deaktiviert wurde.«

»Dann sollten wir besser nachsehen.« Jackman betrachtete den jungen Constable nachdenklich. »Gehen Sie nach Hause, Stoner. Sie stecken schon genug in Schwierigkeiten. Ich sage den Kollegen vor dem Eingang, dass wir einen anonymen Anruf erhalten haben und vermutlich jemand ins Haus eingedrungen ist.« Er seufzte. »Trotzdem müssen wir beide beizeiten ein ernstes Wort miteinander reden, junger Mann. Und lassen Sie Ihren Kopf untersuchen. Womöglich haben Sie eine Gehirnerschütterung. Aber jetzt verschwinden Sie erst mal.«

Kevin warf ihm ein erleichtertes Lächeln zu. »Danke, Sir. Ich kann Ihnen gar nicht sagen, wie sehr ich ...«

»Hauen Sie ab, Stoner! Wir haben zu arbeiten.«

Kevin Stoner wandte sich ab, nickte Max dankbar zu und eilte hinaus in die Dunkelheit.

Daniel saß auf dem Boden der Dachkammer und starrte auf das lange Küchenmesser in seinem Schoß hinunter.

Skye saß ihm mit verschränkten Beinen, an die Dachbodenwand gelehnt, gegenüber. Sie hatte keine Ahnung, wie lange sie schon hier war, aber es kam ihr vor wie eine Ewigkeit.

Sie hatten sich durch den Nachbarsgarten und die unbewachte Hintertür ins Haus geschlichen. Skyes Herz hatte wie verrückt geklopft, als sie im Dunkeln die steile Treppe in die Dachkammer hochgestiegen waren, doch sie hatten es nicht gewagt, das Licht einzuschalten oder eine Taschenlampe zu benutzen, um die Polizisten vor dem Haus nicht auf sich aufmerksam zu machen.

Daniel hatte seitdem kein Wort gesagt, und Skye war klar, dass sie überlegt vorgehen musste, wenn sie ihren geliebten, völlig verwirrten Freund davon abhalten wollte, etwas zu tun, was er später bitter bereuen würde.

Irgendwann fand sie endlich den Mut, etwas zu sagen, und sie hoffte bei Gott, dass sie die richtigen Worte gewählt hatte. »Ich habe mit Ruby gesprochen. Sie ist bereits auf dem Weg zu dir, Daniel. Sie hat mir etwas sehr Wichtiges erzählt, und sie hätte gerne, dass ich mit dir darüber rede.«

Daniel schwieg, was alles Mögliche heißen konnte, also sprach sie einfach weiter. »Sie wusste von Anfang an über deine leibliche Mutter Bescheid, Daniel – und es war nicht Françoise Thayer.«

Im düsteren Licht der Dachkammer sah sie, wie Daniel zusammenzuckte. Er stieß ein kehliges Lachen aus, und sie erschauderte.

»Sie haben dir aufgetragen, das zu sagen, oder? Die Polizei, meine ich. Du sollst mir weismachen, dass ich mir das alles bloß einbilde.« Wieder dieses unheilvolle Lachen. »Ich wusste, dass sie das tun würden. Sie sind so vorhersehbar.«

»Ruby war die Einzige, die mich darum gebeten hat, und sie würde dich nie belügen.« Skyes Stimme wurde schärfer.

»Die Polizei hat mir geraten, mich von dir fernzuhalten, Daniel. Sie wollen nicht, dass ich mit dir rede.«

»Ja, und vielleicht haben sie recht damit.« Sein Finger glitt über die Messerklinge. »Vielleicht hättest du auf sie hören sollen, Skye.«

»Du musst die Wahrheit erfahren, und ich wollte diejenige sein, die dir davon erzählt.« Sie atmete tief durch. »Es ist keine angenehme Geschichte.«

»Du verschwendest nur deine Zeit, Liebling.« Daniel seufzte tief. »Guy Preston hat mir schon alles gesagt, was ich wissen muss. Ich habe dasselbe Problem wie meine Mutter, Françoise Thayer. Es liegt im Blut.« Er lachte rau. »Und zwar im wahrsten Sinn des Wortes.« Seine Stimme war nur noch ein Flüstern. »Ich habe denselben Hang zum Töten. Er hat mir angeboten, mir zu helfen, aber wir wissen alle, dass es dafür mittlerweile zu spät ist. Zumindest für die drei toten Frauen – und vielleicht auch für dich.«

»Françoise Thayer ist nicht deine Mutter!«, brüllte Skye ihn an. »Deine Mutter hieß Lucy Carrick, und sie war auch eine Mörderin, wenn du es genau wissen willst. Sie hat deine beiden Brüder getötet und wollte auch dich umbringen!«

So, nun war es also raus. Es war nicht so sanft und überlegt gewesen, wie sie es vorgehabt hatte. Stattdessen hatte sie Daniel die Wahrheit einfach ins Gesicht geschleudert.

Skye war in Fahrt gekommen, und nun konnte sie nicht mehr aufhören. »Deshalb hast du diese Erinnerungslücken. Darum bist du so durcheinander, Daniel. Sie hat dich in ein Auto voller Kohlenmonoxid gesperrt! Du wärst beinahe gestorben und warst danach viele Jahre lang krank. Frag sie doch! Ruby wird dir die ganze furchtbare Geschichte erzählen.«

Skye hatte das Gefühl, als wäre sämtliche Luft aus ihrem Körper gewichen. Sie fühlte sich vollkommen leer.

»Du lügst. Es kann nicht anders sein.« Daniel packte das Messer mit beiden Händen und wiegte sich langsam vor und zurück. »Es kann nicht anders sein.«

Skye wollte ihn schütteln und ihn gleichzeitig umarmen. Vor allem aber wollte sie weinen – und das tat sie schließlich auch. Sie hatte keine Ahnung, wie es weitergehen sollte, und sie waren an einem Punkt angelangt, an dem es im Grunde egal war. Es lag nicht mehr in ihren Händen.

Jackman erklärte den Polizisten vor dem Haus in knappen Worten, warum plötzlich ein ganzes Ermittlungsteam auftauchte, um einem einfachen Einbruchsverdacht nachzugehen. Zu seiner Erleichterung stellten sie seine Erklärung jedoch nicht infrage. Man hatte ihnen noch keinen Rückzugsbefehl erteilt, und soweit es sie betraf, war immer noch ein Serienmörder auf der Flucht. Es hätte sie vermutlich nicht einmal beunruhigt, wenn die halbe Dienststelle aufgetaucht wäre.

»Haben Sie einen Schlüssel?«, fragte Jackman.

»Ja, Sir. Wir gehen alle paar Stunden rein. Das hier ist der Code für die Alarmanlage.« Der Beamte drückte Jackman einen kleinen Zettel in die Hand.

»Gut, Sie beide übernehmen die Rückseite des Hauses. Einer stellt sich vor die Küchentür, der andere vor die Gartentür. Wir vier gehen vorne rein. Augen auf, Freunde!«

Stoner hatte recht gehabt. Die Alarmanlage war definitiv deaktiviert worden, und das bereitete Jackman große Sorgen. Ein Blick auf sein Team sagte ihm, dass sie dasselbe dachten. Jemand war in Kinders Haus gewesen – oder war noch immer dort.

Sie schlüpften leise ins Gebäude und durchsuchten Raum für Raum. Nachdem alles überprüft war, nahm Marie Jackman am Arm und deutete auf die Treppe, die zur Dachkammer hochführte. »Dort oben hat alles begonnen, nicht wahr?«

»Und dort oben wird auch alles enden, meinen Sie?«

»Es gibt wohl nur einen Weg, das herauszufinden.«

Marie machte sich auf den Weg die Treppe hoch, doch Jackman hielt sie zurück.

»Dieses Mal gehe ich voran.« Er trat an ihr vorbei und stieg zur Dachkammer hoch.

Die Tür war nicht abgesperrt und schwang beinahe lautlos auf.

Im schwachen Mondlicht, das durch die Fenster fiel, sah Jackman Daniel Kinder, der mit dem Rücken an die Wand gelehnt auf dem Boden saß. Vor Kurzem war sie noch eine Art Schrein für Françoise Thayer gewesen. Skye lag regungslos in seinen Armen.

Sie hatte die Arme um ihn geschlungen und den Kopf an seine Schulter gelegt. Vor den beiden lag ein langes, scharfes Messer, und Jackmans Blick fiel auf einen beunruhigenden schwarzen, feucht glänzenden Fleck, der sich langsam über den Boden ausbreitete.

»Hallo.« Daniels Stimme klang freundlich, und er lächelte matt. »Skye hat mir gerade eine Geschichte erzählt.«

»Die Geschichte ist wahr, Daniel. Ich war dabei, als Ruby mit ihr gesprochen hat.« Jackman versuchte, so ruhig wie möglich zu klingen, obwohl ihm die seltsame Distanziertheit in Daniels Stimme ganz und gar nicht gefiel.

»Ist schon in Ordnung, Inspector.« Skye richtete sich auf, ließ Daniel aber keine Sekunde lang los. »Daniel weiß das alles. Er versucht nur gerade, es zu verarbeiten. Es war ein schrecklicher Schock, und sein Arm hat wieder zu bluten begonnen. Ich glaube, wir brauchen einen Arzt.« Sie wandte sich mit einem ängstlichen Blick an Marie und sagte mit derselben ruhigen Stimme: »Aber vorher gibt es da noch etwas, das Sie unbedingt über Guy Preston wissen sollten ...«

Marie schluckte, und ihr Gesichtsausdruck verriet, dass es kaum etwas gab, das sie über diesen Mann noch nicht wusste. »Preston ist tot, Skye. Er hat die drei Frauen umgebracht.«

Daniel erschauderte. »Dann habe ich ihnen also gar nichts getan?« Seine Stimme wurde immer höher. »Aber Guy meinte doch ...« Er brach ab.

»Guy Preston hat es darauf angelegt, dass Sie die Schuld auf sich nehmen, Daniel«, erklärte Jackman sanft. »Sie haben nie irgendjemandem etwas getan.«

»Aber ich habe ihm geglaubt.« Daniel schluchzte, und im nächsten Moment begann sein ganzer Körper zu beben, und Tränen strömten über seine Wangen. »Ich habe ihm geglaubt.«

»Das ging wohl mehreren so«, murmelte Marie. »Und ich darf das sagen, denn immerhin wäre ich das nächste Opfer auf seiner Liste gewesen.«

Jackman bat Max, einen Krankenwagen zu rufen, zog sich Handschuhe über und nahm das Messer in Gewahrsam. Er hatte immer noch kein gutes Gefühl, wenn Daniel Kinder sich in der Nähe eines scharfen Gegenstandes befand.

KAPITEL 31

Marie hatte eine Liste der Leute erstellt, mit denen sie noch sprechen musste. Sie hatte es gerne ordentlich und verwendete die letzten Tage einer Ermittlung immer darauf, die losen Enden zusammenzuführen.

Sie überflog die Liste. Es waren nur noch drei Namen übrig. Sie strich den Namen Mark Dunand durch. Sie hatte ihn vor ein paar Tagen kennengelernt und Antworten auf die letzten Fragen gefunden, die sie noch beschäftigt hatten. Außerdem hatte sie sichergestellt, dass seine Importfirma tatsächlich sauber war und keine Drogen oder andere illegalen Substanzen im Spiel waren. Dunands Interesse an Skye war – wie Marie bereits vermutet hatte – auf eine unerwiderte Liebe zurückzuführen. »Die Freundin meines besten Freundes« und der ganze Mist.

»Okay, wer kommt als Nächstes?« Sie nahm das Telefon und wählte. Hodder antwortete nach dem zweiten Klingeln.

»Ich habe Ihnen versprochen, mich zu melden, sobald ich weiß, ob Daniel Kinder tatsächlich Françoise Thayers Sohn ist, Sir, und ich kann Ihnen erleichtert mitteilen, dass er es nicht ist.« Sie erzählte dem pensionierten Officer in kurzen Zügen die ganze Geschichte.

Er stieß ein kurzes, zittriges Lachen aus. »Ich hatte immer gehofft, dass Thayers Tod die Welt zu einem sichereren Ort gemacht hat, aber sie hat es sogar aus dem Grab heraus geschafft, das Leben dieses Jungen zu vergiften.«

»Dann haben Sie Ihre Meinung also nicht geändert, was Ihre alten Notizbücher betrifft?«

»Nein, ich will sie nicht wiederhaben! Ich fühle mich sehr viel freier, seit sie aus meinem Leben verschwunden sind. Françoise Thayer wird mich nie ganz loslassen, aber sie ist wieder einen Schritt weiter in den Hintergrund getreten.«

Sie unterhielten sich noch eine Weile über Motorräder, dann wünschte er ihr alles Gute, und sie verabschiedeten sich.

Marie warf einen Blick auf das Motorradjournal auf ihrem Schreibtisch. Sie hatte die schlammverkrustete Kawasaki einem jungen Kollegen verkauft, der sie wieder flottmachen wollte, und ihm auch noch ihre Lederkluft dazugegeben. Die schwarz-grüne Jacke hatte sie zu sehr an Guy Prestons irres Gesicht erinnert, als er in sie hineingeschlüpft war.

Es wurde Zeit für eine Veränderung. Marie betrachtete beinahe lüstern das Bild einer Suzuki V-Strom 650 in Stahlblau und Schwarz. Sie sah wirklich gut aus, aber das traf auch auf die Suzuki Gladius in Scharlachrot und Schwarz zu. Sie überflog die technischen Daten, wurde aber von einem Detailbild der blutroten Lackierung abgelenkt. Sie hatte in letzter Zeit wirklich genug Blut gesehen. Sie strich sanft über das Hochglanzbild des blauen Motorrades. »Sieht so aus, als wärst du die Auserwählte, meine Hübsche.«

»Du klingst beängstigend wie Gollum, wenn er über seinen Schaaatz redet.« Max warf einen Blick über Maries

Schulter und runzelte die Stirn, als er das glänzende Motorrad sah. »Hast du jemals mit dem Gedanken gespielt, dir ein herrlich sicheres Auto zuzulegen?«

»Halt die Klappe, Cohen«, meinte sie grinsend. »Das kann ich immer noch, wenn ich alt und grau bin.« Sie strich den Namen Peter Hodder von ihrer Liste und warf einen Blick auf den letzten Punkt. Orac.

Das IT-Genie hatte sämtliche Hebel in Bewegung gesetzt, um ihnen zu helfen, und Marie konnte sich kaum vorstellen, dass sich viele Kollegen die Mühe machten, sich persönlich bei ihr zu bedanken. Sie lächelte in sich hinein und holte ein kleines, hübsch verpacktes Päckchen aus ihrer Schreibtischschublade. Sie erhob sich und warf einen Blick auf Jackmans Büro, dessen Tür fest verschlossen war. Er erwartete Lisa Hurley und hatte gebeten, eine Weile nicht gestört zu werden. Typisch! Er hatte es wieder einmal geschafft, einem Besuch in Oracs Unterwelt zu entkommen.

Orac saß wie üblich vor ihrem Computer.

»Ich hoffe, das ist in Ordnung, aber ich wollte mich einfach bedanken. Ihre Arbeit war für die Ermittlungen unbezahlbar.« Marie stellte das in Silberpapier eingeschlagene Päckchen auf Oracs Schreibtisch.

Orac sah zu ihr hoch, und ihre seltsamen metallischen Augen glänzten im Licht des Computerbildschirms. Sie öffnete die Schachtel wortlos und betrachtete die ultramodernen, handgemachten Ohrringe.

»Haben Sie Zeit? Dann setzen Sie sich doch.«

Marie ließ sich auf einen Stuhl sinken.

Ohne Marie für die Ohrringe zu danken, sagte Orac: »Ich habe die fehlenden Beweismittel im Fall Françoise Thayer ausfindig gemacht.«

Maries Augen weiteten sich. »Wirklich? Wo sind sie?«

Orac warf einen Blick auf die Uhr. »Auf der A17, vermutlich in der Nähe von King's Lynn. Je nach Verkehr sind sie in eineinhalb Stunden bei Ihnen. Sie lagen in Norfolk in einem Lager mit alten Akten.« Sie schenkte Marie ein seltenes Lächeln. »Aber vermutlich brauchen Sie sie jetzt nicht mehr, oder?«

»Auf jeden Fall nicht dafür, wofür ich sie angefordert hatte, aber sie sollten trotzdem an einem sicheren Ort aufbewahrt werden. Derart sensible Dokumente und Beweise dürfen nicht noch einmal verschwinden.«

»Werden Sie die Unterlagen durchgehen?«

»Ich habe Peter Hodders Notizbücher gelesen, Orac, und das hat mir gereicht.« Marie erschauderte.

Orac nickte. »Ich muss zugeben, dass einige der Dinge, die ich herausgefunden habe, sogar mich betroffen gemacht haben.« Sie berührte sanft einen der Ohrringe. »Und sie haben ein paar sehr schlimme Erinnerungen zum Leben erweckt.«

Marie sah sie fragend an. Das hier war äußerst seltsam. Orac unterhielt sich sonst nie mit jemandem.

»In meinem früheren Leben hatte ich ...« Sie starrte Marie unverwandt an. »Ich hatte es mit überaus skrupellosen Menschen zu tun. Ich habe Männer gesehen, die absichtlich und gewissenlos andere Menschen folterten und ermordeten. Allerdings taten sie es für das, woran sie glaubten. Für die Organisation, der sie sich verpflichtet fühlten. Françoise Thayer tötete hingegen mit einem Lächeln auf den Lippen und badete ihre Hände in dem Blut ihrer unschuldigen Opfer. Das ist unvorstellbar.«

»Ja, das ist es«, stimmte Marie ihr zu und beschloss, alles auf eine Karte zu setzen. »Was haben Sie in diesem früheren Leben denn gemacht?«

»Dinge, die ich lieber vergessen würde.«

Marie war überzeugt, es zu weit getrieben zu haben, doch Orac fuhr bereits fort: »Ich wurde von einem Einsatz abgezogen, nachdem einer der dienstbeflissenen Männer, von denen ich Ihnen gerade erzählt habe, mir mit einem eigens angefertigten Stilett ins linke Auge gestochen hatte. Einen Zentimeter tiefer, und er hätte mein Gehirn durchbohrt.« Sie senkte den Kopf und entfernte vorsichtig die linke Kontaktlinse, bevor sie den Blick hob und Marie ansah.

Marie war sprachlos. Oracs linke Iris war beinahe vollkommen schwarz, und das Auge wirkte so kalt und tot wie bei einem Hai.

»Die Hornhaut wurde komplett zerstört, Sergeant. Es war wirklich unschön. Ich weiß also aus Erfahrung, dass es dort draußen einige richtig unangenehme Zeitgenossen gibt.« Sie lachte trocken. »Aber Sie sind anders, Sergeant Evans. Sie stehen am anderen Ende des Spektrums. So etwas habe ich noch nie erlebt ...« Sie deutete auf die Ohrringe. »Und sie sind sehr hübsch, danke.«

Marie erhob sich. »Sie sind eigentlich von mir und Jackman, aber er hat gerade Besuch, und ...« Plötzlich war sie es leid, lahme Ausreden für ihn zu finden, und so zuckte sie bloß mit den Schultern und verzog das Gesicht.

Orac lachte. »Ach, Marie! Es macht so viel Spaß, Jackman den letzten Nerv zu rauben.« Sie setzte ihre Kontaktlinse flink wieder ein. »Noch zwei Dinge, bevor Sie gehen: Erstens ärgere ich nur Leute, die ich mag. Und zweitens sollten Sie niemandem erzählen, was mir passiert ist.« Sie hielt inne. »Sonst muss ich Sie töten.«

Dann wandte sie sich wieder ihrem Computerbildschirm zu, und im nächsten Augenblick liefen die endlosen Zahlenkolonnen erneut von oben nach unten.

Jackman lehnte sich in seinem Stuhl zurück und genoss die wenigen Minuten relativen Friedens. Er hatte seine Bürotür geschlossen, und ausnahmsweise wollte niemand etwas von ihm. Er betrachtete den Globus aus Schmucksteinen auf seinem Schreibtisch. Er war nicht nur wunderschön anzusehen, sondern fühlte sich auch herrlich an, und während er sanft mit den Fingern darüberstrich, dachte er an die erstaunliche innere Ruhe des Künstlers, der ihn erschaffen hatte. Jedes Land war sorgfältig aus verschiedenen Steinen wie etwa Jaspis, Achat, Jade oder Tigerauge ausgeschnitten, die Ozeane bestanden aus Perlmutt, und die Längen- und Breitengrade waren dünne, vergoldete Drähte. Der Globus stand auf einem Kupferständer auf einem Ehrenplatz zu seiner Rechten.

Er tippte ihn an, und die Welt begann sich zu drehen. Wäre es doch nur immer so einfach gewesen.

Jackmans Blick ruhte gerade auf dem Pazifischen Ozean, der langsam aus seinem Blickfeld verschwand und Amerika Platz machte, als es an der Tür klopfte.

»Ihr Termin, Chef.« Max trat zurück und hielt die Tür auf, damit Lisa Hurley eintreten konnte.

Jackman sprang auf, hieß sie willkommen und zog einen Stuhl heraus. Sie ließ sich vorsichtig darauf nieder und verzog das Gesicht.

»Tut es immer noch weh?«, fragte Jackman.

»Ja, es ist ziemlich unangenehm, aber im Großen und Ganzen betrachtet ist es wie ein Tropfen in einem riesigen Ozean, nicht wahr?«

»Es ist viel mehr als das, Lisa. Er hätte Sie beinahe umgebracht.«

»Ich versuche, nicht darüber nachzudenken, was alles hätte geschehen können. Ich schätze mich einfach unendlich glücklich.« Sie lächelte schief. »Genau wie Ihre Kollegin Sergeant Evans.«

Jackman nickte. »Vielleicht sollten Sie beide einen Club der Überlebenden gründen?«

Lisa nickte lächelnd. »Ja, vielleicht.« Dann wurde sie ernst. »Ich bin hier, um Ihnen für die Fürsorge zu danken, die Sie Skye gegenüber gezeigt haben, und für die Sorgen, die Sie sich um sie gemacht haben. Außerdem wollte ich Sie bitten, ob die Tatsache, dass sie meine leibliche Tochter ist, unter uns bleiben kann. Sie ist sehr glücklich in ihrer Familie und mittlerweile auch mit Daniel, und es war nie mein Ziel, ihr irgendwann die Wahrheit zu sagen.«

»Ich kann Ihnen versichern, dass Marie und ich niemandem davon erzählen werden.« Jackman stützte sich mit den Ellbogen auf dem Tisch ab. »Sie sind Skyes Vorgesetzte und eine besorgte Freundin, das ist alles.«

Lisa schien den Tränen nahe. »Wenigstens konnte ich ihr dieses eine Mal helfen, als sie mich brauchte. Sie ist eine wunderbare junge Frau, und ich bin sehr stolz auf sie.« Sie holte ein Taschentuch heraus und tupfte sich die Augen trocken.

»Ist es eigentlich Zufall, dass Sie beide im selben medizinischen Fachbereich arbeiten?«, fragte Jackman. »Diese Frage stelle ich mir bereits, seit ich die Wahrheit herausgefunden habe.«

»Nein, ich habe im Management eines großen privaten Gesundheitsunternehmens gearbeitet, und als ich Skye endlich ausfindig gemacht und herausgefunden hatte, was ihr Berufswunsch ist, habe ich mich für eine Stelle in der Krankenhausverwaltung beworben. Skye kam ans Saltern General, und ich ließ mich dorthin versetzen – als Verwaltungschefin für die Physio- und Ergotherapie.« Sie lächelte.

»Es war die beste Entscheidung meines Lebens. Ich wollte mein Kind damals nicht weggeben, aber ich befand mich in einer verzweifelten Situation und hatte kaum eine – oder besser gesagt gar keine – Wahl, wenn ich mein Kind an die erste Stelle setzen wollte. Aber ich habe sie nie vergessen.«

»Haben Sie den Namen Skye ausgesucht?«

Lisa nickte. »Ich hatte noch nie ein Baby mit einem so sonnigen Gemüt und so intensiven blauen Augen gesehen. Außerdem stammten meine Großeltern von der Isle of Skye, daher schien es passend.«

»Und wie geht es jetzt weiter?«

»Es wird Zeit weiterzuziehen. Mir wurde ein Job weiter im Süden angeboten, und ich werde ihn annehmen. Ich will nicht, dass Skye meine Sorge um sie seltsam vorkommt und sie Verdacht schöpft. Ich weiß jetzt, dass sie in Sicherheit ist und dass es ihr gut geht. Sie hat eine Familie, die sie liebt, und ich bin mir sicher, dass Daniel mit der Zeit lernen wird, das Leben wieder zu genießen. Ich hoffe sehr, dass die beiden zusammenbleiben.«

»Sie passen gut zusammen, und die Prognosen für Daniel sind vielversprechend. Ruby Kinder ist inzwischen wieder zu Hause und hat auch nicht vor, noch einmal wegzuziehen. Mit Skye und ihr als Unterstützung hat Daniel meiner Meinung nach wirklich gute Chancen.«

»Darf ich Ihnen eine letzte Frage stellen, Inspector?« Lisa verlagerte betreten ihr Gewicht. »Hatte Guy Preston irgendeine Verbindung zu unserem Krankenhaus? Ich habe ihn nie dort gesehen, und ich arbeite ziemlich eng mit der psychologischen Abteilung zusammen.«

Jackman schüttelte den Kopf. »Nein, aber er stand in engem Kontakt mit mehreren privaten Krankenhäusern und Kliniken. Daher war es einfach, an die Medikamente heranzukommen. Seine letzten beiden Opfer haben scheinbar um mehr als die übliche Diskretion gebeten und wollten, dass er sie inoffiziell behandelt. Wir glauben, dass er sogar falsche Namen benutzte. Er baute sorgsam eine enge Bindung auf, bis sie ihm uneingeschränkt vertrauten.«

»Und dann hat er sie umgebracht ...« Lisa hob wütend den Blick. »Wie konnte er so etwas nur tun? Er war doch Arzt und sollte als solcher keinem anderen Menschen Schaden zufügen.«

Jackman biss sich auf die Lippe. »Marie hat mir versichert, dass er früher einmal ein wirklich guter Psychologe war, Lisa. Einer der besten. Er hat vielen Menschen geholfen, ihr Leben wieder in den Griff zu bekommen.« Er erzählte ihr, wie Preston im Verhörzimmer von einem Serienmörder angegriffen worden war.

»Der Verstand ist unglaublich mächtig, gleichzeitig aber auch so zart wie der Flügel eines Schmetterlings.« Lisa streckte sich. »Wahrscheinlich kann niemand wirklich nachvollziehen, was mit einem Menschen passiert, der in einem solchen Umfeld arbeitet, und was es mit ihm anstellt, wenn er in eine so bedrohliche Situation gerät, nicht wahr?« Sie massierte vorsichtig ihre verletzte Schulter. »Aber wo wir schon von psychischen Zusammenbrüchen reden: Als ich Daniel kurz vor seinem Verschwinden bei Skye sah, war mir sofort klar, dass er sehr krank ist. Ich ging nach Hause und machte mich über diese sogenannten Fugues schlau. Der Junge ist lange Zeit durch die Hölle gegangen.«

»Ja, offensichtlich.« Jackman deutete auf den Bericht auf seinem Schreibtisch. »Sein Leben hat sich in ein einziges Chaos verwandelt. Manchmal hatte die Realität überhaupt keine Bedeutung mehr für ihn, und im nächsten Augenblick war plötzlich wieder alles wie immer.« Er sah Lisa unverwandt an. »Wenn er sich in diesem anderen Zustand befand, verletzte er sich selbst. Es waren keine tiefen Schnitte – abgesehen vom letzten Mal. Im Prinzip war es wie ein Aderlass. Wir haben einige seiner Kleider im Keller gefunden, und alle waren blutig, wobei einige Flecken schon ziemlich alt waren.«

»Aber warum sind ihm die Verletzungen nicht aufgefallen, als er schließlich wieder er selbst war?«, fragte Lisa.

»Daniel meinte, er hätte sie sehr wohl bemerkt, aber er hatte keine Ahnung, woher sie stammten. Sie verstärkten die Angst vor diesen mysteriösen Erinnerungslücken nur noch. Seltsamerweise verhielt er sich vollkommen unauffällig, wenn sein Verstand aussetzte. Das ist offenbar ein Merkmal dieser Krankheit. Aber jetzt bekommt er endlich die bestmögliche Behandlung, und er weiß, dass die schrecklichen Aussetzer durch das Kohlenmonoxid verursacht wurden. Er hat eine Antwort bekommen, die auf Fakten beruht, und kann dadurch wieder nach vorne schauen.«

»Ich hoffe, das können wir alle, Inspector.« Lisa erhob sich. »Ich danke Ihnen noch einmal für Ihre Diskretion wegen Skye. Ich war immer dagegen, einem Kind die leiblichen Eltern vorzuenthalten, und Daniels Fall zeigt, dass es tatsächlich schlimme Folgen haben kann. Trotzdem gibt es Fälle, die lieber ruhen sollten. Falls Skye jemals das Verlangen hat, ihre leibliche Mutter kennenzulernen, wäre es etwas anderes. Aber so, wie die Dinge im Moment stehen ...«

»... ist Unwissenheit ein Segen.«

Lisa nickte. »Ganz genau, Inspector. Ganz genau.«

HANDELNDE PERSONEN

DI Rowan Jackman
Jackman ist ein Gentleman. Er ist groß, schlank, gebildet und hat einen Abschluss in Anthropologie und Soziologie von der Universität von Cambridge. Abgesehen von seiner Arbeit bei der Polizei gilt seine Leidenschaft dem Reiten. Er ist ein fairer Vorgesetzter und hat die Gabe, die Stärken eines jeden Einzelnen zu sehen und dadurch das Beste aus seinem Team herauszuholen.

DS Marie Evans
Marie ist so etwas wie eine Amazone. Sie ist fünfundvierzig Jahre alt, groß gewachsen und hat kastanienbraune Haare. Sie erinnert Jackman an eine präraffaelitische Schönheit in Ledermontur, da sie eine sehr erfahrene Motorradfahrerin ist. Marie ist Witwe. Ihr Mann wurde bei einem Motorradrennen getötet. Bei der Arbeit vertraut sie vor allem auf ihren Instinkt. Sie wird vom ganzen Team gemocht. Trotz ihrer unterschiedlichen Hintergründe verstehen Jackman und Marie sich ausgezeichnet.

DC Max Cohen

Max ist ein junger Detective mit starkem Cockney-Akzent. Er hält seine Meinung nicht zurück und führt einen ständigen Kleinkrieg mit seinem jüngeren Partner Charlie. Er stammt aus einer Großfamilie aus dem Osten Londons und musste sich oft allein durchschlagen, was auch sein überbordendes Selbstvertrauen erklärt. Und auch wenn er Charlie immer wieder aufzieht, stellt er sich voll und ganz vor ihn, wenn es jemand anders versucht. Max' Loyalität gegenüber dem Team ist unerschütterlich, und er ist immer für die anderen da, wenn es mal eng wird.

DC Charlie Button

Charlie ist ein ziemlich ungepflegter und jungenhaft wirkender Polizist. Er ist der Jüngste im Team, aber er ist bemüht und begierig darauf, Neues zu lernen. Er ist gutmütig und steckt es locker weg, wenn jemand über ihn Witze macht. Charlie hat immer wieder brillante Geistesblitze und sieht Dinge, die so offensichtlich sind, dass sie die anderen übersehen haben.

Orla »Orac« Cracken

Orac arbeitet in den Kellerräumen der alten Polizeidienststelle. Sie leitet die IT-Abteilung und ist Expertin im Programmieren. Ihre weißblonden Haare und die seltsamen Augen verleihen ihr eine außergewöhnliche Ausstrahlung. Sie ist ein Mysterium, und niemand weiß Genaueres über sie. Ganz zu schweigen von dem Grund, warum es ein solches Genie in eine ländliche Polizeidienststelle verschlagen hat.

Daniel Kinder

Daniel ist ein freundlicher junger Mann und stammt aus einer liebevollen Familie. Er hat eine hübsche und nette Freundin namens Skye, einen guten Job und eine tolle Karriere vor sich. Er ist davon besessen, die Geheimnisse seiner Vergangenheit aufzudecken, denn die Erinnerungen an die ersten fünf Jahre seines Lebens sind wie ausgelöscht.